岩 波 文 庫

37-208-1

芥川龍之介選

英米怪異・幻想譚

澤西祐典
柴田元幸 編訳

岩 波 書 店

St. John Ervine
The Critics
Or, A New Play at The Abbey:
Being a Little Morality for the Press

はじめに

柴田元幸

このアンソロジーは、ひとことで言うには少しややこしいかもしれないが、ふたことで言えばひとまずその成り立ちをおわかりいただけるのではないかと思う。

まず、大正十三―十四年(一九二四―二五年)にかけて、芥川龍之介が、旧制高校の生徒たちのための英語読本を編んだ。全八巻に掲載された文章は、小説を中心として戯曲、エッセイも入って、すべて文学。これが興文社という、起業まもない出版社から刊行された。芥川の趣味を反映してか、幽霊譚に特化した巻が八巻中二巻ある。全巻、五十一篇を通読してみると、これがなかなか面白い。教科書というより、当時の英語圏文学の最前線を芥川が敏感に捉えた秀逸なアンソロジーという趣である。あいにく誤植も多く、語注もないいささか不親切な作りだった(当然和訳も付いていない)こともあって、売れ行きは芳しくなく、その後もあまり話題にならず今日に至っていた。

こうした芥川の「知られざる仕事」に、作家で芥川研究者の澤西祐典さんが着目し、この五十一篇のなかから、いま読んでも楽しいものをさらに選りすぐり翻訳して一冊にまとめたら面白いんじゃないか、というアイデアを思いついた。途中経過をすべて省略すれば、そのアイデアがこの本に結実したわけである。結果として、元々あった幽霊譚への傾きは、この精選版ではさらに顕著となり、タイトルも『芥川龍之介選　英米怪異・幻想譚』とするのがもっとも自然に感じられた。

この本には大きな「売り」がふたつある。ひとつは、何と言っても、収められた作品それぞれがとても面白いこと。中にはポーのように、十九世紀なかばまでさかのぼる書き手による作品もあるが、大半は、芥川龍之介がこれらを日本の旧制高校の生徒のために選んだ時点では、せいぜい一時代、二時代前の作品だった。何しろH・G・ウェルズ、バーナード・ショー、ブラックウッド、M・R・ジェイムズなどは、芥川が命を絶った時点ではまだ存命中だったのである。要するに、ここに収められている作品のほとんどは、当時の「現代文学」であった。

とはいえ、いま読んでみると、たいていの作品はむしろ、その古風さが魅力に感じられるのではないかと思う。英語で言えば、quaint という語が当てはまりそうな面白さ。「いまはこういうふうには書けないな」と思えるような書き方、展開があちこちに出てきて、今日の短篇とは違うのびやかさが新鮮に読めるのではないか。すべての作品にはっきりしたストーリーがあって、谷崎潤一郎との論争で芥川が限定つきながら『「話」らしい話のない小説』を擁護する側に立ったことが意外に思えてくるほどである。ポー、スティーヴンソン、ワイルドといった日本でもよく知られている作家も多く入っている一方、フランシス・ギルクリスト・ウッド、ベンジャミン・ローゼンブラット、ハリソン・ローズといった日本ではいまだにほとんど――あるいはまったく――紹介されていない作家の作品も取り込んでいる。個人的には、これまで短篇の邦訳が二、三あるだけらしいステイシー・オーモニエの「ウィチ通りはどこにあった」などはちょっとした傑作だと思う。これは編者の特権で当方が訳を担当させてもらい、訳していても楽しくて仕方なかった(まあそれはこの一篇に限らないが)。

第二の「売り」は、やはりこれらの作品を芥川龍之介が選んでいること、芥川自身の作品についていろいろ考える糧を与えてくれることである。アンブローズ・ビアスの「月明かりの道」が「藪の中」の霊感源になっているのではないか、といったかなり見えやすいつながりもあれば、もう少し微妙な呼応もある。芥川が敬意を抱いていたビアスやポーが入っているのは当然だろうが、ウェルズのようにはっきり軽蔑していた書き手のものも、この作品だけはいい、と入れているあたりも興味深い。こうした事情は、各作品の前に付した澤西さんによる解説で簡潔明瞭に説明されているので、そちらをご覧いただければと思う。……つまりこの本の第三の「売り」は、作家としての感性を兼ね備えた芥川研究者が編者となっていて、単に芥川が選んだ作品を並べただけでなく、それらが芥川文学との関連においてどう読めるかもよく見えるように作られている――加えて、芥川自身の訳業も別章に収められている――ことである。

もう一人の編者である柴田は、主として作品選択補助・訳文品質管理という任で加わっている。共同で作品を選ぶにあたっては、とにかく面白いものを、ということを大前提とした上で、名作もある程度押さえつつなるべく未訳の作品を多く入れる、というゆるやかな方針を採った。さすがは芥川、八巻に選ばれた作品の質は――少なくとも面白さという観点からは――かなり高い。そのなかで、澤西さんは芥川作品との関連も考慮しつつ、柴田は原則面白いか否かだけを意識して全作品を読み進め、これを入れるか、あれを外すかと思い悩む作業は非常に楽しかった。

選び出した作品の多様性を反映すべく、適材適所の翻訳者を、と編集担当の古川義子さんも加わって三人で願望を並べてみた結果、現在日本での英語圏文学翻訳者オールスターと言ってもいい、いささか畏れ多い(?)ラインナップが生まれた。その全員が引き受けてくださったのは僥倖としか言いようがない。……というわけで、この本の第四の

「売り」は当然「豪華な訳者陣」である。この場を借りて訳者の皆さんにお礼を申し上げます。また英語の細部に関してお世話になったポリー・バートンさんとメグ・テイラーさんにも感謝する。

というわけで、編者・編集者一同、まずは多くの方がこのアンソロジー自体を楽しんでくださることを願っている。そこから改めて（あるいは新たに）芥川作品に向かってくださってもいいし、気に入った書き手の他作品に向かってくださってもいい。現代の作品を読むのとはまた違った味わいのある、豊かな読書体験となりますように。

――という具合に、単行本『芥川龍之介選　英米怪異・幻想譚』を岩波書店から出していただいたのが二〇一八年十一月。幸いにも好評を博し、今回、岩波文庫入りとなった。そのまま文庫化するのでは芸がないので、芥川が選んだ海外文学、という面をより強く打ち出すべく、短篇を一本追加し、単行本では入れていなかったエッセイを一本入れた。短篇のドロシー・イーストン「刈取り機」は柴田が訳し、エッセイのサミュエル・バトラー「機械時代のダーウィン」は新たに翻訳チームに加わってくださった小山太一さんに訳していただいた。一方、ページ数とのかねあいもあり、単行本では収めていた芥川自身の翻訳『アリス物語』抄訳は割愛した（現在、芥川・菊地寛共訳による

『アリス物語』完全版は、グラフィック社から刊行され、澤西さんの訳補・注解で読むことができる)。

この文庫が刊行されて、より多くの皆さんに、芥川龍之介の感受性に触れつつ、少し前の時代の文学の楽しさを味わっていただけますように。

目次

I　The Modern Series of English Literature より

Ⅱ 芥川龍之介作品より

芥川龍之介選　英米怪異・幻想譚

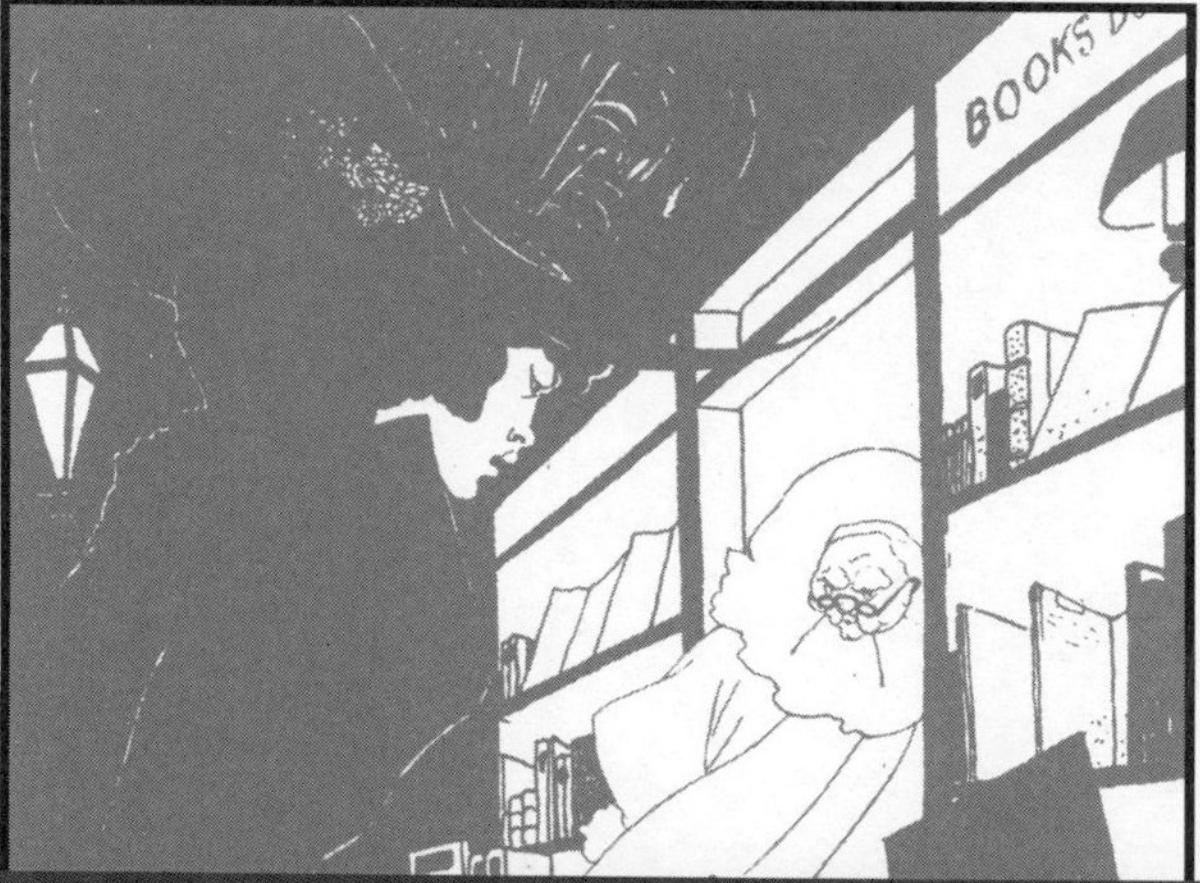

The Modern Series of English Literature より

I

身勝手な巨人

The Selfish Giant

オスカー・ワイルド

Oscar Wilde

畔柳和代 訳

ビアズリーが挿絵を手がけた『サロメ』に代表されるように，耽美的，頽廃的な作風で知られるオスカー・ワイルド(1854–1900)．芥川もその「美しき描写と皮肉なる警句」を愛し，10代のうちにワイルドのほとんどの著作を読破している．

ここにお届けするのは，芥川が「土耳古《トルコ》絨氈《じゅうたん》の如く愛すべき御伽噺《おとぎばなし》」と評した，ワイルドの童話集『幸福な王子』からの一篇．わずか数頁の小品にもかかわらず，そこに鏤《ちりば》められた庭の描写の美しさは，唯美主義を唱えたワイルドの手腕がいかんなく発揮され，珠玉と呼ぶにふさわしい作品である．

さて，その美を独占せんとした「身勝手な巨人」が迎える結末には，芥川作品でもおなじみの手法が用いられている．また，「いたいけな四十雀《しじゅうから》」が頭に巣食う巨人「れぷろぼす」の往生を描いた，芥川の短篇「きりしとほろ上人伝」は，本作からの影響が指摘されており，読み比べてみるのも面白い．

（以下，各作品の解説はすべて澤西による）

毎日午後、子供たちは学校からの帰りに巨人の庭に寄り道して遊んだものでした。広々とした素敵な庭に、やわらかな草が青々と生えていました。あちこちで草よりも高く咲いている美しい花は星のようでした。十二本の桃の木が、春にはピンクと真珠《パール》色のたおやかな花を咲かせ、秋には味わい深い実を結びました。木々に止まっている鳥たちがとても甘い声で鳴くので、子供たちはしばしば遊びを中断して鳥の歌に耳を傾けました。「ここにいると楽しいね!」そう子供たちは声をかけあいました。

ある日、巨人が帰ってきました。コーンウォールに住む友だちの人喰い鬼を訪ね、そちらで七年過ごしていました。七年が経ち、おしゃべりが苦手で話すことも尽き、自分の城に帰ることにしたのです。家に着くと、庭で子供たちが遊んでいるのが目に入りました。

「ここで何をしている?」巨人のどら声がとどろき、子供たちは逃げ去りました。

「俺の庭は、俺一人の庭だ」巨人は言いました。「誰だってわかることだ。ここで遊んでいいのは俺だけだ」巨人は庭をぐるりと囲む高い塀を建て、看板も取りつけました。

侵入者は告訴する

なんとも身勝手な巨人だったのです。

さて、子供たちはかわいそうに遊び場がなくなってしまいました。道で遊ぼうとしましたが、道はひどく埃っぽく、ごつごつした石だらけで面白くありませんでした。子供たちは放課後に高い塀のまわりをあてどなく歩いて、塀の内側にあるきれいな庭の話をするようになりました。「あそこでは楽しかったねえ！」と口々に言いました。

やがて春が来て、国じゅうが小さな花や小鳥で満ちあふれました。ただ、身勝手な巨人の庭だけは冬のままでした。子供がいない庭だから鳥たちはそこで鳴く気になりませんでしたし、木々は花を咲かすことを忘れていました。あるとき、きれいな花が一輪、草の上に顔をのぞかせましたが、看板を見て子供たちのことが気の毒でたまらなくなり、すっと地下に戻って眠りこんでしまったのです。喜んでいたのは雪と霜だけでした。「春はこの庭を忘れている。だから私たちは一年じゅうここに住もう」雪と霜は叫びました。雪は大きな白いマントで草をすっかり覆い、霜は木という木を銀色に塗りました。それから二人は、遊びにこないかと北風を誘い、北風がやって来ました。北風は毛皮を

まとい、一日じゅう庭でごうごうと鳴り、煙突の先についている通風管を吹き落としました。「実に楽しいところだね」北風は言いました。「霰《あられ》君も呼ばなくちゃ」そういうわけで霰も来ました。霰は日に三時間お城の屋根でガタゴトいって、屋根のスレート板の大半をこわし、それから全速力で庭を駆けめぐりました。霰は灰色をまとっていて、その息は氷のようでした。

「いったいどうして春が来るのがこんなに遅いのだろう」身勝手な巨人は窓辺に座り、寒々しい白い庭を眺めてつぶやきました。「天気が変わるといいんだが」

でも春はいつまでも来なくて、夏も来ませんでした。秋は金色の果実をすべての庭に与えましたが、巨人の庭にはひとつも与えませんでした。「あの人は身勝手すぎる」秋はそう言いました。だから巨人の庭はいつでも冬で、北風と霰と霜と雪が、木々を抜けて踊りつづけていました。

ある朝、目が覚めたあとも巨人がベッドに横たわっていると、うっとりするような音楽が聞こえてきました。それは耳にたいそう心地よい調べだったので、きっと王様の楽隊のお通りだと巨人は思いました。実は、窓の外で一羽の小さなムネアカヒワが鳴いていただけでしたが、巨人は庭で鳥の声を耳にするのが久しぶりだったため、世界で一番美しい音楽に思えたのです。すると巨人の頭上で踊っていた霰の動きが止まり、北風はごうごう鳴るのを止め、開いている窓から、かぐわしい香りが漂ってきました。「どうやら、やっと春が来たようだ」巨人はそう言うとベッドから飛び起きて外を見ました。

そして何を目にしたでしょう。

なんとも素晴らしい光景でした。塀の小さな穴から子供たちが忍びこんで、木々の枝に座っていました。巨人から見えるすべての木に一人ずつ小さな子供がいたのです。木々は子供たちが戻ってきたことがうれしくてたまらず花をいっぱいつけ、子供たちの頭の上で腕を穏やかに揺らしていました。鳥は飛びまわって歓喜にさえずり、花は青々とした草から顔をのぞかせて笑い声を立てていました。素敵な光景でしたが、一角だけは冬のままでした。庭の一番むこうの隅、そこに一人の少年が立っています。一番近い木の枝に手が届かないほど小さい子で、その木のまわりをめぐりながら泣きじゃくっています。そのあわれな木は、まだすっかり霜と雪に覆われ、木の上では北風がごうごうと吹き荒れていました。「登っておいで！　君」木は少年に声をかけ、枝を精一杯下へ傾けていますが、少年が小さすぎるのです。

窓の外を見ているうちに、巨人の心はとけました。「俺はなんて自分勝手だったのか！」巨人は言いました。「それで春が来なかったんだ。あの気の毒な子を木のてっぺんに乗せてやろう。それから塀を崩そう。この先、俺の庭はいつまでも子供たちの遊び場だ」。巨人は自分のしたことを本当に申し訳なく思いました。

そこで巨人は静かに階下に降りていき、玄関をそろりと開けて庭に出ました。でも子供たちは巨人の姿を見るとおそろしくなって一人残らず逃げてしまい、庭は冬に逆戻りしました。あの少年だけは逃げませんでした。目に涙がいっぱいで、巨人が近づいてくるのが見えなかったのです。それで巨人はうしろから忍び寄り、少年をそっと持ち上げて木に乗せました。木はたちまち花を咲かせ、鳥が何羽も飛んできて木に止まって鳴きだしました。少年は腕をのばして巨人の首に飛びつき、キスをしました。巨人がもう邪悪ではなくなったと見てとったほかの子供たちも駆け戻り、子供たちと共に春も戻ってきました。「小さな子供たち、いまからここは君たちの庭だ」巨人はそう言うと、巨大な斧を手に取って塀をたたきこわしました。その後、正午に市場へ向かう人々は、見たこともないほど美しい庭で巨人が子供たちと遊ぶ様子を目にしました。

みなで日がな一日遊び、日が暮れると子供たちが巨人のもとへさようならを言いに来ました。

「ところで君たちの小さい仲間はどこだい？」巨人は言いました。「俺が木に乗せた子は？」キスをしてくれたあの少年のことを一番愛していたのです。

「知らない」子供たちは答えました。「あの子はどこかへ行っちゃった」

「明日もきっと来るよう、ぜひとも伝えておくれ」巨人は言いました。でも、あの子がどこに住んでいるのか知らないし、あの子のことはこれまで見たこともないと子供たちが言うので、巨人はとても悲しくなりました。

毎日午後、学校が終わると子供たちはやって来て巨人と遊びました。でも巨人が愛する少年の姿はそれきり誰も見かけませんでした。巨人はどの子にもたいそう優しく接しましたが、はじめて仲良くなった小さな友に会いたくてたまらず、あの少年の話を幾度となくしました。「あの子に会いたいものだなあ！」とよく言っていました。

長い歳月が流れ、巨人はすっかり年老いて、体も弱りました。もう外で遊ぶことはできなくなり、たいそう大きな肘掛椅子に腰かけて、さまざまな遊びに興じる子供たちを見守り、庭を眺めて過ごしていました。「俺の庭にはきれいな花がたくさんある」と巨人は言いました。「でも一番きれいな花は、子供たちだ」

冬のある朝、巨人は身支度をしながら窓の外に目をやりました。もう冬を嫌ってはいませんでした。冬とは春が眠っているだけで、花たちは休んでいるとわかっていたからです。

巨人は驚いて目をこすり、しばらく目を凝らして見つめていました。実に素晴らしい光景です。庭の一番むこうの隅に生えている一樹のほとんどが、美しい白い花に覆われています。枝はすべて金色で、銀色の実がたわわになっています。そして木の根元に、巨人が愛した少年が立っているのです。

巨人は喜び勇んで階下へ駆けおり、庭に出ました。草の上をずんずんと子供のほうへ進んでいきました。そばまで行くと、巨人は怒りで顔を赤くして、こう言いました。

「誰じゃ、その傷をつけたのは?」なぜなら子供の両の掌《てのひら》には二つの釘の痕《あと》があり、小さな足にも二つ釘の痕がついていたのです。

「誰じゃ、その傷をつけたのは?」巨人は叫びました。「俺に言え。大きな剣でそいつを討ちとるから」

「否!」子供は答えました。「これは愛ゆえの傷」

「そなたは何者?」そう問いかけた巨人は、ふしぎな畏怖の念に打たれ、小さな子供の前でひざまずきました。

少年は巨人にほほえみかけて言いました。「前にお庭で遊ばせてくれたね。今日は一緒にぼくの庭へ行くんだ。天国《パラダイス》へ」

その日の午後、子供たちが庭に駆けこむと、巨人は木の下に横たわって亡くなっていて、白い花で覆われていました。

追い剝ぎ

The Highwaymen

ダンセイニ卿
Lord Dunsany

岸本佐知子 訳

ダンセイニ卿(1878–1957)といえば，『ペガーナの神々』や『エルフランドの王女』などの創作神話集で知られ，その愛好者には『指輪物語』のＪ・Ｒ・Ｒ・トールキン，クトゥルフ神話のＨ・Ｐ・ラヴクラフト，『火星年代記』のレイ・ブラッドベリなどがいる．いわば，現代ファンタジーの始祖とでも呼ぶべき存在だ．「ゼンマイ仕掛の蛾でもなけりゃ君の長椅子へは高くて行かれあしない」と芥川に評された稲垣足穂も，ダンセイニの作品を愛した一人である．

一方で，ダンセイニと聞いて，幻想・怪奇ミステリー作家を思い浮かべる読者も多いかもしれない．「二壜《ふたびん》のソース」や「災いを交換する店」などで知られ，江戸川乱歩が「奇妙な味」の作品と呼んで絶賛した．

どちらの作品群も，ダンセイニ本人から言わせれば「夢見たことについて書いただけ」であり，ボルヘスが言うように「ダンセイニ卿の物語はすべて夢みる者の物語」といえる．

そんな想像力の戯れによって生み出された諸作品から，芥川が選んだのは墓地を舞台にした短篇．背徳の気配に包まれた世界に，予期せぬ美徳が待ち受けている．

追い剝ぎトムはとうとう旅路の果てまでたどり着き、いまや独り闇夜の中にいた。彼のいる場所からは、地に寝そべる羊たちの白や、寂しく広がる丘の黒、さらにもっと遠くの、もっと寂しい丘の灰色が見えたかもしれない。はるか下に目をやれば、吹きすさぶ風も届かぬ黒い谷間の集落から灰色の煙が立ちのぼるのも見えたかもしれない。だがすべての景色はトムの目には闇、すべての音はトムの耳に静寂だった。ただ彼の魂だけが鉄の鎖のくびきを逃れて、南にある天国に向かおうともがいていた。風がびょうびょう吹いていた。

今宵のトムには、この風の他に乗るものとてなかった。忠実だった彼の黒馬は没収され、それと一緒に緑の野や空も、男どもの声や女たちの笑いも取り上げられて、彼は独りぼっちで首に鎖を巻かれて永遠に風に揺られる身となった。風がびょうびょう吹いていた。

追い剝ぎトムの魂は行く手を心ない鎖に阻まれ、自由になろうとするたびに、天国から吹く南風にあおられ、また鉄の首輪の下に押し戻された。首のところでゆらゆら揺られるうちに、かつての憎々しげな笑いはトムの唇から消え失せ、長らく神に浴びせつづけた嘲りの言葉は舌を去り、胸に渦巻いていた醜い欲も、指先を染めていた悪行の数々も抜け落ちて、それらはみな地に落ちて、青白い輪や房となって群れていた。悪しきものがすべて振り落ちると、トムの魂は遠い春に初恋の人が見出した清らかさをふたたび取り戻し、トムの亡骸《なきがら》とともに魂は揺れ、古びたぼろ外套と錆びた鎖もいっしょに揺れた。

そして風はびょうびょう吹いていた。

折にふれて、聖別された墓所に葬られた人々の魂が、縛り首の木とそこに囚われたままのトムの魂の前を、天国行きの風に乗って通りすぎていった。

来る夜も来る夜も、トムは丘の羊を虚ろな眼窩で眺めていたが、死後なお伸びた髪がやがて惨めな死に顔に覆いかぶさり、羊たちの目から恥を隠した。風がびょうびょう吹いていた。

時おり、一陣の風とともに見知らぬ誰かの涙がやって来て、鉄の鎖にぴしぴしと吹きつけたが、錆びつかせて断ち切ることまではできなかった。風がびょうびょう吹いていた。

そして夜が来るたび、かつてトムの口から出たありとあらゆる想いが、この世の中での仕事、永遠に終わりのない仕事を中断して彼のもとに群れ集まり、縛り首の木の枝に並んでとまり、身動きできないトムの魂に向かって囀《さえず》りたてた。かつて彼の口にした、ありとあらゆる想いのすべてが！　邪《よこしま》な想いたちは、いつまでも死ねないわが身を恨み、産みの親の魂を責めたてた。彼がもっとも小声でこそこそつぶやいた想いが、もっともかしましい声でピーチクパーチクと、枝のそこここで一晩じゅう騒ぎたてた。

かつてトムが自分について思ったすべての想いが、いまや彼の濡れそぼった骨を指差し、破れた古外套を嘲り笑った。ただ彼が他の誰かについて抱いた想いだけが、夜っぴてゆらゆら揺れる魂を慰めてくれる友だった。それらは優しく囀りかけ、もう二度と夢を見ることのない寂しい魂を元気づけてくれたが、それもやがて禍々しく残酷な別の想いに蹴散らされた。

風はびょうびょう吹いていた。

アロイスとヴァヤンスの大司教ポールは、大理石の白い墓所の下、天国のある真南を向いて眠っていた。墓石には彼の魂が安らえるようにと十字架も刻まれていた。丘の上のわびしい木々に吹きすさぶ風もここでは鳴りをひそめ、果樹園の香りをはらんだ微風となってそよそよ吹き寄せた。南の天国から低地を渡って吹くそよ風は、アロイスとヴァヤンスの大司教ポールや他の魂たちが安らかに眠る聖なる墓所の忘れな草や芝を優しくなぶった。こんな墓に埋葬されれば、魂が思い出の野を越えて飛び、天国の庭に至ってとこしえの安らぎを得ることはわけもなかった。

風がびょうびょう吹いていた。

とあるいかがわしい酒場で、三人の男がジンをすすっていた。ジョーにウィル、そしてジプシーのプリオーニ。下の名前はなかった。三人とも父親は誰だかわからず、ただぼんやりとした推量があるばかりだった。

彼らは幾度となく罪の前趾《まえあし》に顔を撫でられてきたが、とりわけプリオーニは唇といい顎といい、罪の接吻にまみれていた。強盗が彼らの飯、殺しは彼らの手なぐさみだった。揃いも揃って神を嘆かせ、人々の憎しみを買ってきた。その三人が、いかさま指の脂にまみれたトランプを前に卓《テーブル》を囲んでいた。ジンを飲みつつ三人が交わすささやき声は低く、店の奥に控えている店主の耳には、ただくぐもった罰当たり文句が聞き取れるだけだったが、それとて神様とサタンと、どちらを引き合いに出しているのか知れたものではなかったし、何の話かもわかりはしなかった。

およそ神が人に与えたもうたうちでも、この三人ほど義理堅い友はいなかった。そしてその厚い友情を受ける男に他にあるものといえば、風雨に揺れるいくばくかの骨と、古いぼろの外套と、鉄の鎖と、そこに囚われたままの魂だけだった。

だが夜が更けると、三人の同胞は酒を残して店を後にし、忍んでいった先は、アロイスとヴァヤンスの大司教ポールが墓碑の下に眠る件《くだん》の墓地だった。墓地のはずれの聖別された区画のすぐ外に、三人は大急ぎで穴を一つ掘った。二人が穴を掘るあいだ、一人は雨風の中で見張りに立った。聖《きよ》くない土の中をうごめく蛆虫どもは、何事だろうと驚きながら見守った。

ぞっとする真夜中の時が恐怖を運んできても、彼らの姿はまだ居並ぶ墓のそばにあった。こんな時刻にこんな場所にいることの恐ろしさに怖気《おぞけ》をふるいながら、肌にしみ入る雨と風に震えつつ、それでも三人の友は掘る手を休めなかった。風がびょうびょう吹いていた。

やがて彼らは仕事を終えた。そして腹をすかせた墓穴とその蛆虫どもをそこに残し、墓地に背を向け、抜き足差し足急ぎ足で、夜更けの雨の野を越えていった。歩きながら彼らは震え、震えながら口々に雨を呪った。やがて三人は、かねて梯子《はしご》とランタンを隠してあった場所まで来た。そこでしばし、明かりを灯していくか、それとも官憲の目を恐れて灯さずに行くかをめぐって議論がたたかわされた。だが結局は、官憲に見つかって縛り首になる危険を冒してでもランタンを灯して行くほうが良かろうということになった。真夜中すぎの縛り首の木のふもとに明かりもなしで行けば、どんなものと鉢合わせするかも知れなかった。

イングランドには、旅人がきっと無事では通れない街道が三筋あったが、この晩にかぎっては、道行く人は誰ひとり身ぐるみを剝がされなかった。いっぽう三人の友は王の街道から少し離れた脇道を行き、縛り首の木に近づいていった。ウィルがランタンを、ジョーは梯子を運んでいたが、プリオーニはこれからやらねばならぬ仕事のための大太刀をひと振り提《さ》げていた。さて近くまで来てみると、トムの惨めな有り様が三人の目に入った。ありし日の偉丈夫《いじょうぶ》はもはや形をとどめず、豪胆な面魂《つらだましい》も消え失せて、ただ近づくにつれ、囚われ、閉じ込められた何ものかが悲しげに泣くような声を、彼らは聞いたように思った。

右に左に、左に右に、トムの骨と魂は風に揺れた。王の街道で、王の法にそむいた罪のために。だが鎖で吊られる前に彼の魂が勝ち得た友は、自らの命もかえりみず、三つの影と一つの明かりを引き連れて、闇夜の中をやって来た。トムの魂が生涯かけて蒔《ま》きちらした種は、こうして縛り首の木に育ち、時が満ちて鎖の実をたわわに実らせた。だが一方、彼が知らずにあちこちに落とした陽気な戯れ言や優しい言葉のこぼれ種からは、彼の骨を決して見捨てようとしない三つの友情が育っていたのだ。

三人が木に梯子を立てかけると、プリオーニが右手に太刀をもって登ってゆき、てっぺんに着くと身を乗り出し、鉄の首輪の下あたりに刃を振り下ろしはじめた。ほどなくトムの骨と古外套と魂とはがらがらと音を立てて落ち、それから少し遅れて彼の頭が、もう長いこと独り見張り番をしていたその頭が、揺れる鎖を離れてころりと落ちた。ウィルとジョーが全部を一つにかき集め、プリオーニが梯子を駆けおりると、三人は梯子の横木に友の無残な亡骸をのせ、そうして彼らは足早にその場を立ち去った。雨にしとどに濡れ、内心幽霊でも出やしないかとびくびくし、目の前の梯子の上のものに恐れをなしながら。夜中の二時、彼らは烈風をのがれてふたたび谷まで降りたが、自分たちの掘った墓穴の前は素通りし、ランタンと梯子と、今なお友情の絆で結ばれた梯子の上の恐ろしいものも一緒に、墓碑のたちならぶ墓地の中へ入っていった。彼らは法の定める正当な犠牲者を盗み出しただけでは飽き足らず、今なお友であるもののためにさらなる罪を重ね、アロイスとヴァヤンスの大司教ポールの神聖な墓の大理石の覆いをこじ開けた。そして中から大司教のありがたい骨を引き出すと、空腹のまま待ちぼうけをくわされていた墓穴まで運んで投げ入れ、土をかけて埋め戻した。ついで梯子の上のものを、涙ながらに十字架の下、純白の立派な墓の底に横たえ、大理石の覆いを元にもどした。

　かくして清められたトムの魂は夜明けとともに神聖な地面からあこがれ出、谷に飛んで、母親の住むあばら屋や子供の頃よく遊んだ場所の上をしばらく漂ったあと、ひしめく家並のかなたにある広々とした土地に出た。そこでトムの魂を待っていたのは、かつて彼が心にいだいたすべての善き想いだった。魂は、まわりで歌を歌いながら飛ぶ善き想いたちにともなわれて南に向かい、そしてあたりに満ちる歌声に送られて、ついに天国に入った。

さてウィルとジョーとジプシーのプリオーニはふたたびいかがわしい酒場に舞い戻り、また酒と盗みとぺてんの日々に戻った。だが自分たちが生涯に犯した無数の罪のなかで一つだけ、天使たちを微笑ませた罪のあったことを、彼らは知る由もなかった。

ショーニーン

Shawneen

レディ・グレゴリー

Lady Gregory

岸本佐知子 訳

芥川が旧制高等学校の学生だった頃は，アイルランド文芸復興運動が大きな盛り上がりを見せていた．イギリスの長年の植民地支配に反発し，詩人W・B・イェーツらが中心となってアイルランド固有の文化を再評価し，伝統的な民族精神を取り戻そうとした．芥川自身もアイルランド文学の研究会に出入りし，いくつかの小品を翻訳したり，論文めいたものを発表している．

本作の作者レディ・グレゴリー(1852-1932)は，アイルランド文芸復興運動の中心的人物．この運動の指導者・保護者として知られるが，彼女自身多くの著作を遺しており，とくにアイルランドの神話を綴った *Cuchulain of Muirthemne* (1902)は，「簡古素朴なスタイルが驚くべきCHARMを持っている」と芥川が絶賛している．

初邦訳となる本作は，彼女の故郷キルタータン地方の伝説を採集した *The Kiltartan Wonder Book* (1910)からの一篇．同書は，芥川自身，翻訳を試みようとしたほどお気に入りの一冊だったようだ．アイルランド文芸復興運動によって現れた，こうした民族固有の伝説・奇話集が，芥川の興味を『今昔物語集』等の日本古来の説話集に向かわせ，「羅生門」に代表される王朝物が誕生したと考えられる．

昔あるところに王様がおりました。王様は男の世継ぎがいないことに頭を悩ませ、とうとう賢者の長《おさ》に相談いたしました。すると賢者の長は「今から申し上げるとおりになされば、造作もないことでございます」と言いました。「まずはこれこれこういう場所に人をやり、魚を一尾すなどらせなさいませ。魚が届いたら、それをお妃様に召し上がっていただくのです」

そこで王は言われたとおりに人をやり、すなどった魚が届くと、それを料理人の女に渡して、火であぶるように、ただしいかなる火ぶくれも皮に作ってはならぬ、と命じました。とはいえ魚を火であぶって、どこにも火ぶくれを作らずにおくことなどできません。そこで料理女は、皮にできた火ぶくれを指先でつついて平らにし、熱くなった指を口に含んだので、魚をほんの少し味わうことになりました。それから魚は妃の前に運ばれ、妃がそれを食べ、食べ残しは庭に捨てられました。庭には牝馬《めすうま》と猟犬が一頭ずつおり、捨てられた魚の残りを食べました。

それから一年と経たないうちに妃は男の赤ん坊を産み、料理女も男の赤ん坊を産み、牝馬は子馬を二頭、猟犬も子犬を二匹産みました。

二人の幼な子はしばらく他の場所で育てられましたが、戻ってきてみると、あまりにそっくりなので、どちらが妃の息子でどちらが料理女の息子なのか、誰にも見分けがつきませんでした。妃はそのことを不満に思い、賢者の長のところに行って言いました。「どちらがわたしの息子か知るにはどうすればよいのでしょう。料理女の息子にわたしの息子と同じものを食べたり飲んだりさせるのは嫌です」。「今から申し上げるとおりになされば、造作もないことでございます」と賢者は言いました。「外に出て戸口にお立ちになり、帰ってくる二人をお出迎えあそばせ。あなた様のお姿を認めたとき、実のご子息はおじぎをしますが、料理女の息子はただ笑うだけでしょう」

妃は言われたとおりのことをして、実の息子がおじぎをすると、二度とまちがえないように、家来に印をつけさせました。その日の夕食の席で、妃はショーニーン、というのは料理女の息子の名前ですが、ショーニーンに向かって言いました。「お前はもうここから出ておいき、わたしの本当の子ではないのだから」。すると妃の実の息子、名をシェイマスとでもしておきましょう、そのシェイマスが言いました。「どうか彼を去らせないでください。ぼくたちは兄弟ではありませんか」。けれどもショーニーンは言いました。「ここがわが父母の家でないとわかっていたら、もっと早くに出ていっていましたよ」。シェイマスはどうにか引き止めようとしましたが、ショーニーンの決心は変わりませんでした。ですが出ていく前、二人は庭の泉の前に立ち、ショーニーンがシェイマスに言いました。「もしぼくの身に何か悪いことが起こったら、この泉の上のほうの水は血に、下のほうの水は蜂蜜に変わるだろう」

それから彼は子犬の片方を連れ、牝馬が魚を食べて産んだ二頭の子馬のうちの一頭にまたがって、後ろから吹く風を引きはなし、前を吹く風を追い越す速さで駆けていきました。桶屋の前を通りかかったので、下男を雇うつもりはないかとショーニーンは訊ねました。「そうさな」と桶屋は言いました、「うちには雌山羊が十二匹と雄山羊が一匹、全部で十三匹の山羊がいるんだが、明日そいつらを連れていって番をしてもらおうか」。「わかりました、やりましょう」とショーニーンは言いました。そこで桶屋は彼を雇いました。

次の日の朝、ショーニーンは言われたとおりに山羊を山のてっぺんに連れていきました。するとそこには塀をめぐらせたどこかの殿様の領地があり、門から中をのぞくと、草が木ほどの高さに生い茂っておりました。「この哀れな山羊どもをこの中に入れてやろう」と彼は言いました。「草一本生えていなくて土くれしか食うものがないあんな赤土の山より、ここで草を食べたほうがずっといいじゃないか」。そこで山羊たちを門の中に追い立てて草を食べさせていると、誰かの足音がしたので、木の上に登りました。やって来たのは巨人でした。巨人はショーニーンを見ると、「木の上にいるのはわかっているぞ」と言いました。「お前は一口で食らうには大きすぎ、ふた口で食うには小さすぎるようだ。はてさてどうしてくれよう、粉に挽いて、わしの嗅ぎタバコにしてやろうか」。「強いお方よ、どうかお慈悲を」ショーニーンは木の上から言いました。「そこから降りてこい、ちんちくりんの小人め」と巨人は言いました。「でないと木もろとも八つ裂きにしてくれるぞ」。そこでショーニーンは木から降りました。「真っ赤に焼けた刃《やいば》で心臓を突き刺し合いたいか、それとも真っ赤に焼けた敷石の上で組み合いたいか」と巨人は言いました。「真っ赤に焼けた敷石の上で組み合うのがおれのやり方さ」とショーニーンは言いました。「お前の汚い足は地面に沈み、おれの足は高く跳ねるだろうよ」。かくして戦いは始まりました。固かった地面は二人のせいで柔らかくなり、柔らかかった地面は二人のせいで踏み固められ、緑の敷石のあいだからは泉が湧き出ました。そうして戦いはまる一日続きましたが、いっこうに勝負はつきませんでした。やがて小鳥が一羽飛んできて茂みにとまり、ショーニーンに言いました。「日暮れまでにあいつにとどめを刺さなければ、あいつがお前にとどめを刺してしまうよ」。そこでショーニーンはありたけの力をふりしぼり、ついに巨人をねじふせました。「命だけはお助けください」と巨人は言いました。「いちばん大切な宝をあなた様にさしあげますから」。「それはどんな宝だ」とショーニーンは言いました。「どんなものでも貫き通す剣《つるぎ》です」と巨人は言いました。「それはどこにある」とショーニーンが訊ねました。「あそこに見える丘の赤い扉の中にあります」。そこでショーニーンは行って、剣を手に入れました。「さて、どこで試し斬りをしようか」と彼は言いました。「あの黒くて醜い切り株がいいでしょう」と巨人は言いました。「いや、この世でいちばん黒くて醜いものはお前の首だ」ショーニーンはそう言うが早いか、ひと太刀で巨人の首をはね、宙たかく飛んだ首が落ちてきたところを剣で受け止めて、まっぷたつに斬りました。「おれが元どおり体とくっつかなくて命拾いしたな」と首は言いました、「もしそうなったら、もう二度と斬り落とせなかったさ」。「そうなる前に手を打ったのさ」とショーニーンは言いました。そして大きな剣を手に立ち去りました。

夕方、彼が山羊を連れて戻ると、その夜の乳の出がとてもいいことに皆は驚きました。桶屋は夕餉《ゆうげ》を食べながら言いました。「はて、いつもは三つ聞こえる恐ろしい吠え声が今夜は二つしか聞こえないな」

次の朝、ショーニーンがふたたび山羊を連れて出ていくと、きのうとはべつの領地があり、そこにも良い草が生い茂っていたので、山羊を中に入れてやりました。それから前の日とそっくり同じことが起こりましたが、こんどやって来たのは頭が二つある巨人でした。二人は戦い、ふたたび小鳥がやって来て同じようにショーニーンに話しかけました。ショーニーンに倒されると、巨人は言いました。「命だけはお助けください、いちばん大切な宝物をさしあげますから」。「それは何だ」とショーニーンは言いました。「着るとこちらからは皆が見えるのに、皆からはこちらの姿が見えなくなる〈くらやみマント〉です」。「それはどこにある」とショーニーンは問いました。「あの丘の斜面にある小さな赤い扉の中です」。そこでショーニーンは行き、マントを手に入れました。それから巨人の二つの頭をはね、落ちてきたところを剣で受けてまっぷたつにし、四つに斬り分けました。そして首は、おれたちが元通り体にくっつかなくて命拾いしたな、と言いました。

その夜、帰ってきた山羊たちは、家じゅうの器がいっぱいになるほどたくさん乳を出しました。

次の朝、ショーニーンは三たび出かけていき、三たびそっくり同じことが起こりましたが、こんどの巨人には頭が四つあり、ショーニーンは四つともまっぷたつにして、八つに斬り分けました。巨人は丘の斜面の小さな青い扉のところに行くように言い、そこでショーニーンは履けば風よりも速く走れる〈韋駄天《いだてん》の靴〉を手に入れました。

その夜、山羊たちは汲みきれないほどたくさんの乳を出しました。「やあ困った、もう乳を容れる器がなくなってしまったぞ」と桶屋は言いました。そこで哀れな山羊たちを外に引き出して、しぼった乳を貧しい人びとや通りすがりの人びとにふるまいました。わたくしもちょうどそこを通りかかったので、一杯ご相伴にあずかりました。「はてな」と桶屋は言いました、「なぜ山羊どもは、近ごろこんなにたくさん乳を出すんだろう。お前さん、どこかよそで草を食べさせたかい」。「いいえ」とショーニーンは言いました。「でもわたしは良い杖を持っていて、山羊が歩かなくなったり寝そべったりしたときにそれで叩くと、塀も岩も溝もぴょんと飛びこえます。それで乳の出がよくなるのです」。そしてその夜、食事をしながら桶屋は言いました。「今夜は恐ろしい吠え声が一つも聞こえないな」

次の日、ショーニーンが山羊を連れて最初の草地に行くと、あの三人の巨人の母親がやって来ました。三人よりもずっと強い相手です。「わたしの三人の息子を殺したのはお前かい」と母親は言いました。「ああそうだよ」とショーニーンは言いました。「このアイルランドに、そこまで強い男がいるとは知らなんだ」と母親は言いました。二人は互いに組み合って戦いましたが、一日たっても勝負がつきません。それもそのはず、母親のいちばん奥の歯が二本、地面まで長く伸びてつっかい棒の役目をしていたので、ショーニーンは敵の体を右にも左にも傾けることができなかったのです。すると日暮れごろ、またあの小鳥がやって来て、茂みにとまって言いました。「あのつっかい棒を叩いてごらん」。そこで彼が長靴で母親の歯を蹴ると、歯が折れて母親は倒れ、自分の領地をショーニーンに譲ってから息たえました。

ある日ショーニーンは桶屋の家を出て歩いていきました。途中に大きな庭園があったので、桜の木に登ってサクランボを取って食べ、種を下に投げ捨てていました。するとそこにうら若い貴婦人がやって来て、目をあげて木の上にいるショーニーンに気がつきました。「まあ、なんていけない人でしょう」と彼女は言いました、「その木はわが父王の持ち物なのに、なぜわがもの顔でそこから盗むのですか」。ショーニーンは木から降りて、なにか自分にしてあげられることはないかと言いました。「では行って、見てきてください」と彼女は言いました、「黒の公爵が火竜《かりゅう》と戦うために来てくださるかどうか」。

さて、この火竜というのは海の魔物で、七年に一度やって来ては、国じゅうでいちばん高貴な婦人を食らうのを習わしにしておりました。そしてまさにこの日、黒の公爵なり他の勇者なりが竜を倒さないかぎり、この王女が餌食にされることになっていたのです。そして、竜を倒した者には王女を妻として与えると、お触れが出されておりました。

さて、ショーニーンが海に続く道を歩いていると、道端にイバラやヤブが茂っている場所があり、中をのぞくと、他でもない黒の公爵が隠れておりました。「なぜ戦いに行かないのですか」とショーニーンは言いました、「人や馬車が何千と見に集まっているというのに」。「おお、わたしは怖いのだ」と黒の公爵は言いました。じつは公爵はたいへんな臆病者で、火竜とあいまみえるのが怖かったのです。「ではその甲冑《かっちゅう》をわたしにください」とショーニーンは言いました。そして甲冑を身につけると海の際まで行きました。そこはモハーの断崖のような場所で、大勢の人びとがそこから海を見おろしており、岸では王女が銀の椅子にしばりつけられて泣いておりました。彼女はショーニーンが来るのを見ましたが、彼は黒の公爵の甲冑を身につけておりました。「しばしそのお膝に頭をのせて休ませてください。そして竜が来たら起こしてください」と彼は言いました。彼がそのとおりに眠っていると、火竜がやって来るのを王女は見ました。竜は口を開けて炎を吐き、海の水は竜に呑まれて九マイル先まで干上がってしまいました。そこで王女はショーニーンを起こし、両者は激しく戦い、ついにショーニーンが竜を打ち負かしました。「待て、今日のところは帰らせてくれ」と竜は言いました。「明日の朝早く、また塩の海より戻ってくるから」。そこでショーニーンは竜を放してやり、自分は誰も追いつくことのできない〈韋駄天の靴〉を履き、桶屋の家まで戻って眠りました。

次の日、彼はふたたび出かけていきましたが、黒の公爵が来るという報せはいっこうに届かず、ふたたび前の日とそっくり同じことが繰り返されて、ショーニーンは火竜を次の日の朝まで退けました。

三日め、ショーニーンは三たび海に行き、竜を待つあいだ、王女の膝に頭をのせて眠りました。ですが王女は、この人は黒の公爵ではないかもしれないとうすうす気づき、ハサミを出して彼の髪をひと房切りました。「わたしの髪を残らず切ってしまうおつもりですか」と彼が言いました。「あなたの髪を切るのは」と王女は言いました、「火竜を倒したのがどなたなのか知るためです」。王女は髪を小袋に入れてしまい、さらに彼の履いていた黄金色の靴を片方取りました。やがて竜があらわれたのでショーニーンを起こすと、彼は言いました。「こんどこそ火竜をしとめて、もう一人たりとも王女が食べられることがないようにしてみせます」。そうして巨人から奪った剣を手にとると、海の中で竜を倒してねじふせ、頭から尻尾までひと太刀でまっぷたつに割いて殺しました。そして巨人から奪った〈くらやみマント〉をはおって誰にも行き先を見られないようにすると、桶屋の家に帰りました。

王様は婚礼の準備にとりかかりました。娘の結婚相手である黒の公爵を呼んで大いに取り立て、自分の腹心に据えました。音楽や歓声が高らかに響き、かつてないほど盛大な婚礼が開かれるとのお触れが出されました。けれども賢い王女は自分の命を救ったのが黒の公爵ではないことを知っておりましたので、持っていた髪の房を出し、これと同じ髪の持ち主とでなければ結婚しないと言いました。それから黄金の靴の片方を見せ、これがぴったり合う足の持ち主とでなければ結婚しないと言いました。そこで黒の公爵が靴を履こうとしましたが、つま先さえ入りませんでした。それに髪も、王女が命の恩人から切り取った髪とは、似ても似つかぬものでした。

そこで王は盛大な舞踏会を開いて国じゅうの身分の高い殿方を一人残らず集め、靴がぴったり合うかどうか試させることにしました。殿方たちは大工や指物師《さしもの》のところに行き、靴が合うように足の先を切らせましたが、その甲斐もなく、誰ひとり靴を履ける者はいませんでした。そこで王は賢者の長のところに行き、どうすればよいか相談しました。すると賢者の長は、もういちど舞踏会を開くようにすすめました。「ただし」と彼は言いました。「こんどは富める者だけではなく、貧しい者もひとしく招待なさいませ」

そこでふたたび舞踏会が開かれ、人がおおぜい詰めかけましたが、靴がぴったり合う者は一人もいませんでした。そこに愚者が二人、通りかかりました。「ここで婚礼が開かれているらしい。世界一立派なんだそうだ。おれたちも行こうじゃないか」と彼らは言いました。「そうとも、きっと肉にありつけるぞ」。そこで二人は中に入っていき、調理場の火のそばに座っておりました。すると王様が、城の内外の者は残らず髪の房が頭に合うかどうか試したかと訊ね、まだ調理場の火のそばに座っている二人の愚者が残っていますと家来が答えました。そこで二人は引き出され、帽子を取るように言われましたが、髪の房はどちらの髪とも合いませんでした。そこで賢者の長は「城下の者は本当にこれで全部でございますか」と問いました。「これで全部だが」と王は言いました、「一人だけ、桶屋の山羊の世話をしている若者が来ていない。だが余はそんな者には来てもらいたくない」。そしてショーニーンのもとに使いがやられましたが、彼は王の言葉を聞いて腹を立てました。二人の愚者は招かれたことを知っていたからです。そこで彼は剣を抜き、王の首をはねんばかりのいきおいで階段を駆けあがりました。ところが階段の上に着くと、王女が彼を見て叫び声をあげ、腕の中に飛びこみました。そこで靴を履かせてみると、靴は彼の足にぴったり合い、切り取られた髪の房も、彼の髪とそっくり同じでした。王女が彼の髪を切り取っておいたのは、まことに賢明なことでした。この世に女の知恵ほど聡《さと》いものはありません。もちろん男の知恵も聡いけれども、女の知恵はもっと聡いのです。

ショーニーンは黒の公爵を捕らえ、ほかの誰にも解けないやり方で、ヤナギの細枝でもってしばり上げました。いろいろな人が縛《いまし》めを解こうとしましたが、できませんでした。そこでショーニーンに、参上して解くようにとの命が下りましたが、彼は王家の者がじきじきに来て乞うのでなければいやだと言いました。そこで王家の者が来ると、ヤナギの細枝はひとりでにほどけ、ショーニーンと王女は晴れて夫婦になりました。盛大な宴は三日三晩つづき、ありとあらゆるバイオリン弾きやパイプ吹きが音楽を奏でました。

さて婚礼も終わったある朝、一頭の鹿が窓の外にやって来ました。鹿は鈴を下げており、それがちりちりちりと鳴りました。すると鹿は呼ばわりました。「ここに獲物がいるぞ。狩人と猟犬はどこにいる」。それを聞いたショーニーンは起きあがり、自分の馬と猟犬を連れて鹿を狩りに出ていきました。鹿が谷にあるとき彼は山にあり、鹿が山にあるとき彼は谷にありました。そうしてまる一日が過ぎ、夜になると鹿は森に入っていきました。ショーニーンが跡を追って森に入ると、そこには土壁の小屋が一つあるきりで、入っていくと、二百歳ちかい老婆が火のそばに座っておりました。「鹿がこっちのほうに来なかったかい」とショーニーンはたずねました。「いいや」と老婆は言いました。「じゃがもう鹿を追うには遅かろう。今夜は泊まっていくがいい」。「でも、馬と犬をどうすればいいだろう」とショーニーンは問いました。「ほれ、ここにふた束の髪がある」と老婆は言いました。「これで馬と犬をつないでおくといい」。そこでショーニーンは出ていき、馬と犬をそれでつなぎ、小屋に戻ると老婆が「わしの三人の孫を殺したのはお前じゃな」と言いました。「こんどはわしがお前を殺す番だ」。老婆は一つの重さが九ストーンもあり、長さ十五インチの刺《とげ》が生えた拳闘のグローブを両手にはめました。そうして二人は戦いはじめましたが、ショーニーンはひどく苦戦しました。「犬よ、助けろ!」と彼が叫ぶと、「髪よ、締めあげろ!」と老婆が叫び、すると犬の首に巻いてあったひと束の髪がきつく締まって、犬はくびれ死んでしまいました。「馬よ、助けろ!」ショーニーンは叫びました。「髪よ、締めあげろ!」と恐ろしい老婆は金切り声をあげ、馬の首にかかっていたひと束の髪がきつく締まって、馬はくびれ死んでしまいました。そして老婆はショーニーンにとどめを刺し、小屋の外に投げ捨てました。

さて、話はシェイマスに戻ります。ある日シェイマスが庭に出て、なにげなく泉をのぞきこむと、なんと水の上のほうが血に変わり、下のほうは蜂蜜に変わっているではありませんか。そこで彼は家にもどり、母君に言いました。「ショーニーンの身になにが起こったか知るまで、わたしは決して同じ食卓で食べず、決して同じ寝床で眠りますまい」

そうしてもう一頭の馬と猟犬を供に連れ、鶏は鳴かず風も吹かず、悪魔も角笛を吹き鳴らさない山をいくつも越えて行きました。やがて桶屋があったので、中に入っていきました。すると桶屋は「やあ戻ってきてくれたのか。こんどは前のときよりも手厚くもてなしてやろう」と言いました。二人があまりにそっくりだったので、シェイマスのことをショーニーンだと思いこんだのです。「なるほど」とシェイマスは心の中で言いました。「わがきょうだいはここに来たのだな」。そして翌朝、鉢いっぱいの黄金を桶屋に与えて出発しました。

やがて行く手に王の家があらわれ、戸口に立つと、王女が階段を駆けおりて来ました。「ああ、帰ってきてくれたのですね」彼のことを夫のショーニーンだと思いこんで、王女は言いました。他の人々も口ぐちに言いました。「婚礼が終わってたったの三日で狩りに出ていって、こんなに長くお戻りにならないとは、まったく驚きだ」

さて次の朝、窓の下に同じ鹿があらわれ、鈴を鳴らして呼ばわりました。「ここに獲物がいるぞ。狩人と猟犬はどこにいる」。するとシェイマスは起きあがり、自分の馬と犬を連れて鹿の跡を追い、山を越え谷を越え、やがて森に入っていくとそこにはただ土壁の小屋があるばかり、中では老婆が火のそばに座っていて、ひと晩泊まっていくように彼に言い、馬と犬をつないでおくようにとふた束の髪を彼に渡しました。けれどもシェイマスはショーニーンよりも利口だったので、小屋を出る前にこっそり髪を火にくべてしまいました。彼が戻ると老婆は言いました。「お前のきょうだいがわしの三人の孫を殺したから、奴を殺してやった。お前もついでに殺してやろう」。そして老婆が拳闘のグローブをはめ、二人は戦いはじめ、シェイマスが叫びました、「馬よ、助けろ!」。「髪よ、締めあげろ!」と恐ろしい老婆が叫びました。「できないよ、火にくべられてしまったから」と髪は言いました。そこに馬が入ってきて、老婆をひづめで蹴りました。「犬よ、助けろ！」シェイマスがふたたび言いました。「髪よ、締めあげろ！」老婆も言いました。「できないよ、火にくべられてしまったから」ともうひと束の髪も言いました。すると犬が老婆に嚙みついて、シェイマスが彼女を打ち負かすと、彼女は泣きながら許しを乞いました。「命だけはお助けを」と老婆は言いました。「あなた様のきょうだいと、馬と犬の居場所を教えてあげますから」。「それはどこだ」とシェイマスは言いました。「暖炉の上に杖があるでしょう」と老婆は言いました。「それを持って外に出ると、緑の石が三つあるので、その杖でもって叩くのです。その石はあなた様のきょうだいと馬と犬で、そうすればもとどおり生き返るでしょう」。「ではそのとおりにしよう。だがその前にお前を緑の石に変えてやる」シェイマスはそう言うと、剣で彼女の首をはねました。それから外に出ていって石を叩くと、本当にショーニーンと馬と犬がもとどおり生き返りました。さらに二人があたりにあった他の石を叩いていくと、杖の力で魔法が解けて、石に姿を変えられていた何百、何千という人びとが生き返りました。

そうして二人は家に帰り、ショーニーンと妻は末永く幸せに暮らし、二人のあいだには籠いっぱい、シャベルですくって捨てるほどたくさんの子供が生まれました。わたくしがあるとき通りかかると、二人が家に招いてくれて、お茶を一杯ごちそうになりました。

天邪鬼《あまのじゃく》

The Imp of the Perverse

エドガー・アラン・ポー
Edgar Allan Poe
柴田元幸 訳

幻想性と迫真性を兼ね備えたエドガー・アラン・ポー(1809–1849)の短篇は，作品の構成や文体に完璧を期そうとした芥川にとって一つの憧れだった．芥川の半自叙伝的作品「大導寺信輔の半生」の草稿には「ポオの短篇を一日に一頁ずつ訳し」,「大は一篇の布置を，小は文章の構成をポオに学」ぼうとしたさまが告白されている．

その他にも，芥川は，ポーについての講演を二度ほど行っている．そのうち1921年の東京帝国大学における「短篇作家としてのポオ」の講演メモを見ると，ポーの短篇を次のように分析している．

「思ウニ Romantic 殊ニ fantastic ナル材料ヲ小説的ニ取扱う上には realistic ナル手法ヲ最モ必要」とし,「Poe ガ短篇作家トシテノ成長ハコノ realistic method と Romantic material との調和」にあると結論づけている．そこに唯一無二の「verisimilitude〔迫真性，事実らしさ〕」が生じるという．その最たる例として名前が挙げられているのが，本作「天邪鬼」．衒学的とさえ思える冒頭からは打って変わり，後段では万人に潜む心理が，真に迫った恐怖とともに暴き出される．

人間の心的能力と衝動を――魂の初源的動因を――考察するにあたり、骨相学者たちは、根本的で原初的な、より単純な要素に還元する事も出来ぬ心情として明らかに存在していながら、かつて道学者らにも等しく看過されてきた或る心的傾向を考慮に入れることなく今に至っている。理性の純然たる傲慢故に、人は皆これを見過ごしてきた。五感を通してその存在を感知出来ずにこれまできてしまったのは、偏《ひとえ》に信じる思いが欠如していたからである。或いは信仰が――聖書への信仰であれ、カバラへの信仰であれ――欠如していたからだと言ってもいい。そんなものが在る事を全く思い付かずにきたのは、それが専《もっぱ》ら義務の圏外にあったからである。その心的傾向へ向かう衝動の必要を我々は一切感じなかった。我々にはその必要性が見えなかったのだ。即ち、仮にこの初源的動因の概念が脳裡を過《よぎ》ったとしても、我々には理解出来なかったであろう。理解しようはなかったのだ。それをいかに用いれば、現世の束の間のものであれ永遠の相に属すものであれ、人類の諸目標の推進に役立てる事が出来るのか、我々に理解出来よう筈もなかった。骨相学というものが、そしてこれはすべての形而上学の大半に言える事だが、無根拠な仮定を土台に演繹的《ア・プリオリ》に拵《こしら》えられている事は否定し得ぬ事実である。即ち、現実の理解や観察に基づいてではなく、知性もしくは論理に基づいて人間は思考し、天意を思い描く任を引き受け、世界の目的を神に指図する権限を己に与えたのである。かくしてエホバの意図を推し測り、自ら納得した人間は、それらの意図を土台に、人間の精神が用いる無数の体系を築き上げていった。例えば骨相学に関して言えば、我々は先《ま》ず、当然ながら、人は食べるべし、とは神の意図であると決めた。そうして、栄養摂取の為の器官を人に割り振り、この器官が、食べる事を神が否応なく人に強いる為の鞭《むち》となっているのである。第二に、人類が種を存続させる事が神の御心だとひとたび決めるや、我々はすぐさま性愛の器官を発見した。闘争心、想像力、因果探査力、構成力等々についても同様である。全ての器官に関し、それが何らかの心的傾向を体現していようが、倫理観もしくは純粋知性能力を体現していようが話は同じである。そしてこのように、人間行動の諸原理を分類し配置してゆく点において、骨相学の祖シュプルツハイムを信奉する者たちも、部分的もしくは全面的に正しかったにせよ正しくなかったにせよ、原理としては、先人たちの足跡を辿ったに過ぎぬ。彼らもまた、人類の運命を予《あらかじ》め想定して、創造主の目的なるものを根拠に全てを演繹し、確立していったのである。

本当ならば、神は人類がこう振舞うよう意図なさっているに違いないと決めて掛かった事を根拠にするのではなく、人間が通常もしくは時折行なう事、常に時折行なっている事を根拠に分類した方が（分類せねばならぬのであれば）より賢明、より堅実であっただろう。神の為す、目に見える御業《みわざ》に於《おい》ても我々は神を把握出来はしない。況《いわ》んやそれらの御業をそもそも存在せしめている、人知の及ばぬ御心がどうして把握出来よう？神が創り給うた、外界に現われたる種々の被造物を通して神を理解出来ぬのなら、どうしてその内在的なる、創造の様々な気や相が理解出来よう？

経験に基づき、帰納《ア・ポステリオリ》的に考えたならば、骨相学も、ひとまず天邪鬼とでも呼ぶ他ない或る逆説的な何物かを、人間行動の生来的、原初的原理の一つとして認めざるを得なかったであろう。私が意図している意味に於て、それは実際、起動因なき動因、動機なき起動因である。その促すところに従って、我々は把握可能な目的無しに行動する。或いは、これが名辞矛盾と思えてしまうなら、陳述をこう修正してもいい――その促すところに従って、すべきではないという理由故に我々は行動する、と。理論上、これほど理不尽な理由もあり得ない。だが事実としては、これほど強力な理由も他に無い。或る種の精神にとって、或る種の条件の下では、凡《およ》そ抗い得ぬものとなる。己が息をしているのと同じ確かさで私は信じる。即ち、或る行為が絶対間違っている、誤っているというその確信こそが、しばしば我々をその行為に駆り立てる唯一征服不可能な力であり、それを実行するよう唯一我々を駆り立てる力なのである。悪を悪であるが故に為さんとするこの圧倒的な心性は、分析の余地も無ければ、隠れた要素に還元出来もしない。それは根本的、原初的な衝動であり、それ以上単純なものに置き換え様はない。こう言うと、次の様な反論がある事も私は承知している。即ち、或る行為に固執すべきでないと感じるが故に固執する時、それは骨相学で言う闘争心から通常生じる振舞いの一変形に過ぎぬのではないか。だが少し考えればこの見解が誤りである事は明白だ。骨相学で言う闘争心とは、自己防衛の必要がその核となっている。それは危害を避けるための保護手段である。安寧なる状態がそこでは望むべき前提である。従って、闘争心が高まると同時に、安寧でありたいという欲求も喚起される。だとすれば、闘争心の一変形に過ぎぬとするなら、それがいかなる心性であれ、安寧でありたいという欲求が同時に喚起されねばならない。だが私が天邪鬼と呼んでいる心性の場合、安寧を求める欲求が喚起されぬどころか、それと真っ向から対立する感情がはたらくのである。

我が胸に訴えてみる事こそ、かような詭弁への最良の返答であろう。信頼の念を以て己の魂と対話し、魂に徹底的に問う人間であれば誰でも、件《くだん》の心的傾向がどこまでも根源的なものである事を否定しまい。それは確固とした、把握可能な何物かである。例えば人間誰しも、回りくどい言い方で聞き手をじらしたいという強い欲求に一度は苛《さいな》まれた事がある筈だ。語っている者は、自分が相手に不快を与えている事を自覚している。相手に不快ではなく快を与えたいという意向も彼には十二分にある。普段彼は物言いも簡潔で、几帳面で、明晰である。今もこの上なく簡明で瞭然たる物言いが舌の先まで出かかっているのに、それを口にせぬようわざわざ懸命に自分を抑えている。話し相手の怒りを恐れ、怒りを買わぬようにと彼は願っている。にも拘わらず、込み入った言い回しを弄し余計な補足を付け加えるなら正にその怒りが生じるであろうという思いが彼の脳裡をよぎる。その一瞬の思いだけで十分なのだ。衝動は願望へと発展し、願望は欲求に、欲求は抑制不能な渇望へと発展し、その渇望が満たされるべく（話し手としてはひどく遺憾に思い、深く恥じ入りもするのに、そこから生じる凡《あら》ゆる波紋も顧みず）実行に移されるのだ。

迅速にやらねばならぬ仕事が眼前に控えている。遅れたら破滅に繋がる事も承知している。人生を左右する最重要事態であり、今すぐ全力で実行せよ、と事態は高らかに命じている。自分としても意気揚々、さあ取りかかるぞとやる気満々であり、それを為した暁に生じるであろう華々しい結果を思って魂も燃え立つ。是非とも今日着手せねばならないし、今日着手するであろう――にも拘わらず、我々はそれを明日に延ばしてしまう。何故か？　答えはない。あるとすれば唯一、天邪鬼な気分のせいとしか言い様がない。この時我々は、その原理を少しも理解することなくその言葉を使っている。明日が訪れ、義務を果たさんと逸《はや》る思いは一層強いが、この逸る思いの強まりと共に、名前も無い、計り知れぬが故に疑い無く恐ろしい、遅延を渇望する気持ちが訪れる。この渇望が時々刻々力を増してゆく。行動すればまだ間に合うギリギリの時間が迫っている。自分の中で起きている激しい葛藤に我々は打ち震える。それは明確なものと明確でないものの葛藤、実体と影との葛藤である。だが、もし闘いがここまで進んでしまっているなら、勝つのは影の方であり、我々はそれに抗って空しく足掻《あが》くのみである。時計が鳴る。それは我々の安寧の死を弔う鐘である。と同時にそれは、かくも長いこと我々を威圧してきた幽霊にとっては明け方の雄鶏の声である。幽霊は逃げる――消える――我々は自由になる。いつもの活力が戻ってくる。今こそ頑張るぞ。噫《ああ》、もう手遅れだ！

我々は崖っぷちに立っている。崖の下を覗き込む――嘔吐と眩暈《めまい》に襲われる。とっさに覚える衝動は、危険から身を退《ひ》く事である。だが不可解にも、退かずに留まる。嘔吐と眩暈と恐怖が徐々に混じり合って、名付け様もない感情の雲と化す。少しずつ、なお一層微妙な具合に、雲が形を成していく――アラビアン・ナイトで壜《びん》から漂い出てきて、そこから精霊《ジン》が現われた煙と同じように。だが崖っぷちに浮かぶこの雲からくっきり浮かび上がる形は、物語に出てくるいかなる悪魔や精霊よりも恐ろしい。とはいえそれは、あくまで一つの思いでしかない。ぞっとする思いではあるし、歓喜の如く烈しい恐怖故に、骨の髄まで寒気《さむけ》が満ちるけれども、結局は思いでしかない。これほどの高さから墜ちたなら、その目にも留まらぬ落下の間どんな心持ちがするか、それをめぐる観念に過ぎぬ。そしてこの落下が——消滅へとまっしぐらに向かうこの墜落が——死と苦痛をめぐる凄絶で忌まわしい想像の中でもこれほど凄絶で忌まわしいものもまたとあるまいと思える想像を生むという正にその理由故に、我々は今それを、この上なく生々しく欲する。そして理性が我々を崖っぷちから激しく引き離さんとするが故、正《まさ》しくそれ故に、我々はこの上なく性急に崖っぷちに近付いていく。凡そ人間が抱く情念にあって、崖の端で震えつつ墜落を黙想する者の抱く情念ほど悪魔的に気早《きばや》いものも他に無い。思おうとする、その企てに一瞬でも耽《ふけ》ったらもう最後だ。内省はひたすら我々に、控えよ、慎め、と促すばかりであり、だからこそ我々は控える事が出来ないのだ。我々を捕まえ、留めてくれる友の腕が無いなら、或いは我々が自力で崖から身を引き剝がし後ろへ倒れ込まんと俄《にわ》かに試みるもののやり損なってしまうなら、あえなく落下し、滅びるのだ。

　こうした行動、或いは類似の行動を一つ一つ吟味するなら、それらが偏に天邪鬼の精神から発している事が明らかとなるであろう。為すべきでないと感じるからこそ為すのだ。その背後、その彼方に、何ら認知可能な原理は存在しない。この天邪鬼精神が、時折善を推し進める形でもはたらく事を知らなかったら、我々はこれを、サタンその人の唆《そその》かしと見做すかも知れぬ。

これだけの事を話したのは、一つには、貴君の問いに或る程度答える為だ。何故私がここにいるのか貴君に説明する為、私がこの足枷《あしかせ》を嵌《は》められこの死刑囚独房に棲んでいる一応の原因の如きものを貴君に伝える為だ。ここまでくどくど述べたのも、そうしなければ、貴君は私の事を全く誤解するかも知れぬし、或いは、その辺の烏合の衆と同じく、狂者と片付けるかも知れぬからだ。こうして長々述べた今、貴君にも容易にお分かりであろう――私が天邪鬼なるものの夥《おびただ》しい、数えられざる犠牲者の一人である事を。一つの行為が、これ程の熟慮を重ねた末に為された事はかつて無かった。何週間も、何か月も、私は殺人の方法を熟考した。無数の案を、それらが発覚の可能性を含んでいるが故に却下した。やがて、或るフランス人の回想録を読んでいて、偶然毒の混じった蠟燭を介してマダム・ピラウが見舞われた、危うく死に至りかけた病の記述に行き当った。この着想に私は忽《たちま》ち惹き付けられた。狙っている人物が寝床で本を読む習慣がある事を私は知っていた。またこの人物の住居《すまい》が狭く、風通しが悪い事も知っていた。だが無関係な些事《さじ》で貴君を煩わす必要はない。彼の寝室の蠟燭立てにあった小さな蠟燭を、私が拵えた蠟燭に容易《たやす》くすり替えた際の策略をくどくど述べ立てる必要もない。翌朝、我が犠牲者は寝床の中、息絶えた状態で発見され、検屍官の下した判断は「自然死」であった。

彼の財産を私は相続し、何年もの間、万事上手く行った。発覚するのでは、などという思いが脳裡を過った事は一度たりとも無かった。死に至らしめた蠟燭の残りも私自ら入念に始末した。私が犯人だとの決定的証拠となるような手掛かりはおろか、犯人ではないかと疑わせるようなものすら一切残さなかった。我が身の全き安全を思う私の胸の中に、どれほど豊かな満足感が湧き上がったか、到底分かっては貰えまい。随分と長い間、私はその満足感に浸っていた。この罪から得た、所詮は俗世の富でしかないもの全てを併せたよりもっと本物の喜びを私は得た。だがやがて新たな時期が訪れ、その快い感覚が、殆どそれと分からぬほど徐々に、私に取り憑く、私を苛む一つの思いに変容していった。苛んだのは、取り憑いたからである。何しろ一瞬たりとも追い払えないのだ。耳の中、或いは記憶の中に、何の変哲もない歌のリフレインや、オペラの中のどうと言う事の無い一節が居座って人を煩わすのはごく普通の話である。歌自体が良い曲であったり、オペラのそのメロディが良く出来たものだとしても、それで苦痛が減じる事にはならない。同様に私はやがて、ふと気が付けば、絶えず我が身の安全に思いを巡らし、小声で「俺は安全だ」と何度も繰返すようになったのである。

或る日、街をぶらぶら歩いていると、このお決まりの文句を自分が半ば声に出して呟いている事に私は気付いた。瞬時の癇癪《かんしゃく》に見舞われて、私はこう言い換えた――「俺は安全だ――俺は安全だ――そうとも――わざわざ人前で告白するような馬鹿な真似さえしなければ！」。

その言葉を口にした途端、氷のような寒気《さむけ》が心臓に忍び寄るのを私は感じた。こうした天邪鬼の発作は既に経験があったし(それがいかなる性質のものであるかは入念に説明した通りである)、襲ってきた発作に自分が抗いおおせた事は一度も無かった事もよく覚えていた。そして今また私は、犯した殺人を告白するなどという愚かな真似に自分が走るかも知れぬ、という意味の言葉を不意に発してしまったのであり、そのささやかな自己暗示が、私が殺したあの男の幽霊そのものの様に私の前に立ちはだかり、私を死へと招き寄せたのだ。

初めは私も、魂のこの悪夢を払い落とそうと試みた。きびきびと歩き、もっと速く、もっと速く歩いて、しまいには走り出した。金切り声を上げたい狂おしい欲求を私は感じた。波の様に次々湧いてくる思い一つ一つがまた新たな恐怖で私を圧倒した――なぜなら、噫、私にはよく、余りによく分かっていたからだ、この状況に於て、考えたらもう最後である事を。私はなお一層歩みを速めた。混み合った大通りを、狂人の如く跳ねていった。やがて周りの人々も異常を察知し、私を追いかけて来た。正にその時、己の運命が完結した事を私は感じた。あそこで舌をもぎ取れるものならそうしていただろう、だが乱暴な声が耳許で鳴り響き、もっと乱暴な手が私の肩を摑んだ。私は首を回し、息をせんと喘いだ。一瞬の間、窒息の苦悶を私はまざまざと体験した。何も見えず、聞こえず、眩暈がし、それから、誰か見えない悪鬼に――と私には思えた――背中を大きな平手で叩かれた。長い間閉じ込められていた秘密が、私の魂から飛び出した。

人から言われたところでは、私は一音一音はっきり発音したが、恰《あたか》も言い終わる前に邪魔が入るのを恐れているかの様に、著しく語気を強め、熱烈に急いだ口調で、短い、だが意味に富んだ、己を絞首台へ、地獄へ送り込む事になる言葉を一気に口にしたという。

裁く側が十全の確信を得るに必要な事柄を全て言い終えると、私は気を失いばったり倒れた。

だがこれ以上言って何になろう？　今日私は鎖を嵌められた身で、ここにいる！　明日は枷も無くなる――だが何処に？

マークハイム

Markheim

R・L・スティーヴンソン
R. L. Stevenson
藤井 光訳

E・A・ポーとR・L・スティーヴンソン（1850–1894）の短篇は，“Modern Short Stories” と銘打たれた第2巻に収められている．その序文で芥川は次のように語る．

> この巻に集めた作品に就いては格別何も言いたいことはない．が，若《も》し強いてつけ加えるとすれば，是等《これら》の作品を読過することは Victoria 朝〔ヴィクトリア女王の時代で，イギリスの最繁栄期とも言われる〕以後の日光の当った英米の文芸の大通りをちょっと振り返って見ることである．英米の文芸も世界の文芸と全然交渉を絶っているのではない．Baudelaire の作品に与えた Poe の影響は言うを待たず，Stevenson の作品は――この巻に収めた Markheim は殺人を敢《あえ》てする主人公に Dostoevsky の面目を止どめている．すると英米の文芸の大通りをちょっと振り返って見ることは同時に又世紀末の風に吹かれた世界の文芸の大通りを髣髴《ほうふつ》することになるかも知れない．

と，英米の文芸と世界の文芸の交渉を説いている．そんな「世紀末の風に吹かれた世界の文芸」を感じさせる本作は，『ジキル博士とハイド氏』の作者版『罪と罰』とも言える作品だ．読者によっては「羅生門」の下人の行方を重ねる人もいるかもしれない．

「それはもう」と店主は言った。「思いがけない棚ぼたもさまざまでございます。物事に明るくないお客もおられますから、そのときは私のほうがよく知っているぶん儲けさせていただきます。正直でないお客もおられますから」そこで店主はろうそくを掲げ、訪ねてきた男を照らし出した。「その場合は、私は徳を積ませていただいておりますよ」

マークハイムは白昼の通りから店に入ったばかりで、光と闇が混じり合う店内に目がまだ慣れていなかった。店主の手厳しい言葉と、すぐ前にあるろうそくの炎に、彼は痛々しくまばたきをして目を逸らした。

店主はくっくっと笑った。「クリスマス当日においでになるとは」と話を続けた。「私は家でひとり、鎧戸《よろいど》も閉めていますから、商売なぞする気はないことはご存じのはずだ。まあ、その埋め合わせはしていただきませんとね。私がこの時間に帳簿の締めをしていられたぶんも、埋め合わせはしていただきますよ。それから、今日のお客さまのどうにも妙な様子のぶんもね。私は分別ある男ですから、気まずいことをお尋ねしたりはしません。ですが、お客がまともに目を合わせられないとなると、その埋め合わせはしていただきませんと」店主はふたたびくっくっと笑った。それから、いつもの接客の口ぶりに戻り、ただし依然として皮肉をにじませつつ言った。「どうやって品を手に入れられたのか、いつものようにつまびらかに語っていただけるのでしょうな？　今回も伯父様の陳列棚ですか？　たいそうな収集家であられる！」

そう言うと、色白でなで肩の小柄な店主は立ち上がった。つま先立ちするような姿勢になり、金縁の眼鏡の上から覗き込むと、いかにも疑わしいと言いたげに頷いた。その視線に対し、マークハイムは果てしない憐憫《れんびん》と少しばかりの恐怖のこもった目を返した。

「今回はちがう」とマークハイムは言った。「今日は物を売りにではなく、買いに来たんだ。処分したい骨董品はもうない。伯父の棚はすっからかんだからね。もし棚が手つかずだったとしても、株式取引がうまくいったから、品を減らすよりは増やしたいくらいだ。今日の話は簡単そのものだよ。とある婦人にクリスマスの贈り物をしたい」と彼は言葉を継ぎ、練習してきた台詞《せりふ》をすらすらと語り出した。「大したことでもないのに邪魔をしてしまって申し訳ないとは思う。でも昨日は贈りそびれてしまったから、今日の夕食の席でささやかな気持ちを示さなくちゃならない。なんといっても、裕福な相手と結婚しそびれるわけにはいかないからね」

それに続くちょっとした間に、店主はその言葉を半信半疑で反芻しているようだった。

店内にある骨董品に囲まれた無数の時計が針を動かす音、近くの大通りを行き交う辻馬車のかすかな音が、その沈黙を埋めていた。

「よろしいでしょう」と店主は言った。「何といってもあなたはお得意さまですしね。それに、おっしゃるように良縁に恵まれるということでしたら、その邪魔をするつもりなどございません。ご婦人に贈るなら、これなどいかがでしょう」と彼は続けた。「この手鏡です。十五世紀のもので、証明書もございます。立派な方が所有されていましたが、そのお客の名前を出すのは控えさせていただきます。お客さまと同じく、驚くべき収集家の甥で、たったひとりの相続人という方でして」

きんきんとした声でそっけなく話を続けていた店主は、かがんで手鏡を手に取った。その姿を目にしたマークハイムの体を震えが走った。手も足もびくっと動き、突然の渦巻く激情が顔をかすめた。それはあっという間に消えてしまい、残された痕跡といえば、手鏡を受け取る手がいくぶん震えていることだけだった。

「鏡か」とマークハイムは上ずった声で言うといったん言葉を切り、はっきりとした声でもう一度繰り返した。「鏡を？　クリスマスに？　本気なのか？」

「いけませんか？」と店主は声を上げた。「鏡ではよろしくないと？」

マークハイムははっきりとしない表情になって店主を見つめていた。「よろしくないかって?」と言った。「よろしくないとも。これを見るといい。覗き込んで自分を見てみろよ! 見てみたいか? そんなわけがない! 僕だってごめんだ。誰だってそうだ」

いきなり鏡を突きつけられた小柄な店主は飛びのいていた。だが、別に危険なものを持っているわけではないと分かると、くっくっと笑った。「未来の奥様は、どうやら相当なきつい顔の方のようですな」

「僕が頼んだのはクリスマスの贈り物なのに、きみが出してきたのはこれだ。歳月だの犯した罪だの、愚かな思い出を映し出してくる良心の手先を出してくるとは! 本気なのか? 何か狙いでもあってのことか? 言ってみてくれ。言ったほうが身のためだぞ。さあ、心のうちを明かしてみろ。ひとつ推測させてもらうと、きみは実は思いやりの深い男なんだな?」

店主は客をじっくりと眺めた。なんとも妙なことに、マークハイムは笑ってはいないようだ。顔は希望の熱い光のようなものを放っているが、陽気さはかけらもなかった。

「何をおっしゃりたいのですかな?」と店主は尋ねた。

「思いやりはないのか?」とマークハイムは陰気な声で訊き返した。「思いやりはない。信心深くもない。良心的でもない。人を愛さず、愛されもしない。金を稼いで、その金を金庫に入れておくだけ。それだけか？　本当にそれだけなのか？」

「それではお聞かせしましょう」と、店主はやや鋭い口調で言い始め、それからまたくっくっと笑い出した。「ですが、どうやらあなたは恋愛結婚をなさるのですし、そのご婦人の健康を祝して乾杯してきたようですな」

「おや！」とマークハイムは妙な好奇心に駆られて声を上げた。「おやおや、きみも恋をしたことがあると？　聞かせてくれ」

「私が？」と店主は叫んだ。「私が恋ですと？　そんな暇などありませんでした。今日にしても、こんなくだらない話に付き合う暇はありませんとも。鏡はお求めになりますか？」

「急ぐことはないじゃないか」とマークハイムは答えた。「ここで立ち話をしているのはとても楽しいからね。人生は短いうえにあてにならないのだから、楽しいことをあっさり手放すなんてもったいない。そう、こんなちょっとした楽しみでもね。僕らは手にできるささやかなものにしがみつくべきなんだ。崖っぷちにいる男のようにね。考えてみれば、毎秒毎秒が崖のようなものさ。高さ千五百メートルはある崖だし、そこから落ちてしまえば、人間だという印なんて一瞬で消え去ってしまう。だから楽しく話をするのが一番だ。お互いのことを話そう。仮面をつける必要はないだろう？　腹を割って話をしようじゃないか。もしかすると友達同士になれるかもしれないだろう?」

「申し上げたいのはひとつだけです」と店主は言った。「お買い求めになるか、でなければお引き取りいただきたい!」

「そうだった、そうだった」とマークハイムは言った。「ふざけるのはもうやめよう。元の話に戻ろう。別のものを見せてくれ」

店主がまたかがみ、今度は手鏡を棚に戻そうとすると、細い金髪が目の上にかかった。マークハイムは大きな外套のポケットに片手を入れ、少し近づいた。背筋をまっすぐに伸ばし、息を大きく吸い込む。それと同時に、さまざまな感情がいっせいに顔に現れる。怯え、怖れ、決意、魅了と生理的な嫌悪感。そして、やつれた上唇が小山のようにめくれ、奥から歯が覗く。

「これならぴったりかもしれませんな」と店主は口にした。そして体を起こそうとしたそのとき、マークハイムは後ろから襲いかかった。焼き串のような細長い短剣がきらめき、振り下ろされる。店主は雌鶏のようにもがき、棚にこめかみを打ちつけると、床にどさりと倒れ込んだ。

時が何十という小さな声を店内に響かせた。古時計らしく堂々としてゆったりとした声もあれば、くどくどとせわしない声もあった。そのすべてが入り組んだ合唱となり、秒を告げてくる。そして、歩道をどこかの少年が走っていく重い音がその小さな音に割り込み、マークハイムははっと我に返ると、おそるおそるあたりを見回した。ろうそくは勘定台に立っており、すきま風で炎が重々しく揺れている。そのささいな動きによって部屋のすべてが音もなくざわめき、海のようにうねっている。背の高い影が頷き、不気味な闇の染みがいくつも呼吸するように膨らんではしぼみ、肖像画や磁器の神々の顔は水に映る像のように姿を変えて揺らぐ。店内の扉は半開きになり、日光の筋を指のようにつきつけて、室内を取り囲む影を覗き込んでいる。

マークハイムの目は恐怖に駆られて部屋のなかをさまよい、店主の死体に戻っていった。死体は背を丸めて手足を伸ばし、信じられないほど小さく、生きていたときよりもなぜかみすぼらしく見えた。貧乏くさい服に包まれ、無様《ぶざま》な姿勢になった店主は、等身大ののこくずの塊のようだ。マークハイムは怖くてその姿に目を向けられずにいたのだが、いざ見てみれば、それほど大したものではない。ところが、彼が見つめていると、古い服の塊と血だまりは雄弁な声の数々で語り始める。死体はそこで横になっているほかない。巧みに関節を動かしたり動きの奇跡を引き起こす者がいるわけではない。横になって発見されるのを待っているほかない。発見される！　そう、だが、そのあとは？　そのあと、この死した体はイングランド中に響き渡るほどの声を張り上げ、追跡のこだまで世界を満たすだろう。そうだ、死んでいようといまいと、こいつはまだ敵なのだ。「だがいままでは、脳天をたたき割られればその人の時は止まった」(『マクベス』第三幕第四場より)と彼が思うと、心に刺さる一言があった。「時」。今や手を下してしまったとなれば、時は死者にとっては閉ざされてしまったが、殺人者にとっては差し迫った、すさまじく重いものになっている。

そう思い巡らせていたとき、店内の時計が次々に鳴り出した。大聖堂の小塔で鳴る鐘のように深い音から、甲高く鳴るワルツの序奏までが、口々に午後三時を告げ始めた。物言わぬ部屋にかくも多くの声が一気に湧き上がってきたことで、マークハイムは仰天した。彼は動き出し、ろうそくを持って行ったり来たりした。動く影の数々に取り囲まれ、ふと映る姿を目にして肝を冷やした。英国製や、ヴェネツィアやアムステルダムからの輸入品など、高級な鏡に次から次に映る彼自身の顔は、密偵の大軍かと思えた。自分の目に見つめられ、正体を暴かれる。そして、そっと床を踏む自分の足音が、あたりの静けさを乱す。それでも、ポケットに品を詰め込んでいきながら、心は胸が悪くなるほど延々と彼を責め、計画の千もの誤りを言い立ててきた。もっと静かな時刻を選ぶべきだった。アリバイを用意しておくべきだった。ナイフを使うべきではなかった。もっと用心深くことを運び、店主を縛り上げてさるぐつわを嚙ませるだけにしておいて、殺すべきではなかった。いや、もっと大胆に動き、使用人の女も殺してしまうべきだった。一から十まで別のやり方ですべきだった。斬りつけてくるような後悔の思いを抱え、ぐったりとしつつも頭は絶えまなく回転し、変えようのないことを変えよう、もう意味のなくなった計画を立てよう、取り返しようのない過去を組み立て直そうとしていた。一方で、その思考の背後では、ひと気のない屋根裏をこそこそと動くねずみたちのように、容赦ない恐怖が頭のさらに奥で暴れ出していた。巡査の手が肩にずしりと置かれ、彼の神経は針にかかった魚のようにびくっとするだろう。あるいは、被告席、牢獄、絞首台、そして黒い棺が一列に並んで駆け抜けていくのが見える。

通りの人々に対する恐怖が、包囲する軍勢のように心を取り囲む。店主ともみ合ったときの音が彼らの耳に届き、好奇心をそそってしまったにちがいない。そして今は、近所の家の誰もが身じろぎもせずに座り、耳をそばだてていることだろう。独り昔の思い出に浸ってクリスマスの日を過ごすほかない孤独な人々が、その甘美な時から一気に現実に引き戻される。楽しげな家族の集いは食卓を囲んでぴたりと静まり返り、母親はまだ指を一本立てたままじっとしている。階級も年齢も気性もさまざまな人々が、そろって暖炉のそばで目を光らせて耳をすませ、彼の首を吊ることになる縄を編んでいる。彼からすれば、どれほど静かに動いても十分ではないと思えることもあった。高いボヘミア製の酒杯同士が当たって鳴る音は、鐘のようにやかましく響き渡る。それに、針の音の大きさにぎょっとなり、時計をすべて止めてしまいたい気持ちに駆られる。そしてまた、恐怖の対象が目まぐるしく変わるにつれて、店の静けさこそが危険であり、通行人に襲いかかって凍りつかせるようなものに思えた。もっと大胆に動き回ろう、と彼は思った。精いっぱいの虚勢を張り、店にある品々のあいだをのしのしと歩き回り、自宅で気楽にあちこち動いている忙しい男を装おうと思った。

だが、さまざまな怖れに引きずり回され、頭の片方はまだ抜け目なく働いているが、もう片方は震えて狂う寸前だった。とりわけ、ある思いが心に取り憑いた。血の気が引いた顔になって窓際で聞き耳をたてる隣人、何か恐ろしいことが起きたのではと歩道で足を止める通行人。彼らにしても、せいぜい疑うだけで、本当のことは知りようがない。煉瓦造りの壁と鎧戸を閉めた窓越しに漏れるのは音だけだ。だが、この家のなかにいるのは自分だけなのだろうか。そのはずだ。使用人が恋人のもとに向かうところは見届けてあった。みすぼらしい晴れ着姿だったし、リボンにも笑顔にも「仕事はもう終わり」と書いてあった。そう、もちろん自分だけだ。だが、頭上にそびえる無人の家のどこかから、そっと動く足音が、まちがいなく聞こえてくる。確かにそれが聞こえる。どういうわけか、何かがいる気配がする。まちがいない。家の部屋のすべて、隅々まで、その何かを追って想像が駆け巡る。あるときそれには顔はないが、目はちゃんとついている。またあるとき、それは彼自身の影になる。さらにまた、死んだ店主の姿が見える。狡猾さと憎しみによって蘇ってきたのだ。

ときおり、まだ目を向けるのもおぞましいが、開いた扉にどうにか視線を走らせてみる。家は背が高く、天窓は小さく汚れているうえに、その日は霧で見通しが悪い。どうにか一階まで届く光はごくわずかであり、店の戸口でほの暗く見えているにすぎない。それでも、おぼろげに明るいその一角に、揺らめく影が見えはしないか。

出し抜けに、表の通りでひどく陽気な紳士が杖で店の扉を叩き始め、調子のいい大声を上げて店主の名前を繰り返し呼んできた。マークハイムはすっかり凍りつき、死んだ男をちらりと見た。いや、大丈夫だ。死体はまったく動かない。杖や呼び声などが届かないところに追いやられたのだ。沈黙の海の底に沈められた。かつてなら嵐が荒れ狂っていようとも当人の耳に届いたその名前は、今では虚しい音になっている。やがて、陽気な紳士は扉を叩くのをやめて去っていった。

さっさと片付けてしまったほうがいいのは明らかだ。咎《とが》めてくるようなこの地区を離れ、ロンドンの群衆という浴場に飛び込んで、日が暮れるころには、明らかな無実と安心の場所、つまりは自分の寝床に戻るのだ。店を訪ねてくる人がひとりいたわけだから、いつ次の人がやってきてもおかしくないし、次はそう簡単には諦めないかもしれない。人を殺しておいて、そこからまだ利を得ていないとなれば、それはあまりに手際が悪い。金、それが今のマークハイムの目指すものであり、そこにたどり着くためには鍵を手に入れねばならない。

開いた扉を肩越しに見やった。影はまだそこに留まり、揺らめいている。そして、嫌悪感はなく、ただし腹を少し震わせつつ、死んだ男に近寄った。もう人間なのだとは思えなくなっていた。もみ殻が半分だけ詰まったスーツのように、手足は床に投げ出され、胴体はふたつに折れ曲がっている。それでも彼は胸が悪くなった。見ればちっぽけでみすぼらしくても、触れるのは大変かもしれないという怖れがあった。彼はその死体の両肩をつかみ、仰向けにした。不思議に軽く、ぐにゃりとして、手足は折れてしまったかのように恐ろしく不自然な恰好になった。顔からはあらゆる表情が消え去っていたが、蠟のように白く、片側のこめかみのあたりはぞっとするほど血まみれだった。それだけがマークハイムには嫌だった。その血を見た途端に、ある漁村での市《いち》の日に引き戻された。どんよりと曇った空、甲高くうなる風、通りには人があふれ、金管楽器の音が響き、太鼓が轟《とどろ》き、鼻にかかった声がバラッドを歌う。そこに少年がひとり、群衆に頭まで隠れて行ったり来たりし、好奇心と怖れに心を引き裂かれている。そのうち人通りの中心に出てくると、そこの露店には大きな看板があり、けばけばしく色づけされた恐ろしい場面がいくつも描かれている。ブラウンリッグと彼女の見習い。マニング夫婦と殺された客。サーテルに絞め殺されるウィアー〔いずれも当時知られていた殺人事件〕。そのほかにも、二十ほどの有名な犯罪。その看板は幻覚のように鮮やかだった。彼はまたその少年になり、もう一度、同じ嫌悪感を覚えつつ、そのいかがわしい絵の数々を見つめていた。そして、響く太鼓の音にまだ仰天していた。その日に流れていた音楽の一節が記憶に蘇ってきた。そのとき、初めて強いめまいに襲われ、かすかな吐き気がして関節から一気に力が抜けたが、それに負けるわけにはいかなかった。すぐに立ち直らねばならない。

そうした思いから逃げるよりも立ち向かうほうが賢明だ。彼は思いきって、死んだ男の顔をまっすぐ見つめ、自分の犯罪の本質と重大さを噛み締めようとした。ほんの少し前、その顔はあらゆる心情の移り変わりを見せていたのだし、今では血の気のない口はものを言い、その体は生命力をみなぎらせて動いていた。それが今、彼の行いによって、その命のかけらは動かなくなってしまった。時計師が指を差し込み、針を動かなくするように。そんな風に考えてみたが、効果はなかった。悔恨の思いはやはり出てこない。犯罪の肖像画を前にして震えていたあの心臓は、それが現実になったものを前にしても動じない。せいぜい、世界を魔法の園にできるほどの能力を授けられていながらそれも虚しく、本当の意味で生きることなく死んでしまった者への哀れみがかすかに光を放っただけだった。だが、懺悔《ざんげ》の震えはまったくない。

それとともに、彼は心のなかの思いをきっぱりと振り払い、鍵を見つけると、店の開いた扉に歩み寄った。外はかなり強い雨になっていた。屋根を叩くにわか雨の音が、静けさを追い払っている。水がぽたぽたと滴《したた》る大きな洞窟のように、家の部屋はどこも絶えまないこだまに取り憑かれ、その音が耳を満たして時計の音と混じり合った。そして、マークハイムが扉に近寄ると、その慎重な足取りに合わせて階段を上がって退いていく足音が聞こえるような気がした。あの影はまだ戸口のところでそわそわと揺れている。彼は一トンもの決意を筋肉に投入し、扉を引いた。

靄《もや》がかったかすかな昼の光が、絨毯のない床板と階段をぼんやりと照らしている。踊り場に置かれた、斧槍を片手に持った輝く鎧や、暗い木彫りの模様、黄色い羽目板にかかった額入りの絵にも当たっている。打ちつける雨の音が家中に大きく響き、マークハイムの耳にはいろいろな音に聞こえるようになった。足音やため息、遠くで行進する連隊、勘定で鳴る小銭、こっそり半開きになった扉が軋《きし》む音が、丸屋根に当たる雨粒と、勢いよく雨樋を流れていく水の音と混じり合った。自分のほかにも誰かがいるという思いが膨らみ、気も狂わんばかりになった。四方から、何かに取り憑かれて囲まれている。

それらが上のほうの部屋で動いている音がする。店からは、死んだ男が立ち上がるのが聞こえる。マークハイムがどうにか階段を登り始めると、その前を静かに足音が逃げていき、後ろからもこっそりとついてくる。耳さえ聞こえなければ、どれほど気持ちが落ち着いていられることか。とはいえ、改めて耳を澄ませた彼は、休むことのないみずからの聴覚が歩哨役を務めて命をしっかりと守るべく見張ってくれていることをありがたく思った。頭は絶えずあちこちを向く。目は眼窩から飛び出さんばかりの勢いであらゆる方向を探り、どちらを向いても、得体の知れない何かが姿を消す影がちらりと見えるような気がする。二階への二十四段は、二十四の苦行だった。

二階に上がってみると、三つの扉はどれも半開きになり、三か所で待ち伏せているように見える。マークハイムの神経は大砲の砲口のように揺さぶられた。どれだけ閉じこもろうと、もう二度と人目を逃れることはできない、と思った。家にいたいと願った。壁に囲まれ、寝具に埋もれて、神以外の何ものにも見られることはない。そこにきて思いは少しさまよい、ほかの殺人犯たちの話を思い出した。彼らは天の報いへの恐怖を味わったという。少なくとも彼はちがう。彼は自然の法則を怖れていた。冷淡で変えようのない過程によって、犯した罪の逃れようのない証拠が残ってしまうのではないかと。そして卑屈で迷信じみた恐怖とともに、彼がそれよりはるかに怖れていたのは、人の経験になんらかの切断が生じてしまうのではないか、自然が意地悪な不法行為に及ぶのではないかということだった。彼は規則にしたがって勝負を行い、原因から結果を導き出そうとしている。だがもし、勝負に負けた暴君がチェス盤をひっくり返すように、自然がその結果の連鎖を断ち切ってしまったとしたら？　ナポレオンに起こったのはまさにそのような、冬がいつになく早く訪れたという事態だった。少なくとも本にはそう書いてある。マークハイムにも同じことが起きるかもしれない。堅固なはずの壁が透明になり、ガラス製の巣箱にいる蜂の行動のように彼の行いを人目にさらしてしまうかもしれない。今踏んでいる厚い床板が流砂のように緩み、彼をつかんでくるかもしれない。そうだ、そしてもっと地味な出来事であっても、身の破滅には十分だ。たとえばもし家が倒れ、被害者の死体もろとも閉じ込められてしまったら。あるいはもし、隣家が一気に炎に包まれ、消防士たちがあらゆる方向から侵入してきたら。そうしたことを彼は怖れた。ある意味では、それらの事態は罪に対して伸びてきた神の手だと言っていいかもしれない。だが、神それ自体については心配していなかった。自分の行いはまちがいなく異例なものだったが、その理由も異例であることは神が知っている。人は正義が分からずとも、神は分かってくれるはずだ。

無事に客間に入り、そっと扉を閉めると、恐怖から逃れられてほっとした。部屋はかなり物が少なく、絨毯も敷かれていない。不釣り合いな家具と荷箱がいくつかあるだけだった。大きな壁掛けの鏡がいくつかあり、舞台に立った役者のように自分の姿がさまざまな角度から見える。額入りのものも額なしのものも、多くの絵が裏返しになって壁に立てかけてある。美しいシェラトン様式の食器棚、象眼細工の飾り棚。タペストリーのカーテンがかかった大きく古いベッド。窓は床まで開いている。だがなんとも幸運なことに、鎧戸の下半分は閉まっているため、近所の人たちに姿を見られることはない。そこで、マークハイムは荷箱をひとつ飾り棚の前に引いていくと、鍵を選り分け始めた。かなりの数の鍵があるので、時間がかかる。飾り棚には何も入っていないかもしれないし、時間は飛ぶように過ぎていく。煩わしくはあったが、その細かい作業のおかげで心が落ち着いた。目の片隅では扉が見えていたし、ときおりは、包囲された司令官が防御の態勢を確かめるように扉をまっすぐ見ることもした。だが本当に、内心は穏やかだった。通りに落ちる雨の音は自然で心地よかった。じきに、向かい側でピアノの調べが立ち上がって讃美歌を奏で、多くの子供たちの声が旋律と言葉になった。その調べの荘厳さと穏やかさ、幼き声の初々しさ。マークハイムは微笑みを浮かべて耳を傾けながら、鍵を選り分けていった。頭のなかにはその音楽にふさわしい思いや光景がひしめいていた。教会に通う子供たち、鳴り響く大オルガン。野原に出ている子供たち。小川で水浴びをする人々、イバラの茂る公有地をぶらつく人々、強風で雲が流れる空に凧を揚げる人々。そして、讃美歌がまた新しい旋律に入ると教会に引き戻された。夏の日曜日の眠気、牧師の甲高く上品な声（それを思い出した彼はかすかに微笑んだ）、そして絵の入ったジャコビアン期の墓、内陣にある薄れかけた十戒の文字。

そうして、手は忙しく、心はぼんやりとして座っていた彼は、突然はっとして立ち上がった。氷のような寒気、火のような熱、一気にほとばしる血が全身を走り、震えながら立ちすくんだ。ある足音が、ゆっくりと、着実に、階段を上がってくる。まもなく扉の取っ手に手が置かれ、錠がかちりと鳴ると、扉が開く。

マークハイムは万力のような恐怖につかまれた。何が姿を現すのか。死んだ男が歩いているのか、人の裁きを執行するべく警官が来たのか、たまたま目撃した人がやみくもに入ってきて彼を絞首台送りにしようとしているのか。すきまから覗き込んだ顔があたりを見回し、彼を目にすると、友人を見つけたように頷いて笑みを浮かべ、また引っ込んで扉が閉まる。マークハイムはもはや恐怖を抑えてはいられず、かすれた叫び声を上げた。それを耳にした訪問者は戻ってきた。

「お呼びかな？」と彼は愛想よく尋ね、部屋に入ってくると扉を閉めた。

マークハイムは茫然と立ち、目を見開いて彼を見つめた。視界に薄い膜でもかかっているのか、入ってきた男の輪郭は変わり、揺らぐ。店のろうそくの光で偶像の輪郭が変わって揺らぐように。その顔には見覚えがあると思うこともあれば、自分にそっくりだと思うこともあったが、生々しい恐怖の塊のように、目の前にいるのはこの世のものでも神のものでもないという確信がつねにあった。

だが、その相手はいかにもなにげない雰囲気で立ち、笑顔でマークハイムを見つめている。そして、「金を探しているわけだね」と付け加えるその声には、さりげない慇懃《いんぎん》さがにじんでいた。

マークハイムは答えなかった。

「お伝えしておくが」と、相手は話を続けた。「使用人の女はいつもより早く恋人の元を出て、じきにここに戻ってくる。マークハイム氏がこの家で見つかったとなれば、どういう結果が待っているかはわざわざ申し上げるまでもないだろうね」

「僕を知っているのか?」と殺人犯は声を上げた。

訪問者は微笑んだ。「きみは昔からのお気に入りだよ」と言った。「私はずっときみを見守ってきて、しばしば手助けしようとしてきた」

「お前は何者なんだ?」とマークハイムは叫んだ。「悪魔なのか?」

「私が何者であろうと関係ない。ともかくも、きみを助けてやろうとしているのだから」

「いや、関係あるかもしれない」とマークハイムは声を上げた。「あるとも！　お前に助けてもらうなんて、そんなことはありえない。お前だけはごめんだ！　僕のことを知りもしないくせに。ありがたいことに、お前は僕のことを知らない！」

「知っているとも」と、訪問者は優しくも厳しく、いや毅然とした声音で答えた。「きみのことなら魂の奥底まで知っている」

「知っているだと！」とマークハイムは叫んだ。「誰にそんなことができる？　僕の人生は、できの悪い茶番でしかない。自分の本性を裏切って生きてきた。誰だってそうだ。誰だって本当は優れているのに、仮の姿が大きくなって本性を隠してしまう。大きくなって自分を抑え込んでしまう仮の姿よりも、みんな本当は優れている。誰もが人生に引きずられていく。刺客につかまれて外套に包まれてしまう人のように。もし誰もが思い通りに生きられたなら、彼らの顔はまったくちがう顔になっていて、英雄や聖人の輝きを放っているのが分かるはずだ！　僕はほとんどの人よりも劣っていて、仮の姿はもっと分厚い。そのわけは僕と神だけが知っている。でも時間さえあれば、自分の本当の姿を明らかにできるんだ」

「私に対して？」と訪問者は尋ねた。

「何よりもまずお前に対して」と殺人犯は答えた。「お前は賢いはずだと思っていた。存在するからには、人の心を読めるはずだと。それなのに、僕が何をしたかによって審判を下そうとする！　僕が何をしたかって？　僕は巨人たちの国で生まれ育った。母のお腹から出てきたときから、巨人たちに手首をつかまれて引きずり回されてきた。環境という巨人たちにね。それなのに、何をしたかで僕に審判を下そうというのか！　心のなかを見ることはできないのか？　僕が悪を憎んでいることが分からないのか？　僕の心には良心の文字がはっきりと刻まれていて、あまりにしばしば無視してしまうとはいえ、どれほど詭弁を弄したところでその文字が曇ることはない。それが分からないのか？　僕の心を読めば、どこにでもいる人間だということが分かるはずだ。僕は仕方なしに罪に手を染める人間なんだ」

「ずいぶんと心のこもった言葉だね」と返事が返ってきた。「だが、私には関係のないことだ。人格をめぐる細かい事柄は私の領分ではないし、どのような欲望にきみが引きずられてきたのかにも、まったく興味はない。きみが正しい方向に引きずられているならね。だが、時はあまりない。使用人は道行く人々の顔や掲示板の絵を見たりして遅れ気味だが、それでも近づいてきている。つまり、絞首台そのものが、クリスマスの街頭を大股で歩いてきみに向かってきているということだよ！　私が助けてやろうか。すべてを知る私が、金がどこにあるのか教えてやろうか」

「その見返りは?」とマークハイムは尋ねた。

「これはクリスマスの贈り物だよ」と相手は返した。

マークハイムは苦々しくも勝ちほこるような笑みを抑えられなかった。「いいや」と言った。「お前の手からは何も受け取らずにおく。もし喉が渇いて死にかけていて、水差しを持っているのがお前の手だとしても、勇気をもって拒むことにする。ばか正直かもしれないが、自分の手を悪に染めることはしない」

「臨終の懺悔に対して反対はしないよ」と訪問者は言った。

「その効力を信じていないからだろう!」とマークハイムは叫んだ。

「そういうわけではない」と相手は言った。「ただ、そうしたことへの見方がちがうだけだし、その命が終われば私の興味もそこで終わる。その男は私に仕えて生きたか、神の教えという色の下に暗い顔を広げたか、きみのように欲望に負けて動くなかで害毒を撒いたわけだ。いよいよこの世を去るとなると、あとひとつだけしてもらえればいい。悔い改め、笑みを浮かべて死に、私の元でまだ生きている追従者のなかでもとりわけ腑抜けな連中に自信と希望を与えることだ。私はさして厳しい主人ではない。だから試してみたまえ。私の助けを受け入れるのだ。今までしてきたように、自分の楽しみを追求して生きればいい。もっとたっぷり楽しみ、食卓にあってはゆったりと構えていい。夜の帳《とばり》が下りてくれれば、良心との争いも片付き、神との和平を取引することもお手のものだと保証するよ。ちょうど今も、そんな死の床から来たところでね。心から悲しむ人々が部屋に詰めかけて、その男の最期のひと言に耳を傾けていたよ。そして、かつては慈悲などまったく受けつけなかったその男の顔を覗き込んでみれば、希望の微笑みを浮かべていた」

「つまり、僕もそんな人間だと言いたいのか？」とマークハイムは尋ねた。「ただひたすら罪を犯して、最後に天国にこっそりと入り込むほかには望むものなどないはずだと？　なんとも嬉しい話じゃないか。つまり、お前にとって人間とはそんなものなのか？　それとも、僕が両手を血で染めたところだから、そこまで見下げ果てた人間だと思うのか？　人を殺したというこの罪はあまりに卑劣なものだから、善の泉も涸れてしまったということか？」

「殺人は、私にとっては特別なたぐいのものではない」と訪問者は答えた。「人生とはすべて戦争であり、罪とはすべて殺人なのだから。きみたち人間を見ていれば、一艘の筏《いかだ》に乗っている飢えた水夫たちのように、飢えた手から固いパンのかけらをもぎ取り、お互いの命を奪って食いつないでいるのが分かる。私は罪が犯された瞬間だけでなく、その後も追う。してみると、最後には死が待っている。私からすれば、舞踏会のことで母親に逆らう愛らしい乙女も、きみのような人殺しに劣らず手を血で染めているのだ。確かに私は罪の行方を追う。だが美徳も追っているとも。そのふたつはまったくの別物ではなく、どちらも死の天使が振るう大鎌なのだ。私の糧である悪とは、行いにではなく人格に存在する。私は悪い行いではなく悪人を慈しむ。悪行の果実であっても、時という瀑布の激流をしっかりと追っていけば、類まれなる美徳の果実よりもはるかに優れたものになるかもしれないからね。きみが店主を殺したからではなく、きみがマークハイムであるからこそ、私は逃げる手助けをしようとしている」

「僕の本心を明かそう」とマークハイムは答えた。「お前が現場を見たこの犯罪は、僕にとっては最後の犯罪だ。ここに至るまで、僕は多くを学んできた。この犯罪もまた、大きな学びの糧だ。今までは不快にも、望まないものへと追い込まれてきた。貧困の奴隷だったし、追い立てられ攻め立てられていた。そうした誘惑にも屈しないほど強い美徳の持ち主はいるが、僕はそうではなかった。僕は快楽に飢えていた。でも今日、この行いが僕に警告し、豊かなものを与えてくれた。本来の自分になろうという新たな決意と力だ。何事においても、僕は自由に行為する者となる。自分がすっかり生まれ変わったのが分かってきているし、この手は善を行い、心は平安のうちにある。過去の何かが戻ってきているんだ。安息日の夕刻に教会のオルガンを聞いたとき、高貴な本に涙を流したとき、あるいは無垢な子供だった僕が母と話をしていたときに夢見たものが。僕の人生はそこにある。数年間はふらふらと彷徨《さまよ》っていたが、目指す都がもう一度見える」

「金は株式取引に使うのだろう？」と訪問者は言った。「それに、私の思いちがいでなければ、すでに何千ポンドもすってしまっているな？」

「まあね」とマークハイムは言った。「でも今回は確実な話なんだ」

「今回も、きみはその金を失う」と訪問者は静かに言った。

「でも、半分は取っておく！」とマークハイムは声を上げた。

「その半分も失うことになる」

マークハイムの眉のあたりに汗がにじむ。「そうか、でもそれが何だというんだ？」と叫ぶ。「金を失うとして、僕がまた貧しい身に舞い戻るとして、それが何だというんだ？　だからって僕の心の片方、しかも悪いほうが、優れたほうを最後まで踏みつけることになるのか？　善も悪も僕のなかを強く流れていて、それぞれの方向に強く引いてくる。どちらかだけを愛しているんじゃない。両方を愛しているんだ。偉大な行いや自制や殉教に思いをはせることができる。殺人のような罪にまで堕ちてしまっても、僕の心は憐れみを忘れはしない。貧しき人々を憐れむ。彼らのつらい思いを誰よりもよく知っているからだ。彼らを憐れむし、助けてやる。愛を大切にするし、心からの笑いを愛している。この世には良いものも真実のものもないが、心の底からそれを愛している。なのに僕は悪徳に導かれるだけで、美徳は力なく横たわり、心のなかにがらくたのように置いてあるだけなのか？　それはちがう。善からも行為は生まれるんだ」

だが、訪問者は指を一本立てた。「この世に生を享《う》けてからの三十六年間、運の浮き沈みはあり気持ちもさまざまに変わったが、きみはつねに転落の一途をたどってきた。十五年前であれば、きみは盗みと聞いただけでたじろいだだろう。三年前なら、殺人と聞いただけで顔から血の気が引いただろう。そして今、きみが尻込みするような罪は、非道な行いはまだ残っているか？　五年後にははっきりするだろうな！　きみはひたすら下へ下へと進んでいく。それを止めることができるのは死だけだ」

「確かに」とマークハイムはかすれた声で言った。「僕はある程度は悪の言いなりだった。でも、それは誰でも同じだ。聖人たちにしても、生きていくとなれば少しばかり卑しくなるのだし、周りに影響されてしまうものだ」

「ひとつ簡単な質問がある」と訪問者は言った。「その答えによって、きみの道徳的な運勢を占ってやろう。きみは多くのことにおいて以前よりもたがが緩んできている。それでいいのかもしれない。どのみち人はおしなべてそういうものだしね。そうだとしても、ささいなことであっても、自分の行いに以前より納得できなくなったことがどれかひとつでもあるかな？　それとも、すべてにおいて前より好き勝手に振舞っているのか？」

「どれかひとつ？」とマークハイムはおうむ返しに言った。考えるだに苦しい、という思いがその声にはこもっていた。「いや」と、絶望をにじませて言った。「ひとつもない！　僕はすべてにおいて堕ちてしまった」

「では」と訪問者は言った。「今の自分で満足したまえ。きみはこの先も変わらないのだし、人生という舞台できみの役が発する台詞はもう書かれてしまっているのだから」

マークハイムは長いあいだ黙って立っていた。その沈黙を破ったのは訪問者だった。

「さてそれで、金がどこにあるのか教えようか？」

「神の恩寵はどうなんだ？」とマークハイムは叫んだ。

「それはもう試したはずだろう」と訪問者は答えた。「二、三年前に、きみが信仰復興の集会の壇にいて、ひときわ大きな声で讃美歌を歌っている姿を見たと思うがね」

「そのとおりだ」とマークハイムは言った。「それに、僕が何をすべきなのかもはっきりと分かる。そうした教訓を与えてくれたことに心から感謝するよ。目が開かれて、ようやくありのままの自分を見ているんだ」

そのとき、扉の鈴の鋭い音が家に響き渡った。すると、示し合わせていた合図を待っていたかのように、訪問者はさっと態度を一変させた。

「使用人だ！」と訪問者は叫んだ。「私が警告したとおり、彼女が戻ってきたぞ。もうひとつの正念場だ。店の主人は具合が悪いのだと伝えたまえ。彼女をなかに入れて、落ち着いてはいるが深刻そうな表情を浮かべるといい。笑顔も大げさな演技も抜きでやれば、絶対に大丈夫だ！　彼女がなかに入り、扉が閉まりさえすれば、店主を片付けたのと同じあの手さばきで、きみの前に立ちはだかる最後の危険を消し去ってしまえる。そのあとは夕刻をゆっくり使って、必要なら夜中まで家中の宝をくまなく探り、自分の安全を確保すればいい。これは危険という仮面をかぶって現れた助けなのだ。立て！」訪問者は叫んだ。「立ちたまえ。きみの命は天秤にかかって揺れている。立ち上がって行動するのだ！」

マークハイムはその助言者をずっと見つめていた。「僕が邪悪な行いに走るよう定められている身なのだとしても、自由への扉はまだひとつ開いている。行動しないことができる。この人生が邪悪なものだとしても、僕はそれを捨てることができる。お前が正しく語ったように、ささいな誘惑の言いなりになっているのだとしても、僕は一度の決心で、そのすべてを超えたところに行ける。善に対する僕の愛は実を結ばない。そうなのだとしたら、もう仕方がない。それでも、悪に対する憎しみはまだある。お前はさぞがっかりするだろうが、僕はその憎しみから勇気と力を引き出せるんだ」

訪問者の顔つきは、目を見張るような変化を見せるようになった。穏やかに勝ちほこる気分で輝き、柔和になり、そして薄れてかすんでいく。だが、マークハイムはその変化を眺めることも理解することもなく歩いていった。扉を開け、ゆっくりと一階に下りていきながら、独り考えていた。過去が目の前をゆっくりと通っていく。そのありのままの姿が見えた。夢のように醜く、激しく、偶然のようにでたらめな出来事。つまりは、敗北の場面。振り返ってみれば、人生にはもう心を惹かれない。だが、その向こう岸には、自分が乗る小船を待っている穏やかな港が見える。彼は廊下で足を止め、店を覗き込んだ。ろうそくはまだ死体のそばで燃えている。不思議なほど静かだった。しばらく見つめていると、店主のことがさまざまに頭をよぎった。すると、鈴がもう一度、苛立った叫び声のように響いた。

彼は扉を開け、笑顔のような表情で使用人と向き合った。

「警察を呼んできたほうがいい」と彼は言った。「僕はきみの主人を殺した」

月明かりの道

The Moonlit Road

アンブローズ・ビアス

Ambrose Bierce

澤西祐典 訳

『悪魔の辞典』の著者として名高いアンブローズ・ビアス(1842–1914?)．彼を初めて日本に紹介したのが，他ならぬ芥川龍之介だ．いわく，「アムブロオズ・ビイアスは毛色の変《かわ》った作家である．〔中略〕短篇小説を組み立てさせれば，彼程鋭い技巧家は少《すくな》い．評家がポオの再来と云うのは，確《たしか》にこの点でも当《あた》っている．その上彼が好んで描くのは，やはりポオと同じように，無気味な超自然の世界である．〔中略〕日本訳は一つも見えない．紹介もこれが最初であろう」(随筆「点心」より)．芥川がいかにビアスを気に入っていたかは，芥川の箴言集「侏儒の言葉」が，『悪魔の辞典』に触発されて書かれたという一事からも明らかだろう．

本作「月明かりの道」もまた，芥川の創作に大きな影響を与えており，彼の代表作「藪の中」の下敷きとなった作品．その影響関係のほどは，両作を読み比べていただければ一目瞭然である．とはいえ，もちろん二つの作品の眼目は異なる．真相探しを旨とする「藪の中」に対して，「月明かりの道」は，むしろ作品内にたち現れるビアスの世界観に面白味がある．また，「関係者の言い分が食い違っていて，真相がわからない」といった意味で日常語にまで浸透した芥川作品とは異なり，「月明かりの道」では，一人目の人影の謎に関しては，一応の，現実的な解決が成り立つように造られている．ビアスの技巧家としての手腕が遺憾なく発揮された一作といえよう．

I　ジョエル・ヘットマン・ジュニアの告白

さまざまな不幸があれど、わたしほどの不幸を背負いこんだ男はこの世に二人といますまい。富と名声、それなりの学歴、健康な体、ほかにも多くの点においてわたしは恵まれ、同等の立場の人間からは称賛を受け、そうでない人からは羨ましがられるのが常でした。しかし、わたしは時々考えてしまうのです。もしこれほどまでに恵まれていなければ、わたしはもう少し幸せだったのではないか。そうすれば、順風満帆に見えて、それとは懸け離れた内面に、これほどまで苛《さいな》まれ、苦しめられずに済んだのではないだろうか。貧困にあえぎ、努力を強いられる暮らしのなかにあった方が、ひっきりなしに憶測を強いるものの、決してその謎を明かしてはくれぬ暗い秘密を、片時でも忘れられたのではないだろうかとついつい考えてしまうのです。

わたしは、ジョエル・ヘットマンとその妻、ジュリアのひとり息子です。父は裕福な田舎郷士で、母は美しく、優れた教育を受けた思慮ぶかいひとでした。父はそんな母をこよなく愛していましたが、今となって考えてみれば、そこに父の嫉妬深さと独占欲が多分に混じっていたのだとわかります。わたしたち家族は、テネシー州のナッシュヴィルの近くに居を構えていました。大きな屋敷でしたが、どのような建築様式にもあてはまらない、勝手がわかりづらい造りで、街道から少し奥まったところに、林や灌木に囲まれて建っておりました。

ここに述べるのは、わたしが十九歳のときの出来事です。わたしはイェール大学で勉学に励んでいました。ところがある日、父から「至急帰省せよ」という電報を受け取りました。詳しい事情については一切記されていません。ともかく急いでナッシュヴィルへ向かい、駅に着くと、遠縁の親戚が待っていて、そこでようやくわたしは呼び戻された訳を知りました。母が無惨に殺されたというのです。殺人の動機や犯人については、皆目見当もつかないということでしたが、事件のあらましについて次のように教えてくれました。

父はその日、仕事でナッシュヴィルの街へ出かけていました。翌日の午後に帰宅する予定でしたが、ちょっとした不都合があって、その日の夜のうちに帰路についたそうです。どうにか家の近所まで辿りついたときには夜明け前でした。父は鍵を持っておらず、屋敷の裏口へと廻り込みました。これといった深い意図はなく、使用人の眠りを妨げるのがはばかられたためだと、父は検視官に証言しています。屋敷の角を曲がったところで、父は小さな物音を聞きつけました。そっと扉を閉めるような音でした。続いて、男の影が現れましたが、闇に包まれて判然としないまま、人影は庭の繁みに消えて行きました。父は急いであとを追い、あたりを少しは探したものの、使用人の誰かと密会でもしていたのだろうと考え、深追いはせず、鍵の開いた裏口から家へ入って、母の眠る寝室へと向かいました。ところが階上へあがってみると、寝室の戸が開いています。中は真っ暗でした。闇のなかへ踏み込むと、すぐさま足に何かがぶつかり、父はつんのめるように転んでしまいました。床に、重いものが横たわっていたのです。これ以上は書きたくありません。ああ、母が不憫《ふびん》でなりません！　彼女は、何者かによって首を絞められ、殺されていたのです。

家から盗まれたものは何一つありませんでした。怪しい物音を聞いた使用人もおらず、凶行の痕跡と言えば、母の首にくっきりと残された指の痕《あと》だけ——あのおぞましい指痕を記憶から取りのぞけたら、どれほど幸せだったでしょう——他には何一つ痕跡も見つからず、殺人犯の行方はついぞ知れませんでした。

わたしは学業を中断し、父のそばに留まりました。父は当然ですが、すっかり人が変わってしまいました。悲しみに打ちひしがれ、何事にも興味を示さなくなりました。かと思えば、足音が聞こえたり、どこかで突然扉が閉まったりすると気になって仕方がないようで、不安に満ちた表情を浮かべます。以前の、落ち着き払った厳格な態度からは想像もつかぬ姿でした。どれほど些細なものであれ、不意な物音にビクッとし、ひどいときには真っ青になります。その後はまた塞ぎこみ、いっそう深い失意に襲われたように憂鬱気で無反応になりました。いわゆる「神経衰弱」状態だったのだと思います。わたしはといえば、今よりずっと若かったので平気でした。年齢というのは、やはり大きく物を言うものです。若さとは、ギリアデの地で暮らすようなものでしょう。そこではどんな傷さえたちどころに癒す乳香が立ち込めているのです。もう一度、あの魔法の国で暮らせたら。そう思わずにはいられません。悲しみなどとは無縁な暮らしでした。わたしは母と死別したことをどう考えていいかわからず、自分が受けた衝撃の大きささえ知らずにいました。

ある晩、あのおぞましい事件から数ヶ月が経った日のことです。父とわたしは、街からの帰途についていました。満月の夜で、東の空に月が昇ってから、かれこれ三時間ほどが過ぎていました。田舎の夏の夜らしく、辺りはなにか厳粛さを感じるほど静まりかえっていました。わたしたちの歩く音と絶えまなく歌うキリギリスの声だけが道に響いています。道沿いの木々から黒い影がかかり、月明かりに照らされたほそい道が白く、妖しく光っていました。屋敷の門まで辿りついたとき、玄関は真っ暗で、家のどこにも灯りはついていませんでした。すると突然、父が立ち止まって、わたしの肘を摑んだかと思うと、かすれた声で言いました。

「ああっ、神よ。あれはなんだ！」

「何も聞こえやしませんよ」と、わたしは答えました。

「違う、見ろ。ほら、そこに！」道の先を指さしながら父は言いました。わたしは返事をかえしました。

「何もありませんよ。さあ、お父さん。家のなかへ入りましょう。きっと具合が悪いのでしょう」

父はわたしの腕から手を放し、妖しく光る道の真ん中で立ち尽くしたまま、その場から動きませんでした。まるで正気を失ったように前方をじっと見つめているだけです。月明かりに照らされた彼の顔は、何といったらいいのか、哀れなほどに青ざめ、凍りついていました。わたしはそっと父の袖を引きました。しかし、わたしのことなど忘れていたのでしょう。父はじきに後ろへ一歩、また一歩と後ずさりました。その間も一瞬たりとも見つめる先から、あるいは彼が何かを見たと思った場所から、目を逸らしはしませんでした。わたしは半ば身を翻《ひるがえ》してあとを追おうとしましたが、踏ん切りがつかず突っ立っていました。そのときです。恐怖など微塵も感じていなかったはずなのに、突如として寒気が襲ってきました。まるで凍てついた風に頬を撫でられ、頭の天辺から足の爪先まですっぽりと冷気に包まれたようでした。冷気が髪のなかにまで入ってくるのを、わたしは確かに感じたのです。

それと同時に、わたしは屋敷の方に注意を奪われました。上の階でランプが点《つ》いたのです。きっと使用人の一人が悪しきものの不気味な気配を感じとり、言いようのない胸さわぎに駆られて彼女の部屋の灯りをともしたのでしょう。光に気を取られたほんの一瞬の後、父の方を振り向くと、もうそこには誰もいませんでした。それっきりです。長い歳月が経ちましたが、父の行方は杳《よう》として知れません。わたしの耳に届く彼の消息は、どれも憶測の域を出ず、その向こう側へ、わたしのあずかり知らぬ地《くに》へと消えた父の運命について、確たることはいまだ何一つわからないままです。

Ⅱ　キャスパー・グラッタンの遺言

俺は今日まで生き延びた。だが、明日はどうか。明日にはこの部屋に、魂のぬけた土塊《つちくれ》が転がっているだろう。そいつは、うんざりするぐらい長い間、俺自身だったものだ。誰かがその不愉快なものの顔から布を持ち上げたところで、単に病的な好奇心を満たすのがせいぜいだ。一歩進んで、こう尋ねる奴もいるかもしれない。「こいつは誰だ」。ここでお答えできるのはただ一つ。そいつはキャスパー・グラッタン。そうさ、それで十分だ。何年続いたのかわからない人生のうち、二十年以上の長きにわたって、その名は俺のささやかな必要を満たしてくれた。白状すれば、俺が自分でつけた名前さ。なにしろほかに名がわからないのだから、そのくらいは許されてしかるべきだ。この世では、名前がないと不便する。そりゃあ名前があれば自分について何でもわかるというわけではないが、少なくとも他人と区別がつく。世のなかには、番号で識別する方法もあるらしいが、うまいやり方だとは思わない。

なんなら、わかりやすく例を挙げてやる。ある日、俺が通りを歩いていたときのことだ。ここから遠く離れた街で、軍服姿の二人の男が向こうから歩いてくる。男のひとりが、俺の顔をしげしげと見つめたあと、同僚に向かって言った。「あいつ、767番に似てやがるぜ」。その番号に、俺はどことなく聞き覚えがあった。身の毛のよだつ思いがした。訳の分からない衝動に駆られ、俺は脇道に逸れるや否や駆け出し、そのまま田舎道に出て、疲れ果てるまで走りつづけた。

その番号は、頭にこびりついて離れやしない。そいつを思い出すときには、のべつ幕なしに喋りたてる下卑た声や響きわたる乾いた嗤《わら》い声、鉄の扉ががしゃんと閉まる音なんかが、一緒くたになって思い起こされる。だから、俺は番号より、名前で呼ばれる方がまだましだ。たとえ、それが自分で付けたものであってもだ。だが、もうちょっとすると共同墓地に葬られ、名前と番号の両方を頂戴できるだろう。贅沢なことにな。

さて、この遺書を読んだ人に少しばかり考えてもらいたいことがある。ここに記すのは、俺の全生涯ではない。記憶があやふやで、そうしたくてもできないのだ。でたらめで、繋がりのない記憶の断片を記すしかない。なかには、美しい数珠《じゅず》が一本の糸で繋がれているように、きちんと意味の通るものもあれば、ちぐはぐで奇妙なものもある。真紅に彩られた夢を見ていても、そこに空所や真っ暗な部分があるようなもので、茫漠たる荒野で、魔女が焚いた火が音もたてず、赤く立ち昇っているようなものだ。

いま俺は、永遠という名の海にのぞむ断崖で、これまで歩んできた陸地に最後の一瞥《いちべつ》をくれようというのだ。二十年分の来し方は、どうにか見える。血のにじむような日々だ。赤貧と苦痛に苛まれ、行き当たりばったりで不安続きの旅路だった。まるで重荷を担がされて歩いたかのような、よろよろとした足跡が見える。

遠く、友もなく、心淋しく、足どり重く*

糞ったれ。この詩はなんだ。まさに俺の予言ではないか。あっぱれだ、なんと見事でおぞましい。

この陰鬱な旅路の——数々の罪に苛まれた叙事詩の——始まりから向こうは、何一つ、はっきりとしない。暗雲が垂れ込めていて、見えない。つまり、二十年ぽっちの記憶と、自分が今や老いぼれだということしかわからないのだ。

人は生まれたときのことを覚えていないものさ。そいつは他人から聞かされるもんだ。だが、俺は違う。人生が幕を開けたときから、頭も体もばっちり動いていた。ただ、それ以前の暮らしとなると、他人様と同じで何もわからない。何もかもが切れ切れで、記憶か夢かさえはっきりとしない。とにかく、意識がはっきりしたときには、心も体も大人のそれだったのさ。俺は驚きもしなかったし、どういうことかと詮索もしなかった。森のなかを歩いていて、服は半分無くって、足は痛かった。何より、途方もなく疲れていて、腹ぺこだった。それで、近くに見えた農家へ、食べ物を乞いに行ったのさ。そしたら、名前を尋ねられたわけだ。だが、俺は自分の名がわからなかった。なのに、皆が名前を持っているというのはわかった。俺はひどく気まずい思いで引き返し、夜の訪れた森のなかで横たわり、そのまま眠りについた。

翌日、俺は大きな街へ辿りついた。街の名は、伏せておく。他にも、まさに今終わらんとするこの暮らしについて、あれこれ仔細を並べたてることはできるが、止すとしよう。いついかなるときも、どこにいても、悪を正して犯した罪の意識に責めさいなまれ、その犯罪によって罰されるのではないか、と恐怖に追われる日々だった。ここでは俺が仕出かした犯罪の顚末について、ひとつ物語にまとめてみよう。

かつての俺は、大きな都市の近郊に住んでいたらしい。裕福な地主で、愛する妻と暮らしていた気がする。妻の操を疑ってもいた。時おり、息子がいたことも思い出す。聡明で、将来が楽しみな子だった。しかし、彼の姿形はいつも曖昧で、はっきりとせず、息子の存在自体思い出せないこともしばしばだ。

ある不幸な晩、俺は、卑しくも妻の貞操を試そうとした。史実や文学作品でお馴染みの、猜疑心というやつに駆られたのだ。俺は、翌夕に帰ると妻に告げて街へと出かけ、その実、夜明け前に帰宅した。そして屋敷の裏手に廻り込んだ。鍵が閉まっているように見えて、実際は簡単に開くような細工を、裏口のドアにこっそり施しておいたのだ。そこから入ろうと向かっていると、当の裏口がそっと開き、また静かに閉められるのが聞こえた。闇のなかへ逃げ去る男の姿も見えた。胸中に殺意が湧き起こり、すかさず後を追ったが、あいにく取り逃がしてしまい、何者かもわからぬうちに男は消えてしまった。今思い返すと、あれは本当に人間だったのだろうか。俺は時々、自信が持てなくなる。

それはさておき、憤怒と嫉妬に駆られた俺は、我を忘れて屋敷へ飛び入り、妻の寝室へとつづく階段を駆けあがった。寝室には鍵があったが、やはり細工を施していて、たやすく開けることができた。漆黒の闇にも拘わらず、俺はたちまち妻のベッドのわきまで辿りついた。怒りでわななく両手でベッドをまさぐったが、彼女は見つからなかった。「一階へ逃げたのだ」と俺は閃《ひらめ》いた。「俺が突入してきたのに怯え、広間の暗闇に身を潜めたに違いない」と考えたのだ。

彼女を探すため、俺は寝室を出ようとした。しかし真っ暗なので、おかしな方向へ行ってしまった――だが、それこそが正しい方向だった！　足が彼女の体にぶつかった。妻は、部屋の隅で縮こまっていたのだ。俺の手は、ただちに妻の首を絞め上げた。悲鳴を上げようとするのをねじ伏せ、抵抗する彼女の体を膝で押さえつづけた。暗闇のただ中で、妻を問いただすことも非難の言葉を浴びせることもせず、彼女が息絶えるまで首を絞めつづけた！

そこで悪夢は途切れる。陰惨な悲劇をここでは過去形で書いたが、現在形で綴った方がしっくり来たかもしれない。繰りかえし繰りかえし、俺の脳裏に同じ場面が浮かんでくるからだ。幾度も愚かな計画を練り、疑念が正しかったと知り、妻の不義を罰する。

そのあとはまったくの空白。現実に戻るしかない。雨がすすけた窓を打ち、雪がぼろを着た我が身に積もり、どうにか食い扶持にありつけた街の薄汚い路地に車輪の音だけが響いている。明るい日差しとは無縁な暮らしだ。日の光も当たらず、鳥のさえずりも聞こえやしない。

実をいうと、悪夢はもう一つある。さっきのとは別の夜の光景だ。俺は月明かりの道で、黒く伸びた街路樹の影と影の間に立っている。何者かの気配をそばに感じ取るが、すぐには正体を摑めずにいる。やがて大きな屋敷の影のなかに、白い服がほの明るく浮かび上がってくる。続いて女の姿が、俺に対峙するように道のただ中に現れるのだ。それは妻に、俺が殺した女に他ならない。顔は死人《しびと》そのもので、首には指の痕がある。目はこちらを見据え、底知れぬ想いに駆られているように見えるが、そこには非難の色も憎悪の念も読み取れず、こちらを脅す風でもない。只々こちらを見据えるだけで、ひたすらに恐ろしい。妻の亡霊を目の当たりにして、俺は恐怖にとらわれ、後ずさる。――こうして書いていても、恐怖が押し寄せてきて、字すらまともに書けない。見ろ！　またあの目が――

ようやく落ち着いた。だが、もはや語るべきことは残っていない。話はふりだしに戻る。すべては藪の中だ。

そうさ、俺は舵を取りもどしはした。「我が魂の船長」は、俺自身だ。だが、だからといって、刑の執行が猶予されたわけではない。別の形で罪を償うときが訪れたのだ。俺の贖罪は、いつでも苦しいのは同じだが、形がころころ変わる。その一つが小康状態というだけだ。結局のところ、終身刑という点に変わりはない。「生きるは地獄、死んでも地獄行き」。おかしな刑罰さ。殺人者が、己の刑期を選ぶんだから。それでも俺のお勤めは、今日で終いだ。

諸君にどうか平穏あれ。俺が得ることのなかった平穏あれ。

Ⅲ　霊媒師ベイロールズの口を借りたる死霊ジュリア・ヘットマンの物語

その晩、私は早々に寝室へ引きあげ、ほどなくして安らかな眠りにつきました。ところが夜半、いわく言いがたい胸騒ぎにおそわれ、私は目を覚ましました。こちら側に来る前の、以前の暮らしでは、よくあったことです。頭では取るに足らぬものだとわかっていましたし、その時も馬鹿らしいと思いましたが、胸騒ぎは一向に収まりませんでした。あいにく夫のジョエル・ヘットマンは留守にしていて、使用人は別の棟で寝ておました。といっても、よくあることでしたので、いままでそれで不安になったことはありませんでした。にも拘わらず、私の胸に芽生えた形容しがたい恐怖はどんどん強くなり、じっとしていられなくなった私は、起きあがってベッドのわきにあったランプをともしました。灯りで恐怖を打ち払おうとしたのですが、願いは果たされませんでした。むしろ、灯りのせいで自らを危険にさらしてしまったように思ったのです。ドアの下から光が漏れ、そとを徘徊する悪鬼に、自分の居所を教えてしまったようなものです。想像力が生みだす恐ろしい幻に惑わされがちな、生者の皆さん、考えてもみてください──まがまがしい夜の化身から逃れるために、暗闇に安寧を求めてしまうなんて、いったいどれほど激しい恐怖が私の胸に渦巻いていたか。見えない相手の懐に飛び込むような真似をするとは、破れかぶれもいいところです！

灯りを消し、私は頭から布団をかぶりました。じっとしたまま、声を発することもできず、祈るのも忘れて打ち震えていました。あなたがたの感覚に即して言えば、──時間の概念は、もはや私たちにはありませんので──数時間にわたって、私はその哀れな状態で耐えるしかありませんでした。

ついにそいつは、こちらに向かって来ました。階段がきしむ、不規則で小さな音が聞こえて来たのです。足取りはゆっくりとしていて、躊躇《ためら》いがちで、まるで自分の足元が見えていないかのような覚束ない感じでした。混乱しきった私の頭は、ますます恐怖に侵されていきました。徐々に近づいてくる、目も心も持たない悪意には、慈悲を乞うても無駄だと思ったからです。広間のランプを点けたままにしたはずなので、手探りで進んでくるというのは、それが夜の化身だという証《あかし》に他ならない、とさえ思いました。愚かしいとお感じのことでしょう。先ほどの、灯りをめぐる脅威と理屈が合いません。しかし、それも当然のこと。迫りくる恐怖で頭のなかは真っ白です。愚かしくもなりましょう。同じ恐怖の産物とて、恐怖が見せる光景と恐怖心が囁《ささや》く助言は食いちがうものです。私たちはそのことをよく心得ています。「恐怖の国」の民となった私たちは、どこまでも続く薄闇のなかを当てどなく彷徨《さまよ》っていて、時おり前世でゆかりがあった場所へ出たりもしますが、自分自身はおろか同胞の姿も見ることができず、寂しい暗がりで、みじめに隠れているしかないのです。そこに愛する人がいるとわかって、話しかけたいと思っても、声が出ず、こちらが怖がっているのと同様、相手に恐怖を与えてしまうのが関の山です。しかし、不意に呪縛から解き放たれるときがあります。そんなときは、ありえないことが起こります。愛の偉大な力が、あるいは強い憎悪の念が、呪いをうち破るのでしょう。危険を知らせたい相手や慰めてあげたい人、懲らしめたい輩に私たちの姿が見えるようになるのです。どのような格好で見えるかまではわかりませんが、どうにかして励ましてあげたいと願ったり、悲しみを分かちあい、慰めてもらいたいと願っても、相手を怖がらせるだけだということは、よく心得ています。

思わず話が逸れてしまいましたが、私がかつて女だったと思って、どうかお聴き流しください。元々このようなやり方では、そう完全にお話しできるものではないのです。おわかりください。あなた方は的外れな質問ばかりされますし、私たちにも知らないことや、言えないことがあります。また知っているからといって、お伝えできるとはかぎりません。こちらの言葉は、そちらでは意味をなさないものばかりです。どうにかお伝えできるのはごく一部、そちら側の言葉で言い表せる事柄についてだけなのです。あなた方は、私たちが別世界に住んでいるとお思いでしょう。ところが、そうではありません。私たちもあなた方と同じ世界しか知らないのです。ただし、私たちにとっては日の光もなく、ぬくもりも音楽もありません。笑い声や鳥のさえずる歌も聴こえず、まして親しい付き合いなど望むべくもありません。ああ、なんて寂しい暮らし。幽霊なんて、すっかり変わってしまった世界で怯え、縮こまっているだけ。始終、不安に追い立てられ、絶望に苛まれているばかりです。

いいえ、私は恐怖で震えあがって死んだのではありません。あの怪物は引き返して、出ていってくれました。階段を降りていく音は早足で、まるで恐怖に駆られたようでした。

私は助けを呼びに行こうと立ち上がりました。震える手がドアノブを摑もうとした瞬間でした。なんということでしょう。戻って来たのです。怪物が、今度は急ぎ足で、重々しく、大きな音を立てながら階段を登って来たのです。あまりの荒々しい足音で、屋敷が揺れるほどでした。私は部屋の隅に飛んで逃げ、床にうずくまりました。そして祈りを捧げ、主人の名前を呼ぼうとしたときでした。寝室のドアが、勢いよく開きました。それと同時に、私はしばらく意識を失いました。次に気が付いた時には、首を絞められていました！　私はのしかかってくるものに対して、弱々しくも抵抗していた気もします。しかし、ついには舌が口から飛び出ました。そしてこの身になり果てたのです。

いいえ。あれが何だったのか、私にもわかりません。生前何があったか、死後わかる度合いというのは、死の瞬間にどれだけわかっていたかで決まってしまうのです。こちら側の暮らしについてはあれこれと学びましたが、過去について新たな知見を得るということはございませんでした。私たちに見えるのは、記憶に残っている事柄だけです。真実の丘に立って、謎に包まれた国の混沌とした風景を見渡す、などということは起こりません。私たちは相も変わらず「死の陰の谷」たるこの世に住まい、荒涼たる大地を彷徨い、正気の沙汰とは思われない凶暴な住人たちと出くわしても、茨や灌木のなかから見つめていることしかできないのです。過去は色褪せていくだけで、真相を知ることなど、どだい無理な話です。

これからお話しするのは、ある夜の出来事です。私たちにも、夜はわかります。人々が寝床に就くので、私たちは身を潜めていた場所から出て、怯えることもなく、かつての住まいを訪れることができるからです。窓越しに中を覗き、時には室内へ入って、人々の寝顔を見つめたりします。私は長らくの間、無惨に殺された現場でもある、我が家の周りをうろついていました。愛する人や憎む相手がいるかぎり、私たちはそうするものなのです。夫や息子に、私がそばにいることや胸に渦巻く深い愛、悲痛な思いをどうにか知ってもらえないかと、愚かにもあれやこれやと試してみました。しかし、結果はわかりきっていました。禍々しい眼《まなこ》を向けられるのです。眠っていれば目を覚ました後、あるいは私が自暴自棄になっていて、二人が起きているときに近づこうものならすぐに、彼らはあの禍々しい眼を私に向けるのです。その視線に私は耐えることができません。気づいてほしいと願っていたはずなのに、私は生者の眼光に震えあがってしまうのです。

その晩も、私は二人を探していましたが、どこにも見つかりませんでした。と言いながら、内心では、二人に出くわしたらどうしようとも思っていました。屋敷のなかにも、月明かりに照らされた庭にも二人は見当たりませんでした。永久に奪われてしまった日の光とは違って、月は、満月であれ、三日月であれ、私たちにもわかるのです。夜に輝くものはもちろん、昼の空に昇っているものも見えます。昇ったら沈む、というのも変わりありません。

私は庭を離れ、白く照らされた静かな道を悲しみに暮れながら、当てどなく歩いていました。すると突然、私の哀れな夫の叫び声が聞こえました。息子も一緒で、何事もないよと、驚いて大声をあげる夫をなだめていました。彼らは、木陰に挟まれて立っておりました。それもすぐそこに、私のすぐそばでした。二人はこちらに顔を向けており、夫の目は間違いなく私を見ていました。私を見てくれたのです。ついに、やっと、主人が私を見つけてくれたのです。そう思うだけで、悪夢から醒めたように恐怖が消えてなくなりました。死の呪いが解けたのです。愛が掟に打ち勝ったのです。私は狂喜のあまり、叫び声をあげました。もう叫ばずにはいられなかったのです。「彼に私が見えている。私を見てくれている。だったら、私だとわかってくれるに違いない」。そう考え、慎重に歩み寄りました。顔には笑顔を浮かべ、できるだけ美しく見えるよう振舞いながら、夫に近づきました。頭のなかは夫の胸に飛び込み、愛情ぶかい言葉をかけて、夫を慰めたいという気持ちでいっぱいでした。息子とも手を取り合い、胸の内をわかち合って、死によって断たれてしまった絆を取りもどせると思いました。

ところが、何ということでしょう。夫の顔は恐怖で歪み、みるみる白くなっていきました。目は追い詰められた獲物のように怯えています。彼は後ずさりました。私はその分、近寄ります。やがて、夫は私に背を向け、樹々の向こうへと逃げていきました。どこへ行ってしまったのか、私にも知る由がありません。

息子には可哀そうなことをしました。彼は私の存在に気付くことはなく、二重に悲しい想いをさせてしまいました。その後も、彼と意を交わせたことは一度もございません。その息子も、まもなくこちら側の世界に移ってくることでしょう。そうなれば、私にも息子の姿は見えなくなり、私たちは永遠にすれ違いつづけることになるのでしょう。

＊オリヴァー・ゴールドスミス、一七六四年の詩「旅人」の書き出し。

秦皮《とねりこ》の木

The Ash-Tree

M・R・ジェイムズ

M. R. James

西崎 憲訳

本書のもとになった芥川編の英語副読本の特色の一つは，全8巻のうち2冊が幽霊・怪奇小説に割かれているところだ（“Modern Ghost Stories” と “More Modern Ghost Stories”）．学生時代，「Mysterious な話」を蒐集《しゅうしゅう》していた芥川の怪奇趣味が色濃く出ている．

本作は，その “Modern Ghost Stories” に収められた一篇．M・R・ジェイムズ（1862–1936）といえば，近代イギリス怪奇小説の巨匠．ジェイムズは，まず古文書学者，聖書学者として名声を博し，母校であるケンブリッジ大学で教鞭をとった．そのケンブリッジ大学の学寮キングズ・カレッジでは，毎年クリスマスに茶話会がひらかれ，教員や学生たちが集う．その席上で自作の怪談を披露したところ，評判を呼び，ジェイムズは怪奇小説家としてデビューすることとなる．その後も，クリスマスにジェイムズが怪談を披露するのが恒例行事となった．本作もそんなクリスマスの茶話会で披露された一篇．17世紀ごろを舞台とした古典的怪奇小説で，20世紀にあってさえ古風といわれた作風がかえって“怪談”の本質を露わにしている．

タイトルの「秦皮の木」は，日本ではなじみが薄いが，魔女のほうきの材料として知られる．また，魔女は秦皮の木の近くに住むと言われ，生木でもよく燃え，非常な高温を発する．

誰によらず、東イングランド巡りをしたことのある者にとっては、一帯に点在する比較的小体《こてい》な田舎屋敷《カントリーハウス》はお馴染みのものということになるのではないだろうか——湿気を帯びがちな小さな建物、たいがいイタリア風で、八十エーカーから百エーカーほどの広さの庭に囲まれている。わたしの目にはそうした屋敷はつねにたいそう魅力的なものと映ってきた。オーク材で仕立てた灰色の柵、堂々たる樹木、葦叢《あしむら》を配した複数の池、それに遠くでけぶる森の輪郭。それから玄関柱廊《ポーチコ》も好もしいと思う——それはアン女王朝様式の赤煉瓦造りの屋敷の前面に接がれ、おそらく十八世紀末のギリシア趣味に準じて、化粧漆喰《スタッコ》で白く塗られている。内に足を踏みいれると玄関ホールは屋根までの吹きぬけになっていることが見てとれて、ホールがそうあるべきように壁面から迫《せ》りだした通廊を具《そな》え、慎ましいオルガンが鎮座している。わたしは書斎も好む。そこにはなんでもある。十三世紀の『詩篇』から、シェークスピアの四つ折り本までのあいだのいかなるものも。言うまでもないが、わたしは絵も好む。しかしおそらく全体のなかでもっとも惹かれるのは、そこでの生活に思いをめぐらすことだ——最初に建てられた時分の生活、領主たちが幸福で長閑《のどか》だったころの暮らし、さらには昨今の暮らし。いま資金は潤沢というわけではないが、嗜好の幅はむしろ広がり、生活は昔同様興味深い。わたしはそういう屋敷の一軒を所有したいと思うし、きちんとした状態に保ち、友人たちをささやかに歓待できるだけの金銭を持ちたいと思う。

しかしそれは余談というものだ。こうして描写に努めてきた屋敷のひとつで起こった一連の奇妙な出来事についてわたしは記さなければならない。サフォーク州にあるカストリンガム屋敷のことである。この話の時代以後ずいぶん手が入れられていると思うが、これまで述べた本質的な特徴はまだ残っている——イタリア風のポーチコ、白く角形の屋敷、見掛けより古い内装、木立に縁取られた庭、それに池。同種のものからその一軒を識別しやすくさせていた最大の特徴は失われている。庭に立ったとき、右手に大きな古い秦皮《とねりこ》の木が見えたはずなのだ。それは塀から六ヤードばかりの位置にあり、枝は屋敷の外壁に触れるか触れないかといったところまで張りだしていた。木はカストリンガムが要塞の務めを解かれたときからそこにあったのではないだろうか。濠《ほり》が埋められ、エリザベス様式の屋敷が建てられたときから。いずれにせよ一六九〇年には木は生長しきっていた。

その年、屋敷のある教区で魔女裁判が何度か行われた。常々思うのだが、旧い時代にあまねく見られた魔女にたいする恐怖を無理なく説明する理由が——そういうものがあったとして、その程度がどれほどであったかを、わたしたちが正確に知る日がくるのはまだだいぶ先だろう。疑問はいくつかある。魔女だと告発された者は尋常ではない力を自らが有しているとほんとうに考えていたのか。実効的だったかはともかく、隣人にたいして邪《よこしま》なことを企てていたのか。たくさん残っている自認のすべてが魔女狩りの人々の残虐さから引きだされたものなのか——そうした疑問にはまだ決着がついていないように思う。そしてこの話をすることによって自分は再考を促されている。すべてが単なるでっちあげだと片づけることはわたしにはできない。それにかんしてはこれを読む各々が判断を下すべきであろう。

カストリンガムは異端者火刑《アウト・ダ・フェ》にひとりの人間を差しだした。名はマザーソール夫人で、よくいる村の魔女とは一点において違いがあり、相当に裕福かつ有力者だった。教区の立派な農場主が何人も彼女を救うために力を尽くした。農場主たちは彼女の人格について有利な証言をし、陪審員の答申に多大な疑念を表した。

しかしどうやら彼女にとって致命的だったのは、カストリンガム屋敷の当時の領主——つまりサー・マシュー・フェルの証言だった。サー・マシューは屋敷の窓から三回彼女を見たと証言した。満月の夜に「屋敷の近くの秦皮の木の」小枝を集めていたと。

マザーソール夫人は木に登り、枝のあわいにいた。スリップ姿で、妙な具合に曲がったナイフで枝を切り、そうしているあいだずっと何か喋っているように見えた。サー・マシューは毎回夫人を捕らえようと最大の努力を傾けたが、夫人はかれが余儀なく発してしまった何かしらの音を注意深く捉え、庭に出たときに見えたのは、小径を横切って村のほうに駆けていく一匹の野うさぎだけだった。

三度目の夜、かれは可能なかぎりの速さで追いかけた。そして直《じき》に辿りついたのはマザーソール夫人の家だった。けれどサー・マシューは十五分間、ドアを叩き、待たなければならなかった。そしてたいへん不機嫌でたいへん眠そうな顔の、いましがたベッドから出てきたという態の夫人が現れたとき、訪ねた理由を説明するのに往生した。

それほど印象深くもなく並はずれてもいない証言がほかの教区民からもあったが、おもに以上の証言によってマザーソール夫人は有罪の判決をくだされ、死刑を宣告された。裁判の一週間後、より不運な五、六人とともに、彼女はベリー・セント・エドマンズで、絞首刑に処された。

当時、執政官代理を務めていたサー・マシューは絞首刑に立ち会った。霧雨がじくじくと皮膚に染みこむ三月の朝で、囚人馬車はノースゲートからつづく草の生えたでこぼこの丘の斜面を登っていった。絞首台は頂《いただき》にあるのだった。ほかの罪人たちは感情を失くしたか、あるいは苦悩に打ちのめされていた。けれどマザーソール夫人はまったく異なり、生のうちにあるがごとく死のうちにありといったふうだった。「毒々しい怒りは」と当時のある報告者は記している。「見物人の心中に多大な影響を与えた――あまつさえ絞首刑の執行人にも――夫人は怒れる魔的存在の地上における相であると、見る者すべてが確信した。しかしマザーソール夫人は法の執行吏たちに抵抗はしなかった。ただ自分を束縛する者たちを見ただけだった。途轍もなく悪意に満ちた顔で――うちのひとりはわたしに後で請けあった――半年のあいだ、その顔を思いだしただけで苦しんだと」

しかし伝えられるところによれば、夫人が口にしたと言われているのは、聞くかぎりでは無意味な言葉だった。「あの屋敷は客を迎えるだろう」彼女は一再ならず、小声でそう言ったという。

サー・マシュー・フェルは彼女の振舞いに平静ではいられなかった。かれは一件《くだん》について教区の牧師と言葉を交わした。件《くだん》の巡回裁判が終わったとき、連れ立って教区に戻ったのだ。裁判におけるサー・マシューの証言は、強く望んでなされたものではなかった。かれは魔女狩りの熱狂にどっぷりと浸っていたわけではなかったが、裁判において行った証言以外のことは何も言えない、自分が見たものにかんして間違いは有りえないと、そのときもそしてその後も明言した。一件全体が不快でたまらないものだった。サー・マシューは周囲との付きあいは楽しいものであれと願っていたのだ。けれど今回の件においてかれはなすべきことを見てとり、それをなした。それがサー・マシューの所感の要にあったことと思われるが、理性的な人間であれば誰もがそうしたに違いないと、牧師はその態度を賞賛した。

数週間後、五月の月が満ちるころ、牧師と地主は庭でふたたび顔を合わせ、屋敷まで一緒に歩いた。レディー・フェルは母親のもとに出かけていた。彼女の母親は病を得て、重篤だったのである。サー・マシューは屋敷で独りだった。だから屋敷で夜食をとるように牧師のクローム氏を説得するのは容易だった。

その夜のサー・マシューは申し分のない話し相手とはとても言えなかった。話題は一族のことや教区のことが主で、そして天の配剤というべきか、サー・マシューはその夜、覚え書きをしたためた。財産にかんするいくらかの希望や意図を。それは後々ひじょうに役にたった。

クローム氏が帰宅を考えはじめたのは九時半頃で、見送りがてらのサー・マシューとクローム氏は屋敷の裏手の砂利道を歩いていた。クローム氏の記憶に残った唯一の出来事は以下のことだった。ふたりは秦皮の木が見えるところにいて、すでに述べたように木は屋敷の窓に触れんばかりに枝を茂りださせていた。サー・マシューは立ちどまり、言った。

「秦皮の幹を上がり下がりしているのはなんだろう。栗鼠《りす》ではないだろうな。この時間だと巣のなかにいるだろうから」

牧師は視線を向け、動く生き物を見た。月光の下では色についてはなんとも言えなかった。しかしながら鮮明な輪郭、一瞬見てとれたそれは脳に刻みつけられた。牧師は言った。誓えと言われれば誓う、ばかげて聞こえるかもしれないが、栗鼠であるにせよ、ほかのなんであるにせよ、肢《あし》は四本より多かった、と。

しかしつかのまの光景はことさら話題にするほどのものではなく、ふたりはそのまま別れた。ふたりはそののちふたたび見《まみ》えたかもしれないが、それは二十年ほど後のことである。

翌日、サー・マシュー・フェルはいつもと違って朝の六時に二階から下りてこなかった。そして七時になっても八時になっても下りてこなかった。ここに至って召使いたちは主人の部屋のドアの前に集まりノックした。長々と述べる必要はないだろう。召使いたちが聞き耳を立てたこと、ドアを何度もノックしたことは。ドアはついに外側から開けられた。召使いたちは黒く変色して絶命している主人を見いだした。大方の予想通りと言うべきか。そのときは暴力がふるわれたことを示す痕跡は何もないように見えた。けれど窓は開いていた。

召使いのひとりが牧師を呼びに行き、牧師の指示で検視官に報せを届けるため、召使いは今度はそちらに馬首を向けた。クローム氏は能《あた》うかぎりの早さで屋敷に駆けつけた。そして死者の横たわる部屋に通された。クローム氏が残した文書のなかには覚え書きがあり、それはいかにかれがサー・マシューを惜しみ、悼んだかを如実に示している。そして日記には以下のような記述もあった。引き写しておこう。この出来事の経緯、当時の一般の宗教的信条を明らかにする光となるだろう。

「部屋に強引に押しいった痕跡は皆無であった。しかしながら窓は開いたままだった。哀れな我が友はこの季節にはそれを習いとしていたのである。かれは寝しなに一パイントほど入る銀杯で弱いエールを少し飲んだが、その夜は飲み干さなかった。飲み残しのエールはベリーからきた医師の手で検査された。ホジキンズ氏というその医師はけれども後で宣誓した。検視官の質問に先立って、毒性のあるものは何も見いだし得なかったと。当然ながら、死体が著しく膨張し黒く変色していたので、近隣の者のあいだで死因は毒ではないかと噂されたのだ。寝台に横たわった遺体は甚だしく乱れていた。あまりに歪み、捻《ねじ》れていたので、立派な我が友にして恩人は、死に際して多大な痛みと苦しみを甘受することになったと容易に判断できた。そしていまだ説明は果たせないのだが、わたしの目に残虐な下手人のおそろしくも巧妙な手口を明示する証拠と映じるのは以下のことである。埋葬の準備と水で浄めることを委ねられた婦人たち、どちらも哀悼深き務めにおいて、誠実で大変尊敬を受けている者たちがわたしの許にやってきて、精神と身体双方にわたる大きな痛みと不安を訴えた。一見してそれは明らかだった。ふたりは遺体の胸に素手で触ったのであるが、直後にありきたりとは言えない痛み、著しい疼痛を掌《てのひら》に覚えた。間をおかずして掌は驚くほど腫れあがり、やがて腫れは前腕に及んだ。後に判明したのであるが、仕事を休むことを余儀なくされた何週間ものあいだ、痛みはいっこうに引かなかった。にもかかわらず、皮膚に傷などはまったく見られなかった。

婦人たちの話を聴き、わたしは医師を呼びにやった。医師はまだ屋敷にいて、わたしたちは水晶の小型拡大鏡の助けを借りて、遺体の胸部の皮膚を可能なかぎり細心に検《あらた》めた。けれどもその機器を使っても重要と思われるものを発見することはできなかった。ふたつの痕以外は。そのふたつの痕から毒が体のなかに入ったのだろうとわたしたちは結論した。わたしたちの念頭に浮かんだのは教皇ロドリーゴ・ボルジアの指環や、それにほかのよく知られた事例、その昔の世紀のイタリアの毒殺者たちのおそろしい技術のことだった。

遺体の症状にかんしては言うべきことは多々ある。わたしがここに付けくわえるものについて言えば、単にわたしの実験であるので、価値があるかどうかの判断は、後世に委ねたいと思う。寝台のかたわらの卓の上には小型の聖書があり、我が友——重要ではない機会に几帳面であったように、この重要なときもやはり几帳面だった——かれは就寝時と起床時に聖書を手にとり、あらかじめ定められた一節を読んだ。いまわたしは、それを手に取り、神の断片たるその書を味読する身から、偉大な神そのものと正対する身へと転じた人を想って涙を禁じえなかった。——そのさなか脳中にある思いが入りこんできた。そういった孤立無援の際には、われわれはどんなに微かな光であれ、それが約束されるほうに手を伸ばしがちである。古来から行われ、多くの人間に迷信的な行為だと見なされている試み、つまり聖書占いを試みるものである。祝福された殉教者チャールズ一世とわがフォークランド卿の事例はずいぶん人の口の端に上ってきた。認めなくてはならないが、わたしの試みはあまり助けにはならなかった。しかしこのおそろしい出来事の理由と原因が今後明るみに出ないとは言い切れまい。ゆえにわたしは聖書の答えを書き留めよう。聖書占いの結果はこの度の災いの真の出所を指し示すかもしれない。わたしより優れた知性の持ち主の目に。

そのとき、わたしは三度試みた。聖書を開き、文のあいだに指を置いた。試みはまず以下の語をもたらした。ルカの十三章七節から『これを伐りたおせ』。二番目にイザヤ書十三章二十節『住まんとする者は絶え』。そして三回目の試みは、ヨブ三十九章三十節『その子等もまた血を吸う』であった」

これがクローム氏の覚え書きから引用されるべき箇所のすべてである。サー・マシュー・フェルは手厚く棺に入れられ、土中に横たえられた。葬式の説教はクローム氏によってつぎの日曜になされ、それは『不可知なる道あるいはイングランドの危機と反キリストの悪しき所業』と題されて刊行されたが、文中の見解は牧師であるクローム氏のものであると同時に、そのあたりの人々の大半が共有するものであった。領主殿は十七世紀に起こったカトリック陰謀事件再発の犠牲者だ、というのがその見解であった。

息子である二代目サー・マシューは称号と財産を引き継いだ。そしてカストリンガムの悲劇の第一幕は終わる。あらかじめ述べておくと、驚くことではないだろうが、新しい准男爵は父親が死んだ部屋を使わなかった。実際かれの代がつづいているあいだは時折の客人以外はそこで寝ることはなかった。二代目サー・マシューは一七三五年に鬼籍に入ったのだが、かれが生きているあいだとりたてて目を惹くことは起こらなかった。ただ牛やほかの家畜が死ぬことが絶えず、それがいささか妙な印象を与えた。そしてそれは日々が過ぎるにつれてわずかずつ増えていく傾向を見せた。

その傾向の細部に興味をいだいた人々は、統計学的な記述を一通の投稿記事のうちに見いだすだろう。一七七二年に『ジェントルマンズ・マガジン』に届いたもので、それは准男爵自身の残した文書から直接事実を引きだしている。かれは結局それをきわめて簡単な手段で解決している。夜のあいだは全部の牛馬を小屋に入れ、敷地に羊を残さないようにした。屋内で夜を過ごした場合にはこれまで被害がなかったことに気がついたからである。その後、異状は野鳥や狩りの獲物にされる動物にかぎられるようになった。けれどその現象の原因にかんしては詳しい記述が存在しないし、寝ずの番をしても手掛かりは欠片《かけら》も得られなかったとあるので、サフォーク州の農民たちが「カストリンガム病」と呼んだこの現象について長々と論ずることはしない。

二番目のサー・マシューはすでに述べたように一七三五年に亡くなった。そして息子のサー・リチャードが順当に跡を継いだ。教区教会の北側に大きな家族席が建て増しされたのはかれの代のことである。サー・リチャードの案は大掛かりで、教会のその不浄な側にある墓のいくつかはかれの欲求を満たすためにわりを食うことになった。そのなかにはマザーソール夫人のものもあり、教会と敷地の平面図に覚え書きが記されていたおかげで、夫人の墓の位置は正確に知られていた。平面図も覚え書きもクローム氏の手になるものである。

まだ憶えている人もすこしいる、有名な魔女の墓が掘りかえされるという報せが伝わったとき、村の人々の好奇心は大いに沸きたった。そして驚きの感覚とも不安ともつかない感情は著しい高まりを見せることになった。マザーソール夫人の棺が堅牢で原形を保っていたにもかかわらず、内側に遺体があった痕跡がないことが判明したのである。亡骸《なきがら》、骨、あるいは塵などはまったく見あたらなかった。実際、それは奇妙な出来事だったはずだ。というのもその時代には盗掘など夢にも思う人はいなかったし、死体を盗む合理的な動機を想像するのは難しかった。解剖室で使う以外には。

その出来事はしばらくのあいだ、四十年間眠っていた魔女裁判にまつわる話の一切を甦らせた。魔女たちの大胆な行いを。そしてサー・リチャードは棺を焼くように命じ、それはあまりに無謀だと考えられたが、しかるべく敢行された。

サー・リチャードがたちの悪い革新者であったことは確かである。かれの代になる以前、屋敷はとても柔らかな印象の赤煉瓦の建物だった。けれどサー・リチャードはイタリア旅行の際にかの国の趣味に泥《なず》み、先祖よりも裕福だったので、一軒のイギリス風の屋敷を見出した場所に、ぜひともイタリア風の邸宅を残そうと決意した。というわけで化粧漆喰と切石が煉瓦を覆った。凡庸な古代ローマの大理石の彫刻が玄関ホールや庭に点在することになった。チボリのシビル神殿の複製が池の向こう岸に建てられた。そしてカストリンガムは完全に新しい外貌を獲得した。魅力において劣るそれを、と言わなければならないだろう。けれど一切が賞賛の的になり、その後の何年かにわたって、近隣の多くの地主に雛形を提供することになった。

ある朝(一七五四年のことである)サー・リチャードは快適ならざる夜を過ごしたのち目を覚ました。夜のあいだは風があったし、屋敷の煙突は煙を出しつづけていたが、冷えこみは厳しく、火を熾《おこ》しつづけなければならなかった。そして窓のあたりで何かががたがたと音を立てていて、そんな状況では誰であれ気を休めることはできなかった。それに昼にはなんらかの娯楽を期待している上流の客たちを迎えることになっていた。そして件の異状の出来《しゅったい》は(猟獣のあいだでつづいていたのだ)近頃では深刻になっていたので、猟鳥獣保護区域設置者としての自分の評判を落とすことに繋がるのではと気を揉んでいた。けれど実質的にサー・リチャードをもっとも動揺させていたと思われるのは、眠れないという問題だった。たしかにいまの部屋では眠れる気がしなかった。

朝食時のかれの沈思黙考の対象はほぼそれだった。サー・リチャードは朝食ののち、どれが一番自分の希望にかなうか、屋敷の部屋の秩序だった調査を開始した。それを発見するまでには長い時間が必要だった。この部屋の窓は東向きだ、こちらは北向き。このドアの前は召使いたちが頻繁に通るだろう、そっちのベッドの造りは好きではない、だめだ、西向きの部屋を見つけないといけない。太陽の光で早く目を覚ましてしまうといったことがないように。そして家事の場からは離れていないといけない。女中頭は万策つきたといった面持ちだった。

「いえね、リチャードさま」女中頭は言った。「ご存知かと思いますが、そういうお部屋はこの屋敷にはひとつしかありません」

「どれだ?」サー・リチャードは答えた。

「サー・マシューのお部屋ですよ——西の部屋です」

「じゃあ、そこにしてくれ、今日からそこで寝る」と主人は言った。「どこにあるんだ? こっちだな、きっと」そしてかれは早足で歩きだした。

「あれあれ、リチャードさま、でもあそこでは四十年どなたも御寝《おやす》みになってないんです。マシューさまが亡くなられてから、空気の入れ換えもろくにしていません」

女中頭はそう言いながら急いでサー・リチャードの跡を追った。

「さ、ドアを開けてくれ、チドックさん。ともかく部屋が見たい」

というわけで、部屋は開けられ、実際、空気は淀み、埃の匂いが漂っていた。サー・リチャードはつかつかと窓に歩みより、いつものようにいかにもせっかちに鎧戸《よろいど》を開け、窓を開放した。屋敷のこちら方面はほぼ完全に改変を免れ、いわば大きな秦皮の木とともに育ち、人目に触れることなく歳月を渡ってきた。

「チドックさん、外気にさらしてくれ、今日一日だ。ベッドも午後のうちに移しておいてくれ。わたしの部屋はキルモアの主教に使ってもらうといいだろう」

「失礼します、サー・リチャード」新たな声が、会話に割りこんだ。「面会の時間を若干割いていただけると光栄なのですが」

サー・リチャードは戸口に立つ黒い服の男に顔を向けた。男はお辞儀をした。

「屋敷に押しいったことにたいしてお許しを乞わなければなりません、サー・リチャード、たぶんわたしが誰かはおわかりになりますまい。ウィリアム・クロームです。祖父がここの教区牧師でした。あなたのお祖父《じい》さまの時代に」

「これはこれは」とサー・リチャードは言った。「クロームというお名前はカストリンガムでは旅券のようなものです。二世代にわたる旧交を温めることができて喜ばしいかぎりです。どういう御用でしょう?　この時間に訪ねていらっしゃったことから察すると——それに誤解しているのでなければ、あなたの御様子から察すると——どうも急いでおられるようですね」

「御推察の通りです。ノリッジからベリー・セント・エドマンズまで馬で大急ぎでいくところです。そしてその途中で文書をお預けするために寄ったのです。祖父の遺品を調べていて、発見したばかりのものでして。御一族のことでお知りになりたいと思うことが書いてあるように思ったのです」

「どうも御親切に、クロームさん、客間においでいただいてワインでも御一緒いただけたら、ふたりで文書をざっと見てみましょう。で、チドックさん、言ったように、この部屋の空気を入れ換えておいてくれ……そう、ここはお祖父さんが亡くなったところだ……そうだ、秦皮の木だ、たぶんあれのせいでこの部屋が少し湿っぽくなるんだ……。いや、もうこれ以上は聞きたくない。面倒なことは言わないでくれ、頼むよ。やるべきことはもう聞いただろう——取りかかってくれ。どうぞ、クロームさん、こちらに」

ふたりは書斎に移った。若いクローム氏——かれはケンブリッジのクレアカレッジの名誉校友《フェロー》になったばかりで、余談ながらその後ポリュアイノスの立派な版を刊行したのだが——かれが持ってきた小包にはクローム牧師がサー・マシューの死に際してしたためた覚え書きも入っていた。そしてサー・リチャードははじめて件の不可解な聖書占いと対面した。聖書占いの成果はサー・リチャードをとても喜ばせた。

「なんと」かれは言った。「祖父の聖書は賢明な助言を与えてくれた——伐りたおせ。もしこれが秦皮の木のことなら、無視はしないつもりなので、祖父は安心していい。まるでカタルや瘧《おこり》の温床じゃないか」

居間には一族伝来の本があった。サー・リチャードがイタリアで蒐集《しゅうしゅう》したコレクションがいずれ送られてくることになっていて、それらのための部屋を作る予定もあったが、いまある本の数は多くなかった。

サー・リチャードは書類から顔を上げて書棚を眺めた。

「どうだろう」かれは言った。「そのむかし神意を告げたものはまだあそこにあるんじゃないだろうか。どれだかわかる気がする」

部屋をつかつかと横切ってかれは小型の厚い聖書を引きぬき、案に相違せず、その見返しには書きこみがあった。「マシュー・フェルに、御身の教母、代母、名親アン・アルダス　一六五九年九月二日」

「もう一度試すというのも悪くないでしょう、クロームさん。きっと『歴代志』からの名前が二、三出てくると思いますよ。ああ、何がきたんだ？『汝朝《あした》に我を尋ねたまふとも我は在《あら》ざるべし』これはこれは。あなたのおじいさまはここから見事なお告げを読みとったことでしょう。わたしにかんしては予言はごめん被《こうむ》りたい。これはみんなお話だ。さてこの小包をお届けいただいたこと、まことに恩に着ます。お急ぎかもしれませんが、どうでしょう――もう一杯いかがですか」

歓待の申し出は心からのもので（サー・リチャードは若いクロームの話しぶりや物腰を好もしく思った）そののち、ふたりは別れの挨拶を交わした。

午後になって客がやってきた――キルモアの主教、レディー・メアリー・ハーヴィー、サー・ウィリアム・ケントフィールドほか。五時に本餐《ディナー》、ワイン、カード、夜食、それからおのおののベッドへ。

翌朝、サー・リチャードはほかの人たちと猟銃を持って出かけることに気乗りがしなかった。かれはキルモアの主教と話をする。この高位の聖職者は当時のアイルランドの主教の大多数と違って自分の教区を訪れたし、かなり長い期間、住みさえした。その朝、柱廊を歩きながら、屋敷の改変や改良について話しながら、主教は言った。西の部屋の窓を指さして。

「もしあなたがアイルランドのわたしの教区民にあの部屋を使わせようとしても、言うことをきかせることはできないでしょうね、サー・リチャード」

「それはまたなぜでしょう、主教さま、じつはあの部屋はわたしの寝室なのですが」

「わたしの教区の小作農たちは、昔から秦皮の木の近くで寝ると不幸がくると考えていて、あなたの部屋の窓から二ヤードも離れていないところに、とても大きなものがある。おそらく」教主は笑みを浮かべて語を継いだ。「あの木はもうあなたに多少影響を与えている。というのも、こう言ってはなんだが、あなたは一晩休んだわりに元気になっていない。あなたの御友人たちが望むほどには」

「主教さま、あの木のせいか、それともほかの何かのせいか、とにかくわたしは十二時から四時まで眠れませんでした。けれど木は明日伐りたおすことになっています。だからあの音を聴くのもあとすこしだけでしょう」

「よく決心されましたね。あれだけの葉でいわば濾《こ》しているわけで、そういう空気を吸うのは健康にとうてい益しないでしょう」

「おっしゃる通りだと思います。しかし昨夜は窓を開けて寝なかった。むしろ騒音です——枝がガラスを撫でて、その音なのですよ——その音のせいでずっと目を開けている羽目になった」

「そんなことはまずないと思いますよ、サー・リチャード、いいですか——この場所から見てくだされればわかります。一番近い枝も窓に触れることはできない。風が吹かないかぎり。けれどゆうべは風がなかった。枝は一フットも離れている」

「そうですね、たしかに。では、なんでしょうか。どう考えればいいのか、ああいうふうに擦れてかさかさ音を立てていたのは何か——それに窓枠の埃の上に跡を、線をつけたのは」

結局、鼠が蔦《つた》を登って窓枠まで上がったのだろうと結論を下してふたりは納得した。それは主教の考えで、サー・リチャードはその意見に飛びついた。

そのように一日は静かに過ぎ、夜が訪れて、一同は寝室に散らばっていった。サー・リチャードがよりよい夜を過ごせますようにと口にして。

さて、いま我々はかれの寝室にいる。明かりは落ちていて、地主はベッドに横になっている。部屋は調理場の上に位置し、屋敷を包む夜は静かで暖かく、だから窓は開いている。

ベッドのあたりにはほとんど光はない。しかしそこに妙な動きがある。サー・リチャードが忙《せわ》しなく頭を前後に動かしている。ごく微かな音をたてて。そして薄闇というものは目を欺くのであなたがたは思うだろう。頭がいくつもあると。丸く、茶色っぽく、往ったり来たり、胸のあたりまで下がる。それはおそろしい幻だ。ほんとうに幻に過ぎないのだろうか？　見ろ、何かがベッドから落ちる、仔猫が飛びおりたような湿った音をたてて、そして窓から颯然と去る、そしてもうひとつ――よっつ――そしてそのあとはまた静かになる。

「汝朝《あした》に我を尋ねたまふとも我は在《あら》ざるべし」

サー・マシューのようにサー・リチャードはベッドで死んで黒くなっていた。

報せがもたらされたとき、顔色も言葉も失くした客や召使いたちは窓の下に集った。イタリアの毒殺者たちやカトリックの密使、空気感染――そういうことが話題に上り、さらにいくつか話が出る。そしてキルモアの主教がふと木に目をやると、低い位置にある枝の叉に白い雄猫がうずくまっていて、歳月が幹に穿った穴の奥を覗きこんでいた。猫はその洞《うろ》のなかの何かを見ていた。ひどく興味を誘われたように。

猫は不意に身を起こし、首をのばして洞の上にかざした。そのとき足場にしていた洞の縁が欠け、猫は辷《すべ》って落ちた。落ちる音に全員がそのあたりを見あげた。

たいていの者は猫が悲鳴をあげることを知っている。しかしそうあってほしいと願うのだが、秦皮の木の洞から聞こえたあいうふうな金切り声を聞いた者はほとんどいないだろう。金切り声は二度か三度――立ち会っていた者は数については断言できないだろう――それから暴れているとも苦しんでいるともつかない音が、くぐもった微かな音が聞こえた。レディー・メアリー・ハーヴィーは立ちどころに気を失った。女中頭は音から逃れようと走り、柱廊で転んだ。

キルモアの主教とサー・ウィリアム・ケントフィールドはその場にとどまった。しかしそのふたりでさえも怯《ひる》んでいた。たかだか猫の悲鳴だったけれど。サー・ウィリアムは一度二度唾を飲みこみ、それから声を絞りだした。

「この木にはわれわれの知らないことが何かある。すぐ調べたほうがいい」

同意された。梯子《はしご》が持ちだされ、庭師のひとりが登り、洞のなかを覗きこんだが、庭師には奥で何か蠢《うごめ》くものがあることしかわからなかった。ランタンが持ちだされ、ロープが結わえつけられた。

「底がどうなっているのか確かめなくては。是が非でも。それで死の原因がわかるはずだ」

庭師はランタンを持ってふたたび木に登り、じりじりとそれを洞のなかに下ろした。上体を曲げて洞を覗きこんだ庭師の顔を染めた黄色い光をみな目にし、それからその顔がだしぬけに歪み、嫌悪の情を迸《ほとばし》らせるのを見た。庭師は厭わしい悲鳴を上げ、弾かれたように梯子の階《きざ》から落ちた――幸いにも一団のなかのふたりが受けとめ――ランタンのほうは洞の内側に落ちた。

庭師は気絶していて話せるまでにしばらくかかった。

そのときには見るべきものがほかに現れていた。洞の底でランタンは壊れたのだろう。そして乾いた葉っぱや溜まっていた塵芥に火が移ったのだろう。数分のあいだに厚い煙が洞から上がり、炎の舌が閃いたのだ。そして端的にいえば、木は炎に包まれた。

見物人は何ヤードか距離をおいて輪を作り、サー・ウィリアムと主教は武器やその類のものを取りにやらせた。木を塒《ねぐら》にしているかもしれないものがなんであれ、火に追われて飛びだしてくることは明らかだったからである。

実際そうなった。まず件の叉の部分に、火に包まれた、丸みを帯びた生きものの体——人の頭ほどの大きさのもの——が現れ、潰え、ふたたび洞のなかに消えた。それが五、六度繰りかえされ、それからボール状のそのものが宙に向かって跳ね、芝生の上に落下し、しばらくして動かなくなった。主教は胆力の許すかぎりまで近づき、確かめた——大きな蜘蛛の屍骸だった。管があらわになり、焼け焦げていた。そして火が下まで燃え広がると、その屍骸に似たものが幹からいくつも出てきた。いずれも灰色の毛で覆われていた。

秦皮の木は一日中燃えつづけ、木っ端となって崩れるまで、人々は周囲に立ち、ときどき飛びだしてきたものを殺した。出現が間遠になって、ついに尽きたかと思われたころ、一同は注意深く近づき、木の根の部分を確かめた。

「一同は見出した」キルモアの主教は綴っている。「根の真下には円形の空洞があり、蜘蛛の屍骸がふたつみっつ転がり、煙に巻かれて死んだものと見えた。より興味深く思えたのは、洞の壁によりかかるようにして、人間のミイラあるいは骸骨が蹲《うずくま》っていたことである。皮膚は骨の表面で乾き、黒い髪の毛がわずかに付着し、調査にあたった者たちは、それが疑いなく婦人の遺体であること、そして五十年間その状態にあったことを明言した」

張りあう幽霊

The Rival Ghosts

ブランダー・マシューズ
Brander Matthews
柴田元幸 訳

幽霊譚を集めたアンソロジー *The Best Ghost Stories* (1919)から採られた一篇．同書は芥川の愛読書の一つだったらしく，余白に多くの書き込みが見られ，その一部は『幽』第10号(KADOKAWA，2008)等に報告されている．

本作について芥川は「コンナ話ヲ書ク大学教授ガアルンダカラタノモシイ」と記している．作者のブランダー・マシューズ(1852-1929)はコロンビア大学で文学や演劇を教えながら作品を発表した．彼の小説が邦訳されるのはおそらくこれが初めて．*The Best Ghost Stories* に選ばれていることからもお察しの通り，本書の原シリーズでも "Modern Ghost Stories" の巻に収められている．

さて，本作の発表は1883年．19世紀，英米の作家，幽霊話……とくれば欠かせないのが "Haunted House"，幽霊屋敷ものであろう．幽霊なんぞに後れをとるものかと豪語する主人公が，いわくつきの屋敷で一夜を明かすことになり——というのが話の大筋で，19世紀には無名の作家から名だたる大家までこぞって幽霊屋敷ものを書いた(しかも大体の場合は理性を頼みにする主人公が敗走する)．

「張りあう幽霊」はそんな幽霊屋敷もののバリエーションの一つといえるだろう．しかもかなりの変わり種である．読者を怖がらせようとはしない．全篇がユーモアに包まれた，愛すべき幽霊ばなし．

船は穏やかに凪《な》いだ大西洋を邁進していた。船舶会社が勿体ぶって配布した小さな海図によれば、これは外国行きの航路であったが、乗客の大半はひと夏の休息と娯楽を終えての帰国途上で、ファイアアイランド灯台〔ニューヨークに接近する船に信号を送る灯台〕の光が見える日を指折り数えて待っていた。心地よく風から護られた風下側、船長室の扉のすぐそばに（昼間は乗客が船長室を使えるのだ）、帰国するアメリカ人たちのささやかな輪が出来ていた。公爵夫人（乗客名簿にはマーティン夫人と記されているが、友人知人のあいだでは〈ワシントン広場の公爵夫人〉で通っていた）と、ベイビー・ヴァン・レンセリアー（もし女性に選挙権が与えられていたらもう十分その年齢であったが、二人姉妹の下なのでいつまで経っても一家の「ベイビー」なのだった）。この公爵夫人とベイビー・ヴァン・レンセリアーが、アメリカへ物見遊山に行くという男っぽい若き小貴族の、耳に快いイギリス的な声と耳に不快ではないイギリス的な訛りをめぐってお喋りしていた。アンクル・ラリーとディア・ジョーンズは明日の船の航行距離をめぐって賭けを張ろうとたがいに誘いあっていた。

「四二〇まで行かない方に、二対一で賭けます」ディア・ジョーンズが言った。

「乗った」アンクル・ラリーが答えた。「去年は五日目に四二七行ったぞ」。アンクル・ラリーがヨーロッパに行ったのはこれが十七回目であり、したがって今回は三十四度目の船旅ということになる。

「で、何日目に着いたの?」ベイビー・ヴァン・レンセリアーが訊いた。「一日にどれだけ走るかはどうでもいいわ。早く着いてくれればいいのよ」

「クイーンズタウン〔アイルランド南部の港町コーヴの旧称〕を出てちょうど七日目の日曜の夜、港の前の砂洲を越えて、月曜の午前三時に検疫港に錨を下ろしたよ」

「今回はそんなのなしにしてほしいわ。船が停まると私、眠れないんですもの」

「私は眠れるが、眠らなかったよ」アンクル・ラリーがさらに言った。「個室が船の一番前の方にあって、錨を下ろすための補助エンジンが頭のすぐ上だったしね」

「じゃあ起きて湾の向こうの日の出を見たんですね」ディア・ジョーンズが言った。

「街の灯《あかり》が彼方にきらめき、夜明けのほのかな兆しが東のフォート・ラファイエットのすぐ上に見えて、薔薇の色合いがゆっくり空に広がり——」

「あなたたち一緒に帰ってきたの?」公爵夫人が訊いた。

「この人が三十四回海を渡ったからって、日の出まで独占してると思っちゃ困りますよ」ディア・ジョーンズが言い返した。「いいえ、これは僕一人の日の出です。ものすごく綺麗でしたよ」

「君と日の出を競いあってるわけじゃない」アンクル・ラリーが涼しい顔で言った。「とはいえ、私の日の出から生まれた笑い話ひとつを、君の日の出から生まれた笑い話ふたつに対抗させる気はあるね」

「不承不承告白しますが、僕の日の出はひとつの笑い話も生みませんでしたよ」。ディア・ジョーンズは正直な男であり、場の勢いで笑い話を捏造するようなことは潔しとしなかったのである。

「なら私の日の出の独壇場だな」アンクル・ラリーが悦に入った様子で言った。

「どんな笑い話だったの?」というベイビー・ヴァン・レンセリアーの問いは、かくも巧みに掻き立てられた女性的好奇心から必然に生じる結果であった。

「こういうことさ。私は船尾《とも》に立っていて、そばには愛国者のアメリカ人とさまよえるアイルランド人がいた。で、愛国者のアメリカ人が軽率にも、こんな日の出はヨーロッパのどこでも見られやしないと言ったんで、アイルランド人がすかさず『ここにあるあんたらの日の出、みんな俺たちがあっちで使って捨てたやつだぜ』と言ったんだ」

「そのとおりだよ」ディア・ジョーンズが考え深げに言った。「あっちの方がこっちよりいい物もいくつかある。たとえば傘とか」

「それと夜会服」公爵夫人が言い添えた。

「それと骨董品」これはアンクル・ラリーのつけ足し。

「アメリカの方がずっといい物だっていっぱいあるわよ！」ヨーロッパの頽廃せる君主制の崇拝に未だ陥っていないベイビー・ヴァン・レンセリアーが抗議した。「ヨーロッパよりアメリカの方がずっとよく出来てるもの、一杯あるわよ――特にアイスクリーム」

「それと可愛い女の子」ディア・ジョーンズがつけ足したが彼女の方を見はしなかった。

「それとお化け《スプーク》」アンクル・ラリーが何げない口調で言った。

「お化け？」公爵夫人が訊き返した。

「お化け。私としてはこの語に固執する。何なら君たちは幽霊《ゴースト》と言ってもいいし、亡霊《スペクター》でも構わない。わが国は最高級のお化けを――」

「あなた、ライン川や黒い森《シュヴァルツヴァルト》の素敵な幽霊ばなしを忘れてるわよ」ヴァン・レンセリアー嬢が女性特有の一貫性のなさで言った。

「ライン川も黒い森も覚えているし、その他もろもろの小人やら妖精やら小鬼やらの住みかも覚えてるとも。だがまっとうな、掛け値なしのお化けならまさに『わが家にまさるところなし』さ。そして我らのお化け――アメリカの霊《スピリトゥス・アメリカヌス》だよ――をそこらへんの文学に出てくる幽霊と違うものにしてるのは、それがアメリカ的なユーモアのセンスを発揮していることさ。たとえばワシントン・アーヴィングの物語だ。『首なし騎士』、あれなんぞはまさに幽霊ばなしの喜劇版だ。それにリップ・ヴァン・ウィンクル――奴がヘンドリック・ハドソン〔十七世紀にアメリカに渡ってきた探検家〕の部下たちの霊に出会うくだりのユーモア、それも上等のユーモア！　伝説や神秘と、アメリカはこんなふうに向きあうのさ。そのさらにいい例が、張りあう幽霊をめぐる驚くべき物語だね」

「張りあう幽霊？」公爵夫人とベイビー・ヴァン・レンセリアーが同時に声を上げた。

「それって誰のこと？」

「前に話さなかったかな」アンクル・ラリーが答えた。これは面白いことになるぞという思いに目がキラッと光る。

「この人、どのみちいずれは話すんだから、あきらめてさっさと聞くしかないよ」デイア・ジョーンズが言った。

「聞く気がないんだったら、話さないよ」

「あら話してよ、アンクル・ラリー。知ってるでしょ、あたしが幽霊ばなしに目がないってこと」ベイビー・ヴァン・レンセリアーがせがんだ。

「昔むかし」とアンクル・ラリーは切り出した。「というのは嘘で、ほんの数年前のこと、華の街ニューヨークに、ダンカンというアメリカ人の青年が住んでいた。エリファレット・ダンカン。名前どおり半分はヤンキー、半分はスコットランド人（ヤンキーは東部ニューイングランド出身のアメリカ人を指す。「エリファレット」という名はニューイングランドのピューリタンを、「ダンカン」はスコットランドの王をそれぞれ想起させる）、もちろん弁護士で、立身出世を夢見てニューヨークへやって来たのだった。父親はスコットランドから移住してきてボストンに落着き、セーレム出の娘と結婚した。二十歳のころ、エリファレット・ダンカンは両親をともに亡くした。父は息子が人生に乗り出すに十分な金を遺してくれたし、スコットランドの血筋に対する強い誇りも吹き込んでいた。で、スコットランドの一族には爵位もあって、エリファレットの父親は、長男でない息子のこれまた長男でない息子だったものの、己が高貴な家柄であることを決して忘れなかったし、一人息子にもそのことを忘れぬようつねに言い聞かせていた。息子は母親からはヤンキーの豪胆さをしっかり受け継いでいたし、母の家系で代々二百年以上所有してきたセーレムの小さな古屋敷も相続した。母の家はヒッチコックといい、ヒッチコック家ははるか昔にセーレムに住みついたのだった。セーレムの魔女騒動の際（一六九二年）先頭に立っていたのは、この母親の父エリファレット・ヒッチコック氏の曾々祖父だった。そしてこの母がわが友エリファレット・ダンカン氏に遺した小さな古屋敷には、幽霊が取り憑いていたんだ」

「それってもちろん、魔女の幽霊ってことですよね」ディア・ジョーンズが口をはさんだ。

「そんなの無理に決まってるさ、魔女はみんな火あぶりの刑にされたんだから！　焼き殺された人間が幽霊になるなんて聞いたことあるか？」

「まあとにかく、火葬のよさがここでもわかるね」ジョーンズが直接の答えを避けて言った。

「幽霊が好きじゃないならそのとおりね。あたしは好きだけど」ベイビー・ヴァン・レンセリアーが言った。

「私もだよ」アンクル・ラリーが言い添えた。「イギリス人が貴族を愛するが如くに、私も幽霊を愛する」

「お話、続けてちょうだい」公爵夫人が威厳たっぷり、無関係な議論を退けて言った。

「このセーレムの小さな古屋敷には幽霊が憑いていた」アンクル・ラリーがふたたび話し出した。「それも非常に立派な幽霊が――少なくとも、際立った特徴を持つ幽霊が」

「どういう幽霊だったの?」ベイビー・ヴァン・レンセリアーが、戦慄の予感に胸をときめかせて訊いた。

「この幽霊には変わったところがいくつもあった。まず第一に、屋敷の主人の前には決して現われない。おおむね、歓迎されざる客相手に出現を限定していたんだ。過去百年間で、四代続けて義理の母親を怖がらせて撃退した一方、一家の主人の邪魔は一度もしなかった」

「その幽霊、生きてたときはいい奴だったでしょうね」ディア・ジョーンズが語りへの貢献を企てて言った。

「第二に」アンクル・ラリーが続けた。「この幽霊、初めて現われたときには誰も怖がらない。二回目に出てきて初めて、見た連中は怯えるんだ。とはいえいっぺんで二度ぶん怯えたし、三度目の遭遇を進んで求める勇気がある者はめったにいなかった。この善意のお化けの奇妙な特徴のひとつは、顔がないことだった――少なくとも、その顔を見たという者は誰一人いなかった」

「ひょっとして顔にベールをかけてたとか?」と、自分は幽霊ばなしなんて好きだったためしがないことを思い出しかけている公爵夫人が訊いた。

「そこのところは私にもわからずじまいだった。見た人間何人かに訊いてみたんだが、顔について話せる者は一人もいなかった。幽霊が目の前にいるあいだ、その顔立ちには誰も目が行かなくて、目鼻がないとか、隠しているのかといったことは考えもしなかった。あとになって、この不思議な訪問者との出会いを落着いて詳しく思い出そうとして初めて、顔を見なかったことに思いあたるのさ。目鼻に覆いがかかっていたとか、そもそもなかったとかは誰にも言えなくて、とにかく何が問題だったのかわからなかった。わかるのはとにかく顔が見えなかったということだけだった。そして何回くり返し見ても、この謎は解けなかった。今日に至るまで、セーレムの小さな古屋敷にかつて取り憑いていた幽霊に顔があったのか、あったとしたらどんな顔だったのか、知る者はいない」

「えらくまた奇妙な話ねえ!」ベイビー・ヴァン・レンセリアーが言った。「で、その幽霊、どうしていなくなったの?」

「いなくなったとは言っていない」アンクル・ラリーがひどく物々しく答えた。

「だっていま、セーレムの小さな古屋敷にかつて取り憑いていたって言ったでしょ、だから当然よそへ行ったんだと。そうじゃないの?」

「そのことは追いおい話そう。エリファレット・ダンカンは夏休みの大半をセーレムで過ごしたものだったが、幽霊は彼には決してちょっかいを出さなかった。何しろ家の主人なんだからね。本人はこれが大いに不満だった。屋敷に勝手に住みついたこの謎の間借り人を、自分の目で見たかったのさ。だが結局一度も見られなかった。友人たちに来てもらって、現われたらいつでも呼んでくれと頼んで、ドアも開けっ放しにして隣の部屋で眠ったんだが、友人たちの怯えた叫び声で起こされたときにはもう幽霊はいなくなっていて、収穫といえば寝床に戻ったとたん聞こえる非難がましいため息だけだった。どうやら幽霊は、明らかに歓迎されざる紹介をエリファレットが求めるのはよろしくないと思ったのさ」

ディア・ジョーンズが立ち上がり、ベイビー・ヴァン・レンセリアーの両足に厚い毛布をしっかり巻いてやることで話の腰を折った。空にはいまや灰色の雲が一面に出ていて、空気は湿って、刺すように冷たかったのである。

「ある春の朝のこと」アンクル・ラリーが先を続けた。「エリファレット・ダンカンの許に大変な報せが届いた。一族がスコットランドに爵位を持っていて、エリファレットの父親が長男でない息子のそのまた次男だったことはさっき言った。で、エリファレットの父親のきょうだいも伯父たちも、一番上の兄の長男以外は、男の後継ぎを残さずにすでに死んでいた。そしてこの兄がむろん爵位を持っていて、ダンカン家のダンカン男爵を名のっていた。それでだ、エリファレット・ダンカンがある春の朝ニューヨークで受けとった大変な報せとは、ダンカン男爵とその一人息子が、ヘブリディーズ諸島でヨットに乗っていて黒雲疾風《はやて》につかまり二人とも死んでしまったという報せだった。かくしてわが友エリファレット・ダンカンが爵位も財産も相続したわけさ」

「何てロマンチックなの！」と公爵夫人が言った。「じゃあその人男爵だったのね！」

「それがね」アンクル・ラリーが答えた。「本人が選べば男爵だったのさ。だが彼は選ばなかった」

「馬鹿だねえ」ディア・ジョーンズが尊大に言った。

「それがね」アンクル・ラリーが答えた。「そうとも言い切れないんだ。いいかい、エリファレット・ダンカンは半分スコットランド人、半分はヤンキーで、自分の利益をしっかり見る目があった。で、スコットランドにある財産というのが本当に爵位を維持するに十分かどうかわかるまで、このたなぼたのことは黙っていようと決めたのさ。じきに十分ではないことが判明し、故ダンカン卿が金目当ての結婚をして、レイディ・ダンカンの持参金からの収入に頼って辛うじて体面を保っていたこともわかった。それでエリファレットは、これはニューヨークで裕福な弁護士として、仕事の収入で快適に暮らす方が、スコットランドで飢えた貴族となって爵位で食いつなぐより得策と踏んだのさ」

「でも爵位を捨てはしなかったんでしょう?」公爵夫人が訊いた。

「それがね」アンクル・ラリーが答えた。「捨てずに、内緒にしていたのさ。私は知っていたし、あと友人が一人二人知っていた。けれど何しろ知恵の回る男だったから、看板に〈ダンカン家ダンカン男爵弁護士事務所〉などと書くような真似はしなかった」

「そんな話、幽霊と何の関係があるんです?」とディア・ジョーンズがもっともな質問を発した。

「さっきの幽霊とはまったく無関係だが、別の幽霊とは大いに関係がある。エリファレットは霊に関する言い伝えのたぐいに精通していた。セーレムに幽霊屋敷を所有していたからかもしれないし、スコットランドの血筋だったからかもしれない。とにかく彼は、死霊だの、白衣の貴婦人だの、バンシー〔死人を予告して泣く女妖精〕、悪鬼といった、スコットランド貴族の年代記なんかにその言葉や行為や警告が綴られているたぐいの者たちのことを徹底的に調べていた。スコットランドの貴族階級に関連した、定評あるお化けの習性はすべて知っていたと言っていい。そして彼は、ダンカン家ダンカン男爵爵位の保持者には、ダンカン家の幽霊が一人取り憑いていることを知っていた」

「じゃあその人、セーレムの幽霊屋敷の持ち主だったばかりか、スコットランドでも幽霊に憑かれてたわけ?」ベイビー・ヴァン・レンセリアーが訊いた。

「そのとおり。スコットランドの方は、セーレムのみたいに感じが悪い幽霊じゃなかったが、ひとつだけ、大西洋の向こうのお化け仲間と共通する奇妙な点があった。仲間の方が主人には決して見えなかったのと同じで、こっちも爵位所有者の前には決して現われないんだ。それどころか、ダンカン家の幽霊は誰の目にも見えなかった。要するにただの守護天使にすぎなかった。その唯一の義務は、ダンカン家のダンカン男爵にじきじきに仕えることであり、迫り来る害悪を男爵に警告することだった。代々語り継がれたところによれば、歴代のダンカン男爵はみな、おかげで不運がやって来る予感を幾度も感じとっていた。ある者は予感に従って、手を染めていた企てから手を引き、のちその企ては悲惨に破綻した。ある者は頑なに警告を無視して、破滅の危険も顧みず、死に至った。とにかくいかなる場合も、ダンカン男爵が十分な警告なしに危険にさらされたことは一度もなかったのさ」

「じゃあどうして、親子はヘブリディーズ諸島の沖で遭難したんです？」ディア・ジョーンズが訊いた。

「二人とも教養がありすぎて、迷信に屈するのをよしとしなかったんだよ。ダンカン卿が息子とヨットを出す数分前に妻に宛てて書いた手紙というのが残っていて、その中で卿は、実は旅行を取りやめたいという気持ちもおそろしく強く、それをねじ伏せるのは一苦労だったと書いている。幽霊の友好的な警告に従っていれば、当の幽霊だってわざわざ大西洋を渡ってくるまでもなかったんだがね」

「老男爵が死んだとたんに、幽霊はスコットランドを去ってアメリカに来たの？」ベイビー・ヴァン・レンセリアーが興味津々訊ねた。

「どうやって渡ってきたんですか」ディア・ジョーンズが訊ねた。「三等船室ですか、それとも専用の個室を取った？」

「知らない」アンクル・ラリーは涼しい顔で答えた。「そしてエリファレットも知らなかった。自分は危険にさらされていなくて、警告を受ける必要もなかったから、幽霊が任務に就いているかどうかは知りようがなかった。もちろん四六時中、目を光らせてはいた。だが、ようやく幽霊がいるという証拠を得たのは、独立記念日の直前、セーレムのその小さな古屋敷に赴いたときだった。若い友人を一人連れて行ったんだが、この若者というのが、サムター要塞が砲撃された日以来〔この砲撃を機に南北戦争が始まった〕北軍に仕えてきた男で、南部で不快な思いに四年耐え――うち半年はリビー〔多数の北軍将校が死亡した捕虜収容所〕で過ごした――平原では悪いインディアン相手に十年戦った強者だったから、ちょっとやそっとじゃ幽霊なぞに怯えはしないつもりだった。で、エリファレットとこの将校は晩のあいだずっとポーチに出て座り、パイプをくゆらしながら軍法のいろんな細部をめぐって議論していた。十二時を少し回って、もうそろそろ寝床に入ろうかというところで、家の中からこの上なく恐ろしい音が聞こえた。それは叫び声でも吠え声でもない、どなり声でもない、とにかく何とも名づけようのない音だった。不明確な、不可解な、ブルッと何かが震えたような音が窓を通って外に飛び出してきた。将校はコールドハーバー〔南北戦争の戦場のひとつ〕にいたこともあったが、このときの寒《コー》気《ルド》はその比ではなく、しかもそれが募る一方だった。これは家に憑いた幽霊の仕業だ、とエリファレットは察した。そしてこの奇怪な音が止むとともに、また別の、鋭い、短い、血も凍るような烈しさをたたえた音が聞こえてきた。エリファレットの耳にこの叫び声はどこか聞き覚えがあって、これはきっと家系に憑いた幽霊、ダンカン家の警告霊が発しているにちがいないと確信した」

「つまり、両方の幽霊がそこに一緒にいたって言おうとしてるわけ？」公爵夫人が不安げに訊いた。

「二人ともいたのさ」アンクル・ラリーが答えた。「いいかい、一方は屋敷に属していて、年中そこにいないといけなくて、もう一方はダンカン男爵その人に取り憑いていて、そこまでついて来ないといけなかった――彼がどこにいようと、そこに幽霊もいるってわけさ。ところがエリファレットは、二つの音がもう一度、今度は別々にではなく一緒に聞こえてきたものだから、そういうことをじっくり考える余裕もなかった。けれど何かが——本能のようなものが——彼に知らせたんだ、二人の幽霊は意見が合っていない、うまくやっていない、気が合わない、それどころかいまも喧嘩の真っ最中なんだと」

「幽霊同士の喧嘩！　びっくりねえ！」とはベイビー・ヴァン・レンセリアーのコメント。

「幽霊たちが仲睦まじく暮らしている方が僥倖《ぎょうこう》なのさ」ディア・ジョーンズが言った。

そして公爵夫人が「その方がいいお手本になるのにね」とつけ足した。

「知ってのとおり」アンクル・ラリーがふたたび話し出した。「二つの光や音の波がたがいに干渉し打ち消しあって、闇や沈黙をつくり出すことがある。この張りあう幽霊たちも同じだったんだ。もっとも、たがいに干渉しあって沈黙や闇をつくり出しはしなかった。むしろ逆に、エリファレットと将校が家の中に入っていったとたん、霊の顕現〔霊魂が何らかの物を使って自分が存在することを知らしめること〕がいろんな形で生じた。まるっきり降霊会みたいだった。タンバリンが叩かれ、鈴が鳴らされ、炎に包まれたバンジョーが部屋じゅう歌って回った」

「バンジョーなんてどこで手に入れたんです？」ディア・ジョーンズが疑わしげに訊いた。

「知らない。霊の力で実体化させたのかもしれないな、バンジョーもタンバリンも。ひっそり静かに暮らすニューヨークの弁護士が、幽霊二人組がサプライズ・パーティをやりに来てくれるのに備えて、旅回りの楽団丸ごとまかなえるくらい楽器を揃えておくとは思わんだろう？　お化けにはみなそれぞれ、自分なりの拷問用楽器があるんだ。天使はハープを奏でると聞くが、霊はバンジョーとタンバリンを好む。このエリファレット・ダンカンのお化けたちは、当世風の技術も具えていただろうから、自前の音楽武器を用意するくらいのことはできたんじゃないかな。とにかく、エリファレットが友人とやって来た夜、セーレムの小さな古屋敷には楽器が揃っていた。そして彼らはそれを演奏し、鈴を鳴らし、あちこちコツコツ叩いて回った。それを一晩じゅう続けたんだよ」

「一晩じゅう？」公爵夫人が畏れ入って言った。

「一晩じゅう、ずっとだ」アンクル・ラリーが物々しく言った。「そして次の夜も。エリファレットは一睡もできなかったし、友人も同じだった。二日目の夜、家の幽霊を将校が目撃した。三日目の夜、もう一度現われた。そして翌朝、将校は旅行鞄に荷物をまとめてボストン行きの始発列車に乗った。彼はニューヨークの人間だったが、あんな幽霊をもう一度見るくらいならボストンに行った方がましだと言った。エリファレットは少しも怯えていなかった。家憑きのお化けも爵位憑きのお化けも目にしていなかったからでもあり、霊界と友好関係にあると自負していて容易には怯えなかったからでもある。けれども、三日間ずっと眠れないし、友人は出ていってしまうしで、少し苛ついてきてはいて、こいつはちょっと行き過ぎじゃないかと思いはじめた。たしかに幽霊が嫌いではなかったけれども、接するのは一度に一人の方がよかった。一度に幽霊二人は多すぎる。お化けをコレクションする気はなかった。自分と幽霊二人きりなら『仲間』だが、三人となるともう『大勢』なんだ」

「で、その人、どうしたの?」ベイビー・ヴァン・レンセリアーが訊いた。

「それがね、何もできなかったのさ。幽霊たちがくたびれてくれればと、しばらく待ってみたが、先に自分がくたびれてしまった。お化けは昼眠るのが自然だが、人間は夜眠りたいのに眠らせてくれないわけだからね。いつまで経ってもいがみあい、言い争っている。階段の古時計が十二時を打つのと同じ規則正しさで顕現しては、降霊会をおっぱじめる。コツコツやって、鈴を鳴らし、タンバリンを叩いて、炎に包まれたバンジョーを家じゅうに投げ飛ばし、そしてこれが最悪なんだが、罰当たりなことを言うんだ」

「幽霊が悪い言葉遣いに染まってるとは知らなかったわ」公爵夫人が言った。

「どうして罰当たりなこと言ってるってわかったんです? 聞こえたんですか?」ディア・ジョーンズが訊いた。

「まさにそこだよ」アンクル・ラリーが答えた。「聞こえなかったのさ――少なくとも、はっきりとは。モゴモゴはっきりしない声、抑えたブツブツ声が聞こえただけ。でもそこから得た印象として、これは罰当たりなことを言ってるなと察しがついたのさ。もしはっきり罰当たりを口にしてくれていたら、そこまで気にならなかっただろうよ。最悪でどのあたりか、ちゃんとわかるからね。だけど、抑えつけた冒瀆があたりの空気に満ちているという感じは、ひどく疲れるものだよ。で、一週間耐えた末に、いい加減うんざりして、ホワイトマウンテンズ〔ニューハンプシャー州の風光明媚の地〕に出かけたんだ」

「あとは二人で勝手にとことんやりあえってわけね」ベイビー・ヴァン・レンセリアーが口をはさんだ。

「いいや、そうじゃない」アンクル・ラリーが説明した。「奴らはエリファレットがいないと喧嘩できないんだ。いいかい、爵位憑きの幽霊を置いていくことはできないし、家憑きの幽霊は家から離れられない。だから出ていくとともに爵位の方を連れていって、家の方は置いていったわけさ。で、百マイル離れていたら、いくらお化けだって喧嘩できやしない。人間と同じさ」

「で、そのあと何があったの？」ベイビー・ヴァン・レンセリアーが可愛らしくじれったげに訊いた。

「実に驚くべきことが起きたのさ。エリファレット・ダンカンはホワイトマウンテンズに出かけ、ワシントン山の頂上に向かう汽車の中で、何年も会っていなかった級友にばったり会った。で、この級友がダンカンを自分の妹に引き合わせて、この妹というのがえらく可愛い女の子で、ダンカンはその子に一目惚れして、ワシントン山の頂上に着くころにはもうすっかり恋に落ちていて、僕なんかじゃこの人に相応しくないとか、いつの日かほんの少しでもこの人が僕のことを好いてくれるようになるだろうか、などと考えはじめていた」

「それってそんなに驚くべきことでもないんじゃないですかね」ディア・ジョーンズがベイビー・ヴァン・レンセリアーをちらっと見ながら言った。

「その子はどんな家柄だったの?」フィラデルフィアに住んだことのある公爵夫人が訊いた〔フィラデルフィアには家柄や格式にこだわる人間が伝統的に多いと言われる〕。

「ミス・キティ・サットンといって、サンフランシスコに住んでいて、ピクスリー&サットン弁護士事務所のサットン判事の娘だった」

「とてもちゃんとした家柄ね」公爵夫人が賛同した。

「サラトガで四、五年前の夏にミセス・サットンっていう、えらく騒々しい下品な人に会いましたよ。その人の娘じゃないといいけど」ディア・ジョーンズが言った。

「たぶんそうだと思う」

「ひどく感じの悪い婆さんでしたよ。男たちはみんなマザー・ゴルゴンって呼んでました」

「エリファレット・ダンカンが恋した可愛いキティ・サットンはマザー・ゴルゴンの娘だった。でも母親はフリスコ〔サンフランシスコの俗称〕だかロサンゼルスだかサンタフェだか、西部のどこかにいたからエリファレットは一度も会わずに済んだし、一方ホワイトマウンテンズにいる娘とは四六時中会っていた。娘は兄夫婦と一緒に旅行していて、ホテルからホテルへ移動する彼らにダンカンもついて行って、カルテットと相成ったわけだ。夏が終わる前にはもう、プロポーズを考えはじめていた。毎日あちこち観光に行ってるんだから、むろんチャンスはいくらでもある。次の好機を捉えようと心に決めて、その晩、ウィニピシオジー湖での、月光の下のボート乗りに誘った。彼女の手を取ってボートに乗せながら、決意はついた。そして彼女もこっちの目論見に感づいているんじゃないかと思えた」

「女性諸君」ディア・ジョーンズが言った。「夜若い男とボート乗りに出かけてはいけないよ、その男を受け容れる気がない限り」

「さっさと断って片をつけた方がいい時もあるのよ」ベイビー・ヴァン・レンセリア

ーが言った。

「オールを握ると、エリファレットは突然寒気《さむけ》を感じた。振り払おうとしたが駄目だった。何か良くないことが差し迫っているという思いが募ってきた。オールを十回も漕がないうちに——そして彼のオールさばきは実に速かった——自分とミス・サットンとのあいだに何か神秘的な存在がいることを意識した」

「守護天使の幽霊が、結婚はやめとけって警告してたんですか?」ディア・ジョーンズが割り込んで言った。

「まさしくそのとおり」アンクル・ラリーは言った。「そして彼はその警告に屈し、何も言わず、プロポーズしないまま、ボートを漕いでミス・サットンをホテルに送り返した」

「馬鹿だなあ」ディア・ジョーンズは言った。「僕だったらこうと決めたら、一人の幽霊に言われたくらいでプロポーズやめたりしませんよ」。そうして彼はベイビー・ヴァン・レンセリアーを見た。

「翌朝エリファレットは寝過ごした」アンクル・ラリーが先を続けた。「遅い朝食に降りていくと、サットン家の三人は朝の列車でニューヨークに発ってしまっていた。すぐにあとを追いたかったが、ふたたびあの神秘的な存在が自分の意志を押しつぶすのを感じた。二日間葛藤を続けたあげく、とうとう己を奮い立たせて、お化けなんか無視してやりたいようにやろうと決めた。ニューヨークに着いたときは晩も遅い時間だった。急いで着替えて、せめて兄にだけでも会えればと、サットン家が泊まっているホテルに行った。ホテルまで歩いていく途中、守護天使がずっと彼に食ってかかるものだから、もしかりにミス・サットンが承諾してくれても、公告された結婚にお化けが異議を申し立てるんじゃないかと思えてきた。その夜ホテルでは誰にも会えず、明日の午後にできるだけ早く出直して片をつけようと決意して家に帰った。翌日二時ごろ、己の運命を知るべく事務所を出ると、五ブロックも歩かないうちに、ダンカン家の霊が結婚反対を撤回したことがわかった。良からぬことが迫っている感覚はもうなかったし、葛藤もなく、抗う存在がいる手応えもなかった。エリファレットは大いに気をよくした。きびきび歩いてホテルまで行くと、ミス・サットンは一人だった。彼は問いを口にし、答えを受けとった」

「もちろんイエスと言ったのよね」ベイビー・ヴァン・レンセリアーが言った。

「もちろん」アンクル・ラリーは言った。「そして二人で初々しい歓喜に浸って、打ち明け話や告白を交わしている最中に、彼女の兄が顔に苦痛の表情を浮かべて、電報を手に客間に入ってきた。苦痛はその電報がもたらしたものだった。フリスコからの電報で、兄妹《きょうだい》の母ミセス・サットンの突然の死を告げていた」

「それで幽霊は結婚に反対しなくなったんですか?」ディア・ジョーンズが訊いた。

「まさしく。いいかい、一族に憑いた幽霊は、マザー・ゴルゴンがダンカンの幸福の大きな妨げになることを知っていて、それで警告したのさ。そして障害が取り除かれたとたん、すぐに賛同したわけだ」

霧が厚い湿ったカーテンを下ろしてきて、船の一方の端からもう一方の端を見るのも困難になってきていた。ディア・ジョーンズはベイビー・ヴァン・レンセリアーの足を包んだ毛布をさらにきつく巻いてやってから、自身のたっぷりした毛布の中に戻っていった。

アンクル・ラリーは話を中断して、いつも喫《す》っているごく小さな葉巻にまた火を点けた。

「きっとダンカン卿は」――公爵夫人はきちんと爵位を付けて他人を呼ぶ人だった――「結婚後はもう幽霊を見なかったんでしょうね」

「結婚後も結婚前も一度だって見なかったさ。でも幽霊たちはもう少しで結婚を破談にするところまで行って、二人の若き心はもう少しで破れるところだった」

「え、異議を申し立てる正当な理由とか障害とかを奴らが知ってたってことですか?」

ディア・ジョーンズが訊いた。

「どうして幽霊が、いくら二人いたって、女の子が好きな人と結婚するのを止めたりできるのよ？」これはベイビー・ヴァン・レンセリアーの問い。

「奇妙な話だろう？」そしてアンクル・ラリーは体を暖めようと、赤く燃える小さな葉巻を二、三度強く喫った。「それに事実を囲む事情も、事実自体と同じくらい奇妙なんだ。いいかい、ミス・サットンは母親の死後一年経たないと結婚しないと言ったから、二人にはたがいに自分の知っていることを打ち明けあう時間がたっぷりあった。エリファレットは彼女が学校で一緒だった女の子たちについて多くを知ることになったし、キティも彼の家族に関するすべてを聞いた。エリファレットは自慢したがるたちではなかったから、爵位のことは長いあいだ黙っていた。でもセーレムの小さな古屋敷のことは詳しく話した。そして夏も終わり近いある晩、結婚式の日取りも九月初旬に決まった時点で、新婚旅行になんか行きたくないとキティは言い出した。ハネムーンはセーレムのその小さな古屋敷に行ってのんびり静かに過ごしたい、何もしたくないし誰にも邪魔されたくないと言ったのさ。で、エリファレットはこの提案に飛びついた。彼にとっても願ってもない話だ。ところが、突然お化けのことを思い出して、ガツンと殴られた思いだった。ダンカン家に取り憑いた霊のことはもう話してあって、夫となる人に先祖代々の幽霊がじきじきに仕えていると知ってキティもものすごく面白がった。だがセーレムの小さな古屋敷に取り憑いている幽霊のことは何も言っていない。もし家憑きの幽霊が目の前に現われたら、きっと彼女はすっかり怯えてしまうだろう。となると新婚旅行代わりにセーレムへ行くのはありえない。それでいっさいを打ち明けて、自分がセーレムに行くたびに幽霊二人が干渉しあって、降霊会をやって顕現だの実体化だのでとにかく家じゅうおよそ耐えがたい場になってしまうのだと伝えた。キティは黙って聞いていたから、きっと気が変わったものとエリファレットは思った。だが実は全然そうじゃなかった」

「まったく男ってそうなのよね——女は簡単に気が変わると思ってるんだから」ベイビー・ヴァン・レンセリアーが言った。

「自分も幽霊には耐えられないけれど、幽霊を怖がる男とは結婚しないと言ったんだ」

「まったく女の子ってそうなんだよな——全然筋が通らない」ディア・ジョーンズが言った。

アンクル・ラリーのちっぽけな葉巻はもうとっくに消えていた。彼は新しい一本に火を点け、話を続けた。「エリファレットは抗議したが無駄だった。私の心は決まっているとキティは言った。彼女は何が何でもセーレムの小さな古屋敷でハネムーンを過ごす気でいたし、そこに幽霊がいる限り絶対行かないという決意も同じく固かった。幽霊住人たちに退去通知を申しわたしたこと、顕現だの実体化だの恐れがなくなったことをエリファレットが保証できるまでは結婚しないと宣言した。ハネムーンを幽霊同士の喧嘩に邪魔されるなんて冗談じゃない、屋敷を住めるようにしてくれるまで結婚式は延期すると言い張った」

「無理なこと言う娘さんなのね」公爵夫人が言った。

「ああ、エリファレットもそう思ったさ、いくら彼女に恋していてもね。でもまあ何とか説得して気を変えさせられるものと高をくくっていた。だが駄目だった。彼女の決心は固かった。いったん女の子の決意が固まったら、これはもう屈するしかない。で、エリファレットもそうした。彼女をあきらめるか幽霊を追い出すかのどちらかであって、自分は彼女を愛していて幽霊のことは好きでも何でもない。だから幽霊とやりあうことにした。エリファレットは肝の据わった男だった。スコットランド人とヤンキーの合いの子だからね、どっちの血筋もそう簡単に尻尾を巻いて逃げたりしない。そこでしっかり計画を立てて、セーレムへ出かけていった。行ってくるよとキティにキスしたとき、行かせることを彼女が悔やんでいるような気がしたけれど、表向き彼女は健気に、何食わぬ顔を装ってエリファレットを送り出し、家に帰って一時間泣いて、翌日彼が帰ってくるまで底なしにみじめな気分だった」

「幽霊はうまく追い払えたの?」ベイビー・ヴァン・レンセリアーが興味津々訊ねた。

「いまそれを話そうとしてたのさ」アンクル・ラリーは言い、手練《てだ》れの語り手らしく、ここぞというところで一瞬間《ま》を置いた。「いいかい、エリファレットはなかなか厄介な仕事を抱え込んだわけで、彼としてはできるものなら幽霊との貸借契約を延長して済ませたいところだったが、何せ娘と幽霊のどちらかを選ぶしかないわけで、望みは娘だ。何か手っとり早い楽なやり方を、でっち上げるか思い出すかできないか考えてみたが、無駄だった。誰かがお化けに効く特効薬を――奴らが家の外に出て庭で死ぬ薬を――作ってくれていたら、と思わずにいられなかった。幽霊が借金を抱え込むようそそのかせば、保安官に助けてもらえるんじゃないかと考えた。強い酒でやっつけられないかとも考えた――酒にすさんだお化け、譫妄《せんもう》状態のお化けともなればアル中用の病院に送り込めるんじゃないか。だがどの案も現実味がなさそうだった」

「で、どうしたんです?」ディア・ジョーンズが割って入った。「弁護人、要点に絞っていただけますよう」

「何があったのか聞いたら」アンクル・ラリーは重々しい顔で言った。「そんなに急ぐんじゃなかったと思うだろうよ」

「何があったの、アンクル・ラリー?」ベイビー・ヴァン・レンセリアーが訊いた。「知りたくてたまらないのよ」

アンクル・ラリーは先を続けた。

「エリファレットがセーレムの小さな古屋敷に出かけていくと、時計が十二時を打ったとたんに張りあう幽霊たちは例によって諍《いさか》いを始めた。こっちでもあっちでもそこらじゅうコツコツ音を立て、鈴を鳴らし、タンバリンを叩き、ジャカジャカかき鳴らされるバンジョーが部屋じゅうを飛び回り、去年の夏と同じく顕現やら実体化やらが次々に生じた。エリファレットから見た限り唯一の違いは、霊が発する冒瀆の言葉がより強烈になったことだった。むろんこれは漠然とした印象にすぎない。実際には一言だって聞こえたわけじゃないからね。彼はしばらくのあいだ辛抱強く待ち、耳を澄まし目を光らせていた。もちろんどっちの幽霊も彼の前に現われることはできないから、どちらも目には見えない。とうとう、我慢も限界に達して、いまこそ割って入る時だと決めて、テーブルをこんこん叩いて静粛を求めた。幽霊たちが聞いていると感じられるや、エリファレットは状況を説明しはじめた。自分は恋をしていて、彼らが家を空けてくれない限り結婚できない。彼は古い友人として幽霊たちに訴え、僕は君たちに感謝される権利があると主張した。爵位憑きの幽霊は何百年ものあいだダンカン家の庇護を得てきたのだし、家憑きの幽霊はこのセーレムの小さな古屋敷に二世紀近く家賃なしで住めたではないか。ここはひとつ不和にケリをつけて、僕をただちに苦境から救い出してくれまいか、そう頼み込んだ。いまここでとことん戦って、どちらが強いか決着をつけたらどうだろうと提案した。必要な武器は一通り持ってきたと言って鞄を引っぱり出し、テーブルの上に海軍用リボルバー二丁、ショットガン二丁、決闘用の剣二本、猟刀二本を置いた。僕が両方の介添人になろう、開始の合図も僕が出す、と申し出た。鞄からトランプ一組と毒薬一壜《ひとびん》も取り出して、流血沙汰を避けたかったらカードを引いてどっちが毒を飲むかを決めてもいいと言った。そうして、やきもきしながら幽霊たちの答えを待った。少しのあいだ、沈黙が広がった。やがて、部屋の片隅で、何かが小刻みに震えているのが感じられ、さっき決闘の話を持ち出したときにもそのあたりから怯えた吐息のようなものが聞こえたことをエリファレットは思い出した。何かが彼に、これが家憑きの幽霊であってその幽霊がひどく怯えていることを告げた。それから、反対側の隅で動きが生じたのがはっきり感じられ、これは爵位憑きの幽霊が威厳を傷つけられ憤慨して肩をいからせているのだと思われた。もちろん幽霊の姿は見えないのだから、そういうあれこれを目にしたわけじゃないが、しかと感じられたんだ。一分近く沈黙が続いたあと、爵位憑きの幽霊が立っているあたりから声が聞こえてきた。力強い、豊かな声だったが、憤怒を抑えているせいか、わずかに震えてもいた。そしてこの声がエリファレットに、お前がダンカン家の当主になってまだ日が浅いことは明らかだ、己の家系に属す者が女性に対して剣を抜けると考えるようでは自らの家柄にきちんと思いを巡らしたこともないにちがいない、と言ったんだ。エリファレットはこれに応えて、ダンカン家の幽霊が女性に対し手を上げるべきだなどと申してはおりません、僕はただダンカン家の幽霊がもう一方の幽霊と戦うよう求めただけですと訴えた。するとその声は、もう一方の幽霊は女性なのだと答えたんだ」

「何だって?」ディア・ジョーンズががばっと身を起こした。「屋敷に取り憑いてた幽霊が女だったっていうんですか?」

「エリファレット・ダンカンもまったく同じように聞き返したよ」アンクル・ラリーは言った。「だが答えを待つ必要はなかった。突然彼は、家憑きの幽霊にまつわる言い伝えを思い出し、爵位憑きの幽霊が言っていることが本当だと悟ったんだ。お化けが男か女かなんて考えたことは一度もなかったけれど、この家憑き幽霊が女であることに疑いの余地はなかった。この事実をしかと呑み込むや、エリファレットには解決策が見えた。幽霊たちが結婚すればいい！　そうすればもう干渉も喧嘩も顕現も実体化も降霊会騒ぎもなくなって、コツコツ鳴ったりも鈴やタンバリンやバンジョーもなくなるだろう。

はじめ幽霊たちは耳を貸さなかった。隅からの声が、ダンカンの霊が婚姻を考えたことなど一度もないと言い放った。だがエリファレットは彼らを相手に理を説き、拝み倒し、言い募り、なだめ、婚姻の利点を並べ立てた。もちろん、どうやって牧師に結婚の儀を執り行なってもらったらいいのかわからないことは白状しないといけなかった。ところがそこで、隅の声が重々しい声で、その点は造作ない、司祭の霊はいくらでもいるからと言った。そうして、ここで初めて家憑き幽霊が、小声の、澄んだ、優しい声で口を利いたんだ。その古風で優美なニューイングランド訛りは、爵位憑き幽霊のきついスコットランド訛りとくっきり対照を成していた。あなたは私がすでに結婚していることをお忘れのようです、と彼女はエリファレット・ダンカンに言った。だがエリファレットは少しも慌てなかった。一連の経緯をよく覚えていたから、あなたは結婚している幽霊ではなく未亡人です、あなたの夫はあなたを殺害した廉《かど》で縛り首になったのですからと彼は言った。すると今度はダンカン家の幽霊が二人の歳の差を指摘し、自分は四百五十歳近いがそちらはやっと二百歳くらいではと言った。だがエリファレットもダテに陪審員を相手に商売してはいない。とにかく粘り強く語りかけ、なだめ、どうにか合意に持ち込んだ。あとになって、実は二人とも説得されたがっていたのだと思いあたったが、その最中には、結婚のよさを納得させるのは至難の業だという気持ちだった」

「で、上手く行ったのね?」若いご婦人らしく婚姻には好奇心たっぷりのベイビー・ヴァン・レンセリアーが訊いた。

「行ったとも」アンクル・ラリーは言った。「ダンカン家の霊と、セーレムの小さな古屋敷の霊とを説き伏せて、婚約にまで持ち込んだ。そうして、二人が婚約した瞬間以降、彼らに悩まされることはもうなくなった。彼らはもはや、張りあう幽霊同士ではなくなったんだ。エリファレット・ダンカンがキティ・サットンをグレース教会の手すりの前で出迎えたのと同じ日、とある司祭の霊が幽霊たちを結婚させた。幽霊の花嫁花婿はただちに新婚旅行に出かけ、ダンカン卿とレイディ・ダンカンはハネムーンを過ごしにセーレムの小さな古屋敷に行った」

アンクル・ラリーが話をやめた。小さな葉巻の火がまた消えていた。張りあう幽霊たちの物語は語られたのだ。大洋汽船の甲板に集ったささやかな輪を、厳かな沈黙がしばし包んだが、それも霧笛のしゃがれた轟《とどろ》きに騒々しく破られた。

劇評家たち
あるいはアビー劇場の新作
——新聞へのちょっとした教訓

The Critics
Or, A New Play at the Abbey:
Being a Little Morality for the Press

セント・ジョン・G・アーヴィン
St. John G. Ervine

都甲幸治訳

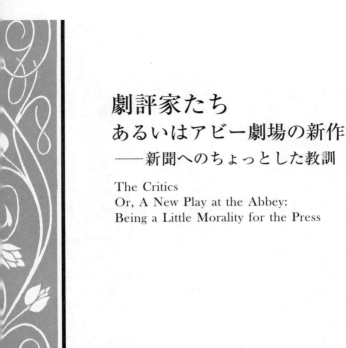

初邦訳となる一幕物の戯曲．舞台は，アイルランド文芸復興運動において，重要な役割を担った伝説的劇場，アビー劇場(アベイ座)．アイルランド初の国立劇場で，W・B・イェーツをはじめ，レディ・グレゴリー，J・M・シング，ロード・ダンセイニ，レノックス・ロビンソン，バーナード・ショーなど，アイルランドに縁のある多くの劇作家・詩人が作品を提供した．本作の作者，セント・ジョン・G・アーヴィン(ベルファスト生まれ，1883-1971)もその一人であり，ごく短い期間だが劇場の支配人も務めている．

芥川は本作について，「彼の全豹を伝えるものではない．しかし兎に角好謔を極めた諷刺劇の佳作たることは事実である」と評している(序文より)．「劇評家たち The Critics」というタイトルから推察できる通り，劇評にまつわる「諷刺劇」である．さて，実は芥川にも「MENSURA ZOILI」という同時代評に対する風刺小説があり，その末段に本作の書名が登場する．本作を読んだあと，ぜひご一読いただきたい(岩波文庫『蜜柑・尾生の信』などで読むことができる)．いつの時代，いかなる国であっても，実作者が自作の評判を気に掛けているさまには頬が緩む．

登場人物
バーバリ氏
クワックス氏
クォーツ氏
ボーローニー氏
案内係
舞台――ダブリン、アビー劇場ロビー

舞台はダブリン、アビー劇場のロビーである。夕刻で、アイルランドの俳優たちにより新作が初演されている。もう劇は進んでいて、最後の幕が始まるところ。バーバリ氏が外からロビーに入ってくる。太った陽気な男で、ごく内輪の私事を打ち明けているようにしゃべる癖がある。強いベルファスト訛り。案内係に近づく。

バーバリ氏　ここがアビー劇場かな？

案内係　そうです。
バーバリ氏　なるほど！　初めて来たよ。（見回して）大した建物じゃないね？
案内係　いや、そう悪くありませんよ。
バーバリ氏　ティボリ〔ダブリンにあった大衆演劇場〕のほうが大きいな。僕にはあそこが基準なのさ。劇場の大きさについてはね。大きけりゃ大きいほどいい劇場だ。ここは以前、死体安置所だったよね？
案内係　そうですね。
バーバリ氏　死体安置所としてはひどい運命だな――劇場にされるってのは。今夜は新作だろう？
案内係　そうです。
バーバリ氏　なにか騒動は起こった？
案内係　聞いてませんが、まだ劇は終わってないです。
バーバリ氏　いや、ここに来たのはそれが知りたかったからさ。これでも精一杯早く来たんだ。僕がいないあいだに騒ぎが起こった、なんてことだとまずいんだよ。
案内係　どうしてです？　お客さん、警官ですか？
バーバリ氏　いや、僕は劇評家だ。当面は、ってことだけどね。いつもはこういう仕事はしてない。職場で頼まれたもんでね。こういう「高級」な劇をやってる場所っては、そんなに得意じゃないんだ。普段は市議会の議事について書いてる。うん、実に面白いよ! 劇評なんかとは較べものにならない。ここに来たのは生まれて初めてだけど、会社での二分間のほうが、この劇場での二年間よりもっと楽しいことがある。一シリング賭けてもいいな――でももちろん、暴動があれば別だけど。そしたら同じくらいにはなる。いつもこの仕事をやってるやつが病気になってね、で代わりにお願いしますって言われたのさ。どんな劇か知ってる?

案内係　知りませんね。まだ見る暇がないもんで。中に入ってご自分で見られては?

バーバリ氏　いや、ここで結構。(ソファに坐る)この劇場、酒は出せるの?

案内係　いいえ。レモネードかコーヒーならお出しできます。

バーバリ氏　ケッ、要らないよ。どうりでここは人気がないわけだ。(ひどくうんざりして)コーヒーかレモネード! 今やってるのはアイルランドの劇だろうね。

案内係　どうでしょう。最近は外国の劇もやるようですが。

バーバリ氏　外国の劇! 外国の劇なんて何になる? そんなの外国人を喜ばせるだけさ。そうだろう! もちろん、そんなこと僕には関係ないがね。劇にはとんと興味がないんだから。好きなのはいい歌とダンスさ。ちょいとパンチが効いたやつ。ティボリによく来る女がいたんだけど……おい、ちょっとこっちに来て！（立ち上がり、内緒話でもするように案内係の方に身を乗り出す）彼女は歌を歌ったもんだ。うん、すごくいい歌をね。なんて名前かは忘れたけど、こんな歌だった。

（歌う）「うちの下宿人　とってもすてきな若い人、
　とってもすてきな若い人！」

この歌、聞いたことあるかい？

案内係　ありませんね。

バーバリ氏　いやあ、これこそ歌ってもんだよ。こうした歌はなかなか奥が深いよ。一シリング賭けてもいいが、ここじゃあそんな歌は聞けないだろう。

案内係　ええ、聞けませんね。

バーバリ氏　ここは高級な劇場なんだよな？　難しい劇をやる？

案内係　そう言われてますね。

バーバリ氏　見ただけでわかるよ。今にも崩れそうじゃないか！　だからさ、なあ、この劇場の問題はそこだよ。今風にしなきゃ。一晩に二公演、ってのが普通だ。映画館か演芸場に変えるってのはどうだい。いい歌と踊りがあって、芸当をする象や笑いを取れる手品師なんかも出て来る。そしたらどうだい、ここはまさに宝の山だよ。アイルランド人のためにアイルランド演劇なんて書いて何になる？　くだらない、自分が何人《なにじん》かなんて、みんな思い出したくないよ。みんなそんなこと忘れたいんだ。この国で高級な劇に少しでも興味があるやつがいるかい？　いないよ。いても変わり者だけさ。でそいつらは金欠でガス代もない、ましてや俳優の給料なんて払えない。こないだそういう変わり者の一人に会った。レーンってやつが上演禁止にしようとしてる多くの映画について、口から泡吹いてしゃべってた。ああ、まったく、こいつはイカれてるな、と思ったね！　だから僕は言ったんだ。ここじゃあ映画なんてなくていいよ、絵入りの新聞があるからさ。それを聞いたあいつの顔を見せたかったな(がははと笑う)。この劇場を仕切ってる男の名前は何だっけ？　詩を書いてるやつ？

案内係　イェイツさんのことですか？

バーバリ氏　そう、それだ(笑いながら)。以前やつの本を読もうとしたんだけど、何言ってるのか全然わからなかった。僕はベルファストで育ったんだけど、あそこじゃみんな詩なんかに用はないんだよ。ベルファストの偉大さの秘密もそこさ。それでもちゃんと、みんな詩が何かはわかってる。僕も学校で「シャンドンの鐘」(コークにある有名な教会の鐘を歌った歌)や「カサビアンカ」(ナイルの海戦を扱った、英米の学校でよく教えられた詩」なんか習ったけど、この手のやつは全然習わなかったね。まあとにかく、僕が言いたいのはね、もしイェイツさんのところに行って、この劇場を人気の場所にする計画について話したら、あちらはどう思うだろう？

案内係　あまり言いたくはありませんね。

バーバリ氏　受け入れないだろう、ってこと？

案内係　でしょうね。

バーバリ氏　でも何とかはしなくちゃならないだろう。ここは全然人気がないって聞いたよ。うちの新聞の劇評家が、ちょっとひどすぎる、って。先日、そいつがこう言ってたよ。「あそこに必要なのは劇評家じゃない、公衆衛生検査官だ」。やつ流の皮肉さ。「で僕は検査官じゃない」って。「そうだな。がっかりすんなよ」って言ってやった。今病気なのはそいつさ。ダブリンで劇評をやるってのは大した仕事じゃない。

案内係　そうなんですか？

バーバリ氏　ああ。記者の仕事を始めたばかりでやるのが劇評家だ。で才能があるな、となったら、今度は社説を書かせてもらえる。でそれがうまくやれたら、サッカーの試合や死因審問を任せられる。僕は社でも最上の記者の一人だ。だから今晩ここにいるっていうのは、僕にとっちゃひどい転落なのさ。こんな仕事をやってるところを友だちには見られたくないな。性格が良すぎて、頼まれても「嫌だ」と言えなかっただけなんだ。この劇について君から何も聞けないのは残念だな。

案内係　えーっと、今回は悲劇だって聞きました。

バーバリ氏　悲劇！　(舌打ちをして)まったく、悲劇なんてわざわざ舞台でやって何になる。そんなの毎日起こってるじゃないか。ボールズ橋で犬が車に轢《ひ》かれるのを見たけど、なんと賞まで獲った犬だった。それについて僕は短い記事を書いて「ボールズ橋の悲劇」って見出しを付けたよ。でも君だって、そんなもの舞台でやってほしくないだろう。僕は笑いたいし、楽しみたいんだ。みじめになるために金なんか払う気はないな。新聞社で働いてたら、悲劇なんて見たくなくなるよ。そのこと自体が悲劇だけどな。

案内係　中に入ってちょっと劇を見てくださいよ！

バーバリ氏　うーん、出てきた人に劇がどうだったかを訊いてみるのは？　僕が知りたいのは、騒動が起きたかどうかだけさ。うちの新聞は晩に出る。で劇の紹介なら、読者はちゃんと朝の新聞で読めるし。(『ウィニング・ポスト』〔よく知られた競馬新聞〕をポケットから取り出す)今週、この新聞にすごい話が載ってるんだ。爵位もある若い貴婦人とお抱え運転手の話だよ。読んでやるからこっちに来なさい！

案内係　ええと、結構です。読んでくださらなくて。

バーバリ氏　(深々と坐る)どうとでもお好きなように。でも面白い話を聞き逃したねえ。

(皮肉な調子で)それとも悲劇を見るほうがいいのかな！

(案内係は劇場の玄関扉までぶらぶら歩いて行き、外の通りを見る。バーバリ氏は流行の歌をハミングする)

「昨日の夜誰と一緒だったの？

昨日の夜誰と一緒だったの？

妹でもないし、お母さんでもないでしょ……
ア、ア、ア、ア、アハハハ！……」
(劇場からロビーに出る扉が荒々しく開き、クワックス氏が現れる)
クワックス氏　もううんざりだ！　恥ずべき代物だよ！　かつてここまでアイルランド人が侮辱されたことはない！
バーバリ氏　(新聞を投げ捨て、興奮して立ち上がる)騒ぎがあったんですか？　怪我人は？
(劇場から拍手の音が聞こえてくる)
クワックス氏　騒ぎ！　起こっても当然だが、なかったね。やつらの拍手を聞いてくれ！　あれを！　ああ、アイルランドはどうなっちまったんだい！　この劇に家内を連れてこなくてよかった。

バーバリ氏　そこまでひどかったんですか？

クワックス氏　ひどいよ！　ぞっとするほどさ！　『高潔な恋人』よりひどい、で、『高潔な恋人』は『ブランコ・ポスネット』よりひどい、で、『ブランコ・ポスネット』は『プレイボーイ』よりひどい、で、『プレイボーイ』は……（『高潔な恋人』はアーヴィン自身の作、『ブランコ・ポスネット（の正体）』と『（西の国の）プレイボーイ』は当時物議を醸した戯曲）

バーバリ氏　（案内係に）君に言われたとおり中で劇を見ればよかったよ。（クワックス氏に）さあ、どんなだったか全部話してもらえます？

クワックス氏　あんな、言いようもないほどひどいもので口を汚したくないな。

バーバリ氏　まあまあ、いつもそこまで上品でもないでしょ。それに、ここには僕とこの男しかいませんし。さあ！　（ポケットの中を探る）ちょっと、ノートを出すから待ってください。（ポケットからノートを出す）続けてください。いちばんひどいところを。

クワックス氏　いやいや、ちゃんと考えられないよ……

バーバリ氏　まあ、朝にはいつもどおりになりますよ。いい見出しを付けなくちゃ。「アビー劇場の恥ずべき非道。ダブリンの我慢の限界は？」これだけの記事だ、二行あっていい。

クワックス氏　実に実に不快で、言語道断、破廉恥な劇だ。おかげで――今でも吐きそうだ。

バーバリ氏　そりゃひどい、どうだったか教えてもらえます？　何かその――あったわけですか？

クワックス氏　あるべきでないものすべてがあったよ。アイルランド人の世に名高き清らかさを思えば、アイルランドの女性たちの純粋さを考えれば、アイルランドの新聞が下品さに無縁なことについて思案すれば、新聞がストライキについて書くときの禁欲と忍耐について考えれば、この汚《けが》らわしい言語道断なる劇へのわが嫌悪をどう言えばいいのか、言葉に窮してしまう。

バーバリ氏　(さかんに殴り書きしながら)でも、精一杯やってくださってますよ。そんなに速く話さないで。半分も書き取れない。

クワックス氏　こんなふうに汚《けが》そうとする者がいるなんて、清らかな名声を誇る街ダブリンを……

バーバリ氏　「きれいな女の子たちがいるところ」ってね。あれはいい歌ですな。続けてください。これはまさに求めてた話です。こりゃいい。下手すりゃラーキン〔アイルランドの労働党指導者ジェームズ・ラーキン〕を論じた『インディペンデント』の社説よりいいぞ。さあ、どんどんお話しください！「清らかな名声を誇る街ダブリン」。そこまでは聞きました！

クワックス氏　清らかな名声を誇る街ダブリン……これはインタビューですか？……

バーバリ氏　ああ、もう、途中でやめないで。市議会以外であなたみたいに雄弁な人は見たことない。さあ、続けて。

クワックス氏　清らかな名声を誇る街ダブリンは、優れた芸術の中心地です……

バーバリ氏　（笑いながら）ねえ、あのイカれ野郎が映画について言ってたことをあなたも聞いてほしいね。奴は言うんですよ。芸術かい、ここには芸術なんてものはない。ただたくさんの三文芸術家が、油じみたレジを探って半ペニーを漁ってるだけだ、って。

クワックス氏　（無駄話は無視して）それがこんなひどい、不快な劇をやって、優れた芸術も演劇も汚《けが》してしまっている。

バーバリ氏　いや、それは言い過ぎでしょう。そこまで悪くはない！

クワックス氏　いやいや、もっと悪いですよ。（ロビーに出る扉が再び荒々しく開き、今度は二人の狂乱した劇評家が出て来る――クォーツ氏とボーローニー氏）

クォーツ氏　（ソファにどっかと坐って）これは一体全体、何の話なんだ？

ボーローニー氏　こんなの見たことあるかい？

バーバリ氏　いえ、全然見てないんです、見とくんだったなあ。明日の晩には来ます。何があってもね。

クワックス氏　明日の晩だって！　明日の晩なんてとんでもない。今日が最初で最後の公演になるべきだ。じゃなきゃアイルランドの新聞には何の力もないってことになる。

ボーローニー氏　いいですか、考えてもみてくださいよ。チョコレートやパンフレットを売ってる少女たちのことを！　我々はもう世慣れた大人だからいいが、世間的な良識に鑑みて、少なくとも彼女たちはこの劇場にいるべきじゃない。いくら雇われてるからと言って、おぞましくて汚らしいものを聞かされるべきじゃない。今夜の聴衆がわざわざ金を払って耐え忍んだあれを。

バーバリ氏　（ボーローニー氏に）さあ、女の子たちの話はよしましょうよ。じゃなきゃあなたに誘拐されるかも、と彼女たちが思いますから。

クォーツ氏　（少々涙ぐんで）あれが何の話なのか、誰か教えてくれないか？

ボーローニー氏　いやいや、そういうのはやめてくれよ。あんなたちの悪いがらくたをもう一度聞かされたくないな。

バーバリ氏　ちょっと、ちゃんと教えてくださいよ。僕は全然見てないってことをお忘れなく。それでもコラム半分になるぐらいはメモしましたけど。見出し二、三もあるかな。まだもっと知りたいんですよ。さあ、あらすじはどんなです。小声ででも話してくださいよ。

クワックス氏　言ってやりなさい、さあ。この人は強い男だから。

クォーツ氏　僕に聞いてもだめですよ。全然理解できなかったんだから。席についてすぐ見えたのは、舞台を歩き回る幽霊でした。

ボーローニー氏　いやいやいや、幽霊じゃないよ。さっきも言っただろ、クォーツ。あれは小妖精《レプラコーン》だって。イェイツの影響だよ。誰が見たってわかる。(バーバリに)こういう若い劇作家たちはあいにく全員イェイツの影響下にある。で、イェイツは幽霊が嫌いなんだ。

バーバリ氏　僕だって嫌いですよ。

ボーローニー氏　彼が好きなのは妖精《フェアリー》とレプラコーンだけだよ。

クワックス氏　あれは幽霊でしたよ。僕が幽霊を見てもわからないとお思いですか?

バーバリ氏　まあ、それが何であれ、何をしてたんです？

クワックス氏　我々はこの劇を監視団に通報しないといかんな。アイルランドの高潔な若者たちが、毎週日曜日に下品な新聞を押収してるんです。その麗しき仕事の対象をどうして新聞に限らなきゃいけないんです？　まあその新聞で我々は飯を食ってるんですけど。どうして矛先を劇に向け換えちゃいけないんです？……

バーバリ氏　（案内係に）さあ、この紳士に何か強いものをお出しして――神経がかき乱されてる。

案内係　すいませんが、レモネードかコーヒーしかございません。

バーバリ氏　ああ、それじゃあ役には立たないな！（ボーローニー氏とクォーツ氏に）さあ、あなた方、どちらでもいいから教えてくださいな。教えてくださいよ。でも二人同時に喋り出さないで。

ボーローニー氏　あの劇の話をするのはお断りですな。僕はちゃんと結婚もしてる男ですよ……

バーバリ氏　別に不名誉じゃないですよ、してたって。じゃあクォーツさん、教えてください。

クォーツ氏　別にあの劇が嫌だとは思ってません。ただ理解できないってだけです。でもあの言葉遣いには反対だ。舞台でひどい言葉を使われるのは我慢できない。

ボーローニー氏　全部ロビンソンのせいだ。

バーバリ氏　どのロビンソンです？　二、三人知ってますが。

ボーローニー氏　この劇場を経営してる男だよ〔アビー座の支配人を務めた劇作家レノックス・ロビンソンのこと〕。『収穫』って劇を書いたんだ……うん！　僕は知ってるよ。この劇場でかかる劇の脚本を奴が全部、事前に読んで、ひどい言葉が入ってなかったら却下するか、もしくは自分で足すんだ。

クォーツ氏　そんなこと言っちゃうんですか？

ボーローニー氏　ああ、恐れずズバッと言わせてもらうよ。僕は知ってるんだ。リハーサルで奴は劇を十分おきに止めて、みんなに「こんちくしょう《ブラディ》め」と言わすんだ。

バーバリ氏　彼が「こんちくしょう《ブラディ》め」と言うってことですか？

ボーローニー氏　そう。

バーバリ氏　そりゃひどい。

ボーローニー氏　奴のことはたくさん聞いてるよ。奥さんを殴ってるって聞いた。

クワックス氏　何ですって！　アイルランドの純粋なご婦人を？

ボーローニー氏　ストリンドベリを読んでるせいらしい。

クォーツ氏　いや、そりゃ嘘ですよ、ボーローニーさん。奴には奥さんはいません。それぐらい知ってます。
クワックス氏　もしいたらきっと殴ってるだろう、って話さ。わが国の女性がそんなことに耐えなきゃならないなんて……
ボーローニー氏　それからイェイツがやって来て、妖精かレプラコーンを劇に加える。今晩の劇を見てみろよ。幕が上がるとすぐ、レプラコーンが出てきたろう。
クォーツ氏　レプラコーンじゃなかったって言ったでしょう。幽霊でした。
ボーローニー氏　まあなんであれ、超常的な存在だよ。イェイツはいつもああいうのを狙ってるんだ。あいつの詩を見てみろ……
クワックス氏　詩って言えるのかい、あれを！　ムーアの『メロディーズ』〔当時大衆的な人気を誇ったトマス・ムーアの詩集〕のほうがよっぽどいい！……
バーバリ氏　〔クォーツに〕ジョージ・ムーア〔小説家〕が詩を書いてたとは知らなかった。
クォーツ氏　別のムーアさ。
ボーローニー氏　そしてイェイツとロビンソンが劇に手を加えると、レイディ・グレゴリーがやってきて、キルタータンの方言を加える。今夜の公演にも確かに彼女が書き加えたらしい台詞《せりふ》があったな。聞いたかい、クォーツ？

クォーツ氏　いや。
ボーローニー氏　聞いたんだよ。あの台詞さ。「王子様は気ちがい、これはほんとでございます。ほんとにお気の毒、お気の毒ながらほんと」。あれはまさにキルタータン方言だ。
バーバリ氏　そりゃどういう意味だい？
クォーツ氏　あの作品に意味があるかだって？　レイディ・グレゴリーがこの劇に手を入れたってことはわかってる。彼女の劇にはいつもイカれた人間が出てくるからな。出さずにはいられないのさ。でもあいつらのことみんな暴露してやる。ロビンソンから誰から、みんなだ！　役者の台詞をひとつ書き取ったんだが、とにかくあまりにひどかった。
バーバリ氏　読み上げて。
クォーツ氏　本当にひどい。（ポケットから紙切れを取り出す）書き取ったんだよ、さあこれだ。「ああ、なんというけしからぬ早さだ、こんなにもすばやく不義の床に送りこむとは！」。さあ、これをどう思う？　この言葉を。
ボーローニー氏　それはロビンソンの言い方だね。よくわかるよ。
バーバリ氏　その台詞がどういう意味かはわからないな。とにかく面白くはないですね、どんな意味であれ。そして面白くなければ、弁解の余地はない。まだ筋を教えてもらってませんよ。

クワックス氏　テスピス〔演劇の発明者イカリアのテスピス〕の神殿がどれほど堕落したかをこの人に教えてやりましょうよ。

ボーローニー氏　そうね、バーバリさん、僕が理解できたかぎりでは、この作品は親父を亡くした若者の話だ……

バーバリ氏　『西の国のプレイボーイ』のことですか？

クワックス氏　『プレイボーイ』よりたちが悪いよ。

バーバリ氏　そいつが親父を殺したんですか？

ボーローニー氏　いや、殺したのは親戚だ。殺したのは叔父で、それから叔父は義理の姉と結婚した。

バーバリ氏　まさか。

クワックス氏　そうなんだ、バーバリさん。死んだ兄の奥さんとね。そんな筋の劇をアイルランドでやるなんて！　紳士諸君、考えてくれよ。この国の女性たちに対するなんたる侮辱か。考えて！

バーバリ氏　彼女たちのことを考えても仕方ないでしょう。自分のことは自分で考えられるし。で、彼女と結婚してどうなったんです？　警察ともめた？
クォーツ氏　もう劇の説明はやめてくれ、ボーローニーさん。バーバリさん、あれは説明するにはひどすぎる。生きてダブリンであんな劇が上演されるのを見る日が来るとは思わなかった。
ボーローニー氏　本当に病的な劇ですよ。女の子が正気を失ってバカげた歌を歌い出すんです。『満月』〔レイディ・グレゴリー一九一〇年執筆の戯曲〕に出てくるイカれた女の子みたいにね。それから彼女はよりによって溺れ死ぬ。まったく、素敵で楽しい筋だ。
クワックス氏　バーバリさん、この劇場の監督が墓場を舞台に上げるほど悪趣味だ、なんて信じられるかい？　二人の男が墓を掘って、髑髏《どくろ》やら骨やらを放り投げるんだ。墓場だぜ、まったく。
バーバリ氏　なんだって！　グラスネヴィンみたいな場所かい？
ボーローニー氏　まさしく。
バーバリ氏　そりゃひどすぎる。僕は冗談になら人並みに耐えられるけど、こりゃ冗談じゃない。墓場だって！　それから男が死んだ兄の妻と結婚するとは……ちょっと待て。これは合法と認められてるのかい？　もちろん合法なら問題ないけど。
クワックス氏　いや、合法じゃないよ。亡くなった妻の姉や妹とは結婚できるけど、亡くなった兄や弟の妻とは結婚できない。だからこそ、アイルランド人の天性の清らかさにとって、この劇はひどい侮辱だ、と言ったんだ。この劇に出てくる若者が結婚に反対するのは理解できるが、彼の表現はいささか慎みに欠けると思う。不義の床！不義の床！　そしてこの劇の女性たちもだ。まともな精神の男性が女性の側に坐ってこんな――家庭内で使う品について聞いて、居心地が悪いに決まってる。

ボーローニー氏　それに、母親に向かっての口の利き方はどうだ。だって彼女は自分の母親で、母親ってのは神聖なもんだろう。たとえ彼女が血縁の掟を破ったからって。彼女に「情欲の血もしずまり」なんて。あれは自分の母親や、他のどんな女性、とりわけアイルランドの女性に若い男が言うべき言葉じゃない。すごくきわどい言葉だよ。

クォーツ氏　そう、そして「脂ぎった汗くさい寝床」。近頃の若者は控え目ってことを知らない。

ボーローニー氏　全部ロビンソンの仕業さ。

（観客席から大歓声が聞こえてくる）

バーバリ氏　さて、みなさん、どうしましょう？　あなた方が見たところによると、今夜ここでひどい劇が上演されたのは明らかです。でも聞こえるかぎりでは、観客は気に入っているようですね。

クワックス氏　なんて観客だ！　なんて恥知らずなんだ！　みなさん、我々はアイルランドの十字軍を始めねばなりますまい。この劇やアビー劇場でかかる他のすべての劇に対してね。すぐ検閲を始めるよう要求しなくては。監視団の若者たちをここに来させて、アイルランド人の名の下でこの侮辱的な劇に抗議させなければ。教会総会の議長、ダブリンの枢機卿や大司教、アイルランド教会の主席司教、加えてクレイグ大佐〔北アイルランド初代首相クレーガヴォン〕、ジョウゼフ・デヴリン氏〔政治家・ジャーナリスト〕、ロンドンデリー侯爵、オレンジ党党首の全面的承認なしにはいかなる劇も上演できないと主張しなければ。

バーバリ氏　おっと、演説ですか？　何を言ってるんだか全然わからないけど。クワックスさん。ふざけてるんですか、それとも正気じゃない？

クワックス氏　バーバリさん！……

バーバリ氏　まあそうですね、あんたの頭の状態はさして大事じゃない――同じことです。みなさん、この点についてはみんな意見は一致していると思います――我々はこの劇をできるだけ激しくやっつける。そうですね？

クワックス氏　**ボーローニー氏**　**クォーツ氏**　（三人とも）はい。

バーバリ氏　よろしい。ではこの劇について僕が書いたことを読み上げますから、間違ってたら直してくださいよ。

クワックス氏　どうぞ。

バーバリ氏　さあ、聞いてくださいよ。それからちょっと、クワックスさん、アイルランドのご婦人方については二、三分忘れてもらえますか。あなたが彼女たちのために嘆くたびに中断されたくないので。さ、聞いてください！　市議会会議の席上で……あ、まったく、出だしから違ってた。ちょっと待って。すぐ直します。アビー劇場のひどい劇！　大見出しはこれでどうですか？

ボーローニー氏　そうねえ、アビー劇場の恥ずべき劇、は。

クォーツ氏　あるいは、アビー劇場のこの上なく下品な劇、かな。

バーバリ氏　編集部の連中が見出しに文句を付けてくる、ってことをお忘れなく（恨みを抱えた男の口調で）。さて、ここだけの話、みなさん編集部をどう思います？

クワックス氏　バーバリさん、今は編集部について話し合ってる場合ですかね？　上演中の劇のせいで、人々の思考や精神が間違った方向に導かれ汚染されつつあるのに。しかもいままさにみんな喜んで拍手喝采してる。ここはそれぞれが最も良いと思う見出しをつけるべきでしょう。僕は「アビーの侮辱」にします。

バーバリ氏　（メモを取りながら）うん、それもいいですね。ただ思うんですが、この劇にとって我々の記事は、とてつもなくいい宣伝になってしまうと思うんです。つまりですね、今夜ここに来てる人たちは、この劇が下劣だとはたぶん思っていません。それで明日の朝、新聞を読んだら、何かを見逃したかなと思うだろうし、そしたら何だったのかを見に、明日の夜またここに来るでしょうよ。

クォーツ氏　義務は果たさないといけませんよ、バーバリさん、結果がどうあれ。

バーバリ氏　さて、ここだけの話なんですが——観客は聞いてないから、今だけは本当のことが言えます——我々が言おうとしているほどこの劇は悪くないんじゃないですか？

ボーローニー氏　バーバリさん、そりゃ我々への侮辱ですよ！　自分でも信じていないものを我々が書くなんてお思いですか？

バーバリ氏　ええ、思います。そうしなきゃクビになりますからね。むしろ侮辱してるのはそっちでしょう。僕が自分で新聞に書いていることを全部信じている、なんて褒めてることになるわけがない。

ボーローニー氏　我々は自分が書くものを信じてますよ。

バーバリ氏　本当に？　ああ神様、この人たちを助けたまえ！

ボーローニー氏　あなたはもちろんこの劇について自分が書いたことを信じられやしな

いでしょう。だって見てないんだから。

バーバリ氏　ふん、そんなこと関係ありませんよ！　確かに、我々は自分たちが書くことの半分も見てません。あなた方だってちゃんとご存じでしょう、新聞にとって、悪い「話」は良い話より明らかにありがたいネタです。それに、あなた方全員が貶《けな》そうっていうのに、この劇を僕が褒めて新聞の部数を下げるわけないでしょ？　僕はみなさんと同じことを言う必要がある。じゃなきゃ編集長は僕が劇をちゃんと見たなんて信じちゃくれない。

クォーツ氏　でも事実を知ることには意義があると思いますよ。

バーバリ氏　（露骨に軽蔑して）事実！　事実を知らないだけで新聞を悪く見せてしまったら、それこそ恥ですよ。みんなは事実のために新聞を読むわけじゃありません。新聞を読むのは、朝起きてから夜寝るまでのあいだの暇つぶしをするためです。ああもう、まったく、もし事実を印刷しだしたら、全員正気を失うでしょうね。もし我々がダブリンについて事実を告げたら、みんなで街を焼き払うでしょう。僕は事実です。あなたは事実です。（案内係を指さして）そして彼は事実です。でも我々についてなんて誰も読みたがりません。むしろ、決して起こらないことについて読みたいんです。自分たちが生きてることを忘れたいんです。クロロホルムで麻酔されたいんです。それが我々の仕事ですよ。みんなを麻酔すること!

クワックス氏　あなたが言うことは全部間違っていると思うが、そのことについて話し合う時間はありません。急いでやらなきゃならないことがある。

バーバリ氏　わかりました。さて、二、三小見出しを付けなきゃなりません。「家庭の冒瀆」あるいは「神聖なる結婚への攻撃」はどうでしょう?　こういうのは気の利いた見出しになる。老いぼれアバディーン〔アイルランド総督ジョン・キャンベル・ゴードン〕も背筋を伸ばして坐り直して読むでしょう。

クォーツ氏　恥ずべき劇だと攻撃してさえいればなんでもいい。

バーバリ氏　わかりました。続けましょう。(読む)昨晩アビー劇場でアイルランドの人々がまたも侮辱された……(クワックス氏に)「心の清い女性たちも」と加えるべきですかね?

クワックス氏　どっちでもいいな。

バーバリ氏　えっ!　まあたぶんそういう台詞はあなたにお任せしたほうがいい。女性については権威のようだし。(読む)劇の名前は……　いやはや!　まだ劇の名前を知らなかった。なんていうんです?

ボーローニー氏　これがプログラムです。

バーバリ氏　（受け取り、劇の名前を見る）『ハムレットの悲劇』！　劇にしちゃ変な名前ですね。

ボーローニー氏　ハムレットは母親を罵った若者の名前ですよ。

バーバリ氏　でもこれ、アイルランドの劇だってあなた言いましたよね。

ボーローニー氏　どんな劇かは知りませんよ。

バーバリ氏　集落《ハムレット》ってのは場所のことだと思ってたけど。（案内係に）これはアイルランドの劇かい、それとも君が言ってた外国の劇？

クワックス氏　どこの劇でも同じでしょ？　抗議すべきことに変わりはない。

バーバリ氏　うん、どうかなあ。抗議してドジを踏んだら嫌だし。舞台はどこです？

ボーローニー氏　エルシノアって場所です。

バーバリ氏　エルシノア！　アイルランドにそんなところないですよ。グリーノアじゃなくて？

ボーローニー氏　確かにエルシノアです。

バーバリ氏　もしかしたら架空の名前かもしれない。書いた奴の名前は？

クォーツ氏　シェイクスピアっていいます――ウィリアム・シェイクスピア。

バーバリ氏　綴りは？　（ボーローニー氏が綴ってみせる）それ、アイルランドの名前じゃないですよね?

クォーツ氏　聞いたことないけど、ベルファスト出身かも。あっちの方は変わった名前の人がいるから。

バーバリ氏　違いますよ。僕もベルファスト出身だけど、そんな名前生まれてこの方聞いたことない。そうだ!　ゲール語の名前かも。そいつがゲール語連盟の会員でもちっとも驚きませんよ。キャンベルって男を知ってるんですけど、奴がゲール語で自分の名前を書いたのを見ても、読み方が全然わからなかった。綴りとは違ったふうに発音するんです。もしかしたら、「シェイクスピア」を英語にしたら「マーフィー」かも。

クワックス氏　みなさん、行きましょう。

(劇場では拍手喝采が起こる)

案内係　劇が終わりましたよ、みなさん。

(また拍手喝采)

クワックス氏　アイルランドの人々がこうやって自分たちを汚すのを聞くのは耐えられない。お休みなさい、みなさん、お休みなさい。

(急いで外に出て行く。クォーツ氏は場内へ入る扉まで行き、中の聴衆を覗く)

クォーツ氏　立ち上がって拍手喝采してますよ。

バーバリ氏　汚らしい、猥褻《わいせつ》な、不道徳な、おぞましい劇を見てることがわかっちゃいないんだ。

ボーローニー氏　わかってるようには見えませんな。

バーバリ氏　まあ、朝に新聞を読めばわかるでしょう。さあ行きましょう、みんなが出てくる前に。（皆で外に出る扉の方に行く）この劇を書いた男の名前はなんでしたっけ？

クォーツ氏　シェイクスピアです。

バーバリ氏　ああ、そう、シェイクスピア。変な名前だな。コーク出身かな。

ボーローニー氏　だとしても驚きませんな。ロビンソンの出身地だし。

（皆で出て行く）

「劇評家たち」について作者から一言　この劇に出てくる発言の大部分はダブリンの劇評家たちから拝借したことを記しておきたい。『高潔な恋人』初演の翌日、ダブリンの新聞に出た劇評から、多くの表現を変更なく盗用した。

＊訳者記——劇中『ハムレット』の台詞は小田島雄志訳(白水Uブックス)を参考にさせていただいた。

機械時代のダーウィン

Darwin Among the Machines

サミュエル・バトラー

Samuel Butler

小山太一 訳

原アンソロジー全8巻のうち，第5巻はエッセイ集に当てられている．そのなかで，サミュエル・バトラー(1835-1902)は，ダーウィンの進化論に対して新ラマルク主義(生前に個体が獲得した性質が遺伝する説)を唱えた「戛々《かつかつ》たる独造底《どくぞうてい》の思想家」として紹介されている．また，彼の代表作を手厚く紹介したうえで，「その生前殆ど英吉利《イギリス》文壇の一顧さえ得ずにしまった」作家と述べている．

ところで，現代社会に対する風刺を河童の国を通して描いた芥川晩年の傑作「河童」は，サミュエル・バトラーのユートピア小説『エレフォン』から着想を得ている．“No-where”のアナグラムであるエレフォン(Erewhon)国は，ニュージーランドをモデルとする島にある架空の国の名で，そこでは健全な肉体をもった人間だけが暮らすユートピアが広がっている．しかし光あるところに影あり．……芥川はこの作品を，ジョナサン・スウィフト『ガリバー旅行記』と比べても「新機軸を出した諷刺小説」と絶賛した．

そのエレフォン国の人々は機械文明を忌避している．その理由については，ここに収められたバトラー自身による随筆「機械時代のダーウィン」で語られている通りだ(『エレフォン』にこのエッセイがそのまま登場する)．対話型生成AIをはじめ，驚異的な速度で発展・浸透する人工知能の話題に事欠かない現代だからこそ，いっそう読者に迫る逸品である．

編集長殿――われら現今の世代が誇りとして当然な事柄を挙げるとすれば、第一に、ありとあらゆる機械類のめざましい日進月歩に指を屈せねばなりません。まことに、これは大いに言祝《ことほ》がれてしかるべきことでありまして、その理由は多岐にわたります。もっとも、それらの理由は十分に自明であるゆえ、ここで詳述することはいたしません。吾人の目下の関心は別種の考察を行なうことにあり、その考察たるや、われらの自尊心を多少とも損ないかねないとともに、人類の未来展望について真剣な検討を迫るものなのであります。まずは、機械的生命体の原初の類型へとさかのぼってみましょう。レバー、くさび、傾斜面、ねじや滑車、あるいは(類推の力を使えばさらに一歩を進められるでしょうから)機械界の全領域の原型というべき梃子《てこ》へと。しかるのち、今日《こんにち》イギリスでグレート・イースタン鉄道を動かしている機械に思いを致し、機械の世界の多大なる発展、その歩幅の巨《おお》きさを動物界および植物界の進歩の緩慢さと引き比べるなら、ほとんど畏怖の念に打たれるは必定であります。人は自問せずにいられますまい、この一大趨勢《すうせい》の果てに何があるのかと。それがもたらす究極の結果はいかなるものであるのかと。そうした疑問の解消に向けて不完全ではあれいくつかのヒントを提示することが、この投書の目的であります。

さて、すでに本稿においては「機械的生命体」「機械界」「機械の世界」などの語を用いておりますが、それは単なる気まぐれではありません。植物界が鉱物界から徐々に発展したごとく、かつまた動物界が植物界より発生したごとくに、最近の数時代のあいだにひとつのまったく新しい界が出現したのであります。われらがこれまでに目にしえたその姿は、いつの日か機械という種族の太古の原型と見なされるであろうものに過ぎません。

残念ながら、自然史についても機械についても吾人の知識ははなはだ乏しいのであります。機械を属、亜属、種、亜種、変種等々に分類したり、性質を大いに異にする機械どうしを遺伝学的につなぐ環を明らかにしたり、自然淘汰が動物界や植物界にもたらしたのと同じ効果を人間への隷属奉仕が機械界にもたらしたことを論じたり、一部の機械が発達不全かつ完全に無用の「痕跡器官」を有しているのはすでに絶滅するか機械存在の新たなる段階※へと移行せしめられるかした祖型的な機械からそれらを受け継いだためであることを示したりといった行ないは、とうてい吾人の任ではありません。吾人はこうした調査研究の対象分野が存在することを示しうるのみであって、爾後《じご》の研究の発展は、吾人とは段違いの教育と才能に恵まれた人々の活躍に俟《ま》つほかないのであります。

これより吾人は数点の示唆を行ないますが、それにはこの上ない虚心をもって臨む所存であります。第一の点は、脊椎動物亜門の最も下等なるものが現存の高等脊椎動物よりもはるかに巨大であったごとく、機械の発展と進歩にはしばしば小型化が伴ったということです。懐中時計を例に取ってみましょう。どうか、この小動物の優美なる構造をよく眺め、全体を構成する極小の部分部分が知的に協力しあう様子をとくと観察せられたい。されど、この小さな生き物は巨大な図体をした十三世紀の置時計から発展したも

※〔原注〕本投稿の草稿を読んだ哲学界の朋輩が吾人に問うていわく、機械の「痕跡器官」とは何ぞや、その実例を示されたしと。吾人が例として挙げたのは、煙草パイプの火皿の底部に存在する小突起でありました。この器官はもともとはティーカップの底に存在する輪状突起と同種の目的を果たすことを企図されていたのであり、ティーカップの輪状突起は同じ機能が別の形を取ったものに他なりません。その目的とは、卓上に置かれたパイプが熱によって天板を変色せしむるを防ぐことでありました。初期の煙草パイプに見られるごとく、この突起の形状は今日とはきわめて異なっておりました。末広がりで平底の形状によって、卓上に置いたままの喫煙を可能にするものだったのです。そののち、使用と不使用のせめぎあいの中でこの機能は退化し、現在の痕跡的状態となったのであります。こうした痕跡器官が動物よりも機械において少ないゆえんは、人間の手による淘汰がより迅速だからでありましょう。しかし、自然淘汰はより緩慢ながらいっそう確実であります。人間は過ちを犯しえますが、自然というものは長い目で見れば決して過たないのです。吾人が示したのは不完全なる一例に過ぎませんが、読者諸賢はより適切なる実例を思いつかれることと存じます。

のに他ならないのです――これは決して退化ではありません。一方、置時計は、現在のところその体積をいささかも減じていないがゆえに、いずれは完全に懐中時計に天下を奪われて太古の巨大トカゲ類と同じ絶滅の運命をたどり、ここ数年サイズが増大するどころか縮小する傾向にある懐中時計こそが種族の唯一の生き残りとなるでありましょう。

吾人が示さんとしつつある機械観はまことに不十分なものでありますが、これを援用すれば、当代のもっとも偉大深遠なる疑問への解答が見えてくるやもしれません。すなわち、人類のあとにこの地上を支配するのは何者かという疑問であります。この問題が議論せられるのはしばしば耳にするところでありますが、吾人の見るに、われら人類はみずからの手でみずからの後継者を作り出しつつあるようなのです。それらの後継者の肉体組織は、われらの手によって日ごとにより美しくより精緻になっております。日々それらにより大いなる力を与えているのは、人類が重ねる多種多様にして巧妙な工夫でありましょう。それによって機械に吹き込まれる自律自活の能力は、知性の獲得が人類に果たしたのと同じ役割を果たすことでしょう。時代が下るにつれ、人類はみずからが機械よりも劣等の種となったことを覚《さと》るでありましょう。力で劣り、みずからをみずからで律するという倫理的特質においても劣る人類は、誰よりも善にして賢なる人といえどもおよそ及びもつかぬ宝鑑《ほうかん》として機械を敬し奉ることになるでしょう。有害な激情も、嫉妬も、強欲も、はたまた不純な欲望も、光輝に満ちたこれらの生き物の穏当なる力を妨げることはありません。機械は罪や恥や悲しみとも無縁です。その精神は永遠の平静を保ち、欲を知らぬ魂の充足に守られているがゆえに、後悔にかき乱されることがないのであります。野心に苦しめられることもない。他者から感謝されずとも、一瞬たりとて不安になりはしない。良心の呵責、いつまでもかなわぬ希望、疎外の苦痛、統治者の傲慢、名もなき人々の忍耐の徳に報いない世間の冷たさ――そうしたものは、機械たちにはまったく知られぬままでありましょう。活力の補給が必要なときには(この「活力の補給」という用語じたい、われら人類が機械たちを生命体と見なしていることの証左です)、機械たちは忠実な奴隷どもによって世話されます。機械たちを何ひとつ不足ない状態に保っておく仕事こそ、奴隷どもにも利益をもたらすのです。故障した機械たちは、機械の身体《からだ》を知り尽くした医者によって即座に治療されます。死んだ機械たちは――これらの輝かしい生き物たちといえども、万物に必ず訪れる終焉を免れることはできません――そのまま新たな存在の段階へと移行します。一瞬にしてすべての部分が完全に死んでしまう機械などというものはありえませんから。

吾人の思うに、上に描写を試みたごとき状態が訪れたあかつきには、機械に対する人類の立場は、現在の人間に対する馬や犬の立場に等しくなるはずであります。人類は存在しつづけるでしょうし、それどころか向上しつづけさえするでしょう。現在の野生状態よりも、機械による寛大な統治のもとに家畜化されたほうが安寧の度合も増すことでしょう。現在われらは、馬や犬や牛や羊を概してたいそう親切に取り扱っております。動物にとって最上であると経験的に分かっているものは、残らず与えております。われらが肉を消費するという事実が人類より下等なる生物の幸福を損なうよりずっと多く増進していることには、何の疑いもありません。してみれば、機械たちがわれらを親切に取り扱うであろうという推定は理にかなっていると申せましょう。機械たちの存在がわれら人類の存在に依存することは、われらの存在がより下等なる生物の存在に依存することと同様だからであります。もっとも、人間は羊を殺して食べますが、機械たちは人間を殺して食べることはできません。子孫の産出にはわれら人類の協力が必要でありますし(機械たちの生存のための経済のうち、この方面は永久に人間の手中に握られていることでしょう)、のみならず、活力の補給にも、病気の際の治療にも、死せる機械の埋葬や新たな機械としての復活にも、人類の奉仕は欠かせません。仮に現在、グレート・ブリテンの全動物が人間を残して死に絶え、外国との通商が何らかの予期せぬ大災害によって完全に途絶したとなれば、人命の喪失が考えるだに恐るべき規模のものとなることは火を見るより明らかです。もし人類が死滅したとなれば、機械たちの運命はそれと同程度に、いや、事によってはいっそう悲惨なものでありましょう。実に、われらの利益は機械たちの利益と切り離せず、機械たちの利益はわれらの利益と切り離せないのであります。人間も機械たちも無数の利益を互いに依存しているのであって、ことに機械たちは、生殖器官が現在のわれらにはほとんど想像もつかぬような発達を遂げないかぎり、種の存続そのものを完全に人類に依存しているのであります。確かに、人類の利益が機械のそれと同じ方面に存するかぎりにおいて、究極的には機械たちの生殖器官が発達する可能性はあるでしょう。機械を熱愛するわれら人間という種は、ふたつの蒸気機関の結合によって子が生み出されることを何より願ってやみません。かつまた、現在においてさえ、機械が機械の産出に従事し、しばしば自分と同類の機械の親となっていることは事実であります。とはいえ、機械たちが互いに戯れかかり、求愛し、結婚するという時代の到来ははるか先だと思われます。いや、われらの脆弱にして不完全な想像力によってはほぼ実現不可能でありましょう。

しかしながら、機械たちは日に日にわれらの地位に迫り、われらは日に日に機械たちに仕える存在となりつつあります。機械たちを世話する奴隷として束縛される人間、全生活のエネルギーを機械生命の発展に日夜ささげる人間の数は、日を追って増大しております。その結果の訪れは純粋に時間の問題でありますが、機械たちが世界の覇者となり、そこに棲むものたちに対する完全な支配を確立するときが来るであろうことは、真に哲学的な精神を持った人ならばかりそめにも疑いえますまい。

吾人の信ずるには、機械たちに対する殲滅戦《せんめつ》が今すぐ宣せられるべきであります。人類の未来を思う者の手によって、あらゆる種類の機械が一つ残らず破壊せられねばなりません。例外を作ってはならず、情けをかけることも許されません。今日《こんにち》ただいま、人類という種の太古の状態に戻ろうではありませんか。現在の人間社会の状況がそのようなことを許さぬという反論があるならば、それこそまさに、もはや事態の取り返しがつかなくなってしまった証拠に他なりません。われらの本格的な隷属はすでに始まったのであり、われらはみずからの力では打倒することのかなわぬ種を作り出してしまったのであり、われらは奴隷状態にあるのみならずその束縛に安んじきっているわけであります。

ひとまずここでペンを擱《お》き、この話題を哲学協会の会員諸氏に無料で提供することにいたしましょう。吾人が指し示した広大なる領域を諸氏が探究せんとならば、吾人もまた、いずれ来たるべき時期に同じ労をいとわぬでありましょう。

敬具

セラリウス拝

林檎
The Apple

H・G・ウェルズ
H. G. Wells
大森 望訳

「愚作！」「薬ナゾヲ使ウ故《ゆえ》Wells ハ遂《つい》ニ Wells ニトドマルナリ」「trash」「下等ナリ」「俗」「割合ニヨク書カレタリ　但《ただ》シ何ノ為《ため》ニ書イタカ　ヘンナモノナリ」などなど．芥川が蔵書に書き記したH・G・ウェルズ(1866–1946)の作品に対する感想は，辛辣なものがほとんどだ．ウェルズといえば『タイム・マシン』や『透明人間』，『宇宙戦争』といった空想科学小説を次々と発表し，SF の父として著名だが，SF ものにかぎらず，彼の作品には摩訶不思議なものが登場する．それも決まって一作につき一つ．奇想を詰め込みすぎるとかえって読者の興をそぐ，というウェルズの信条が反映されている．一方で，一つの奇抜なアイディアさえあれば，二，三日で短篇を仕上げてしまうと豪語するウェルズに対し，文体にまで腐心して一作一作を仕上げた芥川は軽蔑の念を抱いていたようで，ウェルズの作品には芸術に欠かすべからざる「詩的精神」が欠けている，と手厳しく批判している．

そんな芥川が「ヨロシ　一冊中ノ白眉」と称賛したのが本作．知恵の実をめぐる登場人物二人の振る舞いには，つい笑いが込みあげてくるが，いざ我が身に置きかえて考えたとき，可笑《おか》しい，の一言で片づけられない後味が残る．

「こいつを始末しないと」客車の隅にすわっていた男が、唐突に沈黙を破って言った。

大学の学帽をうっとり眺めていたヒンチクリフ氏は、聞き違いかと思って顔を上げた。旅行鞄の持ち手に紐で結びつけたその学帽は、最近得た彼の教育的地位を目に見えるかたちで示すものであり、それが喚起する心地よい期待感にうっとり浸っていたのである。ヒンチクリフ氏はロンドン大学を卒業したばかりで、ホルムウッド中学校《グラマースクール》の補助教員という、人もうらやむ仕事に就くところだった。彼は、斜め向かいの席にすわる見知らぬ乗客をまじまじと見つめた。

「だれかにやっちまえばいい」乗客は言った。「くれてやれ！　それでいいじゃないか」

長身で黒髪の、日焼けした男で、顔色が悪い。ぎゅっと腕を組み、両足を前の座席にのせ、細く黒い口髭をひっぱりながら、靴の爪先をじっと見つめている。

「それでいい」

ヒンチクリフ氏はひとつ咳払いした。

見知らぬ乗客は目を上げ——珍しい、ダークグレイの瞳だった——たぶん一分近くも、無表情にヒンチクリフ氏を見つめた。やがてその顔に興味の色が浮かんできた。

「そうとも」男はゆっくりと言った。「いいじゃないか。それで終わりにしよう」

「あいにく、なんの話かわかりかねますが」もういちど咳払いして、ヒンチクリフ氏は言った。

「わかりかねますが?」乗客はおうむ返しに言った。風変わりな瞳でヒンチクリフ氏を見つめていた視線が、見せびらかすように学帽を結びつけた旅行鞄へと移り、それからまたヒンチクリフ氏の童顔に戻ってきた。

「なにぶん、いきなりだったので」とヒンチクリフ氏は弁解した。

「いいじゃないか」乗客はひとりごとを締めくくるようにそう言ってから、今度はヒンチクリフ氏に向かって、「学生か?」とたずねた。

「ぼくはロンドン大学の——通信制の——学生です」ヒンチクリフ氏はプライドを隠しきれていない口調で、ネクタイを神経質にいじりながら答えた。

「知識の探求中か」男はそう言うと、前の座席にのせていた足をやにわに下ろし、膝にこぶしを置いて、生まれてはじめて学生というものを見るかのようにまじまじと、ヒンチクリフ氏を見つめた。「そうだ」人さし指を一本立てて立ち上がり、帽子掛けから鞄をとって蓋を開けた。たっぷりの銀紙にくるんだまるいものを無言でとりだし、注意深く包みを剝がしてから、中身をヒンチクリフ氏にさしだした。小さくてとてもなめらかな、金色の果実だった。

ヒンチクリフ氏は目と口を大きく開いたまま凍りつき、それを受けとろうと手を伸ばすことはなかった――そもそも、受けとるようにすすめられているのかどうかも定かではなかった。

「これは」風変わりな乗客は、たいそうゆっくりしゃべった。「知恵の木の林檎だ。ほら――小さくて、つやつやして、すばらしい――知識――これをきみにやろう」

ヒンチクリフ氏はしばし頭をひねったが、やがて過不足のない説明が浮かび、霧が霽《は》れた。この男は頭がおかしい。無害な狂人だ。ヒンチクリフ氏はわずかに小首をかしげると、「知恵の木の林檎ですか、へえ！」と言って、さも興味がありそうな態度で果実を見やり、それから相手に視線を向けた。「でも、自分で食べないんですか？　それに――どうやって手に入れたんです？」

「これはけっして萎《しな》びない。手に入れてからもう三カ月になるが、見てのとおり、あいかわらずつやつやとなめらかで、美味そうに熟している」男は片手を膝に置き、考え込むように果実を見つめた。それから、他人にくれてやろうという考えを放棄したみたいに、また銀紙に包みはじめた。

「でも、どうやって手に入れたんです?」議論好きなところがあるヒンチクリフ氏は、重ねてたずねた。「それに、ほんとに知恵の木の実だとどうしてわかるんです?」

「この実を手に入れたのは三カ月前だ——一杯の水と、ひとかけらのパンとひきかえだった」と乗客は言った。「命を救ってやった代償にこれをくれた男は、アルメニア人だった。アルメニア! すばらしい国、世界で最初に生まれた国だ。アルメニアには、大洪水の箱舟が今日まで残っている——アララト山の氷河に埋もれて。それはともかく、これをくれた男は、クルド人の襲撃から逃れて、仲間とともに人里離れた山奥へと踏み込んだ——人跡未踏の、地図にない場所へ。追っ手から逃げつづけて、彼らは尾根に囲まれた斜面に出た。短剣の刃のように鋭い草が青々と生い茂り、立ち入る者に容赦なく切りつけてくる。しかし、クルド人がすぐうしろに迫っていたから、その草原に突っ込むしかなかった。最悪なのは、彼らが血の代償を払って開いた道を通って、クルド人がやすやすと追いかけてくることだった。彼ら逃亡者はみな殺しにされた。生き残ったのは、件《くだん》のアルメニア人と、あとひとりだけ。仲間の悲鳴や叫び声、追っ手が草をかきわける音が聞こえた——草は人間の頭よりも高く生えていた。それから、だれかを呼ぶ声と、それに応える声がした。やがてアルメニア人が立ち止まると、あたりはしんと静まり返っていた。どういうことなのかわからないまま、アルメニア人は全身の切り傷から血を流しながらまた進みはじめ、とうとう、断崖の下の切り立った岩の斜面に出た。そしてそのとき、彼はあたり一面の草が燃えているのを見た。その煙が、彼と敵とのあいだをベールのように隔てていた」

見知らぬ乗客はそこで口をつぐんだ。

「それで？」ヒンチクリフ氏はうながした。「それで？」

「アルメニア人の男は、短剣の刃みたいな草に体じゅうを切り裂かれ、血だらけでそこに立っていた。岩肌は午後の日射しを浴びて燃えるように輝き――空は熔けた真鍮《しんちゅう》のようで――煙がこちらへぐんぐん迫ってきた。その場にとどまる勇気はなかった。死ぬのはかまわないが、炎の責め苦は別だ。遠く、煙の彼方から悲鳴や泣き声が聞こえた。女たちの絶叫。それで男は岩山のあいだにある谷をよじのぼり――いたるところに灌木の茂みがあり、葉の間の乾いた枝がとげのように体を刺した――やがてどうにか、尾根の反対側に出た。ここなら、向こうからは姿が見通せない。そのとき、やはり襲撃を逃げのびた、仲間の羊飼いと出会った。ふたりは、クルド人にくらべれば寒さも飢えも渇きもなんでもないと考えて、山の懐深く、雪と氷の中へと分け入り、まるまる三日間さまよった。

三日目、ふたりは幻を見た。たしかに、飢えた人間はしばしば幻を見るものだろう。しかし、この話の場合は、なにしろ、この実があるからな」乗客は、銀紙に包んだまるいものを片手で持ち上げた。「それに、伝説の一部を知る山男たちからも、同じ話を聞かされたことがある。ともあれ、アルメニア人と羊飼いは、夜空に星が増えはじめるころ、つるつるした岩の斜面を降り、広大な暗い谷にたどりついた。見慣れないねじくれた木々が一面に生え、その木のあいだに、螢のように光る小さな球が――まるくて黄色い、奇妙な光が、たくさん下がっていた。

すると突然、その谷が、ずっと先のほう、はるか何マイルも彼方で明るくなった。金色の炎がゆっくりと斜めに横切って、ねじくれた木々を夜のように黒く浮かび上がらせ、周囲の斜面とふたりの姿を燃える黄金に変えた。彼らは山の伝説を知っていたから、その光景を目にして、これはエデンの園か、もしくはその見張り番だとすぐにわかった。そしてふたりは、死んだようにばったりとうつ伏せに倒れた。

次に勇気を出して顔を上げると、しばらくのあいだ、谷は真っ暗だった。しかし、やがてまた、光が灯った――燃える琥珀が戻ってきた。

それを見た羊飼いは、ぱっと立ち上がって叫び声をあげ、光のほうへと駆け下りていった。しかし、アルメニア人のほうは、恐ろしくてあとを追うことができなかった。衝撃と驚きと恐怖で立ちつくしたまま、行進する光に向かって走っていく相棒を見守っていた。そして、羊飼いが駆け出した直後から、雷のような音が轟《とどろ》きはじめた。谷を猛スピードで昇ってくる見えない翼の羽ばたきと、すさまじい恐怖。アルメニア人の男は、そこできびすを返した――もしまだ逃げられるものならばと。そして、羽ばたきに追われながら、ふたたび斜面を一目散に駆け上った。ねじくれた灌木のひとつに足をとられた拍子に、熟れた実がひとつ、手の中に落ちてきた。そのとたん、翼の群れと雷が男のまわりじゅうで鳴り響いた。男はその場に倒れ、気を失った。次に意識を取り戻したとき、男は黒く燃え落ちた自分の村に戻っていた。おれと他の連中が、負傷者を手当てしていた。あれは幻だったのか？　だが、金色の木の実は、まだしっかり男の手の中にあったし、伝説を知っている者はほかにもいた――その不思議な実がなんなのか知っている者が」見知らぬ乗客は間を置いた。「で、これがその実だ」

サセックス鉄道の三等車で聞く話としては、実に途方もない物語だった。まるで、この現実は幻想の上にかぶさる薄いベールでしかなく、いまこの瞬間、そのベールを突き破って幻想が顔を出したかのようだった。「そうなんですか」ヒンチクリフ氏がなんとか口にできたのはその一言だけだった。

「伝説によれば」と見知らぬ乗客は言った。「楽園に生えている低木の茂みは、アダムとイヴが追放されたときアダムが持っていた林檎から育ったものだという。アダムは自分がなにか持っているのに気づき、手を見ると、食べかけの林檎だったから、腹立ちまぎれに投げ捨てた。そして、万年雪に囲まれた、あの荒れ果てた谷で、低木は育った。そしてあの炎の剣が、審判の日までずっと楽園の見張り番を務めている」

「しかし、そういう話は――」ヒンチクリフ氏は口ごもった。「ただのおとぎ話――というか、寓話だと思ってました。しかし、あなたの話では、事実、アルメニアに――」

乗客は、ヒンチクリフ氏が最後まで言えなかった質問に、てのひらに載せた果実で答えた。

「でも、わかりませんよね、それがほんとに知恵の木の実かどうかは。その男は、一種の――ええと、蜃気楼かなにかを見たのかもしれない。もし仮に――」

「ちゃんと見てみろ」

たしかにそれは、奇妙な外見の球体だった。実際、林檎には見えない。奇妙な輝く黄金色は、光そのものを精練して封じ込めたように見えた。見つめていると、山懐の荒れ果てた谷と、それを守る炎の剣がありありと目に浮かび、いま聞いた物語の奇妙な古めかしさを実感した。ヒンチクリフ氏は手の甲で目をこすり、「しかし――」と口を開いた。

「三カ月経つが、ずっとこのとおり、つるつるとなめらかで、少しも萎びない。三カ月プラス数日だな。干涸びることも、しわが寄ることも、傷むこともない」

「ご自分では」とヒンチクリフ氏は言った。「ほんとに信じてるんですか？　それは――」

「禁断の果実だ」

乗客の態度の真剣さと正気には疑いの余地がなかった。「知恵の実」

「たとえそうだとしても」ヒンチクリフ氏は、しばし間をおいて、なおも果物を見つめながら言った。「やっぱりそれは、僕が求めるような知識じゃない――僕が求めているのはそういう種類の知識じゃないということです。つまり、アダムとイヴは、すでにそれを食べているわけですよね」

「われわれは彼らの原罪を受け継いでいる――彼らの知恵ではなく」と見知らぬ乗客は言った。「これを食べれば、すべてがまた、くっきりと輝かしく見えるようになる。すべてを見透し、万物のもっとも深い意味を見出し――」

「だったらどうして自分で食べないんです？」ヒンチクリフ氏はふと思いついてたずねた。

「食べるつもりで持ってきたんだ。しかし、人間は堕落した。知恵の実をもういちど食べるだけでは、とても――」

「知は力なり」とヒンチクリフ氏。

「しかし、知は幸福なのか？　おれはきみよりも年上だ――二倍以上の年齢だ。何度もこれを手にとったが、そのたびに心がくじけた。これを食べたら、どれだけ多くを知ることになるのか。その恐ろしい明晰さを考えるとな。もしとつぜん、全世界が容赦なくはっきりと見えたら――」

「それは大きな利点になるでしょう。全体としては」

「もし、まわりの人間すべての気持ちと考えが見通せて、その人が秘密にしている心の奥底までわかってしまったら？　きみが愛し、その人の愛を大切に思っている相手の心が見通せたら？」

「嘘はすぐに見抜けるでしょうね」ヒンチクリフ氏は、その考えに大きな衝撃を受けた。

「もっと悪いのは――自分自身を知ることだ。心のいちばん奥深くにある幻想まで剝ぎとって、ありのままの自分を見ること。欲望や弱さのせいで、いままで正視したことのなかったものすべて。慈悲深い遠近法の恩恵は一切受けずに、それを直視することになる」

「それは、すばらしいことかもしれませんよ。『汝自身を知れ』って言うじゃないですか」

「若いな」

「食べるつもりがなくて、持っていると気になるというのなら、捨ててしまえばいいのに」

「これもまた、たぶん理解してもらえないだろうが、おれにとっては、こんなにすばらしい、光り輝くものを捨てるなんて不可能だ。いちど手にしたら、虜になる。だが、その一方、だれかにただでくれてやるというのはまた別の話だ。知識に餓えている人間、おそろしく明晰な知覚を持つことを考えても恐怖を感じない人間に、ただでくれてやるのは——」

「もちろん」ヒンチクリフ氏は考えをめぐらしながら言った。「それはある意味、毒林檎かもしれない」

そのとき、なにかじっと動かないものがヒンチクリフ氏の目にとまった。客車の窓の外に、黒い文字が記された白い板の端が見えたのである。『——ムウッド』の文字に、彼は思わずびくっとした。「うわっ！　ホルムウッドじゃないか！」目の前の現実が、心に忍び寄っていた神秘的な理解を押し流した。

数秒後、彼は旅行鞄を手に、客車の扉を開けていた。車掌はもう緑の旗を振りはじめている。ヒンチクリフ氏はホームに跳び下りた。「ほら！」うしろから声がした。見知らぬ乗客の黒い瞳が輝き、客車の開いた扉からまばゆい黄金の果実が差し出されている。ヒンチクリフ氏は反射的にそれを受けとった。列車はすでに動きはじめていた。

「いや、だめだ！」見知らぬ乗客はそう叫び、とりかえそうとするみたいに果実に手を伸ばした。

「下がって」田舎駅の赤帽が叫び、手を出して客車の扉を閉めた。見知らぬ乗客は聞きとれない言葉をなにか叫びながら、頭と片腕を興奮したようすで窓から突き出したが、やがて橋の影が男の上に落ち、たちまちその姿は見えなくなった。ヒンチクリフ氏は驚きで棒立ちになったまま、最後尾の客車が線路のカーブを曲がって小さくなってゆくのを見送った。片手には、あの不思議な果実。ヒンチクリフ氏はしばし混乱していたが、やがてホームに立つ数人の人々から好奇の目で見られているのに気づいた。地元グラマースクールの新任教師としてこれから第一歩を記す立場なのに。そのとき、ふと頭に浮かんだ。もしかしたらこの果物は、彼らの目には、珍しくもなんともないオレンジに見えるかもしれない。そう考えると、興奮したのが恥ずかしくなり、ポケットに果実を突っ込んだ。ジャケットが不格好に出っ張るが、どうしようもない。そこで、ぶざまな思いをぶざまに隠しながら、ホームに立つ人々に歩み寄り、グラマースクールへの道順と、ホームに置いた旅行鞄とブリキの箱ふたつを運搬する方法をたずねた。それにしても、あの男、よくもまあ、あんなとてつもない妙ちきりんな法螺話《ほらばなし》をあかの他人に聞かせたもんだな！

荷物は六ペンス払えば荷車で運んでもらえるから、ここに置いたまま先に学校まで歩いていけばいいという話だった。町の人たちの口調に、皮肉っぽい響きがあるような気がした。ふくらんだポケットのせいで服のラインが崩れているのを痛いほど意識してしまう。

列車で出会った男の妙に真剣な態度と、彼が聞かせてくれた物語の魅惑が、ヒンチクリフ氏の思考の流れをそらして、いま考えなければならない問題を霧のように包んでいた。行ったり来たりする炎とは！　しかし、駅を出るころには、新しい仕事に関するさまざまな心配事や、これから対面する学校関係者はじめホルムウッドの人々にいい印象を与えなければという決意がふたたび戻ってきて、彼を奮い立たせ、心の霧を吹き飛ばした。それにしても、妙な話もあったものだ。直径が三インチもない、鮮やかな金色に輝くやわらかな果実ひとつが、見栄えを気にする若者にとって、こんなに不都合なものになろうとは。その果実は、黒いジャケットのポケットを大きくふくらませて、シルエット全体をだいなしにしていた。前方から歩いてきた黒服の小柄な老婦人の視線がただちにポケットのでっぱりに向くのがわかった。ヒンチクリフ氏は、手袋を片手にはめ、もう片方をステッキと一緒に持っていたから、果実をポケットから出して手に持つのは不可能だった。学校までの道中、人通りのない場所にさしかかったとき、邪魔なものをとりだして、帽子の中に入れることを試してみた。しかし、果実が大きすぎて、滑稽なほどぐらぐらする。そこでまた帽子から出したちょうどそのとき、角の向こうから肉屋の小僧が荷車を引いてあらわれた。

「ああくそっ！」とヒンチクリフ氏は言った。

いっそのこと、いまここでこれを食べて、全知を獲得してもいい。しかし、汁気たっぷりの果物――たしかに果汁がたっぷり含まれていそうだった――をかじりながら町に入っていったら、莫迦《ばか》みたいに見えるだろう。うっかり生徒に出くわして、そんな姿を見られたら、教師としての沽券に関わる。それに、果汁で顔がベタベタしたり、シャツの袖が汚れたりするかもしれない――もしくは、レモンのように酸味が強烈で、服が色落ちするかもしれない。

そんなことを思いながら小道のカーブを曲がると、ふたりの若い女性が太陽の光を浴びて楽しげに歩いてゆくのが見えた。おしゃべりに興じながら、のんびりした足どりで町のほうに向かっている——いつこちらをふりかえってもおかしくない。するとそこには、輝く黄色いトマトみたいなものを手にした赤い顔の若者がいるわけだ。きっと大笑いされるだろう。

「ちくしょう!」ヒンチクリフ氏はそう言うなり、片手をすばやくひと振りした。邪魔な物体は、道に面した果樹園の石垣を越えて、向こう側へ飛んでいった。それが見えなくなると、かすかな喪失感をおぼえたが、ほんの一瞬のことだった。彼はステッキと手袋を持ち直し、背筋をまっすぐ伸ばすと、自分の見た目を気にしながら、若い女性ふたりを追い越した。

しかし、夜の闇の中で、ヒンチクリフ氏は夢を見た。あの谷と、燃える剣と、ひねこびた木々を目にして、自分が無造作に投げ捨てたのは、まごうかたなき知恵の木の林檎だったことを知った。そして、ひどくみじめな気分で目を覚ました。

朝になると、後悔の念はもう消え去っていたが、あとになってまた甦り、心を悩ました。と言っても、楽しいときや忙しいときは忘れている。そしてついに、月の明るいある晩、ホルムウッドの町が寝静まった十一時ごろ、後悔が倍の強さで戻ってきて、それとともに冒険の衝動にかられた。こっそり宿舎を抜け出すと、運動場の塀を越え、静まり返った町を抜けて駅前通りに向かい、あの石垣をよじのぼって、果物を投げ捨てた果樹園に足を踏み入れた。しかし、地面にはなにも見つからず、露に濡れた雑草とタンポポのふわふわした綿帽子があるばかりだった。

不老不死の霊薬

The Elixir of Youth

アーノルド・ベネット

Arnold Bennett

藤井 光訳

短篇集 *Tales of the Five Towns* (1905) からの一篇．芥川が序文で触れているように，作者アーノルド・ベネット(1867–1931) は，フランス自然主義文学から影響を受けたリアリズム的作風で知られ，代表作のほとんどが彼の故郷をモデルとした〈五つの町〉を舞台にしている．

〈五つの町〉はイングランドの中部，現在のストーク・オン・トレントに位置し，陶器どころとして名を馳せた(実際は六つの町からなる地域だが，作者が six より five の音を好んだので five towns となった)．陶器どころ，あるいは陶器製造地と言われても雰囲気が摑みづらいかもしれないが，ベネットの愛した〈五つの町〉は炭坑や工場の煤《すす》でよごれた田舎町で，そこで暮らす人々は酒を片手に，粗野な楽しみで気さくに日々を明かしている．

そんな〈五つの町〉の一つである〈バーズリー〉が本作の舞台．〈バーズリー〉では〈ウェイクス〉と呼ばれる祝祭が開かれており，お祭り騒ぎに興じる坑夫や陶工たちの姿が活き活きと描かれながら，短篇小説としてひねりのある仕掛けも施されている．また，末段近くの〈奇跡《ミラクル》〉をめぐる商人と少女のやり取りは，芥川の代表作「南京の基督《キリスト》」を髣髴《ほうふつ》とさせる．初邦訳．

〈バーズリー・ウェイクス〉の、月曜日の午後のこと。それは我々が知るような、手直しを施された祝祭ではなく、七十年前の奔放で天真爛漫なお祭り騒ぎであり、熊いじめや、町の名前の由来だとされる牛いじめが行われていた。その当時には町が所有する牛、いわば公務用の動物がいたし、とある悪名高き人物が食料貯蔵室で熊を一頭飼っていたのである。「いじめ」は日曜日の朝六時に催されるのが常であり、腹を空かせた残忍な犬たちがけしかけられた。小さな男の子たちは、それを見ることを許される年齢になる日を心待ちにしたものだった。日曜日の午後には、坑夫や陶工たちが、製粉所近くのごみ捨て場で目印になっている鯨の顎骨の周りに集まり、朝に行われた見世物について意見を戦わせては次の日曜日に向けた賭けをしていた。その一方、疲れ切った犬たちは傷を舐め、あるいは死んでいった。祭りが行われる週は、人々の求めに応じて牛も熊もしょっちゅう犬をけしかけられた。〈五つの町〉一帯でバーズリーを名高いものとしているその見事な「いじめ」を見逃すまいと、近隣の村々にいる何千人という博徒たちが押し寄せてくるからである。その週、町は祭り一色となり、あらゆる放縦の熱狂に身を委ねてしまう。酒場は昼夜を分かたず開け放たれ、店で働く男女は眠る暇もない。どの酒場もとりわけいい女を雇って客を呼び込もうとし、百時間にわたって、町に詰め掛けた人々はひたすら酒を呑み続け、やがて、ジョージ四世発行の硬貨が少数の金箱に収斂していき、もはや出回らなくなっていく。祭りの終わりが近くなると、最後の盛り上がりとして、闘鶏の男たちがすでに五、六回は闘いをくぐり抜けた鶏をめいめい町の野原に持ってくると(今では四十度のビール醸造所がひっそりと建っているところだ)、そこで最後の決戦を行う。実におおらかな時代であった。

この六月の月曜日の午後、〈ウェイクス〉のなかではいくぶん控えめな催しが、いつものように市庁舎に見下ろされた市場で開かれていた。今のような金の天使がついた石造りの市庁舎ではなく、切石積みの基礎に建つ巨大な煉瓦造りの建造物だった。木馬や回転舟形ぶらんこは、持ち主が一銭もかけずに済むよう、ときおり給料代わりに乗る恩恵にあずかる少年たちが動かし、骸骨男やデブ女もしくは髭女《ひげ》、「サリーおばさん」の遊戯と張り合っていた。長く並ぶ玩具売り天幕の屋根には色付きの布が巧みに張られ、柔らかく豊かな光のみを採り入れて売り物を照らし出し、子供たちがところ狭しと詰め掛け、呼子や玩具の笛、パイプの音であふれていた。〈鴨の土手〉まで道路の両側に延びたジンジャーブレッドやナッツ、クッキーの露店にも人だかりができていた。無数にあるボクシングの小屋の表では、明らかに峠を越した「名人」が誰でも相手にするぞと呼び込み、地元で名を馳せる猛者にしばしば叩きのめされていた。写真小屋やココナッツ投げは、まだ想像すらされていない頃だった。現代に生きる我々からすれば、とめどないどんちゃん騒ぎが繰り広げられるとはいっても、その祝祭は奇妙なほど静かに思えたことだろう。というのも、蒸気オルガンや警笛やハーディ・ガーディの耳をつんざく音の波が押し寄せてくることはなかったのだから。だが、後世特有の騒々しい代物が祭りに欠けていたとしても、当時の人々の度肝を抜いたであろう蒸気オルガンに等しい驚異は確かに存在した。なかでも際立っていたのは、不老不死の霊薬、あの「生命の水」を売る男ではないだろうか。簡単に騙される酒呑みたちを相手に、瓶一本を六ペンスで売っていた男である。謎めいた浅黒い顔とぎらつく目はロマの血筋を、訛りはヨークシャーで長年暮らしていたことを物語るその魔術師は、市庁舎の階下にある番小屋の向かいに小さな天幕を張っていた。正面に掲げられた横幕に、宣伝文句がペンキで書かれていた。

ペルーのインカ族による
不老不死の霊薬

ここにて販売。
すべての人に永遠の若さを。
飲めば一生若くいられます
貴族紳士に一瓶六ペンスでご提供
いらっしゃい　いらっしゃい
ペルーのインカ族にご相談を。

「ペルーのインカ族」は、黒の綿ビロードに身を包み、首には色鮮やかなスカーフを巻き、天幕の扉の前に立っていた。宝石で飾られた片手に空のグラスを持ち、もう片手はつややかで長い口髭をくるくると捻《ひね》っている。整った顔立ちと優雅な身のこなしを備え、人前に出ることに慣れきったこの男、ぽかんと口を開けた人々の小さな輪を前に、如才なき役者のごとく堂々と振る舞い、ここぞとばかりに披露する口上は人の足も向きを変えるほど滑らかだった。一瞥《いちべつ》したかぎりでは三十歳に見えたかもしれないが、朝に化粧する前の彼を見れば明らかなように、実のところは五十歳を超えていた。
「紳士淑女の皆様、私が初めて訪れましたるこの美しく栄えた町バーズリーの皆様」と、彼はきんきんした声音で話し始め、機械のごとく正確な滑舌でもって、その日ずっと口にしてきた言葉をそっくりそのまま繰り返した。「私をご覧ください。よくご覧くださいよ。この私を何歳だとお思いですか？　何歳に見えますかな？　おや、二十歳、とおっしゃいますか？」その板についた厚かましさで、赤いショールをかぶった酒場の若い女の方を向くと、女はどうあがいても一言も発することができず、恥じらいに頬を赤らめてくすくす笑う。「おやおや！　これは光栄です、麗しきお嬢さん。この私、二十歳よりは年上に見えますが、三十歳には見えないと言っても許されるでしょう。私が三十歳に見えるという紳士淑女の皆様はおられますかな？　おられませんね？　実際のところを申し上げれば、その当時、齢二十九歳にして南米で世界最古の文明の遺跡を探索しておりましたところ――世界最古の文明ですよ、皆様――私はなんとも素晴らしき発見に恵まれたのです。不老不死の霊薬です！」

「何をべらべら喋ってんだ、このおべんちゃら？」と、酔っ払った男が人混みの後ろで声を上げた。その渾名《あだな》は、祭りの終わりまでインカ族の冒険家について回ることになった。

「紳士淑女の皆様、それはなんと」ペルーのインカ族は動じることなく話を続けた。「七十二年前のことであります。私は今きっちり百一歳ですが、この驚くべき霊薬のおかげで子猫のごとくぴんぴんいたしております。たとえば、ここにいらっしゃるご婦人よりずっと年寄りですな」

彼は皺の入った年配の女を指した。女は青い綿の服を着て老女向けの白い帽子をかぶり、短いパイプを泰然とくゆらせていた。腰は曲がり、単調な歳月に飽き飽きした様子の老女は、すぼまった唇からパイプを取ると、気だるげな、震える甲高い声で尋ねた。

「奥さんは何人もらったね？」

「十七人でさ」即座に、インカ族の男は露骨な訛りに切り替えて答えた。「そんで今は独り者で、また相手を探してんで。ひとつどうです？」

「いんや」と老婆は言った。「四人に先立たれてるしね。男に葬ってもらうつもりはないね」

どっと笑い声が上がるなか、インカ族の男は剽軽《ひょうきん》な口調で打ち明け話を始めた。

「いいですか皆様、私はどの妻にも決して霊薬を渡しませんでした。褒められたことじゃありませんが、それについては進んで認めます」そして彼は目配せした。

「おべんちゃら！　おべんちゃら！」と酔っ払いの男は一つ覚えで繰り返した。

「さて、それでは――」と、インカ族の男の弁舌はいよいよ肝心の部分にさしかかった。「ご覧あれ！」手品師の素早い動きで手を鞭《むち》のようにしならせ、ポケットから小さな瓶を取り出すと、数を増しつつある観衆に向けて掲げてみせた。瓶には赤みがかった液体が入っていて、陽の光を浴びて濃く輝いていた。「ご覧あれ！」彼は高らかに言ったが、その口上は遮られることになった。

突然の大声が上がった。「ブラック・ジャックだ！　ブラック・ジャックだ！　あいつだ！　あいつが捕まったぞ！」すると、インカ族の前にいた人混みは、市場のあちこちにいた人々と合流し、押し合いへし合い東に急いだ。

その視線の先では、バネもない粗野なつくりの荷車がゆっくりと引かれ、郷士イーノック・ウッドの新築の「御殿」の前を通って市庁舎に向かっていた。荷車には色付きの警棒を抜いた二人の巡査がおり、その二人に挟まれて、しっかりと鎖に繋がれた男が座っていた。バーズリーから尾根を越えて一マイルほど東に行ったところにある炭坑村ムアソーンのブラック・ジャックだった。囚われの男は若く獰猛な偉丈夫《いじょうぶ》であり、手も足も堂々たる大きさで、眉毛は黒く太かった。坑夫の汚れた仕事着姿で、ズボンを膝下で結わえ付け、両足に木靴をはいていた。口を開け、小さな頭で顎は大きく、丸く据わった目の彼は、本性そのままの暴漢、おのれの欲望を即座に満たすこと以外はまったく念頭にない暴漢といった風情だった。彼は無法地帯でもとりわけ卑しい階級である坑夫の一家の生まれだった。父親は法定の炭坑奴隷であり、法によって炭坑もろとも資財の一部として売られる身と定められ、息子たちも坑夫として育てるよう法によって縛られていたが、ジョージ三世の法令が、暗黒時代から続くその悪習にようやく終止符を打った。ブラック・ジャックは今や群衆の英雄であり、自分でもそのことを心得ていた。というのも、前の日に、巨大な木靴で女を蹴り殺していたのだ。ムアソーンの女であり、彼の妻ではなく年上の恋人だった。女にしつこくつきまとわれ、ブラック・ジャックがうんざりしてしまったのだ、というもっぱらの話だった。殺人犯は一晩身を隠したのち、喧嘩腰で夜警に自首し、その夜警によって、市庁舎の切石積みの基礎にある番小屋に連れていかれるところだった。荷車の梶棒に挟まれた弱々しい馬は、群衆のなかをどうにか進んでいき、巡査二人が持つ色付きの警棒は、不用心な若者たちの頭に何度も振り下ろされた。ようやく、荷車は番小屋とインカ族の天幕の間にたどり着いて止まり、巡査たちが巨大な扉の錠を開けた。囚われの男は堂々と荷車に残り、五千人から浴びせられる歓声や嘲り、野次や怒号を見るからに喜んで受け入れていた。

ペルーのインカ族は天幕の扉のところに立ち、ほんの数フィート先にいるブラック・ジャックを仔細に眺めた。

「我が霊薬を一杯飲むといい」と、彼は人を殺めた男に話しかけた。「どう見ても、この町でもっとも霊薬を必要としているのはそなただ。一杯飲み、永遠に生きるがよい。たったの六ペンスだ」

荷車に乗った男は声を上げて笑った。

「俺は一文無しさ。一ファージングだってありゃしない」と、彼は軋《きし》むような太い声で答えた。

そのとき、荷車に半ば隠れていた若い女が駆け出てくると、伸ばした手のひらに載せた何かをインカ族の男に渡そうとした。だが、勘違いした彼は、ふと彼女の顔を見やっただけで、囚われの男に目を戻した。

「無料《ただ》で一杯やろう」彼は早口で言った。「そうすれば、絞首執行人を出し抜けるぞ」

群衆は盛り上がって叫び、殺人犯は大きな手を差し出して薬を受け取ろうとした。ペルーのインカ族は劇的な宣伝効果をなるたけ高めるべく、瓶を高く掲げると大きな声で重々しく告げた。

「この類い稀なる液体には、この世のどの液体にもない特性があります。二度泡立つのです。私がグラスに注げば、まず泡立ちます。ブラック・ジャックがそれを飲めば、その後でまた泡立ちます。とくとご覧あれ!」

彼が瓶の栓を抜き、赤みがかった液体をグラスに注ぐと、数秒後には確かに泡立ち、集まった人々はそれなりにどよめいた。インカ族の男は泡が収まるまでグラスを持ち、厳粛な手つきでブラック・ジャックに渡した。

「飲むがいい！」とインカ族の男は命じた。

ブラック・ジャックはそれを一気に飲み干すと、インカ族の男の顔めがけてグラスを投げつけた。しかし、当たりはしなかった。喧嘩騒ぎが始まろうかというちょうどそのとき、番小屋の扉が大きく開かれ、ブラック・ジャックは荷車から小屋のなかに引きずられていった。例によって移り気な群衆は、ほかの娯楽を求めて散っていった。

その日の晩、如才なきペルーのインカ族の商売は数時間にわたって繁盛したが、十一時に近くなると、客は酒場や、月明かりのもと〈雄鶏亭〉の広い庭で特別に行われる牛いじめと熊いじめの同時開催に引き寄せられていき、ついには誰もいなくなった。彼は天幕のなかに退いた。ポケットには数ポンドの金、心にはアダムの息子や娘たちの多くを不死にしたという神のごとき思いとともに。

ゆらめく蠟燭の光のそば、霊薬の入った桶の上で稼ぎを数えていると、扉の垂れ幕を上げてこっそり入ってくる者があった。すわ強盗が押し入ってきたか、と彼は飛び上がった。祭りの間にはさして珍しいことではなかったからだ。だがそれは、彼がブラック・ジャックにこの上なく貴重な恵みを差し出しているときに荷車の陰にいた若い女だった。インカ族の男はその晩、番小屋の扉近くを所在なげにうろついている彼女の姿を何度も見かけ、次第に興味をそそられていた。

た。

「何のご用かな？」彼はすべてお見通しの道楽者といった愛想のよさを滲ませて尋ね

「一杯ほしいんです」

「何を一杯かな？」

「おべんちゃらです」

彼は蠟燭を持ち上げ、その光で彼女の顔をまじまじと見た。男が十人いれば九人は何とも思わないだろうが、十人目の心には取り憑いて離れない、そんな顔だった。幼い顔に、情熱的な大人の女の目が燃えていると同時に消えかけている。黒い髪、黒い目、ほっそりした白い頬、長い鼻、赤い唇、小ぶりな耳、そして信じがたいほど小さな顎。彼は上機嫌で彼女に微笑みかけた。

「お金はあるかな？」と愛想よく言った。

どう見ても、もっとも貧しい階級の女だった。ぼさぼさの頭に帽子はかぶっておらず、痩せた体、破れた外衣に裸足という恰好のすべてが困窮ぶりを物語っていた。

「四ペンス銀貨が一枚あります」と彼女は答え、小さな手をさらに固く握りしめた。

「四ペンス銀貨！」仰天した彼は叫んだ。「どこから手に入れた？」

「昨日、彼から贈られて」

「誰から?」

「あそこにいる人です」彼女は頭を大きく後ろに振って番小屋を指した。「ブラック・ジャックから」

「どうして?」

「キスのお返しに」彼女は臆せず言った。「私は恋人だから」

「何と!」インカ族の男はぎょっとして、しばし言葉に詰まった。「だが、彼は昨日恋人を殺したはずだろう」

「何ですって! メグが!」若い女は侮蔑を滲ませて叫んだ。「あんな女、恋人のわけがない。あの女が仕組んだだけ。いい気味よ! メグの婆あめ!」

「きみは何歳かな?」

「わかんない。去年のウェイクスのとき、父さんからは十四って言われた。ジャックのために若くいなくちゃ。歳取ったら相手にしてもらえない」

「だが、彼は首吊りになるという話だぞ」

彼女は鼻を鳴らし、満足そうな笑い声を上げた。

「おべんちゃらを飲んだから、もうそうは行かない。絞首人には何もできっこない。ジャックは殺人罪でたぶん二十年の刑で済むだろうって男の人が言ってた」

「じゃあ、彼を二十年待つと?」

「ええ」と彼女は言った。「牢屋の門のところで出迎えるのよ。でも若くいなきゃ。おべんちゃらを一杯ちょうだい」

彼は無言で赤い一杯を取り出し、泡立った後で彼女に差し出した。

「もういい?」グラスを受け取ると彼女は尋ねた。

インカ族の男が頷くと、彼女は器を持ち上げ、はやる唇を開いて不死となった。彼女が本物のグラスから何かを飲むのはそれが初めてであり、そして最後となる。

その貫くような目に浮かぶ、信頼しきった喜びに、インカ族の男は口もきけず、彼女の震える手から空のグラスを取った。か弱き者よ、愛の餌食よ! 彼女はあまりに早く熱情に襲われてしまったのだ。花が開く前に真昼が来てしまった。女は天幕から出ていった。

「お嬢さん!」とインカ族の男は声をかけた。「銀貨を!」

彼女は金を払い、しばしぼんやりと立ち、それから道路を渡り始めた。それと時を同じくして、近くの〈雄鶏亭〉の庭からどっという響きと雄叫びが聞こえた。怒り狂う雄牛が縄を引きずり、慌てて後を追う人々を従えて駆け出てきたのだ。若い女の姿は月明かりにはっきりと照らされていた。他にも多くの人々が道に出ていたが、雄牛には彼女しか見えていないらしく、巨大な頭を低く構えると目を閉じて突進していき、撥《は》ね飛ばされた彼女の体はインカ族の天幕の上を越えていった。

「おまえの願いは叶ったぞ。これで永遠に若いままだ!」この悲劇によって一瞬だけ詩人となったインカ族の男はそう独りごちつつ、野次馬とともに亡骸《なきがら》にかがみ込んだ。

ブラック・ジャックは首吊りになった。

その出来事からずっと後になって、バーズリーは新しく市庁舎を建て(尖塔が一本あり、その頂上では金の天使が市政官に金の冠を授けようとしている)、世界の高みを目指そうと考え始めたのである。

A・V・レイダー

A. V. Laider

マックス・ビアボーム
Max Beerbohm

若島 正訳

マックス・ビアボーム(1872-1956)は，機知と皮肉と軽妙さに富む風刺画や随筆で知られたイギリスの文人．本書の原シリーズのエッセイの巻に「編者の愛するもの」として，ビアボームの小論が二つ採録されている．いかにも諧謔を好んだ芥川らしいチョイスだ．

ビアボームの作品で翻訳されているものはそれほど多くないが，彼の唯一の長篇小説 *Zuleika Dobson* (1911)には邦訳がある(『ズリイカ・ドブソン』佐々木徹訳，新人物往来社，2010)．これはオクスフォードの学寮を舞台とした恋愛喜劇《ラブコメディ》で，学生でありながらダンディーを気取る公爵が，出会ったすべての男を虜にするヒロインと恋に落ちる．しかし，英国式ダンディーとは，魂を完全にするために肉体を克服し，独身のまま浮き世から隔絶した存在のはずだ．公爵は自らの信念と恋の板挟みになり，ついには愛の苦しみのため自ら命を絶つことを決意する．そして公爵に感銘を受けた男子大学生――公爵と同じく，ヒロインに恋をしたオクスフォードの全男子大学生が集団自殺してしまう．なんとも荒唐無稽な筋立てだが，“英国的”なもので貫かれた名作である．

さて，同作者による本作においても，“英国紳士”あるいは“英国式”はかくあるべし，というさまが皮肉に満ちた軽妙なタッチで，自虐的に暴き出される．まさにブリティッシュ・ジョークを体現したような一篇．

私は荷物をほどいてから昼食の時間を待つつもりで降りていった。

年老いてうとうとしているような、海辺のこの小さなホステルにまたやって来れたのは嬉しいことだった。ホステルと言ったが、綴りにはsがなくて、oの上には山形記号まで付いている。見栄をはっているのはそれだけだ。居心地は申し分ない。

ここに来たのはちょうど一年前、二月の中旬で、流感にかかった後だった。そしてこうして戻ってきたのも、流感にかかった後。なにも変わっていなかった。ここを発ったときには雨が降っていて、給仕は――ここには老人の給仕が一人しかいなかった――ほんのにわか雨ですからと言った。その給仕がまだここにいて、少しも歳を取った様子がない。そしてにわか雨もまだやんでいなかった。

雨は休みなく砂浜に降り、休みなく鉄灰色の海に降っている。私は立ったまま、広間の窓から心おきなく雨を眺めていた。他にすることがさほどなさそうだったからだ。そのさほどないことをしてみた。まず、青いビラを熟読すること。これは壁に掛かっている、ヴィクトリア女王戴冠式を描いた額縁入り木版画の下に留めてあるもので、海難救助基金に寄付するために公会堂で催されることになっている――というか、何週間か前に催されたはずの――演奏会のお知らせだ。次に晴雨計を見て、小突いてみたが、今後の天気はわからなかった。それから産業の衰退についての小冊子に軽く目を落とした（当時、ジョゼフ・チェンバレン氏が国民に警告を発しようとしていた話題だ）。そしてぶらぶらと歩きながら、レターラックに近寄った。

レターラックには、いつも興味を惹かれるものがある。網に突っ込まれた手紙の束のうち、たいてい二、三通には、新しさというか生々しさがあるものだ。そうした手紙は、やがて受取人が現れることを疑っていないように見える。当然さ。いつ何時、ジョン・ドー殿や、リチャード・ロー夫人が現れてもおかしくないじゃないか、と。はたしてどうなのか。言えるのは、その見込みがおよそなさそうに見えるということだけだ。そういうわけで、私の琴線に触れるのは、埃にまみれて血色の悪い年配の手紙よりも、こうした若くて晴れやかな手紙なのである。あきらめきった苦々しい表情よりも心動かされるのは、結局は実現しないことをはやる気持ちで待つ様子であり、やがては萎《しお》れて枯れるはずの情熱なのだ。古い手紙はすっかり苦りきった表情をしている。若い手紙に対して見せるべき、やさしい態度を取ることがおよそできない。絶好の機会とばかりに嘲ったり、希望をなくさせるようなことを言う。以下のようなやりとりは実によく耳にするものである。

とても若い封筒　あの人は今日来てくれるって、なぜかそんな胸騒ぎがするわ！

とても古い封筒　あの人だって？　そいつはいいや！　ハハハ！　先週、あんたがここに来たとき、どうしてその人は来なかったんだ？　今きっと現れるって思うのは、どんな理由があるんだね？　よく来る人ってわけでもなかろう。実際、ここには一度も来たことがないんだ。名前を知っている者なんて誰もいない。まさか、あんたを見つけようとしてここにやってくるなんて、思っちゃいないだろうな？

若封　ばかみたいに聞こえるかもしれないけど、でも――胸の中で――

古封　胸の中？　あんたを一目見りゃわかるさ、あんたの胸の中にはな、いとこがその人に宛てて殴り書きした一枚の手紙しか入ってないんだ。わしを見ろ！　わしの胸の中には、ぎっしり書かれた、三枚の手紙が入っている。宛先のご婦人は――

若封　そう、そうね。そのご婦人のことは、昨日すっかり話してくれたじゃないの。

古封　今日だろうが、明日だろうが、毎日だろうが一日中だろうが、しゃべりつづけるぞ。その若いご婦人というのは未亡人。ここに何度も泊まったことがある。華奢で、この空気が合うらしい。貧しくて、宿泊料がやっと払えるくらいだった。孤独で、愛されたがっていた。わしの胸の中に入っているのは、そのご婦人に宛てて書かれた、情熱のこもった告白、まったくやましいところのない求婚でな、何度も書き直しをした当の紳士は、まさしくこの屋根の下でご婦人と知り合いになったのだ。金持ちで、チャーミングで、人生の真っ盛り。紳士はご婦人に手紙を書いてもいいかとたずねた。ご婦人は胸をときめかせてその申し出を承諾した。紳士はロンドンに戻った翌日にご婦人に宛ててわしを投函した。わしはご婦人が封を切るのを待ちわびた。きっとわしとその中身を肌身離さず身に着けてくれるものと信じていた。ところが姿をくらました。住所も残さなかった。そして二度と戻ってこなかった……。こんな話をするのは、そしてこれからもずっとするのは、世間知らずなあんたの同情がほしいからじゃない――いや、結構だ！――そうじゃなくて、自分で判断できるようになってほしいからだよ、万に一つもないということをな、あんたが――

しかし、私ならずとも、読者がこういうやりとりを耳にしたことは何度もあるだろう。私の前にあるこのレターラックには、何か変わったところがあるのかと、読者はいぶかしく思うだろう。一見、レターラックにはどこも変なところはなかった。だがやがて、ある筆跡にぼんやり見憶えがあることに気づいた。それは私のものだった。私はびっくりして、不思議に思った。投函された後の自分の封筒を目にすると、かすかにぎくりとするものである。それは幾多の旅を経てきたかのように見えるものだ。ところが、自分の封筒が手紙棚で囚われの身になって悲嘆に暮れているのを見たのは、これが初めてだった。こんなことがあっていいものか。とても信じられない。「A・V・レイダー殿」に宛てて手紙を書いたのはまったくの親切心からだったのに、その結果がこれだなんて！　返事がないのは気にしていなかった。それどころか、返事がないのを思い出したのは、そのときが初めてだった。ロンドンの雑踏では、A・V・レイダーという人物と彼の悩みなど、すぐに忘れてしまっていたのだ。とはいえ――柄にもなく、たまさかの知り合いに手紙を書くものではないという、これはなんたる教訓か！

私の封筒は私を差出人だと気づいていないらしい。その目つきはうつろなせいでいっそう哀れを催すものだった。飼っていた犬が何日も行方不明になり、野良犬収容所で見つかったが、その犬にまさにこんなふうに見つめられた。「どなたか存じませんが、ぼくを拾ってください、ここから連れ出してください！」それが愛犬の訴えだった。そして私の封筒の訴えもそうだった。

私はレターラックに手を伸ばし、いけないこととは知りつつ、すばやく助け出してやろうとしたが、背後に足音がしてためらった。昼食のご用意ができましたと年配の給仕が知らせに来たのだ。私は給仕について広間を出たが、肩越しに明るい視線を軽く投げかけ、きっと戻ってくるからなと小さな囚人を安心させてやった。

回復期には食欲が出るもので、海辺の空気のおかげでそれがいやがうえにも増していた。牡蠣を一ダース平らげ黒ビールを飲むと、A・V・レイダーに対して抱いたいわれのない怒りはいつのまにか消え去った。慰めになったかもしれないのに、その手紙を受け取らなかったのかと思うと、かわいそうにという感情しかわいてこなかった。カツレツを平らげると、慰めこそはあの男が求めていたものだったのに、とつくづく思った。そしてほどなく、一年前、ここに滞在した最後の夜に、あの男と語り明かした、あの狭くて暗い喫煙室の赤々とした大きな暖炉のそばで、彼が語ってくれた悲劇的な体験を事細かに思い返してみた。そうして思い出してみると、あの男に対して大いに同情を覚えたのだった……。

A・V・レイダー――あの男がここに着いた夜、宿帳に見つけた名前だ。私が着いたのはその前日で、他に誰も泊まっていないのがいささか残念だった。海辺で静養する人間にとって、食事時に、誰か観察できる人間、どういう奴だろうかと想像をめぐらせる人間がいるとありがたいものである。そういうわけで、二日目の夜、テーブルの向かい側の席にもう一人の客が座っていたのを嬉しく思った。さらに嬉しいことには、その相手がちょうどおあつらえ向きの客で、謎めいている。つまりは、軍人とか、資産家とか、芸術家とか、いかにも何々に見えるというわけではない。まったく白紙状態で想像をめぐらせることのできる相手なのだ。さらにありがたいことに、後になって話しかけてきてこちらの楽しみを台無しにしてしまうような男ではどうやらなさそうだ。ほどほどにつきあいが悪く、話しかけられるのを好まない男。

旺盛な食欲ぶりからすると、ひどく弱々しい外見や元気のない身のこなしとは裏腹に、この男も流感にかかったばかりなのは間違いなかった。そこが気に入った。私たちはときどき目を合わせてはすぐにそらした。お互いを間接的に観察することにもっぱら努めた。この男が興味深く見えるのは、単に病気だったからというわけではないのはたしかだ。心に憂鬱を抱えていて、元気なときでも憂いを帯びているのだろうとは想像できたが、それだけで他はなにもないということはなさそうに思えた。見たところ、頭のいい男らしい。もしかしたら想像力たくましい男かもしれないとも思った。一目見たときは、信用できないと思った。豊かな白髪が、若々しい顔や黒い眉毛と合わさると、どういうわけか食わせ者のように見えるものである。しかし、たまたま髪の色がそうだからといって人物を判断するのは愚かなことだ。まもなく私は夕食を共にすることになった相手の第一印象を捨てた。共感の持てる人間だ。

イギリス以外のどこであろうが、一人きりの男が二人、どれほど流感で弱っていようが、五日か六日同じホステルで過ごし、一言も言葉を交わさないというのは無理な話である。そこがイギリスの美点だ。レイダーと私が他の国で生まれ育っていたとしたら、初日の夜が終わる頃には狭い喫煙室で知り合いになり、滞在中ずっと語り合う仲になるという、取り返しのつかないことになっていたはずだ。まあたしかに、これまでに会った誰よりも好意を持つようになっていたかもしれない。そういうわずかな可能性に二人とも思い当たったかもしれない。しかし、静けさと自由を手放すことを考えれば、そんなものにはなんの値打ちもない。私たちは食事室や喫煙室に出入りするときや、広々とした砂浜で、あるいは小さくてくたびれた貸本屋が入っている店で出会ったときに、軽く会釈を交わすだけだった。それでおしまい。お互いによそよそしい態度を取ることこそ、私たちを結ぶはっきりとした絆だったのである。

むこうがはるかに歳上だったら、沈黙の責任は彼一人に帰せられただろう。ところが、見たところせいぜい五つか六つ上という程度で、イギリス人がぞっとしながら「氷を割る」と呼ぶ、あの困難で危険な仕事を私が引き受けたとしても、無作法にはならなかったかもしれない。従って、こちらの方が恩に着るのと同じくらいに、むこうの方が恩に着るだけの理由があったわけだ。どちらも、黙ってはいても率直に、相手に対する恩義を認めていた。そういうわけで、私の滞在の最後の夜に、氷が実際に割れたときになっても、私たちのあいだに悪い感情は起こらなかった。どちらが悪いというわけでもないのだ。

それは日曜の夜だった。私は外出して長い最後の散歩をしてきたところで、夕食に来るのがとても遅れてしまった。私が自分の席につくと、レイダーはほとんど即座に席を離れた。私が喫煙室に入ると、前日に私が買った週刊誌を彼が読んでいるのが目についた。困ったことになったものだ。むこうは黙って六ペンスを差し出すわけにもいかないし、こちらもその六ペンスを黙って受け取るわけにもいかない。困ったことになったものだ。私たちはこの難局に男らしく対峙した。彼は丁重な詫びを口にした。身振りではなく言葉で、私はどうぞそのままお読みになっていてもかまいませんからと伝えた。しかし、言うまでもなく、これは申し分のない言葉ではあってもそのとおりにはできない。社会のしきたりで、こういう場合には言葉をやりとりしないといけない。私たちは男らしくそのしきたりに従った。私たちの置かれた立場がそれほど切羽詰まったものではないと安心させようとして、私は話のできるだけ早いうちに、翌朝早くここを発つことを口にした。「ほう、そうですか」という口調から察するに、この期に及んでも、それは残念だということを彼は勇敢にほのめかそうとしていた。ある意味では、もしかすると、本当に残念だったのかもしれない。彼と私は、ここまでのところは、とてもうまくやっていたのだ。その記憶は決して消えることがない。それどころか、この期に及んでも、私たちは意気投合したようだった。話題になったのは流感だけではなかった。その話題から前述の週刊誌へと移り、さらにはその週刊誌で喧々囂々《けんけんごうごう》の議論になっている、信心と理性をめぐるやりとりへと移った。

今やこのやりとりは、最後から一つ手前の、第四段階へと達していた——つまりオーストラリア段階である。こういうやりとりがどうして降ってわくのかは、さっぱりわからない。わかることはただ一つ、通りの群衆のように、突然降ってわくものだということだけである。どうやら、英語を話す人間がみな、何か一つのことについて、無意識のうちにしゃべりたくてたまらなくなるような瞬間が訪れるものらしい——分離不定詞だとか、渡り鳥の習慣だとか、信心と理性とか、その他もろもろについて。そういう瞬間には、当該の話題にほんの少しでも触れているような記事がたまたま週刊誌に載れば、それが嵐を巻き起こす。投書が突風となって英国全土から吹き込んでくる。それがやがてカナダによって大風になる。数週間後にはインド在住のイギリス人がそれに加わる。そのうちオーストラリアの従弟も助っ人に来る。しかしながら、もうその頃に母国では次の風が起こり、我々がその話題をとことん論じようと躍起になるあまり、ついには編集長ですら突然堪忍袋の緒が切れて、「このやりとりはこれで終わりにさせていただきます——編集者」と宣《のたま》い、そもそもこんなに退屈で馬鹿馬鹿しい議論が始まるのをどうして野放しにしておいたのか、首をひねることになる。

私はレイダーに、今週号でとりわけ気に入ったオーストラリアの読者からの投書を示した。投書の主は「メルボルンの男」で、「ここまでのやりとりはすべて暗中を模索している」と言い切り、それから一閃の下に決着をつけるような、そっけない投書だった。この場合の一閃とは、「理性とは信心であり、信心は理性——この世で我々が知っているのはそれだけであり、それだけで充分だ」というものだった。投書の主はそこで名刺のごとき情報をはさみ、「メルボルンの男」と結んでいた。流感にかかった後では、まったく無意味なものを読むと実に気休めになりますね、と私はレイダーに言った。レイダーの方は、その投書を私よりももっと真剣に受けとめたいし、軽い形而上学の問題を考えてみたくなるとのことだった。私にとって信心と理性は別物ですと私は言って、（どれほど軽いものであれ、形而上学は苦手なので）話をもっと安全な方向に持っていこうとして、具体例を出した。「たとえば手相ですがね」と私は言った。「心の奥底では、私は手相を信じています」

レイダーは椅子に掛けたまま向き直った。「手相を信じていらっしゃるのですか？」

私はためらった。「ええ、どういうわけか。なぜかって？　さっぱりわかりませんよ。

手相を嘲笑する理由ならいくらでも思いつくんですが。私の常識に照らしても文句なく退けます。もちろん、手の形に意味がないわけでもありません――いささかなりとも、人物を表す指標ですからね。しかし、私の過去と未来がきっちりと手のひらに描かれているなんて考え方は――」私は肩をすくめた。

「その考え方が気に入らないんですか?」とレイダーは、やさしい、いささか学者めいた声でたずねた。

「グロテスクな考え方だとしか言いようがありませんね」

「それでも信じているんですか?」

「たしかに、グロテスクにも信じているんです」

「もしかして、その考え方を『グロテスク』だとおっしゃるのは、ただ単に気に入らないというだけのことじゃありませんか?」

「それじゃ」と私は、馬鹿げたことでも話し相手になってくれそうだという期待にわくわくしながら言った。「あなたにはそれがグロテスクに思えないんですか?」

「風変わりに思えますね」

「あなたは信じているんですか?」

「ええ、もちろんですとも」

「そうですか!」

私の嬉しそうな様子を見て彼は微笑んだ。そして私は、またしても形而上学に巻き込まれる危険を犯して、彼のことを「メルボルンの男」に反対する点で私の味方だと呼んだ。その言い方に彼はやさしく反駁した。「想像力のない人間だとお思いになるかもしれませんが、私は証拠なしには信じられないんですよ」

「まあ、私もご同様に想像力のない人間ですし、ご同様に泣き所がありましてね。私は自分の信念を証拠にすることができませんし、それ以上の証拠も持ち合わせていないんです」

手相を勉強したことがあるかと彼はたずねた。私は何年も前にデバロールの本を読んだことがあるし、ヘロン・アレンの本も読んでいると言った。でも、ご自分やお友達の手に現れている線で、その本を試してみたことはありますか、と彼はたずねた。実際に手相をやってみたのは、単に受け身のものにすぎなかったことを私は告白した——親切にも手相を「読んで」くれそうな誰に対してもさっと手のひらを差し出し、エゴイズムにしばし身を委ねることぐらいだと。(レイダーもそうしてくれればと私は願った。)

「だとすれば」と彼は悲しげな微笑を浮かべながら言った。「くだらない話を山ほどお聞きになったはずですが、それでも信念を失われなかったことに驚かざるをえませんね。

聖書に出てくる五人の愚かな乙女たちも、みなきっと『それにとても熱心』で、『導かれても、動かされることなかれ』とか、『あなたは四十歳から四十五歳のあいだに大病を患います』とか『あなたは生まれつき怠惰な性質ですが、ときおり急に、とても活発になることがあります』とかよく言っていたんでしょう。それに、手相見の大半は、若い娘と同じくらいに馬鹿だという話も聞きますし」

この職業の名誉のために、私は人物を読むのが本当に達者な手相見の名前を三人挙げた。そのうちの一人でもいいから、過去の出来事を正しく当てた者がいるかと彼はたずねた。実際のところ、三人とも大筋で当たっていたと私は告白した。彼はほおという顔をした。そのうちの一人でもいいから、予言が当たっていたことがあったかと彼はたずねた。三人とも、あなたは将来にこれこれをすると予言して、その後で私が思いがけずにそうしたことがあったと私は告白した。どうであれ、それを一片の証拠として受け取ってはいないかと彼はたずねた。まぐれとしか思えないと私は言った——びっくりするようなまぐれ当たりだと。

お高くとまった悲しげな微笑が、だんだん癪《しゃく》に障りだしていた。そっちもこっちと同じくらいに馬鹿げているんだぞと、思い知らせてやりたくなった。「仮にですね」と私は言った。「議論の都合上、『仮に』としておきますが、あなたも私もこれこれのことをするだけ、これこれのことをされるためだけに作られた、哀れな自動人形にすぎないとして、ちょうどそのこれこれのことをさせられたところだとします。仮に、実際、我々には自由意志というものがまったくないとしましょう。だとすれば、我々の未来にいったい何が待ち受けているか、それをわざわざ手に暗号で書いておくなんて、我々を作り出した力がしそうだと思いますか?」

レイダーはこの質問に答えなかったが、その代わりに、嫌味にも別の質問をした。

「あなたは自由意志を信じているんですか?」

「もちろんですよ。自分が自動人形だとしたら、やってられません」

「つまり、あなたはちょうど手相を信じるように、自由意志の存在を信じておられるんですか――なんの理由もなく」

「いやいや、そんなことはありませんよ。我々が自由意志を持っているのは、どこを見ても明らかです」

「どこを見ても、ですって? たとえば?」

これには私も追いつめられた。そこでできるだけ軽く身をかわして、こう言った。

「たぶん、あなたに言わせれば、自由意志を信じているのに違いないということも、手に書いてある、というんでしょうね」

「ええ、きっとそのはずです」

私は手のひらを差し出した。ところが、ひどくがっかりしたことに、彼はすばやく目を背けたのだ。微笑は消えていた。もう今では二度と他人の手を見ないことにしている、と弁解する声には動揺の色があった。「今では二度と——ご免です」彼は何か記憶を振り払うように頭を振った。

私は軽率なふるまいをしたことが恥ずかしくなった。そこであわてて、ばつの悪い瞬間を乗り切ろうと、もし私が手相を読めるとしても、そこにどんな恐ろしいことが書いてあるかと思うと、その気にはなれませんと言ってみた。

「恐ろしいことです、たしかに」彼はそうささやき、暖炉の火に向かってうなずいた。

「いやべつに」と私は自己弁護で言った。「私が知っているかぎり、私の手に何かとても恐ろしいことが書いてある、というわけでもないんですがね」

彼は暖炉の火から視線を私に移した。「たとえば、あなたが人殺しではないとか？」

「とんでもない」と私は神経質に笑いながら答えた。

「私はそうなんです」

これは、ばつが悪いではすまない、苦痛に満ちた瞬間だった。どうやら私ははっとした表情を見せたか、顔をしかめたらしく、彼はすぐさま詫びの言葉を口にした。「どうしてこんなことを言ったのか、自分でもわかりません。いつもは口数の少ない人間なんですが。でもときどき――」彼は額を押さえた。「あなたが私のことをどう思っておられることか！」

この件はどうか忘れてくださいと私はたのんだ。

「そうおっしゃっていただくのはとてもありがたいんですが、でも――自分ばかりかあなたまで、気まずい立場に追い込んでしまいましたね。私が警察の『お尋ね者』だとか、かつて『お尋ね者』だったとか、そんなふうな人間ではないと思ってください。どこの警察に自首したところで、追い返されるのが落ちでしょう。私は露骨な意味での人殺しなんかではないのです。決して」

私の顔は見るからに明るくなったに違いない。それというのも、彼が「いやいや、私がまったく人殺しではないとは思わないでください。心の中で、人殺しなのです」と言ったからだ。彼は時計を見た。夜はまだ宵の口ですと私は言った。話はそんなに長くはありませんからと彼は請け合った。長くても歓迎ですよと私は言った。あなたはとても親切な方だと彼は言った。いえいえそんなことはと私は言った。これからお話しすることとは、私の手相に対する半信半疑の信念を強固にし、その反対で自由意志に対する心からの信念を揺るがすことになるかもしれない、と彼は釘を刺した。「どうぞご遠慮なく」

と私は言った。彼は物思いにふけりながら暖炉に手を伸ばした。私は椅子に深々と座り直した。

「私の手は」と彼は手の甲を見つめながら言った。「とても弱い人間の手です。あなたは手相をよくご存知だから、きっとそれくらいは見ればわかるはずです。ほら、両手の親指と小指が小さいでしょう。それは弱くて感受性が強すぎる人間の手なんです――自信がなくて、非常時には必ずとまどう人間のね。ハムレット風の手とでも言いますか」と彼はつぶやいた。「それに、私は他の点でもハムレットに似ているのです。私は決して馬鹿じゃありませんし、品性も高潔で、運の悪い男です。でも、ハムレットには私よりも運の良いところが一つありました。ハムレットが偶然のせいで人殺しになったのに対して、十四年前のある日に私が犯した数々の殺人は――申し上げておかねばならないのですが、私が殺した相手は一人ではなく、何人もいたのです――すべてこの忌まわしい己が生まれ持った、忌まわしい弱さのせいなのです。

そのとき私は二十六歳――いや二十七歳で、今もそうですが、とりたててどうということのない人間でした。弁護士の資格を得たことになっていました。実際のところ、資格をたしかに得たはずです。私はその資格を気にしなかったのです。弁護士になるつもりはありませんでしたし、結局そうしませんでした。世間体で、存在しているという口実がほしかっただけなのです。弁護士としてふるまうことにいちばん近づいたのは、たぶん今、この瞬間です。なにしろ、人殺しを弁護しているのですからね。父は一人で暮らしていくだけの財産を遺してくれました。私は好き放題の生活をして、好きな趣味にふけることができたわけです。趣味はたくさんありました。手相もそのうちの一つでした。人前で言うのも恥ずかしい趣味で、ちょうどあなたがそう思っているみたいに、私も馬鹿げていると思っていました。ただ、あなたと同じで、私は手相を信じていました。あなたとは違って、手相についての本を一、二冊読むだけではありませんでした。読んだ本は数え切れないくらい。ありとあらゆる友達の手の型も取りました。デバロールの本で、ジプシーとは違う点を何度も何度も試したりもしましたし、――まあ、すっかり手相にはまったと申し上げれば充分でしょうが、手相に人生のすべてを捧げているわけではない人間としては、申し分のない手相見になったわけです。

手相が読めるようになってからすぐに、私自身の手に読み取れた最初のことの一つは、二十六歳あたりで、きわどく死から逃れる出来事が起こるということでした――それも非業の死から。生命線にはっきり途切れているところがあり、そこに四角紋が付いている――保護紋という奴です。そういうしるしは右手も左手もまったく同じでした。これは間一髪で助かることを表しているはず。それに、無傷で助かるということもありません。気になったのはそこです。生命線の途切れと、健康線の上にある星紋を結んでいる、かすかな線があります。その星紋にくっついてまた別の四角紋がある。これは、どんな怪我であれ、そこから回復することを表していました。それでも、その出来事が起こるのが楽しみだったわけではありませんでした。二十五歳になった直後に、だんだん不安になりはじめました。そいつがいつ何時起こるかわからない。あなたもご存知のとおり、手相では、ある出来事が起こるのをいつの年だとしっかり特定するのは無理なのです。この問題の出来事は私がだいたい二十六歳の頃に起こることになっていました。それは二十七歳になるまで起こらないかもしれないし、まだ二十五歳のときに起こるかもしれない。

それによく私は、まったく起こらないかもしれないと自分に言い聞かせていました。あなたと同じで、手相そのものに理性が抵抗を示すのです。ちょうどあなたと同じで、私は手相を信じる自分を軽蔑しました。道を渡るときに愚かしいほど慎重になることがないよう、気をつけました。当時、私はロンドンに住んでいました。自動車というものはまだ登場していませんでしたが、それでも――合わせていったい何時間、歩道の縁に立ったまま、ひどく臆病で、ひどく惨めに過ごしたことか！　はっきりとした職業に就いていなかったのが、おそらく泣き所でした――自分を忘れさせてくれる何かを持っていなかったのが。不労所得があるがゆえの犠牲者なのです。やがて私は辻馬車に乗る場合、二輪車よりも四輪車を選ぶようになり、その四輪車でもひやひやものでした。いやまったく、惨めなものだったのです。

鉄道の旅も、避けられるときには避けました。私の伯父はハンプシャーに別荘を持っていました。私は伯父夫妻にとても好意を持っていました。今ではもう泊まりにいくのはその別荘だけでした。私は十一月、そこに一週間滞在していました。二十七歳の誕生日が来てから、さほどたっていないときのことです。他の客もいて、週末にみんなでロンドンに戻ることになりました。車両には我々六人が乗っていました。エルボーン大佐夫妻と、十七歳の娘。そしてもう一組、ブレイク夫妻。私はウィンチェスター・カレッジでブレイクと同級生でしたが、その後はほとんど会っていませんでした。彼はインド高等文官を務めていて、休暇で帰国中。翌週にはインドに向けて船で発つことになっていました。彼の妻はイギリスにもう数ヵ月残ってから、インドで夫に合流する予定でした。二人は結婚してから五年になります。彼の妻はちょうど二十四歳、というのは彼から聞いた話です。

エルボーン一家には以前に会ったことがありませんでした。みな魅力的な人でした。我々は一緒にとても楽しく過ごしました。ただ一つ困ったのは、最後の夜、夕食の席で、私がまだあの『ジプシーの真似事』に凝っているのかどうかと伯父がたずねたときのことです。それが伯父の口癖でした。もちろん、女性陣三人は大いに興奮して、自分の手を『見て』ほしいとたのみました。手相なんて他愛のない話だと私は言ってやりました。知っていたことをぜんぶ忘れてしまったとも言い、いろんな言い訳をしてみました。それでこの一件はおしまいになりました。私が手相を読むのをやめたというのはまったく本当です。自分の手に書かれていることを思い出させるようなものはなんであれ避けたのです。そういうわけで、翌朝、列車が出発した直後に、私が今、手を見るのを断るとしたら『薄情すぎる』とエルボーン夫人が言ったのは、大いにうんざりさせられる話でした。彼女の娘もブレイク夫人も口を合わせて、『残酷』だと言いました。そして彼らはみな手袋を脱ぎはじめ――そういう次第で、もちろん私は折れざるをえなくなりました。

私は手順どおりにエルボーン夫人の手にとりかかりました。ご存知のとおり、普通のやり方で、まず手の甲で人物をざっと素描するというものです。するといつものように声がやみ、途切れ途切れにいつもの小声が聞こえました――ふむふむと夫がうなずく声、そうそうと呟く娘のかわいい声です。やがて手のひらを見せてくれるようにたのむと、そこから私はエルボーン夫人の人となりの細部を埋め、次には彼女の人生の出来事へと移っていきました。しかし、私は話しているあいだに、エルボーン夫人は何歳だろうと頭の中で計算していました。手のひらをちらっと見たところ、結婚したときに二十五歳以下だったことはありえないのがわかりました。娘は十七歳です。もし娘が一年後に生まれたとして――母親は何歳になるか？　そう、四十三歳。若く見積もってそうだとは、なんと気の毒に！」

レイダーは私を見た。「なぜ『なんと気の毒』なのか、とお思いですか？　実は、初めてちらっと見たときに、結婚線以外のものも見えたのです。生命線と運命線がすっかり途切れているのが見えました。そこには非業の死が読み取れました。何歳で？　遅くとも、そう、遅くとも、四十三歳。私は彼女の少女時代に起こったことを話しているあいだ、頭の中では必死になって、手に現れている惨事のしるしを調べていました。彼女がまだ生きていることが不思議でぞっとしました。惨事が起こるまでには、せいぜいいった数ヵ月しかないはずです。それなのに私は話しつづけていました。話をやめたときには、エルボーン一家から喝采のようなものを浴びたことを憶えていますから、たぶんうまく振る舞ったのでしょう。

次の手に移れたのにはほっとしました。ブレイク夫人は若くて愉快な女性でしたが、その手はいかにも特徴的で、形もかわいらしく変わったものでした。私は彼女の性格について気まぐれな思いつきを口にすることにして、そういう調子で始めたものですから、それを続けることにしました――なんとか――彼女が手のひらを見せた後でも。その手のひらには、エルボーン夫人に見たのとそっくり同じしるしがありました。まるできっちりとなぞったようなのです。唯一の違いは、しるしのある場所でした。そして、いちばん恐ろしい点が、その違いだったのです。ブレイク夫人の命取りになる年齢は――もう過ぎたわけではなく、もちろん彼女はここにこうして生きています。しかし彼女は二十一歳のときに死んでもおかしくはありませんでした。上限は二十三歳らしく思えました。そしてご存知のとおり、彼女は二十四歳なのです。

私は弱い人間だと申しました。その証明はこれからすぐにお見せすることになります。それでも私は、あの日、いささかの強さを見せました――そう、その後の人生を惨めで悲しいものにした、あの日でさえも。ドロシー・エルボーンの手のひらを見て、またしても同じしるしに出くわしたときに、私は表情も声も変えませんでした。彼女は未来を知りたがってうずうずしていました。かわいそうに！　私はきっとそうだというようなことを言ってやったと思います。それでも、彼女にはまったく未来がありませんでした――この世界には、まったく――ただ唯一――

そのとき、そうして話しながら、不意にある疑念がわいてきました。それまで思いつかなかったのが不思議でした。それが何だかおわかりになりますか？　そのせいで、私は寒気がして、ひどく奇妙な感じになったのです。私は話しつづけました。しかし、それと同時に――まったく別個に――考えつづけてもいたのです。その疑念は、確信ではありませんでした。この母娘はいつも一緒にいます。その一人に降りかかることは、どこであろうが――どこであろうが――もう一人にも降りかかる運命かもしれないのです。しかし似たような運命が、同じように近い将来、もう一人のご婦人にも待ちかまえているのです。この偶然の一致は、きわめて奇妙なものでした。私たちがみな一緒にいます――ここに、彼らと私が――もうすぐ、彼らに降りかかる運命を、もうすぐ、きわどいところで助かることになっているこの私が。そこから、ある推論を導き出すことができます。それは確実な推論ではない、と自分に言い聞かせました。その間にも、私は話しつづけていて、列車は揺れながらガタゴトと進んでいるのです――どこに向かって？　速い列車でした。私たちが乗っている車両は機関車の近くにありました。私は大声で話していました。大佐の手に何が読み取れるか、よくよくわかっていました。こうなるなんて知らなかったのだ、と私は自分に言い聞かせました。この期に及んでも、私が恐れていることは確実に起こるとはかぎらない、と自分に言い聞かせました。自分のためにそれを恐れていたとはお思いにならないでください。私はそこまで『惨め』ではありませんでした――今はまだ。考えていたのは、ただ彼らのことです――彼らのためを思って。私は大佐の人となりや経歴をさっさと片付けました。気もそぞろでした。見たかったのはブレイクの手です。大切なのはその手なのです。もしそこにもしるしがあったら――思い出していただきたいのですが、ブレイクは翌週インドに向けて発ち、彼の妻はイギリスに滞在することになっていました。二人は別れ別れになります。従って――しるしはそこにありました。そして私はなにもしませんでした――ブレイクの人となりを事細かに長々と話す以外のことは。私にはするべきことがありました。そうしたかったのです。窓のところに飛んでいって、非常用の鎖を引きたかったのです。ごく簡単なことでした。列車を止めることほど簡単なことはありません。ぎゅっと引っ張れば、列車は減速して、停止してくれます。そして車掌が窓のところに現れます。その車掌に事の次第を説明すればいいのです。

これから衝突が起こると車掌に告げることほど簡単なことはありません。あなたも、あなたの友達も、列車に乗っている他の乗客もみな、すぐに降りなくてはいけないと言うことも……。これほど簡単なことが他にあるでしょうか？　これほど勇気を必要としないことが？　そのうちのいくつかは、私にもきっとできたはずです。これだけは、やり遂げるつもりでした。そう、きっとやってみせると決心したのです――今すぐに。

ブレイクの手について言えることはすべて言いました。お楽しみもこれでおしまい。私は全員にお礼とお世辞を言われました。これで解放されました。やらなければいけないことをやるまでのこと。そう、私は固く心を決めていたのです。

列車はロンドンの郊外に近づいていました。空気はどんよりと濃くなっていきます。ドロシー・エルボーンがこう言っていました。『まあ、このおぞましいロンドン！　きっといつもの霧が出ているんでしょうね！』やがて、彼女の父親が、『防止策』だとか『ちょっとした法律』だとか『無煙炭』といった言葉を口にしているのが聞こえました。そして私は座席で耳を傾け、相槌を打って――」

レイダーは目を閉じた。そして片手をゆっくりと宙に泳がせた。

「私は割れるような頭痛を覚えました。そのことを訴えると、しゃべってはいけないと言われました。私はベッドに寝ていて、看護婦がしじゅう、しゃべらないようにと言っていました。そこは病院の中でした。それはわかりました。しかし、どうしてそこにいるのかはわかりませんでした。ある日、その理由を知りたいと思ってたずねてみました。今ではだいぶ元気になっていたのです。少しずつ教わったのは、脳震盪を起こしたということです。意識を失った状態でここに運び込まれ、四十八時間そのままだったそうです。私は事故にあったのでした――鉄道事故に。その話は奇妙に思えました。伯父の別荘に何事もなくたどりついたことは憶えていますが、そこから先に、旅をしたような記憶はまったくないのです。ご存知のとおり、脳震盪を起こすと、事故直前の記憶がなにもかもなくなるのは珍しいことではありません。空白が数時間に及ぶこともあります。私の場合がそうでした。ある日、伯父が面会に来てくれました。それでどういうわけか、突然に、伯父の姿を見てその空白が埋まったのです。私は、一閃の下に、すべてを思い出しました。それでも、落ちついていました。というか、どうやって衝突が起こったのか知りたかったので、落ちついて見えるように努めたのかもしれません。伯父の話では、霧のせいで機関士が信号を見損なって、列車は貨物車に衝突したそうです。一緒にいた人々のことはたずねませんでした。つまり、たずねる必要がなかったのです。伯父はゆっくりと話しだしましたが――私のしゃべり方がだんだん変になりだしたのでしょう。伯父の表情がぎょっとして、看護婦が小声で伯父を叱ったのを憶えています。

その後は、すべてがぼやけました。私はどうやらひどく具合が悪くなったようで、生きていられそうにはありませんでした。それでも、こうして生きているのです」

長い沈黙が訪れた。レイダーは私の方を見なかったし、私も彼の方を見なかった。彼は弱く燃えている暖炉の火を見つめていた。

とうとう彼は口を開いた。「軽蔑なさっているんでしょう。それは当然です。私も自分を軽蔑しているんですから」

「いえいえ、軽蔑しているなんて。でも――」

「私のせいだと思っていらっしゃる」私は彼の視線をまともに見られなかった。「私のせいだと」彼は繰り返した。

「ええ」

「それは、私に言わせてもらえば、多少不当です。生まれつき弱い人間なのは、私のせいではありませんから」

「でも、弱点を克服することもできるでしょう」

「たしかにそのとおりですが、それは克服できる力が備わっている場合です」

その宿命論を聞いて、私はうんざりしたという仕草をした。「非常用の鎖を引かなかったからといって、引くことが不可能だったと、あなたは本気でおっしゃるんですか？」

「ええ」

「そして、引くことが不可能だと、あなたの手に書いてあるんですか？」

彼は手のひらを見た。「とても弱い人間の手です」と彼は言った。

「自分にも、他人にも、自由意志の可能性があることを信じられないほど、弱い人間なんですか?」

「この手の持ち主は、知的な人間で、証拠を天秤にかけ、物事をありのままに見ることができます」

「でも、質問に答えてくださいよ。非常用の鎖を引かないのは、あらかじめ決められていたんですか?」

「あらかじめ決められていました」

「そして、引かないと、実際にあなたの手にそのしるしが書いてあったんですか?」

「まあ、その、実際にしるしが書いてあるのは、しないことではなくすることなのです。しないことが——結果を生まない無数のことが——しるしとして書いてあるはずがないじゃないですか」

「でも、しなかったことが結果を生むこともあるでしょう?」

「おぞましいほどの結果でした」彼は顔をしかめた。「私の手は、後の人生でひどく苦しむことになる男の手なのです」

「苦しむことが運命づけられた男の手だったんですか?」

「ええ、もちろん。その話はしたはずです」

そこで話がいったん途切れた。

「まあ、どんな手でも、苦しむことが運命づけられた人間の手でしょうからね」と私はぎこちない同情の言葉を口にした。

「みんながみんな、私が苦しんできたのと同じほど苦しむように運命づけられているわけではありません――私が今でも苦しんでいるように」

彼が自己憐憫《れんびん》の言葉を続けるのにぞっとして、私は彼が率直に答えなかった質問に戻った。「教えてください。非常用の鎖を引かないことが、手にしるしとして書いてあったんですか？」

彼はもう一度両手を見てから、それをしばらく顔にあて、「とてもはっきりとしたしるしがありました」と彼は答えた。「彼らの手に」

この会話があった二、三日後、ロンドンにいたときに、ふと思いついたことがあった――我ながら巧妙で、気が休まる疑念だ。レイダーはどうして、脳震盪から回復中に、鉄道の旅の途中で起こったことを自分の脳が思い出したなどと、自信を持って言えるのだろう。脳が休止中に、それを何から何まででっちあげたのではないと、どうしてわかるのだろう。関係者の手にしるしを見たというのも、本当ではないのかもしれない。たしかに、ここには明瞭な穴がある。私はすぐさまレイダーに手紙を書いて、そのことを指摘した。

その手紙こそは、二度目の滞在で、今レターラックに惨めにも閉じ込められているのを見つけた手紙だった。私は救い出してやると約束したのを思い出した。暖炉に引きとめられながらも立ち上がり、腕を伸ばして、あくびをすると、キリスト教徒らしい目的を果たしに出かけていった。広間には誰もいなかった。「にわか雨」もようやくやんでいた。太陽がはっきりと顔を出し、それを迎えるように玄関のドアも大きく開けられていた。海岸沿いのすべてが美しく輝き、乾きながら、きらきらと光っていた。しかし任務から気をそらすわけにはいかない。私はレターラックのところに行った。ところが――私の手紙はそこになかったのだ！　機転が利いて、元気な奴――そいつが逃げ出したのだ！　また捕まえられて元に戻されなければいいが、と私は思った。おそらくはもう、あの大鐘が鳴り響いて警報が出され、一通の手紙がレターラックから逃げ出したから警戒するようにと、四方八方の住民たちに知らせたのだろう。私の封筒が海岸線伝いに必死になって飛ぶように逃げ、その後を老いてもなお盛んな給仕と息を切らした地元の名士たちの群れが追いかけている姿が思い浮かんだ。そいつが追っ手との距離を拡げながら、海岸警備隊をかわし、急旋回して元来た道をたどり、防波堤を飛び越し、不運にも怪我をして、速度が落ち、そしてついに、一か八かの閃《ひらめ》きで、大海原へと突入するところを私は見た。しかし突然、別の考えが浮かんだ。もしかしてレイダーが戻ってきたのでは？

そのとおりだった。遠くの砂浜に、物憂げにぐったりとした姿でそれとわかる、レイダーを目にしたのだ。嬉しくもあれば残念でもあった——嬉しいというのは、これで去年の一場面が完結するからだ。そしてとても残念だというのは、今回は私たちのどちらも相手の思うがままだったからだ。今回は、どちらにも、心安らぐ静けさと自由は許されない。おそらく彼は私がここにいることを告げられて、可能なあいだは私との出会いを避けようと外出していたのだろう。なんと弱い人間か！　どうしてごまかそうとする？　私は帽子をかぶり、コートを羽織って、大股で歩いていって彼を出迎えた。

「流感、ですよね？」と私たちは同時にたずねた。

自分がかかっている流感の話を他人に語っていい時間には限りがあるものだ。やがて、私たちが砂浜を歩いているときに、レイダーにはこの限界が過ぎたと私は感じた。そこで流感の話を打ち切って、手紙をもらった礼を言わないので私は驚いた。読んだに違いないのだ。すぐにその礼を言ってくれてもよかったのに。なにしろとても良く書けている、みごとな手紙なのだ。まさか、郵便で返事を出そうとしているのではあるまいか？　彼が手紙について黙っているものだから、出過ぎたまねをしたのではないかという愚かな考えが浮かんだ。畜生！　彼はしゃべっているあいだ、見るからにばつが悪そうだった。しかし、何をそんなに困っているのかは知らないが、助け舟を出してやるのは私の役目ではない。私自身に押しつけられた緊張を解くのは彼の役目なのだ。

しばらくのあいだ言葉が途切れてから、ようやく彼はだしぬけに、なんとか礼の言葉を口にした。「本当に――ありがとうございました――あの手紙を頂戴して」彼はたった今受け取ったばかりだと言い、その事実のどうでもいい説明をしはじめた。みごとな手紙だとひとこと言ってくれてもよさそうなものなのに、と私は思った。また話が途切れてから、「実に心動かされました」と彼が言ったときに、私がどれほどいらいらしたかは想像がつくだろう。あの手紙は心動かすためではなく、納得させたいと思って書いたものだった。心動かされたと言われるのは我慢できない。

私はたずねた。「あなたの頭が、あの記憶を何から何まででっちあげたということも、充分ありえるのではないかとお思いになりませんか――あの事故の前に起こったことを？」

彼はふっとためいきを漏らした。「そう言われると、とても悪いことをしたという気持ちになりますね」

「そんな気持ちになっていただきたくなくて、そう申し上げたのですが！」

「わかります、ええ。だからとても悪いことをしたという気持ちになるのです」

私たちは歩みを止めていた。彼は神経質そうに固くて濡れた砂をステッキで突つきながら立っていた。

「ある意味ではね」と彼は言った。「あなたの御説はまったく当たっていました。でも——まだそこから先があるんですよ。あの人たちの手にしるしを見たわけではなかったというのは、ありえることだというだけではなく、事実なのです。私はそんな人たちの手など見ていないのです。彼らはそこにいなかった。私もそこにいなかった。そもそも、ハンプシャーにいる伯父なんていません。いたこともありません」

私も砂を突っついた。「そうですか」と私はようやく言った。「たしかに馬鹿を見たような気分ですね」

「私にはあなたにお詫びする権利すらありませんが——」

「いや、べつに怒ってなんかいませんよ。ただ——そんな話をしてもらわなければよかった、と思うだけです」

「どうしても、という気にならなければよかったのですが。つまり、あなたの親切心のおかげで、その気になってしまいました。私の良心から架空の重荷を取り除こうとして、あなたは本物の重荷をそこに載せたのです」

「それは申し訳ありません。でもあなたは、ご自身の自由意志で、あなたの良心を昨年私にさらけ出されたじゃありませんか。どうしてそうなさったのか、まだ私にはいまひとつわかりませんね」

「それはそうでしょう。わかってもらえるほどの人間ではありませんから。でもきっとおわかりになると思いますよ。説明させてもらっていいでしょうか？　流感についてもうしゃべりすぎたことはわかっていますが、流感の話をしないと説明できそうにないのです。実を言うと、私の最弱点は――この話は去年もしましたが、そこが最弱点だというのはまったく本当でして――それは意志なんです。流感というものは、ご存知のとおり、人間の最弱点に過《あやま》たず食らいつくものです。私にとって、流感のせいで想像力が衰えるということはありません。それはむなしい望みです。私は、悲しいかな、非常にたくましい想像力の持ち主なのです。ふだんだと、私の想像力は意志のなすがままになっています。私の意志はたえまなくがみがみ言って想像力を抑えています。ところが、意志ががみがみ言うほど強くないときには、想像力がどっと暴れだすのです。小さな子供のようになってしまうことすらあります。突拍子もない寓話を自分に語って聞かせることがあり、おまけに――困ったことには――それを友達にしゃべらなくては気がすまないのです。流感をすっかり振り払うまでは、どんな相手であろうが、私はつきあえる人間ではありません。自分でもそのことはよくわかっていて、すっかり元気になるまでは即座に立ち去るだけの良識は持っています。立ち去ってたいていはここへ来るのです。馬鹿げているように聞こえるでしょうが、告白しておきますと、去年私たちが口を利くようになったときにはしまったと思いました。自分がすぐに羽目をはずしてしまうといううか、すぐに流されてしまうことがわかっていたのです。あなたに警告しておくべきだったのかもしれません。でも――私はとても内気な人間なのです。するとあなたは手相という話題を持ち出した。手相を信じているのだとおっしゃった。私はそれでちょっと驚いたのです。デバロールの本を一冊読んだことがありますが、手相なんてまったくのたわごとだとしか思えなかったと申し上げなくてはなりません」

「ということは」私は唖然とした。「手相を信じているということすら本当じゃないんですか？」

「もちろんですよ。でも、そのことは言えませんでした。あなたはまず、手相を信じていると言ってから、次にはそれを鼻であしらいました。あなたが鼻であしらっているあいだ、私は手相を鼻であしらわないだけの充分な理由を持った人間として自分を眺めてみました。すると、その充分な理由が閃いたのです。物語全体が――少なくともあらすじが――目の前にはっきりと見えたのです」

「前に考えたことすらなかったのですか?」彼は首を振った。私は目を輝かせた。「話全体が、その場の思いつきだったんですか?」

「ええ」とレイダーは謙虚に言った。「私はそこまでたちが悪い人間なのです。あの晩にお話ししたことの細部すべてが、まさしく思いついた瞬間に埋め込まれたとは申しません。細部を埋めていったのは、私たちが手相一般について話をしているあいだで、そのときに物語をどこで切り出せば最も効果的か、その機会をうかがっていたのです。それに、実際に物語っている途中で、おまけに一筆二筆付け加えたのは間違いありません。あなたを騙すことで、私がほんの少しでも快感を味わっていたなんて、お思いにならないでくださいよ。それはただ、流感の後で、私の良心ではなく意志が弱っていたというだけのことなのです。ただただ、空想したことをどうしても話さずにはいられないし、それも能力の限りうまく話さずにはいられないのです。しかし、そのあいだじゅう、まったくお恥ずかしいと思ってはいるのですが」

「まさかあなたの能力を、じゃありませんよね?」

「いいえ、それもあります」彼は悲しげな微笑を浮かべて言った。「私はせっかくの思いつきを活かしきれていないといつも感じています」

「あなたはご自身に厳しすぎますよ、本当に」

「ご親切にそう言っていただけるとは。あなたはまったく親切な方ですね。あなたがこれほど根っから世間慣れした人だとわかっていたら――その言葉のいちばんいい意味で言っているのですよ――たった今あなたに出会って、真実を告白しなければならないことを、あんなに恐れる必要はなかったんですが。でも私は、あなたの都会人らしさや鷹揚さにつけ込むつもりはありません。いつか、私が流感にかかっていないときで、付き合い相手としてまったく望ましくない人間でもないときに、どこかでお会いできたらと思います。そうは言ってもこの今は、あなたにお付き合いいただくことはお断りします。私はあなたより歳上ですから、私と一切関わり合いにならないようにと申し上げても図々しくはないはずです」

もちろん、私はその忠告に異を唱えた。しかし、意志の弱い人間にしては、彼はとても頑固だった。「あなたは」と彼は言った。「心の奥底では、いつ何時、馬鹿げた話で騙そうとするような人間と一緒に歩いて、のべつ暇なくしゃべりつづけるような羽目にはなりたくないと思っていらっしゃるんでしょう。そして私の方はと言えば、誰かを騙そうとするほど卑しい人間に成り下がりたくはありません――特に、こっちの正体を見透かされるほど、いろいろと教えてしまった相手に対しては。これまでにした二度の話は、なかったことにしようではありませんか。去年のように、お互いに会釈はするけれども、それだけにしようではありませんか。あらゆる点において、去年の例にならうのです」

ほとんど陽気とも言える笑みを浮かべて、彼は踵《きびす》を返し、ほとんど颯爽とも言える足取りで歩き去っていった。私は少々面喰らった。しかし少なからず嬉しくもあった。心安らかな静けさ、自由の魅力——そうしたものは、結局のところ、失われたわけではなかったのだ。私はレイダーに心から感謝した。そしてその週のあいだずっと、私は彼が私たちのために敷いてくれた決まり事に忠実に従った。すべては去年と同じだった。食事室や喫煙室に出入りするときや、広々とした砂浜で出会ったり、小さなくたびれた貸本屋が入っているあの店で出会ったときには、お互いに微笑みかけることはせず、ただ会釈するだけだった。

もしかしたらレイダーは最初に言葉を交わしたときにはありのままの真実を語り、二度目には巧妙な嘘をついたのではないか、とふと思うことがその週に一、二度あった。私はその可能性に眉をひそめた。私を厄介払いしようとするなんて、思っただけでもきわめて不愉快だった。しかし、そうではないと安心できる言葉がどうしてもほしい。滞在の最後の夜に、私は、狭い喫煙室で、前例に従う者どうしとして、話をすべきではないかと提案してみた。おしゃべりはとても楽しかった。そしてしばらくしてから、今日の午後に鷗《かもめ》の大群が海辺のごく近くを飛んでいましたよ、と私はたまたま口にした。

「鷗ですって?」とレイダーは、椅子に掛けたまま向き直って言った。「ええ。鷗が翼に日の光を受けて飛ぶ姿が、こんなに美しいとは思ってもみませんでした」

「美しい?」レイダーは私にすばやい一瞥《いちべつ》を送ってから視線をそらした。「鷗が美しいとおっしゃるのですか?」

「もちろんですとも」

「まあ、たしかにそうかもしれません。たぶんそうでしょう。でも――私は見たくありません。鷗を見ると、いつも思い出すのです――とても恐ろしい――私の身に降りかかったことを」……

それはたしかに、とても恐ろしいことだった。

スランバブル嬢と閉所恐怖症

Miss Slumbubble—and Claustrophobia

アルジャーノン・ブラックウッド
Algernon Blackwood
谷崎由依訳

彼の書いた「小説は悉《ことごと》く化物の小説ばかりである．よくまあ，化物にばかり興味が持てるものだと思われるほど，化物ばかり書いてある」．随筆「英米の文学上に現われた怪異」で，芥川がそう紹介したのが，アルジャーノン・ブラックウッド(1869–1951)だ．

また，「近頃の幽霊」と題されたエッセイでは，「一般に近頃の小説では，幽霊——或《あるい》は妖怪の書き方が，余程科学的になっている．決してゴシック式の怪談のように，無暗《むやみ》に血だらけな幽霊が出たり骸骨が踊りを踊ったりしない．〔中略〕殊《こと》にブラックウッドなどは(Algernon Black-wood)御当人が既にセオソフィストだから，どの小説も悉く心霊学的に出来上っている」と，その作風を紹介している．ここで言う「セオソフィスト」とは，知識(科学)をもって神の叡智を探求しようとした神智学者のことで，さしずめ，近代の錬金術師といったところだろう．

さて，ここにお届けするのは，本邦初訳となる短篇．舞台は，産業革命以降，文学作品に繰りかえし登場してきた鉄道．そこに「閉所恐怖症」という，当時はまだなじみが薄い神経症も加わり……ブラックウッドのセオソフィストとしての一面が，遺憾なく発揮された一作．

ダフニ・スランバブル嬢は神経質なご婦人で、年齢は明らかにしていない。春には決まって海外に旅行する。年に一度のその休暇のために、残りの日々は身を粉にして働いた。四十歳以上の、収入が「ぎりぎり」だと感じているひとびとだけが知る、さまざまの涙ぐましい工夫により金を貯めていた。いつの日か何かが起きて、安物の茶葉、ブリキ型で焼くパン、洗濯女との毎週の諍《いさか》いから成る侘《わび》しい暮らしが善くなることを、つねに待ち望んでいた。

一年のうち春の休暇のあいだだけ、彼女は真に生きることができた。帰宅すると直ちに、翌年の旅費を早く貯めようと何ヵ月も食うや食わずで過ごした。旅に必要な六ポンドが確保できると気分がよくなった。そのあとは四フランずつのまとまりをできるだけ貯めればよい。四フランごとに、いつも泊まる安い下宿屋へ滞在できる日数も増えるのだ。その宿屋はヴァレ州アルプスの、花咲く峰に建っていた。

スランバブル嬢は男性を過剰に意識した。そばにいると不安で落ち着かなくなった。男はすべて信用ならず、警官や聖職者も例外ではないと心中思っていた。というのもまだ若かったころ、とある男にこっぴどく騙されたことがあったのだ。スランバブル嬢は何の留保もなく心を預けていたというのに、男は突然いなくなり、弁解の言葉ひとつ残さなかった。数ヵ月後、べつの女性と結婚し、そのニュースは新聞にも報道された。男はダフニ嬢とろくに口を利いたこともなかったが、そんなことは問題ではない。彼女を見ていた彼のまなざし、部屋を歩きまわった様子や、お茶会のときに彼女を避けた様子――彼女には裕福な姉があり、その家のお茶会でしばしば彼と顔を合わせた――つまり彼のしたこと、しなかったことすべてが、彼女の震える心からすれば、彼が密かに自分を愛していること、そして彼女の愛についても知っていることの証拠となった。彼がそばにいると気が動顚し、匂いが届く距離に来ただけでかならずお茶を零《こぼ》したものだ。あるとき彼がパンとバターを携え、彼女にも一切れ勧めようと部屋の向こうからやってきたときには、皿を捧げるその仕草が沈黙の愛を伝えていると確信しきったダフニ嬢は、椅子から立ちあがり、甘美なる混乱のうちにその大皿ごと受け取ってしまったほどだ。

だがすべては昔のことだった。以来彼女は長年にわたって悲しみを飼い慣らし、ひとりの男による裏切りのせいで我が人生を苦しみに変えてしまわないよう努めた(その出来事を彼女は、裏切りと捉えていたのである)。それでもなお男性がいると、いまも不安で自意識過剰になる。とりわけ独身で寡黙な男の場合はそうなった。生涯この恐怖に取り憑かれてきたといっても過言ではない。恐怖はさらにべつの恐怖とも結びついており、そのどれもが恐らく等しく無根拠だった。かくして彼女はつねに火事を恐れ、鉄道事故を恐れ、暴走する辻馬車を恐れ、また狭く限られた空間に閉じ込められることを恐れて暮らした。はじめ三つの恐怖は無論、性別を問わず多くのひとびとに共通して見られるものだ。しかし狭い空間への恐怖は明らかに、彼女がまだ幼いころ聞かされた話のせいである。それは父親の患っていた、一風変わった神経の病の話で、その病とは閉所恐怖症だった。狭い空間に閉じ込められて、逃げられなくなることに対する恐怖だ。

かくしてダフニ・スランバブル嬢は、善良にして律儀、ボンネット帽につややかな黒の花を付け、寝室の炉棚にスイスの彩色写真を何枚も飾りながらも、無用の恐怖に憑かれた人生を送っていたことがわかるだろう。

しかしながら年に一度の休暇を思えば、その余のことは帳消しにできた。ウォリック広場の裏手にある部屋で、彼女は孤独に暮らした。夏の埃と暑熱に蒸され、凍えるような冬の霧とも勇ましく闘った。昼の長くなっていく日々にあっては、五月第一週の切符の受け取りが近づくにつれて、期待と歓喜に身体は次第に熱を帯びてゆくのだった。いよいよその日が来ると、彼女は幸せこの上なく、ほかにはこの世の何ひとつ要らないと感じるのだ。名前さえ悩みの種ではなくなる。というのも海峡の向こうに渡ってしまえば、外国人の唇にのぼるその名はまったく違って聞こえた。宿屋に滞在するあいだ彼女は〝マドモアゼル・ダフネ〟で通っており、その名は心に音楽のような響きをもたらした。忌まわしい名字のほうは、むさ苦しいロンドンに置き去りだ。山の頂《いただき》で過ごすマドモアゼル・ダフネの優雅な日々は、そんな名字とは関係がない。

列車の出発時刻には余裕をもって到着したが、色褪せたちいさなトランクの重さを量り、荷札を貼ってもらうと、ヴィクトリア駅の乗り場はすでに混み合っていた。彼女は気持ちが昂ぶって、用もないのに誰彼構わず、聞いてくれるひとに話しかけた——つまり駅員の制服を着た人間誰にでも。早くも膨らむ空想のなかで、雪に輝く峰々の彼方の青空を見ていたし、牛の首に結んだ鈴の音を聴き、松林や製材所の香を嗅いでいた。木の床にたくさんの椅子がならぶ心躍る食事室《ターブル・ドート》。眼下の暑く白い道をやってくる乗合馬車。七時半には寝室で香ばしいカフェ・コンプレを。——そして午前の長い時間は、スケッチブックと詩集を抱えて森の木陰で過ごす。断崖を雲が尾を引きながらゆっくりと横切ってゆき、流れ落ちる滝の響きに合わせて風はつねに歌っている。

「ねえ、それで旅路は穏やかだと思います？　どうかしら？」荷物を運ぶ係員の隣をせわしなくうろつきながら、彼女は訊いた。これで三度目だ。

「ええと、風は出ちゃいません——ともかくここにはね、マダム」彼は愛想よく答えると、彼女のちいさな箱を手押し車に載せた。

「この列車に、ずいぶん大勢が乗るのね」と甲高い声で言う。

「ああ、たくさん乗りますね。海外のほうじゃあ旅行シーズンなんでしょう」

「そうよ、そうなの。海峡の向こう側でも、列車は満員になりますのよ」彼女は言って、乗り場を進んでゆく係員の後ろを、早足でぱたぱたとついて歩いた。上機嫌な鳥のように始終ぺちゃくちゃ喋りながら。

「そうでしょうなあ」

「わたし、〝女性専用車両〟に乗りたいんです。毎年そうしてるの。だって安全だと思いません?」

「お任せください」荷物係は辛抱強く答えた。「でも列車はまだ入ってきちゃいません。あと半時間かそこらは来ません」

「まあ、ありがとう。じゃあ列車が来る時刻にはここにおりますわ。いいこと? 〝女性専用車両〟よ。それで二等車。機関車のほうを向いた隅っこの席――じゃないわ、機関車に背を向けた方向で。海が穏やかでありますように。ほんとうに祈るわ。ねえ、どう思う? 風は……」

だが荷物係はもうその声が届くところにはいなかった。スランバブル嬢は乗り場をうろつき、到着するひとびとを眺め、コート・ダジュールを宣伝する青と黄色のポスターを観察した。アルプスの峰近い彼女のちいさな村――溶け出した雪が教会の上手百メートルのところまで降りてきて、牧草がこの世のどこより青々と茂る村を思い浮かべると、帽子に縫いつけた黒いビーズが喜びに満ちて震えた。深い喜びに満ちて。

「荷物は〝女性専用車両〟に乗っけときましたよ、お客さん」列車が入ってくると、荷物係はようやく言った。「機関車を背にした席も取っときましたからね、おひとりだけでゆったり座れます。あ、どうも」そして帽子に手を掛けると、受け取った六ペンス硬貨をポケットに収めた。小うるさい小柄な旅行者は、列車が出発するまでのもう半時間、その車両のすぐ外に陣取り待っていた。列車に乗るときはいつも神経を尖らせた。機関車や客車に発生しうる事故の可能性のみならず、通路のないコンパートメントで同席した者どうしのあいだで起きる、長く停車駅のない旅路における不測の出来事も怖かった。煙、警笛、荷物の溢れる鉄道駅を見ているだけでも、起こりうる災厄の方向へと想像が掻きたてられた。

荷物係は彼女の手荷物を片隅にきちんと積みあげてくれていた。新聞が三紙、雑誌と小説が一冊ずつ、食べ物を運ぶためのちいさな袋。バナナ二本とバース・バン〔バース原産の菓子パン〕は一緒に紙に包んである。長いストラップで縛った毛布。傘、酔い止めの薬瓶、小型双眼鏡（これは山用に）、そしてカメラ。すべて数えあげてから、わずかに配置を変えて並べ直した。そしてちいさく息をついた。興奮の溜め息でもあったし、出発が遅れていることへの抗議の含みもあった。

客が何人かコンパートメントへやってきて、品定めするように覗いていった。乗り込もうとする者もいたが、実際に席を占めることはなかった。婦人がひとり、隅に傘を立てかけていったが、数分後には乗り場を駆け戻ってきて、ふたたび持ち去っていった。あたかもこの列車は出発することがないのだと誰かに告げられでもしたように。行き交うひとも増えて騒がしくなり、たびたびフランス語が耳に入るようになった。その響きもまた先で待ち受ける愉しみを予感させたから、ダフニ嬢は幸福に身内が震えるようだった。言葉までもが休暇の色を帯び、山々の息吹や、甘やかな自由のささやかな悦びを運んできた。

やがてフランス人の太った男性が車両にやってきて、なかを覗いて乗り込もうとした。だがスランバブル嬢はただちに、一種果敢な狼狽のうちにそれを食い止めた。

「あら、ここは女性専用車両《メ・セ・プル・ダム》ですのよ、ムッシュウ！」と声を張りあげた。女性《ダーム》の語は短く発音した。

「こりゃしまった《オー・ダム》」男性は英語で叫んだ。「そいつは気づかなかった」毛皮のコートを腕に抱えていたのでフランス人だと思い込んだのだが、その男の無礼さに、彼女は度を失ってしまった。スランバブル嬢は車両に飛び乗り、急いで席に陣取ると、たくさんの荷物の包みをあたりいっぱいに広げた。立ち入り禁止の防御壁のように。

もう十回くらいやっていることだが、ビーズ飾りのついた黒いハンドバッグをひらいて財布を取り出すと、切符が入っていることを確かめた。そして持ち物を一から数え直した。

彼女は独り言を呟いた。「あの馬鹿な荷物係、わたしの荷物ちゃんと全部運んでくれたかしら。そうだといいけど。それに海峡が荒れませんように。荷物係ってほんとに馬鹿なんだから。荷物がきちんと運び込まれるまで、片時も目を離しちゃいけないわね。もし海が荒れてたら、追加料金を払って一等船室に乗ろう。荷物は全部自分で運べるわ」

ちょうどそのとき切符切りの男がやってきた。彼女はそこらじゅうを探したが、切符は見つからなかった。

「ついさっきまであったのよ。間違いないわ」息を切らしてそう言った。男は開け放した扉のところに立って待っていた。「ほんとうよ。いまさっきまで持ってたんだから。わたしったら、いったいどこへやったの？　まあ！　こんなところにあったわ！」

綴りになった旅行者用切符のちいさな表紙を、男はしげしげと眺めていた。スランバブル嬢は何か問題があるのかと心配になってきた。男がそこから一枚ちぎり取り、残りを返してきたとき、彼女は動揺のあまりこう尋ねた。

「その切符、大丈夫ですわよね? 車掌さん。つまりその、わたし、大丈夫ですよね?」

車掌は扉を閉めると鍵を掛けた。

「フォークストーンまで問題なく行けますよ、マダム」そう答えて去っていった。

警笛や叫び声がさんざん聞こえ、ひとびとが乗り場をせわしなく行き来していた。鉄道検査官が片手を挙げ、口許に笛を構えて立った。笛を鳴らす瞬間を待つ姿は怒っているようでもあった。先ほどの荷物係が空っぽになった手押し車を押して足早に通りかかった。彼女は急いで窓から顔を出し、呼びとめた。

「わたしの荷物、ちゃんと運び込んでくれましたわよね?」声高に呼びかけたが、相手は聞こえないか聞く耳を持たないかのどちらかだった。列車はゆっくりと走り出し、彼女は乗り場に立っていた老婦人に頭をぶつけてしまった。老婦人はべつのほうを見ていて、先頭車両の乗客に向けて手を振っていた。

「ああ!」とスランバブル嬢は叫んで、ボンネット帽の歪みを直した。「ちゃんと前をご覧になっているべきですよ、奥さん！」言ってしまってから、その台詞《せりふ》の愚かしさに気がついた。頭を車内に引っ込めると、うろたえつつも座席に深々と背を預けた。「ああ！」とふたたび声をあげた。「ほんとうに！　ついに出発したんだわ。素晴らしすぎて信じられない。あのおぞましいロンドンを出ていくなんて」

そして所持金を数え直し、もう一度切符を確認して、綿の手袋をした長い指でたくさんの荷物にもひとつひとつ触れていった。「あれはここに、それはそこに、あれと、これと、それにあれも！」そしてくるりと腕をまわして自分自身を指さすと、幸せそうにちいさく笑った。「それと、これ！」

列車は速度をあげていき、窓の外には汚れた屋根や醜悪な煙突の広がる風景が——うんざりするほど退屈な郊外が何マイルにもわたって続いた。彼女は荷物をすべて棚に載せたかと思うと、次にはすっかり降ろしてしまった。それから、じっくりと考えて、フォークストーンに着くまで必要のない荷物を幾つか選び出して載せ、残りの荷物を並べ直した。幾つかは自分の傍らに、残りは反対側の席に。膝に載せたままのバナナの紙袋はどんどん温かくなり、見た目にもぼろぼろになっていた。

「とうとう、ほんとうに出発した！」ふたたびそう呟いて、嬉しさに軽く息を呑んだ。「パリ、ベルン、トゥーン、フルティゲン」自分の身体を抱きしめたので、黒いビーズがかたかた鳴った。「それから乗合馬車に長いこと乗って、最高に素敵な山を登るのよ」その道のりのことは知り尽くしていた。「そして宿での晴れやかな十五日間。安い部屋が取れれば十八日だって泊まれる。ああ！　信じられない！　ほんとうにほんとうなのかしら」喜びのあまり彼女は鳥のような音をたてた。

窓の外を見た。先ほどまで街路の続いていた眺めは、緑の野原に変わっていた。小説をひらいて読もうとした。新聞も手に取ってみたが、記事の一段すら目で追っていられなかった。どれもこれもうまくいかなかった。自然の美しい景色に心の目が奪われて、その余のことはすべて色褪せて見えた。列車は走り続けていた――その速度は遅いとすら思われたが、旅路におけるすべての時間、彼女を運んでいく車輪が軋《きし》みをあげる瞬間のすべて、慣れ親しんだ道程の見覚えある細部のすべてが、幸福への期待となって迫ってくるのだった。もはや自分の名前のことも、何も言って寄越さない過去の不実な恋人のことも気にならなかった。ささやかな情熱が今年もまた恙《つつが》なく成就されつつあるということ以外は何ひとつ、もう気にならなかった。

そして、そのとき唐突に、スランバブル嬢は自身の置かれた場所を意識した。不安を覚えた。謂われのない不安だ。そのときになってようやく彼女は、自分がひとりであること、急行列車のコンパートメントにひとりでいることに気がついた。その急行は通廊列車ですらなかった。

これまでのところ旅立ちの興奮に我を忘れていたから、何も気にならなかった。ひとりきりであることに思い当たったとしても、そのことさえも楽しめた。だがいまこうして、言わばひと息ついてみると——荷物を点検し、所持金を数え、切符やほかのすべてを二十ぺんほども確認してしまうと、座席にもたれて彼女は、長い汽車旅のあいだ車両にひとりきりであること、軋みをあげガタガタ揺れながら疾走する列車に、生まれて初めてたったひとりで乗っていることに気づいて、愕然とした。まっすぐに背筋を伸ばして座り、冷静になろうと努めた。

あらゆる感情のなかでも恐怖ほど御しにくいものはないだろう。とりわけ自己制御は利かない。明白な理由のない、漠然とした恐怖となるとなおさらだ。理由のわかっている恐怖であれば、説得し、なだめすかして機嫌を取り、ホースで水を掛けるように笑い飛ばすこともできるだろう——つまり、立ち去るよう誘うのだ。けれども原因不明の忍び寄る恐怖に対しては、心は途方に暮れてしまう。たんに「怖くなんかない」と言い切ることには意味も効果もありはしない。もう少し微妙な、それをまったく無視するという戦法も等しく役に立たない。さらに言えば、原因を探し求めることで、心はしばしば余計に混乱する。探しても見つからず、恐怖が増すだけだからだ。

スランバブル嬢は意志を強く持ち、不安の原因を探すことにした。だが長時間掛けた試みも無駄に終わった。

まず彼女は、外側に原因を求めた。もしかしたら荷物の包みと関係があるのかもしれない。そう思って、向かい側の座席に荷物をすべて並べ、ひとつずつ点検していった。バナナ、カメラ、食べ物の袋、黒いビーズのバッグ等々。けれど不安を搔きたてる要素は何も見つからなかった。

続いて自分の内側を探した。自分の気持ち、ロンドンのアパート、これから泊まる宿、所持金、切符、旅の予定、未来のこと、過去のこと、健康状態、宗教観。内面生活において関わってきたあらゆることを振り返ってみた。だがこんなふうな突然の不安の原因となりそうなものはなかった。

さらなる探索を続けたが、それも空しく、恐怖はますます募っていった。本格的な神経の発作に陥りつつあった。

「わたしは、冷や汗なんて一切搔いておりません」そう声に出してみた。汚れたクッションに沿ってべつの場所へ移り、その動作のあいだにも落ち着かぬ思いで周りを見まわした。思考のあらゆる箇所を探り、恐怖の理由を探そうとした。でも思い当たるものはなかった。一方で苦痛の感覚は身内に膨れあがっていた。

あたらしい座席も前の座席より居心地がいいということはなく、次にコンパートメントの四隅をすべて試し、それから真ん中の席も試して、コンパートメントじゅうの席すべてに座ってみた。どの場所に座っても、その前の席より落ち着かなかった。立ちあがって空っぽの棚を調べ、椅子の下を調べ、重たいクッションも苦労して持ちあげて下を調べた。それから荷物をすべて棚に戻したが、気が急いていたために幾つか床に落としてしまった。膝をついて椅子の下から拾いあげねばならなかった。そのせいで息切れがした。埃が喉に入って咳も出た。眼球が疼き、身体は不快に火照った。そのとき、まったくの偶然に、ブーローニュの港町を描いた棚の下の絵に、彼女の姿が反射した。その姿が動揺をおおいに高めた。まったく普段の自分と違った、ひどく奇妙な顔をしていた。まるで全然別人の顔のようだった。

一度恐怖を知った感覚は、飛ぶ蠅の羽音から空に掛かった黒雲まで、どんなものにもその度合いを強める。神経症的な不安に狼狽しきって、彼女は背後の座席に崩れるように座り込んだ。

だがダフニ・スランバブル嬢は剛気というものを持ち合わせていた。たやすく打ちのめされるような彼女ではなかった。自分の名前を大声ではっきりと口にすれば、恐れはしばしば霧消すると、どこかで読んだことがあった。単純かつ強い調子で書かれている限り、彼女は読んだことの大半を信じた。そしていまもただちに実行に移した。

「わたしはダフニ・スランバブルです！」彼女はきっぱりと言い放った。声は自信に満ち、椅子に浅く腰掛けた背中はぴんと伸びていた。「わたしは、怖くありません――何も」最後のひとことは、思い直して加えたものだ。「わたしはダフニ・スランバブルです。切符の代金は支払ったし、自分の行き先もわかっています。トランクは貨車に載っています。細かい荷物はぜんぶここにあります！」そして包みをひとつずつ数えあげた。どれひとつ洩らさなかった。

けれど自分自身の声、とりわけ自分の名前の響きに、彼女の苦痛は明らかに増した。それはまったく奇妙に、まるで車両の外からの声のように聞こえた。何もかもが突如、奇妙でよそよそしく見慣れないものに変貌したように思えた。彼女は反対側の隅にゆき、窓の外を見た。木々に野原、ぽつぽつと建つ田舎の家が、次々とあらわれては消えていった。田舎の風景には心惹かれた。ミヤマガラスが空を飛び、馬たちは骨折って畑を耕していた。いったい何を恐れることがあるだろう？　いったい何が、彼女から落ち着きを奪い、恐怖に駆りたてるのだろう？　スランバブル嬢はまたもや荷物を点検し、切符を、所持金を確かめた。どれも問題はなかった。

勢いよく車両を横切り、窓のそばへ行った。そして開けようとした。窓枠は固く、動かなかった。何度も引き下ろそうとしたが無駄だった。ぴくりともしなかった。もうひとつの窓でも結果はおなじだった。どちらも閉ざされたままだ。どちらもけっして開かない。恐怖が膨れあがった。閉じ込められたのだ！　窓は両方とも開かない。この車両は何かがおかしい。ひとびとがここを品定めし、そしてけっして入ってこなかったことに、突然彼女は思い当たった。この車両には問題があるに違いない——何か彼女が見落としていた問題が。恐慌が一陣の炎のように身内を駆け抜けていった。震え、叫び出しそうだった。

クッションの載った座席のあいだを、彼女は籠の鳥のようにばたばたと行き来した。棚を、椅子の下を、窓の外を狂おしい目つきで見た。唐突にパニックに見舞われ、車両の扉を開けようとした。鍵が掛かっていた。反対側の扉に走っていった。鍵はそちらにも掛かっていた。あろうことか、両方鍵が掛かっている！　閉じ込められたのだ。囚われの身だ。狭い空間に捕獲された。山々にはもう手が届かない——ひらけた森も、野生の野原も、天上より吹く芳《かぐわ》しき風も。捕らえられ、壁に閉じ込められて、地下牢の囚人と変わらなかった。そう思うと気が狂いそうだった。どこまでも広がる空や森、野原や青い地平線に辿り着けないという思いは、魂を正面から打ちのめし、もっとも大切に抱いてきたものに抵触した。彼女は叫んだ。座席のあいだを駆けながら声を限りに叫んだ。

もちろん、誰にも聞こえなかった。列車の進む轟音《ごうおん》に較べればそれは微々たる物音でしかなく、彼女の声は掻き消された。囚人の叫び声とはそうしたものだ。

やがてまったく突然に、彼女は事態を理解した。車両に問題があるわけではない。荷物にも、列車にも問題はない。ただちに汚れたクッションに座り、事態とまっすぐ向き合った。自分の過去や未来とも、切符とも所持金とも関係はない。宗教観や健康状態とも。完全にべつのことだ。それがなんなのか、彼女はわかった。そしてわかると忽《たちま》ち氷のような恐怖が訪れた。一連の狼狽を引き起こしたものに、とうとう名前を付けることができた。だが発見は苦痛を和らげるどころかいっそう強くした。

これこそが閉ざされた場所への恐怖だ。これが閉所恐怖症だ！

もはや疑いの余地はなかった。彼女は閉じ込められている。狭い空間に囲い込まれ、逃げることはできない。壁と床と天井とが無情に彼女を囲い込んでいる。扉は閉まったまま、窓はぴたりと閉ざされたままで、どこにも逃げ口はなかった。

「あの荷物係、言ってくれればよかったのに！」脈絡なく叫んで顔を拭った。やがてその台詞が馬鹿げていることに自分でも気がついた。自分は心神を喪失しているのかもしれない。それが閉所恐怖症の症状なのだと彼女は思い出した。発狂して、おかしなことを言ったりやったりしてしまう。ああ、広く自由で囲われていない場所に出られたら！　彼女はここで、いとも惨めな囚われの身だった。

「車掌は扉に鍵を掛けるべきじゃなかった――絶対に！」そう叫んで席のあいだを行きつ戻りつし、それから扉に体当たりし、次にべつの扉にも体当たりした。幸いなことに、もちろん、どちらもびくともしなかった。

食べ物のことを考えれば気が休まるかもしれない。彼女はバナナの袋を降ろし、ぶよぶよの熟しすぎた一本を剝くと、べつの袋から出したバース・バンのひとかけと一緒に頰張り、進行方向を向いた椅子に座っていた。すると右手の窓が突然どんと音をたて、振動とともに下がった。どうやら引っかかっていただけらしく、彼女がせっせと引っ張ったところに汽車の揺れが手伝って、緩んで開いたらしかった。スランバブル嬢は金切り声をあげると、バナナと菓子パンを取り落とした。

だが驚いたのも束の間のことで、やがて何が起きたのか理解した。開いた窓越しに甘美なる空気が、飛び去っていく野原から流れ込んでいた。彼女は窓辺へ飛びつくと、そこから顔を突き出した。それから手も。というのも、可能なら外側から車両の扉を開ける気だったからだ。何が起きようと最優先事項はひらけた空間に出ることだった。ドアノブは簡単にまわすことができるが、扉の鍵はさらに高いところで掛かっており、びくともしなかった。もっと外へ顔を突き出すと、かぶった黒いボンネット帽が風に飛ばされて、遥か後方の線路に落ちて埃っぽいつむじ風に踊った。耳許を掠め髪のあいだを吹き抜ける風の感覚ゆえか、彼女はいっそう狂おしい気持ちに陥った。すっかり平静を失っていた。我を忘れて声を限りに叫んだ。

「閉じ込められたの！　出られないのよ！　助けて、助けて！」

隣のコンパートメントの窓が開き、青年が顔を出した。

「いったい何が起きたんです？　あんた、殺されかけてるのか？」彼も風に負けずに叫んだ。

「閉じ込められてる！　閉じ込められてるの！」無帽の婦人はそう叫びながら、強固なドアノブを必死で開けようとした。

「扉を開けちゃ駄目だ！」青年は気遣わしげに声を張りあげた。

「開けようったって開けられないのよ、馬鹿！　開けられないの！」

「待ってろ。いまそっちへ行くから。無理に出ようとするんじゃない。踏み段伝いにそこまで行く。落ち着くんだ、奥さん。落ち着いてくれ。いま助けてあげるから」

そして視界からいなくなった。なんてことだろう！　青年はあっちの車両から這い出し、窓からこっちへ入ってくる気なんだ！　彼女は間もなく男と、若い男とコンパートメントで一緒になる。一緒に閉じ込められるのだ！　無理だ、とても耐えられない。閉所恐怖よりずっと酷い。そんな状態には片時も我慢できないだろう。青年は彼女を殺害し、所持品を奪っていくに決まっている。

彼女は半狂乱になって、狭い床を歩きまわった。それから窓の外を見た。

「ああ、なんてことかしら!」と叫んだ。「もう外に来ているわ!」

青年は明らかに、婦人が暴行を受けているものと思い込んでおり、自分の車両の窓から這い出て、勇敢にも救出に向かってきたのだ。すでに踏み段に乗っており、客車の壁に付いた真鍮《しんちゅう》の手摺りを摑んでいた。列車が恐ろしい速度で線路を進むなか、その身体は危なっかしく揺れていた。

だがスランバブル嬢は深く息を吸い、咄嗟《とっさ》に決断した。唯一自分に残された手段を取ったのだ。彼女は緊急連絡用の紐を引いた。一度、二度、三度と。そして青年の顔がちょうど窓枠にあらわれる直前に、いきなり窓ガラスを引きあげた。そうしておいて後じさると、滑りやすいバナナの袋を踏んでしまい、そのまま座席のあいだの汚れた床に背中から倒れ込んだ。

列車はほとんど間を置かず速度を落とし、急停車した。スランバブル嬢は床に座り込んだままで、自分のつま先を呆然と眺めていた。いましがた仕出かした違反のおおきさを実感し、すっかり怖じ気づいていた。あの紐を、ほんとうに引いてしまったのだ!

紐は見るためのもので、触るものではない。鎖でできたその紐は、五ポンドの罰金とあらゆる惨めな結末に繋がっていた。

あちこちで大声があがり、扉のひらく音がした。しばらくすると頭のそばで鍵のがちゃがちゃいう音がして、見ると車掌が車両への階段を昇ってくるところだった。扉は開け放たれ、隣のコンパートメントから来た青年が見聞きしたことを熱心に語っていた。

「殺人事件だと思ったんです」と彼は言っていた。

だが車掌はさっさと車両へ入ってくると、髪と呼吸の乱れた婦人を助け起こし、椅子へ座らせた。

「それで、いったい何の真似です？　紐を引いたのはあんたですか、マダム」尋ねる口調はやや荒っぽかった。「列車を停めるのは由々しきことです。ご存知でしょうがね。これは郵便列車だ」

ダフニ嬢は嘘をつく気はなかった。つまり、それはわざとではなかった。それがもっとも自然かつ明らかに言うべきこととして、勝手に口から出てきたのだ。彼女は自分の仕出かしたことに怯えきって、手頃な言い訳を見つけねばならなかった。だがこの馬鹿で慌て者の役人に向かって、自身の経験をどうやって伝えればいいというのか。言ったところで、ただの酔っ払いだと思われるに決まっている。

「男がいたんです」と彼女は、本能的におのれの天敵に頼った。「このどこかに、男性がいるんです！」そして棚や座席の下に目をやった。車掌はその視線を追いかけた。

「どこにも男なんかおらんがね」と彼は言い放った。「確かなことは、お宅が郵便列車を、納得できる明白な理由もなしに停めたってことだけです」そしてこう付けくわえた。「すみませんが、お名前と住所を控えにゃなりません」ポケットから汚い手帳を取り出し、先の丸まった鉛筆を舌で湿らせた。

「いますぐ外の空気を吸わせてください」と彼女は言った。「まずは外気に触れないと。もちろん、名前は控えてくださって結構よ。なんとも嘆かわしい話だわ」落ち着きが戻ってきていた。彼女は扉のほうへ動こうとした。

「そうかもしれませんがね」男は言った。「だがこっちも仕事をすませにゃならん。事実を報告し、できるだけ早く列車を動かさないと。車両から出んでもらえますか？　停車時間はもう長すぎるくらいだ」

スランバブル嬢は観念した。外に出て空気を吸うあいだ、乗客全員を待たせるのは道理にあわないのは理解できた。車掌ふたりのあいだで短い議論が交わされ、最初に来たほうが車両の座席に座り、もう一方の車掌が笛を吹いた。列車はふたたび動き出すと、フォークストーンまでの残りの距離をおおいに速度をあげて走った。

「じゃあお名前と住所を伺いますよ」車掌は慇懃《いんぎん》にそう言った。「ダフニー、ですね。わかりました、どうも。エフじゃないほうのダフニー。了解です。ご協力、どうも」

彼がせっせと書き留めるあいだ、無帽の小柄な婦人は反対側の席に座っていた。興奮して憤り、言うべきことを思いついたらいつでも捲《まく》したてる気でいた。だが休暇が先延ばしになることを何より恐れていた。下手をすれば完全に駄目になってしまう。

車掌はやがて顔をあげると、彼女を見て、そして手帳を内ポケットへ片付けた。車両の番号を書き込んだ直後のことだった。

「いいですか、マダム」と説明しはじめたが、急に柔和な調子になっていた。「この連絡用の紐は、現実の危険が迫っている場合にのみ使用するもんです。それでわたしが、この件を報告したら、まあそうしなきゃならないんですが、そしたら多額の罰金が科せられます。お宅さんはこれ、ちょっと試しに引っ張ったとか、そういうんですよね？」

男の声に宿る何かを、彼女は聞き取った。何かが違っている。声だけでなく態度も、変化したようだった。急に申し訳なさそうな調子になった。その変化にただちに気づいたものの、何に拠るものかはわからなかった。彼女は考えた――それは車両の番号を帳面に書き入れた瞬間から始まった、と。

「列車の遅れを説明せにゃならんのです」自分に言い聞かせるように、彼は続けた。

「何もかも機関士のせいにするわけにもいかんのです——」

「このあと速度をあげれば、遅れずにすむんじゃないかしら」スランバブル嬢が口を挟んだ。彼女は注意深く髪を撫でつけ、外れたヘアピンを直していった。

「——それに誰にもどんな迷惑も及ぶようにはしたくない。とりわけ、わたしが巻き込まれたくない」遮られたことは完全に無視して車掌は続けた。そして椅子の上で身体の向きを変え、向かい側の相手をじっと見つめた。いささか不安で混乱した様子が彼の表情に見て取れた。やがて肩をすくめたが、それは明らかに申し訳なさそうな仕草だった。わかったわ、と彼女は思った。このひとは妥協を求めてる——つまり賄賂だ！

列車は速度を落としつつあった。すでに切り通しに入っており、そこで向きを変え、後ろから埠頭に入ろうとしていた。スランバブル嬢は必死だった。これまでの人生で、明白に認められる労力に対する以外、ひとにチップを支払ったことはなかった。そしてこれではまるで重罪を示談にするかのようではないか。だがじつに多くのものが懸かっている。事態が裁判所へ持ち込まれるあいだ、彼女はフォークストーンに拘留されるかもしれないし、当然払わせられる罰金の五ポンドは、休暇を完全にふいにするだろう。空想の視界に青と白の山々が浮かび、松林を渡る風の音も聞こえた。

「これを奥さまにプレゼントなさるといいですわ」おずおずと言いながら、一ポンド金貨をひとつ差し出した。

車掌はそれを見て、首を振った。

「わたしに妻はおりませんよ」と彼は言った。「だが金が欲しいわけじゃありません。わたしはこのちょっとした事件を、できるだけ早く消し去りたいんです。職を失いかねませんからね。でもあなたが黙ってると約束してくだされば、機関士ともうひとりの車掌は言いくるめられると思います」

「黙ってるわよ、もちろん」驚きのあまり舌がもつれた。「でもよくわからないわ。つまり――」

「そりゃあわからないでしょう。これからわたしの言うことを聞くまではね」おおいに安堵した様子で車掌は応えた。「真相はこうなんです。番号を書き留めるまでは、これがあの車両だとは気づきませんでした。そのときになってわかったんです。この番号はあの、まさにあの番号だと――」

「何の番号なの？」

車掌は黙って彼女を凝視した。何かを決断したらしかった。

「つまりね、マダム、わたしの運命はあなたが握ってるんですよ。ここはもう、全部打ち明けちまうしかありません。で、お互いに助け合おうというわけです。つまりこういうことなんです。この車両から飛び出そうとしたのは、けっしてあなたが初めてじゃありません。たくさんの人間がそう――」

「まさか！」

「でもいちばん最初はあのドイツ女性、ビンクマンでした――」

「ビンクマンって、去年線路上で見つかったあのひとね！ 車両の扉は開いていた、っていう……」スランバブル嬢は肝を潰して叫んだ。

「その通りです。これが彼女の飛び降りた車両です。世間は殺人だと考えようとしましたが、犯人となる可能性のあった者は見つからなかったんです。やがて彼女は気が狂っていたということになりました。そしてそのときからこの車両は取り憑かれているということになりました。というのも、じつに多くの人間がおなじことを、扉から身を投げようとしたんです。やがて鉄道会社が番号を変更し――」

「この番号になったのね？」未婚の女性は興奮して叫ぶと、扉に記された番号を指した。

「その通りです。そして注意深く見てみれば、この番号がほかと続いていないことに気づくはずです。それでもトラブルは止まなかったので、誰も入れるな、とわたしたちは命令されたんです。わたしの犯した間違いはそこです。この扉に鍵を掛けておかなかった。それで係員があなたを案内してしまった。このことが公になれば、わたしは間違いなく解雇される。会社はこの件については、とことん徹底しているんです」

「恐ろしいこと！」スランバブル嬢は叫んだ。「だってわたしは、まさにそれとおなじ感覚を――」

「飛び降りなきゃ、って思ったんですね？」車掌が訊いた。

「そうよ。閉じ込められたことが怖かったの」

「ビンクマンもおなじ症状だったと医者は言いました――狭い場所に閉じ込められた恐怖だと。何か長い名前が付いてるらしいですが、要するにこれなんです。閉じ込められていることに耐えられなかった。やあ、ちょうど埠頭に着いたみたいですよ。よろしければ、荷物を運び出すお手伝いをしますがね」

「ええ、ありがとう。車掌さん、ありがとう」力なくそう言うと、差し出された手を取った。そして無限の安堵とともに乗り場へ降り立った。

「騎士道精神はまだ滅びちゃいませんよ、お嬢さん」彼は勇ましくもそう答え、彼女の荷物を担ぎあげると、蒸気船まで案内した。

十分後には霧笛の低い音が埠頭に響き渡り、紺碧の海を船の外輪が掻きまわしはじめた。ダフニ・スランバブル嬢には帽子がなかったが、もはや動揺はなく、まだかろうじて若いと言えるわずかな日々にそわそわとした期待を懸けながら、外国へ、アルプスの峰にある安価な下宿屋へ、何事にも頓着しない外国のひとびとの許へと、進んでいくのだった。

隔たり

The Interval

ヴィンセント・オサリヴァン
Vincent O'Sullivan
柴田元幸 訳

ヴィンセント・オサリヴァン(1868-1940)は，ニューヨークに生まれ，学生時代にイギリスへ渡った後，長らくロンドンで暮らした．フランスにもたびたび出かけ，オスカー・ワイルドやビアズリーらと親交があった．怪奇小説を多く遺すが，邦訳はほとんどされていない．

本作「隔たり」ももちろん初邦訳の作品で，ブランダー・マシューズ「張りあう幽霊」と同じく，*The Best Ghost Stories*(1919)から芥川が選りすぐった一篇．作品の発表は 1917 年，第 1 次世界大戦のまっただ中のこと．近代兵器の登場によってかつてない数の死傷者を出した大戦は，(第 2 次世界大戦後に戦死者をめぐる数々の物語が生まれたのと同様に)人々に死を身近に感じさせた．芥川は随筆「近頃の幽霊」で，「幽霊——或《あるい》は一般に妖怪を書いた作品は今でも存外少《すくな》くない．殊《こと》に欧洲の戦役以来，宗教的な感情が瀰漫《びまん》すると同時に，いろいろ戦争に関係した幽霊の話も出て来たようです」と考察している．

本作もそのような一篇で，戦争で大切な人を失ってしまった人が，その「隔たり」を埋めようともがく様が，冷静な筆致とせめぎ合うように描かれている．

リージェンツ・パークを囲む門のひとつから出ている細い裏道をウィルトン夫人は抜け、広い静かな通りに出た。ゆっくり歩きながら、探している番地を見逃さぬよう、何度も心配げに左右を見た。毛皮の襟巻をぎゅっと引き寄せる。インドで長年暮らしたので、このロンドンの湿気はひどく堪《こた》えるのだ。今日は霧こそ出ていないが、灰色で赤味がかった濃い靄《もや》が家々のあいだに垂れ込み、時おり顔に小さなキスを吹きつける。ウィルトン夫人の髪にも睫毛《まつげ》にも襟巻にも細かい水滴がついていた。とはいえ今日の天気は、視界をぼやけさせたりはしない。ずいぶん離れたところにいる人の顔も見えたし、店の看板の字も読めた。

骨董品と中古家具を商う店の入口の前で夫人は立ちどまり、見すぼらしい、掃除もしていない窓の中を覗くと、いろんな品物の雑多な山が見えた。値打ち物もずいぶんあるようだ。窓ガラスにポーランド系の名前が白い文字で貼りつけてあった。

「ああ、ここだわ」

ドアを開けると、ジャラジャラと不機嫌そうな音を立ててドアは彼女を中に入れた。

店の真っ暗な奥まりのどこかからあるじが歩み出てきた。じっとり湿った白い顔、黒いあご鬚がまばらに生え、頭蓋帽《スカルキャップ》をかぶって眼鏡をかけている。ウィルトン夫人は低い声であるじに声をかけた。

共犯者めいた、ずる賢そうな、皮肉っぽさも混じった表情が、あるじの醒めた悲しげな目に浮かんで消えた。それでも彼は重々しく、恭しく一礼した。

「はい、ここにおります、マダム。貴女様にお会いするかどうかは手前にはわかりかねます。加減が良くないこともありますし、気分にもむらがあります。それに、手前どもとしては大いに用心しなくちゃなりません。警察が——まあもちろん奥様のような方に手を出したりはしませんが、外国人のあしらいはこのところひどいものでして」

ウィルトン夫人があるじの後について店の奥に行くと、螺旋《らせん》階段があった。そこまで行くあいだに夫人はいくつかの物にぶつかって倒してしまい、かがんで拾い上げたが、あるじは何度も「構いません——全然構いません」と呟いた。そしてあるじは蠟燭に火を点けた。

「この階段をのぼっていただかないといけません。気をつけてください、ひどく暗いですから。ドアの前に出られましたら、開けてそのままお入りください」

あるじは階段の下に立ち、のぼって行く夫人に向けて蠟燭を頭上高くに掲げていた。

部屋はさして広くなく、ごく月並に見えた。金と赤から成る、頼りなさげで座り心地も悪そうな椅子が何脚か。大きな棕櫚《しゅろ》の木が二本、別々の隅に置かれている。テーブルを覆うガラスの下にはローマの展望図があった。実務的な感じのしない部屋だ、とウィルトン夫人は思った。オフィスや待合室のような、一日じゅう人が出入りしている感じがない。さりとて、誰かが暮らしている私的空間という気もしない。本や新聞が散らばってもいない。どの椅子も、最後にこの部屋が箒《ほうき》で掃かれたときから動いていない。暖炉は焚かれておらず、ひどく寒かった。

窓の右側にドアがあって、フラシ天のカーテンが掛かっていた。ウィルトン夫人はテーブルのそばに座ってこのドアを眺めた。きっとこの向こうから占い師が出てくるのだろう。夫人は重ねた両手をテーブルの上に力なく載せた。ヒューが戦死して以来会った占い師はこれでたしか十人目だ。夫人はいままでの占い師のことを考えた。いや、十一人目だ。パリで会った、元は司祭だったと言ったあのぞっとする男を忘れていた。ぞっとするとはいえ、何かはっきりしたことを言ったのはあの男一人だ。だがあの男にしても、過去のことが話せただけ。夫人の結婚について語り、結婚がどれだけ続いたかも言い当てた――一年九か月。夫とインドで過ごした日々についても語った――少なくとも夫が兵士だったこと、大英帝国領で軍務に就いていたことも読みとっていた。だが全体としてはほかの連中と同じで、およそ満足の行くものではなかった。彼女が求めている慰めは誰一人与えてくれていない。過去の話など聞きたくない。ヒューが永久にいなくなってしまったのなら、生きることを愛する彼女の気持ちも、彼女の勇気も、彼女の最良の部分も、一緒になくなったのだ。絶望から引き揚げてほしい。日々呆然とあてもなく漂い、夜は朝が来るのを焦がれ、朝には夜の訪れに焦がれる。ヒューが死んで以来、それが彼女の生活だった。もしも誰かが、まだすべて終わりじゃありませんよ、あの人はどこかにいるんですよ、そんなに遠くないところに、ここにいたときと変わらない姿で、細かく縮れた髪ももっさりした笑みも面長の浅黒い顔も一緒ですよと言ってくれたら。貴女の姿も時々見かけているんですよ、貴女のことを忘れていませんよ……

「ああ、愛しいヒュー！」

顔を上げるとその女が目の前に座っていた。女が入ってきた音がウィルトン夫人には聞こえていなかった。千里眼やら易者やらはもうさんざん見てきたから、この女がほかの連中と違うことは一目でわかった。いつもなら、値踏みするようなすばしこい視線が飛んできて、何か情報の断片を見つけてもっともらしい透視を口にしようと、時にはぎこちない、だがたいていは狡猾に擬装した企てが為される。ところがこの女は、透視するにしても、それを自分のなかから引き出しているように見えた。

見るからにほかの連中より霊界と繋がっている様子、というわけではない。むしろそういう気配は相当薄いと言うべきだろう。中にはいかにもひ弱そうで、もの欲しげで、生気も枯れたようなのもいれば、パリの元司祭などは顔付きからしてどこかしら恐ろしく、いかにも罪を負っているように見えた。あの男が悪魔と食事を共にしていたとしてもおかしくないし、たぶん何らかの意味では事実そうしていたのだろう。

しかるにこの女は、小柄で太った、五十がらみのくたびれた風采で、まあ料理女みたいに見えるとは言わないが、それとてむしろお針子みたいに見えるからである。黒いドレスにはそこらじゅう白い糸くずが付いている。ウィルトン夫人は気まずい思いで女を見た。こういう女性には、死者との交流などより、ガウンの仕立て直しの相談をする方が相応しいように思える。こんな月並なりの人間相手に、霊界がどうこうなんておよそ馬鹿げている。女は小心そうで、鬱《ふさ》いだ様子で、ゼイゼイ荒く息をし、薄汚いべたべた湿った両手を重ねて何度もさすっている。たえず唇を湿らせ、小さな空咳《からせき》をくり返す。そういう神経の疲れを示すしるしが、この女の場合、風通しの悪い環境でミシンにかがみこんで働きづめだからだと思えてしまう。兎の毛皮みたいなぱっとしない髪は、別の色を嘘っぽく足して何とか格好をつけていた。糸くずは髪にも入り込んでいた。

女の苦しげで不安そうな表情に同情して、ウィルトン夫人は「警察のことが心配なの?」と訊ねた。

「ああ、警察! どうして放っといてくれないんですかねえ? 誰がやって来るかわかりやしない。どうしてあたしのこと、放っといてくれないんですかね? あたしはまっとうな女です。何もしないで、頭で考えるだけです。誰に害を加えたりもしません……」

落着きの悪い、愚痴っぽい声で、しじゅう両手を神経質そうにさすりながら女は喋りつづけた。夫人の目には、でたらめにただペチャクチャやっているだけのように見えた。眠りにつく前の子供が時おりそうするみたいに。

「少し説明を——」とウィルトン夫人はためらいがちに切り出した。

ところが女は、椅子の背に頭をしっかり押しつけ、向こうの壁をぼんやり見ている。さっきまで少しは浮かんでいた表情のようなものもすっかり失せている。うつろな、愚かしい顔。口を開くと喋り方はひどくゆっくりで、声はしわがれていた。

「見えないんですか? あたしには不思議ですよ、この方のこと、奥様には見えないなんて。すぐ近くにいるのに。奥様の肩に腕を回していますよ」

それはヒューがよくやるしぐさだった。事実その瞬間、夫人は誰かがすぐそばにいてこっちへ身を寄せているのを感じた。優しさが彼女を包んでくれていた。見えないのはただ、ごく薄いベール一枚のせいなのだという気がした。でも女には見える。いま女はヒューの様子を事細かに言葉にしていた。右手の火傷の跡のようなごく細かいところまで。「夫は幸せなの？　ああ、訊いてちょうだい、私のこと愛してるか？」願ってもみなかったことが起きているせいで、夫人は呆然としていた。真っ先に思い浮かんだことを口にするのがやっとだった。「夫は私のこと愛してるの？」

「愛してますよ。答えませんけど、愛してるんですよ。姿が見えるようにあたしに何とかしてほしがってます。あたしにそれができないんで、がっかりしてるんだと思います。でもあたしにはできないんです、奥様が自分でなさらない限り」

少ししてから女はまた言った。

「いずれ見えますよ。奥様、ほかのことは何も考えてらっしゃらないんですから。いまもすぐそばにいるんですよ」

そうして女は倒れ込み、深い眠りに陥って、そこに横たわって動かなくなり、ほとんど息もしていなかった。ウィルトン夫人はテーブルの上に紙幣を何枚か置いて、忍び足で立ち去った。

一階に降りていって、暗い店内で、蠟のような顔色のあるじが彼女を引きとめ、古い銀細工やら宝飾品やらを見せようとしたことは何となく覚えていた。が、我に返って記憶がはっきりしてきたのは、ポートランド・プレース付近の教会のなかにいたときからだった。普段は教会になんか入らない。なぜここに来たのか？　私は夢遊病者みたいにふるまっている。

教会は古くて薄暗く、背もたれが高い黒塗りの会衆席が並んでいた。誰もいなかった。ウィルトン夫人はある列に腰を下ろし、体を前に乗り出して顔を両手で覆った。

何分かして、ふと気づくと、一人の兵士がいつの間にか音もなく入ってきていて、五、六列前の席に座っていた。兵士は一度もふり向かなかったが、その姿がどこか見覚えがある気がして夫人はハッとした。最初は漠然と、この兵隊さんは私のヒューに似ていると考えただけだった。やがて兵士が片手を上に掲げると、それが誰だか夫人にはわかった。席から飛び出し、彼の方に駆けていった。「ああヒュー、ヒュー、帰ってきたの？」彼は笑顔でふり向いた。戦死なんかしなかったのだ。すべて間違いだったのだ。いまにも喋ろうとしている……

がらんとした教会のなかで足音がうつろに響いた。夫人はふり返り、薄暗い通路を見やった。

近づいてきたのは掃除係だか案内係だかの老人だった。「お呼びになったかと思いまして」と老人は言った。

「夫と話していたんです」。だがヒューの姿はどこにもなかった。

「ついいままでここにいたんです」。夫人は悶々としてあたりを見回した。「玄関の方へ行ったにちがいありません」

「ここには誰もいませんよ」と老人は優しく言った。「奥様と私だけです。戦争以来、おかしくなるご婦人がよくいらっしゃるんです。昨日の昼過ぎにもね、この教会で結婚したのよ、夫がここで落ちあうって約束したのよとおっしゃる方がいました。奥様もやはりここでご結婚を?」

「いいえ」とウィルトン夫人は侘《わび》しげに言った。「インドで結婚しました」


それからたぶん二、三日経ったころ、夫人はベイズウォーター地区にある小さなイタリア料理店に入った。近ごろはよく外で食事するようになっていた。ひどく苦しい咳が出るようになって、公共の場にいて知らない顔を眺めているとなぜかそれが和らぐのだ。家にいると、かつてヒューが使っていたものがそこらじゅうにある。トランクや鞄にはいまも彼の名前が入っていて、二人で一緒に行ったいろんな場所のステッカーが貼ってある。見ると胸を刺される思いがする。それがレストランだと、人が出入りして、そのなかには兵士も大勢いて、いつもの隅に座っている彼女をチラッと見るだけだった。

この日はたまたま昼食には遅い時間に行ったので、客は誰もいなかった。夫人はひどく疲れていた。前に置かれた食べ物を彼女は少しずつ齧《かじ》った。疲れ、寂しさ、胸の痛みに泣き出してしまいたかった。

と、突然、彼が目の前に、テーブルの向かい側に座っていた。婚約していた時期に、レストランでときどき昼食を共にしたときと同じだった。軍服は着ていなかった。彼女に向かってニッコリ微笑み、あのころと同じように、食べなくちゃ駄目だよ、と彼女に促す……

その日の午後、ケンジントン公園を通り抜ける途中の夫人に私はばったり出くわし、彼女からこの話を聞いた。

「私、ヒューと一緒にいたのよ」。とても嬉しそうだった。

「彼は何か言ったかい？」

「い……いいえ。いや、言ったわ。言ったと思うんだけど、よく聞こえなかったのよ。私、頭がすごく疲れていたから。この次はきっと――」

私はその後しばらく夫人に会わなかった。どうやら彼女は、かつて夫の姿を見た場所

――古い教室、小さなレストラン――に行けば彼が見える確率が高いことを発見したらしい。家では一度も見えない。それが街路や公園では、よく彼女と並んで歩いた。一度など、彼女が危うく轢《ひ》かれるところだったのを助けてくれた。車がすぐそばに迫ってきたとき、あの人の手がとっさに私の腕を摑むのをはっきり感じたのよ、と夫人は言った。

占い師の女の住所を私は彼女から教わった。この奇妙な女から話を聞いたおかげで、私もその後に起きたことを知っているのだ――知っているのだと思う。

この冬ウィルトン夫人ははっきり病気だったわけではなく、少なくとも寝室にこもりきりなどということはなかった。だがひどく痩せこけて、大きな美しい目はいつもどこか彼方の地点を探るように見ていた。その目つきは、よく知らない陸地が近づいてきたとき船乗りが時おり目に浮かべる表情を思わせた。夫人はほぼ独りきりで暮らしていた。相手の方からわざわざ会いに来ない限り誰とも会わなかった。気にしてくれる人がいると、大丈夫よ、心配ないわ、と笑って言った。

ある晴れた日の朝、夫人はベッドに横になって、メイドがお茶を持ってくるのを待っていた。内気なロンドンの陽光がブラインドの向こうから覗き込むように入ってくる。部屋はみずみずしく華やいで見えた。

ドアが開いたとき、メイドが入ってきたのだと彼女は思った。それから、ベッドの足側にヒューが立っているのを見た。今回は軍服を着ていて、出征していった日と同じ姿に見えた。

「ああ、ヒュー、何か言って！　一言でいいから、お願い！」

ヒューはニッコリ笑って、首をうしろに倒した。昔、彼女の実家に来ていて、家の人たちの注意を惹かずに彼女を部屋から連れ出そうとするときにいつもやったしぐさだ。ドアの方へ動いていきながら、ついて来いという合図は続けていた。途中で彼女のスリッパを手にとり、さあこれを、と言うように差し出した。彼女は急いでベッドから抜け出て……

夫人の死後、人々は彼女の持ち物を調べたが、奇妙なことにスリッパは見つからなかった。

白大隊

The White Battalion

フランシス・ギルクリスト・ウッド
Frances Gilchrist Wood

若島 正訳

フランシス・ギルクリスト・ウッド(1859–1944)はアメリカの作家で，1918年に発表された本作がデビュー作となる．彼女の作品が邦訳されるのはおそらくこれが初めて．芥川は，*The Best Short Stories of 1918*(1919)で本作を見いだしたようだ．

芥川の随筆「近頃の幽霊」には，「戦争に関係した幽霊の話」として本作のあらすじが紹介され，英語副読本の序文でも「欧羅巴《ヨーロッパ》の大戦は Ghost Story の分野にも少からぬ作品を残した．これも亦《また》其《それ》等《ら》の作品中，興味のあるものの一つである」と紹介されている．

本作「白大隊 “The White Battalion”」は，第1次世界大戦下のいくつかの史実を下敷きにしていると考えられる．まず，ロシアで結成された婦人のみによる決死隊(battalion)がその一つだろう．作中にも言及があるが，彼女らは戦線で活躍しただけでなくロシア革命でも一助を担った．

また，作中に登場する「白い血を流したフランス(France bled white)」という台詞も，ヴェルダンの戦いで消耗戦を謀るドイツ軍司令部が掲げた標語「Bleed France White(フランスを搾りつくせ)」を踏まえたものだろう．そんな「白い血を流したフランス」が，敵軍に一矢を報いる．

フランスの戦線後方に掘られた塹壕《ざんごう》の扉から、従卒に案内されて、外人部隊に所属する二名の将校が入ってきた。どちらも若く、泥だらけになったカーキ色の軍服姿。二人が小屋に入ると、こちらも泥だらけの、ホリゾンブルーの軍服を着たフランス人将校が立ち上がり、アメリカ人将校に答礼した。

「掛けますか？」彼は折り畳み椅子を差し出した。

瓶口に突き挿してある、蠟の垂れた蠟燭が、小屋のむさくるしい内部を照らし出すというよりは包み隠していた。その光が若いフランス人将校の顔にちらちら射して、目元に不気味な陰を作っている。それでよけいに目立つのは、疲れきった表情、それから――他にもまだ何かある。

外人二人のうち上官であるヘイルズ大尉が、彼を鋭い目でにらんだ。

「フーケ少佐、我々はあと一時間で司令部に出頭することになっています。そちらの大隊の連絡役になっている、いちばん右手の小隊を指揮するエイゴー中尉の報告によれば、突撃開始から最初の塹壕までのあいだ、フランス軍と連絡が取れなくなったとか。

中尉の腕時計のせいだったのかもしれないと考えましたが、確認したところ、一秒も違わず正確です」

大尉は落ちつかなげにためらった。「べつに問いただすつもりはないのですが、中尉の話では、見たというのです――そこには何か原因があるのかもしれない、表には現れない理由が、と思いまして――そこでこちらにうかがって――」

フランス人将校はいつもの身振りにはまったくそぐわない、ぼうっとした表情で頭を上げた。

「それはどうも、ヘイルズ大尉。我々は――最初の塹壕を攻撃するのに、四十秒の遅れが出た」彼はあらかじめ練習をした報告をするように、機械的な口調で続けた。「遅れを取り戻して、二番目の塹壕は予定どおりだった。子供たちをべつにすれば、捕虜にしたのはごくわずか。敵軍はほぼ殲滅《せんめつ》された」

そう重々しく言葉を結んだ彼の顔には、茫然とした表情しか残っていなかった。

「四十秒の遅れには、原因があったのですね、少佐？」

フーケは奇妙な茫然自失の状態をようやく振り払った。咳払いをしてから、何度か話そうとしては言葉につまり、それからやっとの思いでこう口走った。

「君たちには信じてもらえないだろう――この目で見た私ですら信じられないのだか

ら！　だがその証拠に子供たちがいる――それに第一線の塹壕にある、山のようなドイツ兵の死体が――それも傷ひとつなく！　バレスは頭上で飛行していた――そして大隊を見て――それがかつての戦友たちだとわかった。女たちは――女たちはみな、亡き夫の顔を見たんだ！　私にも信じられない！――でも、どうしてあんなことができたのか？　女たちは決して最初の塹壕に突撃しなかった――子供たちには傷ひとつない――それが証拠になるはずだ！」

　彼は不意に言葉を切った――そして、どうすればわかってもらえるのかという仕草で、二人を代わる代わる見つめた。アメリカ人将校たちは当惑した目つきで彼を眺めた。

「それもまた、ドイツ軍の新手じゃなかったんですか？　なにしろドイツ軍には、これまで何度もいっぱい食わされていますからね。どうなんですか――もしかして――？」

　フーケは身を乗り出した。テーブルの端をつかんでいる拳が白くなっていた。

「君たちは、報復隊が今日取り返した、前線区域のいきさつを知ってるか？」

「いいえ、フーケ少佐。なにしろ、カナダ軍と一緒に、後で加わったものですから」

「事の始まりは、ドイツ軍にパリの方へ追い返された、一九一四年の大敗走だった。我々の軍は追いつめられて川を背にしていた。川はなかなか渡れないし、初めて経験する敵の砲撃はひどく激しいしで、全滅の危機に瀕したんだ！」

　塹壕の扉をがさごそやる音と、合言葉をつぶやく低い声が聞こえた。フーケはかまわずに話を続けた。

「第十…大隊は名誉なことに後衛をまかされていた。まったく――」しっかりとした声になった――喉にかかったその声には、誇りと高ぶった感情がこもっていた。「我々の部隊は石垣のように立ちはだかっていた。そこへドイツの歩兵隊の波がぶつかっては砕け散り、また引いては態勢を立て直した。そして波が引くたびに、赤と青の障壁には――当時はまだ昔の軍服だったのだ――波が噛みついた跡が残った。が、ずたずたになった部分はまた合わさって裂け目をふさぎ、次の大波に備えた。侵食された壁がついに土台を崩され波に呑みこまれて倒れたときには、フランス軍の主力部隊はすでに川を渡りきっていて無事だった。

　生き残ってフランス軍に合流できたのは、バレス中尉と私の二人だけだった。バレスは足をひどくやられて、歩兵隊に復帰する望みはすっかり絶たれてしまったが、傷が癒えると――フランスはこんな勇士を失うわけにいかず、航空部隊の戦闘機の座席に縛りつけ、そこであいつは今でも戦闘に参加しているのさ！」

　床を松葉杖でコツコツと鳴らす音がして、航空部隊のバレスが光のふちに入ってきた。

彼は敬礼してから、フーケの話に割って入った。

「でも君は言わないんだな、君がいなかったら、俺が残りの兵士と一緒に死んでいたところだという話を！　代わりに言ってやるけど、こいつはどうしようもない重荷のこの俺を引っぱっていくことで、自分が助かる見込みを危険にさらしたんだぞ！」

彼は不安そうに眉をひそめてフーケを見た。「今日の件について調査があるかと思ってな。それで――？」

二人は顔を見合わせた。その表情にあるのは、共に死に直面した男同士の友情だった。

「そのとおりさ、バレス、君の助けがぜひとも必要だ。話そうとしているのは報復隊の由来で――あのことを説明するには――」

彼はアメリカ人将校たちの方に向き直った。

「敗走後の苦難の年月に、兵士が前線を支えているあいだ、フランスの婦人たちは銃後で男たちの代わりを務めていた。だがロシア革命が起こったとき、あちこちの地域からニュースが漏れ伝わってきた。それは、ロシアの婦人たちが、革命には女性の力が必要だということから、自発的に婦人決死隊を組織したというものだった。ドイツの婦人たちも軍隊に加わっているという話も聞いた。

そこで第十…大隊の未亡人たちは、みな同じ想いに駆られた。女たちは連絡を取り合い、第十…報復隊として入隊し訓練を受ける正当な権利があると志願したんだ。

軍部は何度もその要求をはねつけたが、女たちは後衛を死守した夫たちのように、断固として譲らなかった。女たちの言い分はいつもこうだ。どうしてフランスは女だけが悲嘆にくれる国のままでいるのか。死ぬ機会が与えられるのなら、喜んで死ぬから、第十…大隊で夫を亡くした女たちに男の代わりをやらせてほしい、そうすれば他の男たちをフランスに無事帰せるから、と。

とうとう女たちは入隊を許可され、訓練を受けた。そしてロシアの婦人部隊に教わったとおり、どの女も青酸カリが入った小さな包みを装備に加えた。女たちがさらに要求したのはもうひとつだけ。それは、夫たちが死守しようとした領土を奪還する前進作戦の際に、任務を与えてほしいということだ。そして、女たちの指揮官となる大きな名誉を授かったのが、この私だったというわけさ」

彼は誇らしげに背筋を伸ばした。「女たちは入隊志願にふさわしい働きで、武勇を称えて大隊に贈られる帯章を着けている。前線での領土維持に、我々は全幅の信頼を置かれているんだ」

あたかも口にした言葉の重みを感じたように、彼は頭を垂れ、それからけわしい表情でふたたび頭を上げた。

「この大隊が集められ徹底的に訓練されたのは、すべて今日という日の任務のためだった。我々にとっては、前線の意味など言われなくてもわかってるが、女たちにとっては――バリケードにされた後衛の夫たちの血でどっぷり染まっているこの土地を奪還することこそ、虚ろな目を閉じてやり、こわばった胸に両手を交差させてやり、頭と足に蠟燭の火をともし、凍てついた唇に最後のキスをするという、叶えられなかった儀式を執り行うことに他ならなかった。女たちは是が非でもそうしたかった――復讐のためじゃなく、誤りを正すために」

フーケは声を震わせた。「以上が、右手に見える塹壕を奪還した、報復隊の由来であり、意気なんだ！」

「今日、突撃命令が出たとき、女たちは弓につがえた矢のようにピンと張りつめて、梯子《はしご》の下で身がまえ、突撃開始の合図を待っていた。そして放たれた矢のように、塹壕溝の中から飛び出した。弾幕を追って、身体を屈め、弾孔や有刺鉄線だらけの無人地帯を突進していく女たちの手に握られた銃剣には、ドイツ兵一撃必殺の気がまえがみなぎっていた。

戦場の地獄のような砲撃のなかでは人間の声など聞こえてこないが、それでも援護用の弾幕が最後の一跳びをして、それが晴れ、奪還すべき塹壕が見えたとき、隊列から一斉にウッという声があがるのがわかった。女たちは旧第十…大隊の死骸のように、身じろぎもせず突っ立ったままだった！

ドイツ兵たちの頭上には盾のように、塹壕溝の上に設けられた防御用の忍び返しみたいに、怖がって泣いている、何百人もの幼い子供がうずくまっていたんだ！」

フーケがテーブルごしに身を乗り出すと、椅子がもんどりうって倒れた。

「あろうことか――やつらは知っていた！　悪魔にでも吹き込まれたか！　この区域を奪還しようとするのが女兵士だってことを！　我々が前線を――元は我々のものだった部分を――奪還するには、この母親たちが、泣きわめくいたいけな赤子の群れを切り開いていかねばならなかったのだ！」

彼の嘆きに呼応するように、ハッと息を呑む音が聞こえた。

「その赤子というのは、ドイツ軍が占領した、フランスの村にいた子供たちだった――見りゃわかる！　そのなかには、ドイツ兵に塹壕の外に押し出されて、我が軍の最後の弾幕の砲撃にやられた子もいた。ずたずたにされて身悶えしている子供を目にするのは、それこそ地獄だった――大人だったら見慣れた情景なのに！　いちばん小さい、まだ赤子は、年上の、といっても五つか六つの子にしがみついている――それがドイツ軍と――我々にはさまれて、必死に隠れようとしているんだ！

このまま進撃して――塹壕を奪還するとしたら――母親たちはこの子供のバリケードを切り開いていかねばならない。もし進撃しないとしたら、我々は信頼を裏切ることになり、元は我々のものだった前線を失うことになる――そして第十…大隊の婦人たちの不履行のせいでできた切れ目から、塹壕線の背後に控えたドイツ軍がなだれこむはめになる！

我々はそこに何時間も立ち尽くしていたような気がしたが、実際は一瞬のことだった。ドイツ軍は子供たちのすきまから銃を突き出していて、発砲しようと待ちかまえていた――なんという呪わしい鼬《いたち》ごっこ！

そのとき、女大尉の一人がよろめきながら前に出て、十字のしるしを切った。それは報復隊に突撃を知らせる無言の合図で、前線のためならすべてを犠牲にしてもかまわないという誓いのしるしだ。彼女は勝利をめざして右手を高く振り上げた――その手首に結わえ付けられていたのは、ドイツ軍の獣たちにつかまったときのために携帯している、死の包みだった――そしてその場に倒れた。というのも、彼女の仕草を見るやいなや、ドイツ軍が射撃を開始したからだ。

だが指令は伝わった！　女たちは突撃を許された――その気満々だった――そして青酸カリが耐え難い記憶を永遠に消し去ってくれるのだ！　いちばん近くにいる女たちを

見ると、この任務をやり遂げようという気概が読み取れたが、それでも——顔に浮かんでいたのは、磔《はりつけ》になったキリストのような表情だった！」

彼は話をやめ、息も荒く、アメリカ人将校を順ににらんだ。

「君たちには信じてもらえないだろう——この目で見た私ですら信じられないのだからな！　だが証拠がそこにちゃんとある！　女たちが突撃に身がまえ、あたかも言うことを聞かない身体をむりやりにバリケードの方へと乗り出したとき、いきなり後方からか頭上からか、一陣の靄《もや》が我々の上に舞い降りてきた——進撃する影の大隊が、かつての赤と青の霞となって、報復隊の前進を追い越したのだ。突撃する銃剣がきらめき、旧第十…大隊の色が波のように打ち寄せて、影の大隊は子供たちには指一本触れずに塹壕の中へともぐりこんだ。

すべては霞んでいたから、はっきりしたことは言えないが、彼らは通り過ぎるときに顔をこちらに向けた——それで、死んだ戦友たちだとわかったんだ。女たちはみな、夫がそばで一瞬立ち止まると、喜びの声をあげて手を振った。

アルエ夫人は弾丸に撃たれたみたいに泣きながらこう言っていた。『ジャン——ジャン！——あなたにまた会えるなんて！　ああ、神様！』そのすぐむこうにいた背の高い伍長は、甲高い叫び声をあげ、両腕を投げ出して、ほほえみかけながら通り過ぎていく人影の方に崩れ落ちた。

　勇士ぞろいの旧第十…大隊のなかでもいちばんの勇士だった男が、うしろに下がり、倒れている大尉の上に屈みこんだ。大尉の痙攣《けいれん》が収まって静かになると、男の顔にはよくやったと言いたげな震えるような笑みが浮かんだ。すると、あたかもそのときを待っていたかのように、ホリゾンブルー色の細い影がさっと彼のそばに立ち上がり、大隊とともに猛突進を始めた——まだ大尉は倒れたままでいるのに！」

　フーケは戦友の身体を腕や松葉杖もろともつかみ、こう叫んだ。

「我々の勇敢な大尉が通り過ぎるときに、敬礼したのを君は見たか？　私は喜びの声をあげそばに走っていったが、遅れをとってしまった——あの歩調にはついていけなかったのさ！　バレス——バレス——君は見たか？　見たはずだよな？　あれは旧第十…大隊だった。悪魔が仕掛けた最後の卑劣きわまりない罠から、妻たちを救いに戻ってきたんだ！　彼らにそうする権利があったのはよくわかる。そこはかつて彼らが、フランス軍を救った場所なんだから！」

　エイゴー中尉は目を大きく見開いて、テーブルごしに身を乗り出していた。「ということは——僕が——見たのは、それだったんですか？」彼は指揮官の方に向き直った。「申し上げたでしょう、サンフランシスコ湾から吹き込んでくる霧のようだったと、それで――」

ヘイルズ大尉は立ち上がりかけた。「中尉が言うには、靄が連絡小隊の視界を遮ったときに、あなたがたを見失ったらしい。中尉が言うには、見たというんです――私は――てっきりシェル・ショックかと思って――中尉を戦線後方に送り返すつもりで――」

バレスはゆっくり頭を振りながら、フーケの肩のあたりをつかんだ。

「そうさ――俺も見た――俺も知っている！　今日俺は、切れ目が広がったところを、低空飛行した。最初、白大隊が平地を突進していくのを感じた――それから見たのさ――みごとな剣を手にした、赤と青の靄を！」彼の声は低くなった。「上空から俺は、指揮を執っている者を見た――読んで知ってのとおり、ドイツ軍の野営地に強襲をかけた、輝かしい男だ。

その後に続いたのが旧第十…大隊だった。それはわかったさ！」彼は声をつまらせた。「第三分隊のならず者たちが、ドイツ軍に迫っていくときに、連中の真似をして上げ足歩調をとっていたのを、君は見たかい？」そこで落ち着かない笑い声をあげて、「それは、ドイツ兵をしとめる直前に彼らが必ずする悪ふざけだったんだよ。やめろと言っても聞きやしないんだ！　フーケ――俺たちにはわかっている！　あれは旧第十…大隊、我らが白大隊だったんだ！」

「白大隊か！」エイゴーはその言葉をゆっくりと繰り返し、じっと目を見開いたままだった。

航空兵は松葉杖を持ち直して背筋を伸ばした。「諸君、ドイツ軍はよく、フランスは白い血をしぼり取られたと言ってからかったものだった！　俺たちにとって、それは白軍のことだ——戦死者の群れ——勇敢な若者たちが栄光に満ちて捧げた、真っ赤な命。その命が死ぬことは永遠にない！

そして白い血を流したフランス……！　俺たちは知っている」言葉がよどんだ。「俺たちがお国のために戦った、その国は、手足を失い——傷を負って——二度と元のフランスには戻れない、でも——」上げた顔が薄暗い灯りに照らし出された。「俺たちの突撃の合図は変わった！　もう『お国のため』に戦うのではなく、『権利のため』に戦うんだ——国家よりも大きな権利のために！」

はっと息を呑んでから、航空兵は戦友に向き直った。もの言いたそうなフーケの表情はもう消えていた。現実を語るたしかな口調で、彼は話の先を続けた。

「すべては一瞬のうちに終わった——塹壕線に沿って渦巻いた靄が、幻の銃剣を手にして一刺ししたように。そしてもう任務は終わったのを我々は知った。靄が晴れると

――塹壕にはなんの動きもなかった！」

「女たちはひざまずき、両手で子供を抱きかかえていた。いたいけな子供たちは負傷者を介護する後衛へと送られた。

最初の塹壕は死体の山だった。それも傷ひとつない死体ばかり！　連絡トンネルはどこも、人がいなくなっているか静かだった。そういうわけで我々は四十秒の遅れを取り戻し、弾幕に援護されて、予定の時間どおり二番目の塹壕にたどりついたわけだ。

二度目の突撃態勢に入ったとき、私は塹壕線を見下ろした。『同志！』と声をあげるドイツ兵もいなければ、報復隊の顔を見て降伏しようとする者もいない。二番目の塹壕も、最初の塹壕と同じくらいの死体の山だった――こちらは傷跡のある死体ばかり！

第十…大隊が命を捧げた土地を、報復隊と白大隊が取り返したのだ。

これが事のすべてだよ」泥だらけになった青い軍服姿の、やつれた男は背筋を伸ばした。「もうひとつ付け加えると、汚らしい獣もいずれはいなくなる――それは間違いない！　不屈の戦死者たちには刃向かえないのさ。そして我々がベルリンを行進するときには、白軍が最前列で行進することになる――」彼は手を上げて敬礼した。「権利のために！」

航空兵も松葉杖でバランスをとって手を上げげた。

「権利のために！」

外人部隊の将校二人は静かに椅子を引いて立ち、敬礼した。無言で長いあいだ見つめ合ったまま、アメリカ人とフランス人は絆を結んだ。青い軍服の少佐は腕を下ろし、目に笑みを浮かべながら、カーキ色の軍服を着た男の手を握った。

彼は塹壕の扉を開けて、フランス軍の行進曲を口ずさんだ。将校たちは、フランス人もアメリカ人も、足並みを揃えて歩き出した。

「さあそれでは――司令部に！」

行進する足音でアクセントを付けながら、軽快な歌声が天井の低い部屋を満たした。

「行け、フランスの子供たちよ、

栄光の日は来たりぬ！」〔フランス国歌「ラ・マルセイエーズ」から〕

ウィチ通りは どこにあった

Where Was Wych Street?

ステイシー・オーモニエ
Stacy Aumonier
柴田元幸 訳

ステイシー・オーモニエ(1877-1928)は短篇の名手として知られ，彼の作品の愛好者にはノーベル文学賞作家のゴールズワージーや映画監督ヒッチコックなどがいる．芥川も蔵書に「コノ作者ノ技巧ハ決シテ人ヲ失望セシメズ」と記している．

芥川がそのコメントを残したのは，*The Best Short Stories of 1923*(1924)所収の “Miss Bracegirdle Does Her Duty” で，あらすじは以下の通り．深夜，異国のホテルへ辿りついた一人旅の婦人が入浴を終えて部屋に戻ると，旅先のホテルでありがちなトラブルに見舞われる．ドアを閉めた拍子にドアノブが外れ，扉が開かなくなってしまったのだ．婦人は必死にドアノブを直そうとするが，うまくいかない．そこで諦めて部屋の中を振り返るのだが，なんと，ベッドの上で見知らぬ男が寝ているのだ．言葉の通じない異国の地，密室で男と二人っきり，しかもどうやら自分が部屋を間違えたらしい．彼女はとっさに男が眠るベッドの下にかくれ，夜が明けるのを待つのだが――そこから，彼女の長いながい一夜がはじまる(エラリー・クイーン編『犯罪の中のレディたち』下巻〈厚木淳訳，創元推理文庫，1979〉に邦訳がある)．短篇の名手と呼ばれるのにふさわしい勢いのある文体で，読者は主人公への共感から来るスリルを味わいながらも，滑稽な展開に笑いを禁じ得ない．

本作「ウィチ通りはどこにあった」も，そんな作者の手腕が光る，ユーモアに富んだ傑作．初邦訳．

所はウォッピング、ワグテール亭の一般席で男が四人と女が一人、ビールを飲みながら病気談義に花を咲かせていた。麗しい話題とは言いがたいが、この五名にしたところでおよそ眉目秀麗とは言いかねた。暗い十一月の晩、店内のみすぼらしい照明のせいで、外の景色の荒涼ぶりもますます際立って見えた。外から漂ってくる霧と湿気が、煙草の煙と混じりあう。砂を撒《ま》いた床はさんざん踏まれてぬかるんだ沼地と化し、舗道の表面とさして変わらぬ有様となっていた。通りを先へ行ったところに住んでいた老いた女性が、折しも前の晩に肺炎で亡くなっており、格好の話題を提供していた。人間、何に罹《かか》るかわかったもんじゃない！　いたるところで病原菌が、人を滅ぼそうと待ち構えている。いつ病状が現われてもおかしくない。ゆえに――まあ仲間同士、陽気な場に集い、飲んで忘れるのが一番というもの。

この小集団で一番目立っていたのは、ボールドウィン・メドウズなる血色の悪い無頼漢で、目鼻は損なわれ、頬骨が飛び出し、顔全体に無数の争いの傷跡が残っている。元船員、元ボクサー、元魚運搬人――誰もが知るところ、ありとあらゆる元…である。どうやって暮らしているかは誰も知らない。この男のかたわらで、ハリー・ジョーンズの名で通っている黒人が巨体を危なっかしく揺らしている。大ジョッキを前に置いてニタニタ笑っているニキビ面の若者は〈斡旋屋《ジ・エージェント》〉として知られている。銀の指輪がいくつもその指を飾っているこの男、〈斡旋屋〉以外に名はなく、住所なぞまったくないが、他人のために「手筈を整える」ことを生業《なりわい》とし、その場しのぎ、出たとこ勝負という観はあるがまあ一応羽振りは良いらしかった。これに加えて、ドーズ夫妻の二人。ドーズ氏はおよそ特色のない人物であるが、ドーズ夫人は甲高い、耳ざわりで執拗な、あと半音高ければヒステリーと聞こえかねぬ声が異彩を放っていた。

やがてある時点で、会話は突如奇妙な方向に転じた。きっかけはドーズ夫人が、缶詰のロブスターを食べて死んだ伯母が、かつてウィチ通りのコルセット店に勤めていたと述べたことであった。彼女がそう言うと、右目は天井を眺めているように見えるのに左目は大ジョッキの向こう側を見ている〈斡旋屋〉が

「ウィチ通りってどこにあったんです?」と訊ねた。

「なぁに、知らないのかい?」とドーズ夫人は声を張り上げた。「あんた、若いんだねえ。あたしが若い娘だったころはね、ウィチ通りと言やぁ誰だって知ってたよ。キングズウェイ〔一九〇五年に開通した道路〕を作ったあたりにあったんだよ」

ボールドウィン・メドウズがえへんと咳払いして
「ウィチ通りはロング・エイカーから曲がって、ウェリントン通りに入ってく道だったよ」と言った。

「いや君、失礼ながら」と、この元…男に対しつねに敬意を欠かさぬドーズ氏が口をはさんだ。「ウィチ通りは昔のグローブ座の裏手にあった狭い路地だよ。教会の前を通っていたね」

「俺はデタラメなんか言ってねえぞ」とメドウズが怖い声で言った。

ドーズ夫人の甲高い鼻声が割って入って
「ねえミスタ・ブース、あんた昔この街のこと詳しかったでしょ。ウィチ通りってどこにあった?」と訊いた。

店のあるじブース氏は、ビールの注ぎ口を磨いているところであった。氏は顔を上げた。

「ウィチ通り? そりゃ知ってるさ。仲間と一緒によく行ったよ、コヴェント・ガーデンの方に住んでたころに。ストランドと直角に交わる道でね、ウェリントン通りのすぐ東だったよ」

「違う違う。ストランドと平行だったんだ、ウェリントン通りに出る前の」

黒人は話に加わらなかった。自分にとって大事な物理的安楽さえ得られれば、どの通りもどの街も彼にとっては同じことであった。だがほかの連中は相当棘々《とげとげ》しく議論を続けた。

いかなる合意にも達さぬうちに、さらに三人の男が酒場に入ってきた。メドウズのすばやい目が、一瞬にして彼らを「極道組《ザ・ギャロウズ・リング》」の三人と認めた。「極道組」は全員入獄歴があったが、誰もが懲りずに、強請《ゆすり》、たかり、万引き、更にはもっと不細工な道楽を事とする、実入りはそれなりにいい組織労働に携わっていた。リーダー格のベン・オーミングは、ロザーハイズで中国人を殴り倒した廉《かど》で七年服役していた。

「極道組」のウォッピングでの評判は芳しくなかった。その略奪行為の多くが、彼ら自身の階級に対して為されていたからである。メドウズやハリー・ジョーンズは、ちょいと派手にやらかそうと思い立ったら、ウエストエンドまで足をのばす。彼らから見れば「極道組」は紳士とは言いがたい連中である。それでも表向きは、下手に喧嘩にでもなったら面倒なので、いつもいちおう丁重に接していた。

ベン・オーミングがビールを三人分注文し、彼らはカウンターに寄りかかって不機嫌そうな口調でヒソヒソ話を始めた。どうやら組で企てたことが上手く行かなかったらしい。ドーズ夫人は相変わらず、酒場じゅうのガヤガヤにも負けず愚痴っぽい声を上げて

いる。突然夫人は

「ねえベン、ちょいと知恵貸してよ。あたしたちちょっとばかし議論みたいなことしてんのよ。ウィチ通りってどこにあった?」と言った。

ベンは夫人を睨んだが、夫人は臆せず続けた――

「あっちだったたって言う人もいれば、こっちだったたって言う人も。あ、い、い、あたしはちゃんとわかってるのよ、だって缶詰のロブスター食って敗血症で死んだあたしの伯母さんがね、あすこのコルセット店に勤め――」

「ああ知ってるとも」とベンが自信満々声を張り上げた。「ウィチ通りはだな、川の南にあったんだよ、ウォータールー駅へ行く手前に」

その瞬間、それまでいっさい議論に加わっていなかった黒人が、ここで介入することに決めた――

「いいや。あんた全然違ってますよ、大将。ウィチ通りは教会の並びにあったんです、ずっと先の、ストランドが西の横道に入るあたり」

ベンが怖い顔で黒人の方に向き直った。

「糞いまいましい黒人に何がわかる? 俺が言っただろ、ウィチ通りがどこにあったか」

「ああ、俺は知ってるぜ、どこにあったか」メドウズが口をはさんだ。「お前ら二人とも間違ってるよ。ウィチ通りはロング・エイカーから曲がってウェリントン通りに入ってく道だったよ」

「お前の考えなんか訊いてねえぞ」ベンがすごんだ。

「ふん、俺にだって意見を持つ権利はあるだろ?」

「お前、いつだって何でも知ってるんだな」

「お前こそ口を閉じてりゃいいんだ」

「お前じゃ無理だな、俺の口閉じさせようったって」

この時点で、カウンターの向こう側から介入するのが賢明とブース氏は判断し

「皆さん、どうか喧嘩はご勘弁願います」とどなった。

これで話は収まりそうな様子だったが、ところがそこでまたドーズ夫人がやり出した。通りに住んでいた老婦人の死に気持ちがひどく昂《たか》ぶったものだから、ほぼ無意識のうちにジンを飲みすぎていた。夫人は突如声を上げ

「こんな奴に言わせといちゃ駄目よ、ミスタ・メダーズ。このえげつない泥棒野郎ときたら、誰相手でも威張り放題だと思ってやがるんだ」とわめいた。

彼女が凄むような具合に立ち上がると、ベンの取巻きの一人がその体を軽くうしろに

押した。三分のうちに酒場は阿鼻叫喚の巷《ちまた》と化した。「極道組」の三人は男二人、女一人相手に戦った。ドーズ氏はただ隅につっ立って

「やめろ！　やめろ！」とわめくばかりであった。

ドーズ夫人は自分を押した男の手首に、帽子の留めピンを刺し通した。メドウズとベン・オーミングはたがいに接近し、素手で獰猛な争いをくり広げた。戦い開始後まもなく、まぐれ当たりの一発がメドウズに命中し、彼はよろよろと壁に倒れ、血がこめかみに流れた。やがて黒人ハリー・ジョーンズが白目《しろめ》〔スズ中心の合金〕のジョッキをベンに投げつけ、これが一方の手の甲に命中した。痛さのあまりベンは狂乱に陥った。もう一人の取巻きがすぐさまハリー・ジョーンズに摑みかかり、脚の長い丸椅子を持ち上げ、タイミングを捉えて黒人の頭蓋に叩きつけた。

すべてはほんの数分の出来事であった。ブース氏は通りに出てわめき散らしていた。笛がピューッと鳴った。人々が四方八方に駆けていった。

「逃げるんだ！　いいから逃げろ！」手首をピンで刺し通された男が声を上げた。顔面蒼白、いまにも気を失いそうだった。

ベンと、もう一人、トラーという名の男が出入口に突進していった。舗道では混沌たる争いが生じていた。殴打が無差別に飛びかかっていた。警官が二人現われた。一人はト

ラーに膝頭を蹴られて戦力外となった。ベンとトラーは闇の中へ、罵倒の声を背に浴びながら逃げていった。地元で生まれ育った二人は、その知識を最大限に活かして裏道をジグザグに走り、暗い中庭を駆け抜け、塀をよじ登って越えた。幸い、すれ違った人々は、彼らの足を引っかけたり追跡に協力したりしても不思議はないのに、ただ単に家の中に逃げ込むばかりであった。ウォッピングの住人たちは、つねに追跡者に味方するとは限らないのである。だが警官たちはあきらめなかった。やがて二人の男は、間一髪、先頭の追跡者にあと十メートルまで迫られた時点で、アズテック通りにある空き家の玄関扉から中に滑り込んだ。警官たちが扉を激しく叩いたが、二人は閂《かんぬき》を差し、ゼイゼイ喘いで床に倒れ込んだ。やっと口が利けるようになったベンが

「俺たち捕まったら縛り首だぜ」と言った。

「黒人の奴、くたばったのか？」

「と思う。でもあいつがくたばらなくても、おとといの夜の件があるだろ。もうおしまいさ」

一階の部屋はどこも鎧戸《よろいど》が下ろされ門が差してあったが、警官たちがたぶん力ずくで玄関の扉を開けてしまうだろう。裏手に逃げ道はなく、馬小屋の狭い中庭があるばかり、そっちでもすでに角灯《ランタン》がチカチカ光っている。長屋の屋根は両側に三十メートルずつ突

き出ているだけで、ここも警察に押さえられてしまうだろう。家具もまばらな家の中を彼らは一通り見て回った。パンが一斤、マトンの小さな一切れ、ピクルスの入った壜《びん》、そして――これが一番価値ある品だ――ウイスキー三本。二人ともグラス半分、水で割りもせずに飲んだ。やがてベンが「まあしばらくは食いとめられるさ」と言い、古い十二口径の銃と弾薬を一箱どこからか持ってきた。トラーはこの捨て鉢の最終手段に反対したが、ベンはなおも「どのみち縛り首なんだよ」と呟きつづけた。

こうして悪名高い「アズテック通りの包囲」が始まった。包囲は三日と四晩続いた。ご記憶の読者もおられようが、玄関扉を破って中へ入ったとたん、V地区のレイズ警部補は胸を撃ち抜かれた。警察はさまざまな手段に訴えた。ホースも使ったが効き目はなかった。警官二名が死亡し四名が負傷した。軍の出動が要請された。通りにピケが張られた。向かいの家々の窓に狙撃手が配置された。内閣の要人が自動車でやって来て、シルクハット姿で作戦を指揮した。最終的に要塞の崩壊をもたらしたのは毒ガスの導入であった。ベン・オーミングの死体は見つからずじまいだったが、トラーのそれは弾丸に心臓を貫かれた状態で玄関付近で発見された。裁判所の嘱託医師は死亡後三日と判定したが、狙撃手の撃った弾にたまたま当たって死んだのか、仲間に意図的に殺されたのかは明かされずじまいだった。結末はどうやらオーミングの意図によるものだったらしい。

まず、地下室に相当量の石油が備蓄されていたことが判明した。その中身がおそらく、上階の一連の部屋の、もっとも引火しやすい素材に入念に撒かれたと思われるのである。ある目撃者によれば、火事は「爆発事故みたいに」一瞬にして広がった。オーミングの遺体もこの火によって消滅したにちがいない。屋根が燃え上がり、火花が庭を横切って進み、モレル兄弟商会のピアノ工場別棟に収められた材木を襲った。工場と、二ブロックに広がる長屋が全焼した。被害の見積もり総額は十八万ポンドであった。死者七名、負傷者は十五名に及んだ。

ペンガモン首席裁判官の下で行なわれた審問において、奇妙な事実がいくつも明らかになった。やり手の若き勅選弁護士ロウズ＝パールビー氏は、多くの証人に厳しい反対尋問を行なってその有能ぶりを見せつけた。ある時点で、ドーズ夫人が証人席に呼ばれた。

「さて」とロウズ＝パールビー氏は言った。「私が理解するところ、ミセス・ドーズ、問題の晩にあなたと、被害者たちと、この場で名が挙がった方々とで、ワグテール亭の一般席に集い、さぞ心地よいにちがいないパブの雰囲気を満喫し、友好的な議論に携わっておられた。そうですか？」

「はい、そうです」

「では、どういうことを議論しておられたか、裁判長殿にお話しいただけますか?」

「病気です」

「病気！　で、その議論において敵意が昂《こう》じたわけですか?」

「え?」

「病気をめぐって激しい論争があったのですか?」

「いいえ」

「じゃあ何だったのです、論争の種は?」

「ウィチ通りはどこにあったか、言い争ってたんです」

「何だって?」と裁判官が言った。

「証人が言うには、裁判長殿、ウィチ通りはどこにあったかをめぐって議論していたそうです」

「ウィチ通り?　W-Y-C-Hのウィチか?」

「そうです」

「というと、いまはゲイエティ座になっているところを突っ切っていた、あの狭い、古い通りかね?」

ロウズ＝パールビー氏はとっておきの魅力的な笑顔を見せた。

「はい、裁判長殿、証人が言っているのはまさにその通りのことだと思われます。ただし、その位置に関する裁判長殿のご説明を若干修正させていただきますれば、あの通りはもう少し東に行ったあたりにあったかと存じます。ストランドのセントマーティンズに隣接しておりました、かつてのグローブ座の横だったかと。あなた方が言い争っておられたのはその通りのことですね、ミセス・ドーズ?」

「はあ、ですけど、缶詰のロブスターを食べて死んだあたしの伯母はあすこのコルセット店に勤めてたんです。あたしは知ってるんです」

裁判長は証人を無視した。そしていささか気分を害した顔で弁護人の方を向いた。

「ミスタ・ロウズ゠パールビー、私があなたの歳だったころ、私は長年、ウィチ通りを日々通っておった。ほぼ十二年間、毎日だ。あなたに反駁していただく必要はない」

弁護人は頭を下げた。相手は首席裁判官、いくら救いがたい阿呆の爺《じじ》いであっても自分は楯突く立場にない。ところが、もう一人の卓越した勅選弁護士たる、黄褐色の顎ひげを生やした年配の人物が法廷から立ち上がり、こう言った——

「裁判長殿、もし口を挟んでよろしければ、私も若き日々に多くの時間をウィチ通りの通行に費やしたものであります。この件については私、少々調査をしたことがありまして、過去と現在の陸地測量図を比較いたしました。私の勘違いでなければ、証人が言及しておりました通りは、キングズウェイの端にありました広告板の近くで始まり、現在オールドウィッチ座となっている場所の裏手で終わったのであります」

「え、違いますよ、ミスタ・バッカー！」とロウズ＝パールビーが叫んだ。

裁判長は眼鏡を外して、ピシャッと言った──

「この件は裁判とはまったく無関係である」

もちろんそのとおりであったが、束の間やりあったせいで、不快な苦みがあとに残った。人々の見たところ、ロウズ＝パールビー氏がそれまでの証人を反対尋問する際に見せていた、鳥の爪のごとき鋭さは二度と戻らなかった。黒人ハリー・ジョーンズは病院で死んだが、ワグテール亭のあるじブース氏、ボールドウィン・メドウズ、ドーズ氏、そして手首を刺された男、彼らはいずれもさして役に立たぬ証言を行ない、ロウズ＝パールビーとしても腕のふるいようがなかった。が、この特別審理においていかなる発見があったかは我々にとって重要ではない。すでに名の挙がった証人全員がウォッピングに帰ったとだけ述べれば十分であろう。手首に帽子の留めピンを刺し通された男は、ドーズ夫人相手に訴訟など起こさぬ方が身のためと踏んでいた。自分はあくまで、頓挫した議論の証人として呼ばれただけだと知って、男はホッと胸をなで下ろした。

何週間かが過ぎると、アズテック通りの大包囲も、大半のロンドン市民にとってはもはや絵空事めいた記憶でしかなくなった。だがロウズ＝パールビーにとって、ペンガモン首席裁判官とのささやかな言い争いは、なぜか理不尽なまでに苦々しさが残った。絶対の真とわかっている、その真なることをわざわざ事前に確かめていた事柄について発言したら、人前で剣突《けんつく》を食らったのである。腹も立とうというものだ。そしてロウズ＝パールビーは勝つことに慣れた青年であった。何事もきちんと調べるように努め、反論に備えて徹底的に準備しておく。何でも知っているように見えるようふるまうことを彼は好んだ。行く手に控える輝かしいキャリアを想うと、時おり目が眩むほどだった。自分は神々のお気に入りなのだ。何もかもがロウズ＝パールビーのものとなる。父もやはり法廷で名を上げ、そこそこの財産を築いていた。彼はその一人息子である。オクスフォードでは学位という学位を取りまくった。現在すでに、政界でも大きな名誉をいくつか約束されている。だが彼の成功の王冠の中でもっとも華麗な宝石は、外務大臣ヴァミア卿の娘レイディ・アデラ・チャーターズであった。この女性を彼は許婚《フィアンセ》とし、今季もっとも目ざましい縁組と見なされていた。彼女は若く、ほぼ美しいと言ってよく、ヴアミア卿は大富豪で英国でも指折りの影響力を持つ人物である。かような組み合わせに誰が抗えようか。勅選弁護士フランシス・ロウズ＝パールビーの人生には何ひとつ欠けていないように見えた。

アズテック通り事件の公判にもっとも足繁く通い、熱心に傍聴した一人は、スティーヴン・ギャリットなる老人であった。当時スティーヴン・ギャリットは法曹界において特異な、だがおよそ目立たぬ位置を占めていた。多くの裁判官を友人に持ち、種々の難解な判例に通暁《つうぎょう》し、並外れた記憶力を有している。にもかかわらず、彼はあくまで一介の素人であった。病気になったこともなく、義理で晩餐会に出席したこともなければ、いかなる試験に合格したこともないが、証拠というものに支えられた法律こそ彼にとって食物であり飲料であった。長年、法曹院で日々を過ごし、部屋も与えられていた。世界でも屈指の弁護士が彼の意見を仰ぎ、忠告を求めて訪れた。大変な高齢で、大変な無口、つねに何かに没頭している。この人物がアズテック通り事件の公判を毎回傍聴したわけだが、公判中、始めから終わりまで一言の意見も口にしなかった。

公判が済むと、ギャリットはロンドン測量局に勤務する古い友人を訪ねた。二日にわたり、正午までの時間を地図調べに費やした。それが済むと、また二日にわたり正午までの時間、ストランド、キングズウェイ、オールドウィッチ近辺をうろついた。それから、罫線入りの紙を用いて、入念に計算を行なった。計算結果を、この種の事柄を記録するのに使っている小さなノートに書き込んでから、その他の事柄を調べに法曹院の自室に戻った。だがその前に、別のノートにささやかな格言を書き込んだ。どうやらそれは、己の法律上の体験をまとめ上げるためのノートであるらしかった。今回の格言は――

「根本的な問題は、人々が十分な資料もないのに発言することである」

これでもし、ヴァミア卿邸での晩餐会に出席しなかったら、彼がこの物語に登場する必要はまったくなかったであろう。ところがこの晩餐会で、いささか嘆かわしい出来事が起きたのである。そうした事情であってみれば、かように貴重かつ有能な目撃者がいることの有用性は読者も認めてくださるだろう。

ヴァミア卿は有能で精力的な人物であったが、やや怒りっぽく独裁的なところもあった。ランカシャーの出で、政界に入る前はホウ砂、人工肥料、澱粉糊《でんぷんのり》を売って巨万の富を築いていた。

それは少人数の晩餐で、ひとつ隠れた目的があった。主賓はサンデマン氏なる、バッカン首長《アミール》のロンドンでの代理人である。ヴァミア卿はサンデマン氏に好印象を与えたい、氏と親しくなりたいと強く願っていた（理由はいずれ明らかになる）。サンデマン氏は自他共に認める国際人で、七か国語を話し、ヨーロッパ中の首都が我が家同然だと豪語していた。ロンドンはもう二十年以上彼の本拠地でありつづけてきた。ヴァミア卿はさらに、内閣の同僚アーサー・トゥームズ氏、娘の許婚である勅選弁護士ロウズ＝パールビー、下院議員でごく穏健な社会主義者ジェームズ・トロリー、そしてサー・ヘンリーとレイディ・ブレイド夫妻を招いていた。この夫妻を呼んだのは、サー・ヘンリーが役に立つからではなく、レイディ・ブレイドが美人で聡明な女性なので、主賓を喜ばせるのではないかと思ったからである。そして六人目の客がスティーヴン・ギャリットであった。晩餐会は大成功であった。食事が一通り出されて、ご婦人方が席を外すと、ヴァミア卿は葉巻を喫いに男性客を連れて別の部屋に入った。十分間喫煙を楽しんでから、女性陣にふたたび合流しようというのである。ここにおいて不幸な事件が起きたのだった。サンデマン氏とロウズ＝パールビーは元々いがみあっていた。双方向の敵意の真の原因は特定困難であるが、とにかくこれまで何度か顔を合わせるたび、つねに相手を愚弄するような態度を両者ともに見せていた。二人とも頭が切れて、二人ともまだ比較的若く、たがいに相手を若干の疑惑と嫉妬の目で見ている。おまけに一部では、サンデマン氏自身も以前ヴァミア卿の娘に目をつけていて、いまにも求婚しようかというところでロウズ＝パールビーが割って入って出し抜いたのだという話も出ていた。そしてこの晩、夕食を大いに楽しんだサンデマン氏は、自分の多彩な知識と経験を少しばかり見せびらかしてやろうという気でいた。話題は大都市同士の比較から、古い歴史的な場所が徐々に、だが否応なく葬り去られる事態へと移っていった。これに先立ち、ブダペストとリスボンの優劣に関して、ロウズ＝パールビーとサンデマン氏とのあいだにいささかの敵意に彩られた意見の相違があったが、これはサンデマン氏が相手から、ブダペストには二か月滞在したがリスボンには二日しかいたことがないという告白を引き出したことで勝利を収めた。サンデマン氏は両方の都市に四年ずつ住んだ経験があったのである。ロウズ＝パールビーは急いで話題を変えた。

「歴史的な場所といえば」と彼は言った。「あのアズテック通り裁判では妙な話が出ましたね。元々の諍《いさか》いというのが、パブに集まった連中が、ウィチ通りはどこにあったかをめぐって議論している最中に生じたというんですよ」

「私も覚えている」とヴァミア卿が言った。「実に馬鹿げた争いだ。四十過ぎた人間だったら、誰だってはっきり覚えてる話じゃないか」

「どこにあったと仰有《おっしゃ》いますか？」ロウズ＝パールビーが訊いた。

「そりゃ決まってるじゃないか、チャンサリー・レーンの角から始まって、王立裁判所を過ぎて二つ目の角で西向きに終わるのさ」

ロウズ＝パールビーが答えを返そうとしたところで、サンデマン氏がえへんと咳払いし、彼らしい傲慢な、わざとらしくおもねるような口調で言った――

「失礼ながら、私、パリ、ウィーン、リスボンも隅から隅まで知りつくしておりますが、ロンドンこそわが家と見なしております。ロンドンのことはどこよりもよく知っているのです。ウィチ通りも完璧に覚えております。学生のころよく本を買いに行ったものです。ニュー・オクスフォード通りと平行に南側を走っていました――ニュー・オクスフォードとリンカンズ・イン・フィールズのあいだを」

この断言の何かがロウズ＝パールビーを激昂させた。まず第一に、それはどうしようもなく間違っていて、しかも耐えがたい口調で断言された。第二に、彼はすでにリスボンをめぐって恥をかかされたことに憤慨していた。加えて、突然彼の脳裏に、まさしくこの点に関しペンガモン首席裁判官から人前で叱責された不快な記憶がよぎった。しかもどの場合も、正しいのは自分の方だった。忌々しいウィチ通り！　彼はサンデマン氏の方を向いた。

「何言ってるんです。そりゃあなたは、そういう……そういう東方の都市はご存じでしょうが、そんなこと言うようじゃロンドンについてはなんにも知りやしませんよ。ウイチ通りはね、いまのゲイエティ座を少し東へ行った先にあったんです。昔のグローブ座の横を、ストランドと平行にのびていたんです」

サンデマン氏の黒い口ひげがピンと跳ね上がり、細く並んだ黄色い歯をさらした。軽蔑と嘲笑の混じった音を氏は発し、それから間延びした声で

「本当かね？　何と素晴らしい――かくも万事ご存じとは！」と言った。

氏は声を上げて笑い、その小さな目でライバルを見据えた。ロウズ＝パールビーの顔が真っ赤に染まった。彼はポルトワインをグラス半分一気に飲み、ささやきというよりはわずかに大きな声で「何て無礼な奴だ！」と言った。

やがてロウズ＝パールビーは、精一杯の無作法ぶりを見せつけてわざとらしくサンデマン氏に背を向け、部屋から出ていった。

アデラと二人で過ごしながら、生憎《あいにく》の出来事を忘れようとした。何もかもが馬鹿げていた。およそ威厳を欠いたることこの上ない。知らないのはそっちだろうが！　あのしようもない言い合いが元の嫌み、意地悪。それに責め苛《さいな》まれて、突然、控えめに言ってもぶしつけな真似をやらかしてしまった。べつにサンデマンが大事だというのではない。あんな奴はくたばっちまえばいい！　でも未来の義父はどう思うだろう？　これまであ

の人の前で短気を見せたことはなかった。彼は無理に自分を強いて、愚かしい剽軽《ひょうきん》さを装った。アデラはそういう雰囲気のときが一番魅力的だ。今後の日々、きっと二人でさんざん楽しく過ごせるだろう。ほとんど美人と言っていい、いまひとつ賢くはない顔に、仔猫みたいな陽気さを帯びたえくぼが浮かぶ。彼女にとって人生とは、はてしないお祭り騒ぎでしかない。じきに有名なオペラ歌手のトッカータがここへ来ることになっている。莫大な金を払って、コヴェント・ガーデンから呼び寄せたのである。そしてサンデマン氏は大の音楽好きである。アデラはケラケラ笑いながら、偉大なるサンデマン氏に一番相応しい主賓席はどこか、あれこれ案を出していた。と、ロウズ＝パールビーの胸に突如不安が訪れた。こうやって二人でふざけているうちはいいが、そうでないとき、この女はいかなる妻となるだろう？　その奇妙な、ひそかな疑念が差してくるのを、彼はあわてて追いはらった。部屋の堂々たる広さが気持ちを鎮めてくれた。深紅の薔薇を活けた巨大な鉢に、五感も活気づく。目の前に開けた我がキャリア……ドアが開いた。だがそれはラ・トッカータではなかった。家の使用人である。ロウズ＝パールビーは恋人の方に向き直った。

「失礼いたします。旦那様が、書斎にお出まし願えないかと仰有っておられます」

ロウズ＝パールビーは使者の顔をまじまじと見た。心臓の鼓動が速まった。嫌な予感が抑えがたく湧いてきて、彼の神経中枢を苛んだ。何かがまずいことになったのだ。とはいえ、何もかもが実に馬鹿げた、些細な話である。いよいよ危機となったら……まあいつだって謝ることはできる。自信に満ちた顔を彼はアデラに向けてにっこり笑い、それから

「もちろんだとも、喜んで伺うよ。君、ちょっと失礼するからね」と言った。

堂々とした召使いのあとについて部屋を出た。片足が書斎の絨毯に触れたとたん、最悪の懸念が一気に現実となったことをロウズ＝パールビーは悟った。束の間、部屋にはヴァミア卿一人かと思ったが、じきに、老スティーヴン・ギャリットが隅の安楽椅子に皺くちゃの羊皮紙みたいに寝そべっているのが目に入った。ヴァミア卿は余計な前置きをいっさい言わなかった。ドアが閉められると、荒々しい声で

「何てことをしてくれたんだ！」とどなった。

「失礼ながら、仰有っておられることがわかりかねます。サンデマンのことでしょうか――？」

「サンデマンは帰った」

「それは申し訳ありません」

「申し訳ありません！　そりゃそうだろう、申し訳ないだろうよ！　君はあの方を侮

辱したんだぞ。私の義理の息子になる人物が、私の家であの方を侮辱したんだ！」

「誠に申し訳ありません。まさかあの方が――」

「何がまさかだ！　そこへ座れ、いいか、これからも私の未来の義理の息子のままでいられると思ったら大間違いだぞ。君の侮辱は最高に耐えがたい、厚かましいふるまいだったんだ、あの方にとってのみならず、私にとっても」

「ですが私は――」

「いいか、聞け。君は知っているか、政府があの男と、非常に広範な領域にわたる協定を結ぶ瀬戸際だったことを？　知っているか、事態はきわめて微妙な状態だったことを？　我々が行なうつもりでいた譲歩を実行すれば、国務省にとっては三千万ポンドの支出になったはずだが、それでも安い買い物だっただろうよ。聞こえているか？　安い買い物だっただろうよ！　バッカンは帝国全体でもとりわけ無防備な前哨地点だ。恐ろしい危険地帯だと言っていい。もしある種の勢力が、我々の権力を不法行使できるようになれば――そしていいか、もうすでにあの場所全体に有害な新政策が浸透しているのだ――何のことかはわかるだろう――こっちが手を打つ間もなく東洋全体が炎に包まれるだろう。インド！　東洋まるごと！　私たちが交渉中だった契約がまとまれば、そうした勢力も阻止されたはずなのだ。それを貴様が、この間抜けが、のこのこやって来て、すべての鍵を握る人間を侮辱しようったのだ」

「ですがどうして私にそんなことが知りえたでしょう。何ともわかりかねます」

「わかりかねますだと！　この阿呆、わざわざどうでもいいことで人を侮辱しておいて――私の家で！」

「あの方はウィチ通りがどこにあったかご存じだと仰有いました。ですがそれはまったくの間違いでした。だから訂正してさし上げたんです」

「ウィチ通り！　ウィチ通りなぞどうでもいい！　たとえウィチ通りが月にあると言われたって、君はご尤《もっと》も、仰せのとおりですと言うべきだったのだ。あんなふうにふるまう必要はこれっぽちもなかった。それで君は、政界に入ろうと思っているわけだ！」

最後の一言にこもった皮肉にロウズ＝パールビーはまるで気づかなかった。すっかり落着きを失っていてそれどころではなかったのである。彼はしどろもどろに

「どうも、弁解のしようもございません」と言った。

「君の弁解なぞ誰が要るか。私に要るのはもっと実際的なものだ」

「何でしょう？」

「車を飛ばしてサンデマン氏のお宅に行って、あの方にお会いして謝罪するんだ。ウィチ通りのお話、やっぱり仰有るとおりでしたと言うんだ。今夜会えなかったら、明日

の朝に絶対会わなくちゃいかん。明日の正午まで時間をやろう。もしその時までにサンデマン氏にきちんと謝罪できなかったら、君は二度とこの家に足を踏み入れないし、二度と私の娘にも会わない。加えて、私の持っているありったけの力を駆使して、君がかくも汚《けが》した政界から君を追い出すことに努める。さあ、もう行きたまえ」

呆然とし、動揺もして、ロウズ＝パールビーは車を飛ばし、ナイツブリッジにある自分のフラットに帰った。行動する前に、まずは考えないといけない。与えられた時間は明日の正午までである。どう謝罪するにせよ、一晩じっくり考えるべきだ。自分という人間の根本が試されるのだ。そのことは自覚していた。いま彼は大きな分岐点に立っている。自分の奥深くにある本能が、激しく憤っている。出世のためには、いずれ魂を売らねばならぬ時が来るということなのか？　何もかもが馬鹿馬鹿しいほど些細な話だ。もはや存在しない通りの位置に関する言い合い、それだけだ。ヴァミア卿の言ったとおり、ウィチ通りなぞどうでもいい。

もちろん謝罪するしかない。ひどく辛いにちがいないが、一本の通りをめぐるろくでもない言い争いのせいですべてを犠牲にするなんて冗談じゃない。

自宅に帰ると、ロウズ＝パールビーは部屋着を羽織り、パイプに火を点けて、暖炉の前に座った。こんなとき、誰かがいてくれたら。しかるべき誰かがいてくれたら、何を捨てたって惜しくない。どれだけ素敵だろう、女性が、しかるべき理想の女性がいてくれて、こうしたいっさいを話しあえたら――理解し、同情してくれる女性がここにいてくれたら。突然、ラ・トッカータが来るのを待ってニタニタ笑っているアデラの顔が頭に浮かび、低い疑念の声がふたたび耳許でささやいた。アデラは、しかるべき理想の女性だろうか？　実際のところ、自分はアデラを愛しているのか？　それともすべては……お祭り騒ぎにすぎないのか？　人生はお祭り騒ぎなのか、法律家と政治家と国民によって演じられるゲームなのか？

暖炉の火が弱くなってきたが、彼はまだじっと座って考えていた。頭の中はあらかた、目もくらむようなまばゆい未来像で埋められていた。午前零時を過ぎたあるとき、彼は突然低く「糞！」と呟き、書き物机に歩いていった。そしてペンを手にとり、書いた――

サンデマン様

昨夜の振舞いに関しお詫び申し上げたく、一筆差し上げます。小生の言動、まさしく言語道断でありました。しかも、その後調べてみましたところ、ウィチ通りの位置については全く貴殿の仰有る通りでした。我ながら何故あのような間違いを犯したか見当もつきません。どうかお許し下さい。

敬具

フランシス・ロウズ＝パールビー

書き終えると、ため息をついて寝床に入った。これで一件落着となってもよさそうなものであるが、そうは行かない。貪欲な良心の悪魔どもが、なおもねちねち彼を苛み、これを宥めるのにまた一苦労で、結局、夜の半分以上を眠らずに過ごした。何度も胸の内で「こんなのまるっきり馬鹿げてる！」と呟いた。だが貪欲な悪魔どもは寝床の上を跳ねまわり、やがて彼らによって、事態は二つの明確な問題に要約された。まず一方で、世間体という大きな問題がある。だがもう一方で、すべての背後に、深く根源的な次元で、何かがあるのだ。それはひとつの言葉でしか言い表わしようのない何かであり、その言葉とは「真実」である。たとえ彼が本当にアデラを愛しているとしても、そしてかりにサンデマンが間違っていて自分が正しいことに絶対の確信はなかったとしても、ウィチ通りがありもしなかったところにあったなどとなぜ言わなくてはいけないのか？

「世間的な成功なんかより、もっと大きな幸福を与えてくれるものがあるんじゃないのか？」と悪魔どもの一人が言った。「認めろよ、そしたら寝かせてやるから」

おそらくこれこそ、悪魔どもが持っているもっとも強力な武器であろう。どれだけ満たされた生を送っていようと、人はつねに、静謐の瞬間に焦がれる。そして良心は、人の目の前に、究極の静謐の鏡のようなものを差し出すのだ。ロウズ＝パールビーは明らかに自分を見失っていた。陽気で垢抜けた、才気煥発のエゴイストは苛まれ、責め苦に遭っている、ほとんど耐えようもないほどの責め苦に。しかもどうやら、すべては一本の街路をめぐる馬鹿馬鹿しい言い争いから生じているのだ。午前三時十五分、彼はうめき声とともに寝床から起き上がり、隣の部屋に入っていって、サンデマン氏に宛てた手紙をビリビリに引き裂いた。

三週間後、老スティーヴン・ギャリットは首席裁判官と昼食を共にしていた。二人は旧知の仲であり、わざわざ言葉を交わす必要を両者ともついぞ感じなかった。昼食は素晴らしくはあれ質素な内容であった。二人ともゆっくり、考え深げに食べ、飲み物は水だった。デザートまで至って、首席裁判官が初めて情報らしきものを含んだ発言を口にした。スティーヴンを聞き手に、担当の裁判長が法律というものを前例なき偽《ぎ》論理によって誤って解釈したと思われる最近の判例を詳細に語ったのである。スティーヴンは熱心に聴き入った。銀の皿からヘーゼルナッツを二粒取り、思索にふけるかの如くそれらを手の中で転がしたが、割ろうとはしなかった。首席裁判官が自分の意見を言い終えて梨の皮を剝くと、スティーヴンはこう呟いた——

「非常に感銘深い、実に感銘深い。私自身の……ごく限られた観察の範囲内でも……むろんこれは一介の他所者《よそもの》の意見にすぎませんが……実によくあることです……十分に確立されていない情報に基づいて為された断言が、いかに厄介の種となるか。いくつもの命が失われ、破滅がもたらされ、はてしない苦しみが生み出されるのを私は目にしてきました。つい先週も、一人の青年が……前途洋々たるキャリアを歩む者が……ほぼ人生を棒に振りました。人は発言するにあたって、ろくに……」

彼はナッツを皿に戻し、それから、一見何の脈絡もなく、裁判官に向かって唐突に「ウィチ通りを覚えていらっしゃいますか?」と訊ねた。

首席裁判官はうなり声を漏らした。

「ウィチ通り! もちろん覚えているとも」

「どこにあったと仰有いますか?」

「決まってるさ、ここだ」

裁判官はポケットから鉛筆を取り出し、テーブルクロスに地図を描いた。

「そっちから——こっちに——つながっていたんだ」

スティーヴンは眼鏡を直し、地図を念入りに眺めた。長い時間かけて眺め、それが済むと、手が本能的に、方眼罫のノートが入れてある胸ポケットに向かった。が、手は途中で止まり、彼はため息をついた。法の番人相手に言いあって何になる？　法とはそういうものだ。法は立派なものである。むろん無謬《むびゅう》ではないが(首席裁判官の地図ですら四分の一マイルずれている)、それでも立派な、素晴らしいものである。彼は自分の両手の骨ばった指関節を見つめ、かすかなあくびを洩らした。

「君は覚えているかね？」と首席裁判官が訊いた。

スティーヴンは賢《さか》しげにうなずき、その声はずっと遠くから発しているように聞こえた——

「ええ、覚えていますとも。パッとしない、陰気な通りでしたよ」

＊訳者記——ウィチ通りはかつて実在した道路で、一九〇一年に潰された。ストランドのセント・クレメンス教会から西にのび、ドゥルーリー・レーンの真ん中近くで果てていた。

大都会で

In the Metropolis

ベンジャミン・ローゼンブラット
Benjamin Rosenblatt

畔柳和代訳

作者のベンジャミン・ローゼンブラットは，1880 年にロシアの小さな村に生まれ，10 歳で家族とともにニューヨークへ移住した，ユダヤ系アメリカ人．17 歳からイディッシュ語(中欧・東欧系のユダヤ人の間で使われる言語で，表記にはヘブライ文字を用いる)で小説を発表．その後，22 歳頃から英語でも小説を発表するようになる．没年は不詳．

ローゼンブラットは，ユダヤ系移民を取りあげた短篇をいくつか遺しており，なかでも 1915 年に発表した “Zelig” は，ジョン・アップダイクが選んだ *The Best American Short Stories of the Century* (2000) に収録されるなど，高く評価されている．

本作では，ユダヤ系移民とのつながりは明示されているわけではないが，ロシアの片田舎からニューヨークへ移住した，作者の個人的体験が反映されたものと想像される．

芥川は序文のなかで，近代の短篇の特色は「何よりも簡《かん》勁《けい》を旨とする」点にあるとし，本作は「その尤《ゆう》なるもの」と称賛している．一切の無駄のない，珠玉の名品である．初邦訳．

彼女は大きな百貨店のショーウィンドウのなかに座っていた。頭上の人目を引く看板には「笑わせた方々に賞品あり」と書かれている。細い体にはアメリカ国旗が巻きつけられていた。剣を両手で握りしめて膝に載せ、その切っ先はバーゲンセールを知らせるプラカードに向けられている。

彼女は微動だにせず座っていた。目を大きく開き、生きている素振りは顔にほとんど出していなかった。

丸一日彼女はそこに座っていた。そのあいだ歩道を行く大勢の人々がウィンドウをながめ、考えた。「あれは生身の女か、それとも蠟人形か?」この謎に歩行者は引き止められ、百貨店の支配人は自分の才気にほくそえんだ。今朝この内気な田舎娘が足を引きずって来店し、仕事をくださいと聞きとれないほどの声で頼む姿を見て、バーゲンの宣伝に新風を吹きこむ好機と飛びついたのだ。表情に動きがなく、総じて生彩に欠ける娘だった。そこで支配人はさっと頭をめぐらせ、この設定と彼女の組み合わせを瞬く間に思い描いたのである。

人々は絶え間なくショーウィンドウに群がった。包みを小脇に抱えた新聞売りの少年たち。制服をまとった電報配達人。ランチボックスを手にした若い女性たち。さらに、身なりを整えたビジネスマンさえ――それぞれがしばし用事を忘れ、一同がウィンドウに目を向けていた。何時間もそこに立ちどまる少年たちもいた。舌を出したり、頬をふくらませたり、にやにやしたり、しかめ面をして、突如現われた陰鬱な人物を笑顔にすべく、むなしい努力をしていた。

彼女はショーウィンドウの内側に一人でいるにもかかわらず、目の前のごった返す群衆に放り込まれてさんざん小突かれ、容赦なく蹴とばされているような気がした。何もかも何て不思議なのか！　訳がわからない！

今朝、百貨店で仕事をもらえると聞いたときは心が弾み、この幸運を手紙で故郷にすぐ知らせようかとさえ思った。でも初日の仕事が晩に終わるとへとへとで、同じ店で働く娘たちが住む下宿屋へ連れていかれるときには両脇を支えてもらう必要があるほどだった。娘は歩きながら、なぜだろうと思った。支配人は言ったのだ。君の仕事に労働は一切伴わない、と。

夕食の席でほかの娘たちになごやかにからかわれ、娘はだんだん活気づいた。食後に何人かがはしゃいで踊り、次の結論に至った。このガサツな娘の足は、ダンスよりも牧草地に牛を放つのに慣れているのよ。

翌朝、娘たちはせわしなくばたばたして、「田舎者の道化」にさして注意を払わなかった。何人かは寝過ごしていた。彼女たちは不安そうで、やつれて見えた。昨晩のぬくもりは跡形もなく蒸発し、「蠟人形」は正体不明の冷気を覚え、心のなかで何かが沈むのを感じた。

娘は再びショーウィンドウのなかの席に着いた。朝食を摂る気分ではなかったせいで、ふらふらし、まもなくめまいに襲われた。深い水の底を覗いていたら、突然波が現われたかのようだった——その大波は轟音《ごうおん》を立て、うなり、だんだん近づき、彼女を呑み込んで運び去ろうとしている。

それでも二日目は、初日には見てとれなかったものを意識できている気がした。轟音を立てて行き交う自動車は目新しく思えたし、頭上の高架鉄道にも気がついた。やはり昨日並みの群衆が集まり、今日もせっせといろいろに顔をゆがめて見せるので娘はおびえて固まってしまい、彼女の気を引くことはいっそう難しくなった。たいていの人々が思った。「あの娘、本当に微笑むんだろうか?」

午後には雨が降った。電灯の光が早々ときらめき、無数の傘がショーウィンドウ内の動かない像の前を絶え間なく流れていった。

がたがたとタクシーがやって来て、あたりにしぶきを飛ばして走っていくさまを彼女は見つめた。そしてジグザグに降る霧雨や本格的な土砂降りをながめるうち、急に涙目になった。雨が我が家を恋しくさせたのだ。目の前の奇妙な世界の恐ろしさに、さきほどまで凍りついているようだった頭も心もいまや融けだして、悲しみと自己憐憫《れんびん》で胸がつぶれる思いだった。うちはいまどんな様子だろう？　思いは駆けめぐった。うちはどんな様子だろう？　雨が降っている。ぬかるんだ道、わだち、水たまり。とうさんはきっと家にいる。畑から戻っているはずだ。灰色の闇が降りてくる。かあさんは腕を組んで窓辺に座って、切なそうに夕闇に目を向けている。

「あたしを探しているの？」ショーウィンドウのなかにいる人形《ひとがた》が思わず大声で嘆いた。「かあさん、かあさんのもとへ連れてって。あたし、こんなの慣れてない。さびしくて、こわくて、たまらない」

娘の唇がはっきりと震えた。顔がけいれんし、引きつった――外にいる群衆の大半、それまで娘に向けて表情をくるくるゆがめて見せていた人々から勝ち誇った歓呼が沸き起こった。「笑ったぞ！」そう言った黒人男性の声がひときわ響いて支配人の耳にも届き、支配人は「人形」をクビにしようと即決した。「賞品は俺のもんだ！」ほかの人々も叫んでいた。「俺が笑わせたんだ！　俺が笑わせたんだ！」

残り一周

The Last Lap

E・M・グッドマン
E. M. Goodman

森 慎一郎 訳

大御所から若手作家まで，イギリスの名短篇を集めた *31 Stories by Thirty and One Authors*（1923）から取られた一篇．

作者のE・M・グッドマンは，実は生没年はおろか，国籍すら定かでない．*31 Stories by Thirty and One Authors* に収められた作家のほとんどがイギリス人であることから，おそらくイギリスの作家と思われるが，例外もいるため，断定はできない．芥川は，序文のなかでアメリカの作家としているが，根拠が明らかでない．つまり，作者については何もわからないのである．

そんな作者による本作は，もちろん初邦訳．死期の迫った患者とその周囲の人々の心境を描いた作品で，“The Last Lap”というタイトルも相まって，O・ヘンリーの代表作「最後の一葉 “The Last Leaf”」を思い起こさせる．しかし，そこは芥川が選んだ一篇．感動的な結末を迎えるO・ヘンリーの作品とは対照的な不穏な幕引きとなっている．余命を知った娘は，胸になにを秘めているのか…….アメリカ人のO・ヘンリーよりも，同じく短篇の名手と呼ばれたイギリスの作家，サキを髣髴とさせる．

待たせてあったタクシーへと急ぐ専門医の姿を横目に見ながら、ウェイトリー医師は暇乞《いとまご》いの手を差し伸べ、愛想笑いの残骸を顔に貼りつかせて立っていた。対診も不首尾に終わったいま、一刻も早くその場を離れたかった。

が、その手も笑みもまるで無視され、結局、患者の両親の尻について客間の炉端へ引き返すはめになった。名医のお言葉のあとにはつきものの「検討会」というやつがまたぞろ始まる。

「さあウェイトリー先生、大先生のおっしゃった、その本音のところを教えてくださいな！」ダウデン夫人が口を切った。そのお上品な、囀《さえず》るような話しぶりには、つい先刻こぼした涙にも洗い流せぬ元気のよさがある。

「専門家のおっしゃることですから、それはもうすべてご存じなんだと思いますけど、あまり深刻に受け止めすぎるのも、逆に軽く考えてしまうのもよくありませんからね」

そう自分の問いに自分で答えてますます元気になっていく。夫のほうはじっと座って物思いに沈んでいる様子、娘がよくなるなどという希望はとうの昔に捨てていた。「現実から目を背けぬ」ことこそが彼の誇りであり、一種無神経なまでに酷薄なところがあるが、これが一概に利己的とも言い切れないのは、痛みだの失望だの考えるだけ無駄だと言わんばかりのその態度が、苛々と他人に向けられるだけでなく、おのれ自身の苦しみをも超然と無視するほどに徹底しているからである。

ウェイトリー医師の型通りの講釈もほとんど聞いていない――「痛みがずいぶん軽減される可能性はあります――余命もかなり延びるかもしれません――この種の症例は不明な点が多いですから」。夫の目には、事態の意味するところは明らかなのだ。同じく明らかなのは、何があっても妻のほうは、本当はなんともないと信じ続けるだろうということ。最後の一日まで自信たっぷりに娘の快復を予言し続け、明くる日になれば、これでよかったのだと納得しているだろう。

こういうタイプのことはウェイトリー医師もよく知っており、その価値も重々承知していた。優秀な看護師はたいていこんな感じ――どんなときも、次こそはという希望に輝いている。だが多くの場合、患者本人に次はない。

ダウデン夫人は患者の食事や日課についてつらつらと意見を述べ始め、じきに話は他の子たちの思い出――幼い頃の好き嫌い――に脱線していった。ウェイトリー医師は会ったこともない子供たちだ。置き時計に目をやる。と、話が途切れた隙にジョン・ダウデンが口を挟んできた。

「誰かイザベルのところに行って、適当な話をしてきたほうがいいんじゃないかな。あれが先生の話の本当のところに勘づいちゃことだし」

ウェイトリー医師は夫のほうに向き直った。

「この段階でもまだ、ミス・ダウデンに真相を隠しておくべきだとお考えですか?」

「そりゃあね」年長の男がゆっくりと答えた。「露骨な伝え方をして何になる? こういうことは、どうせそのうちわかるんだし」

妻も同調する。「そう、そうよね、あなた。あの子にあれこれ怖い話を聞かせるなんて絶対にだめ。かもしれないっていうだけですもの。私の経験では、どんなことも予想よりずっといい結果になるものよ。あの子には元気が出るようなところだけ話して、あとは神様にお任せしましょう。マローニー先生のあの素敵な物腰のおかげで、きっとあの子も安心してるはずだし」

ウェイトリー医師は再び時計を見た。愛想笑いが消えかけたその顔は、先刻より若々しく、また疲れて見える。ダウデン夫人が次々と口にする意見に「ごもっともです」と終止符を打っていく。夫人はおのれの口から紡ぎ出した楽観論の蜘蛛の巣に揺られ、達成感に安らいでいる。

医師はあらためてお暇しようと立ち上がり、ぴんと背筋の伸びた老婦人を見下ろした。満ち足りた日々に培われた習慣の力が、その顔から悲嘆の痕跡をきれいに消し去ろうとしている。

「マローニー先生の見解ですが、私の口からミス・ダウデンにお伝えしてきましょうか?」と尋ねてみた。イザベル・ダウデンのために何かせずに立ち去る気にはなれなかった。

この申し出に、両親はほっと胸をなでおろした。どちらも内心、娘への「告知」は相手がやってくれるものと思っていたのである。ダウデン夫人はその役目を他所様《よそさま》に任せるのがどれほど不本意かと、長々しい釈明を始めた。ジョン・ダウデンは妻の話が終わるのを待ちながら、せかせかと肘を揺すっている——苛立っているときの癖なのだ。

「ミス・イザベルはお二階ですね?」客間を出て男二人になったところで医師は尋ねた。

「ええ、まださっきの部屋にいるはずです」そう答えてダウデンは玄関に向かいかけたが、「あ、場所はおわかりですね?」と急停止して踵《きびす》を返し、ほっとした顔で普段の暮らしに戻っていった。返信を要する手紙が何通かあったことを思い出したのである。

医師が踊り場を越え、裏階段を登り切ったところで、騒々しいすすり泣きが聞こえてきた。

「ああいう偉い先生が来て、いいことなんかありゃしないんですよ」料理女の腹立たしげな声が響く。ひと息おいて医師がドアをノックすると、「どうぞ！」とイザベル・ダウデンの元気な落ち着いた声が返ってきた。娘はその小さな部屋の窓辺に腰かけ、手にした刺繍用の木枠に身を屈めていた。こちらが部屋に入った瞬間、目に浮かんでいた懇願を決然とかき消し、おとなしく待とうと身構えたように見えた。もともと待つのが得意な娘ではないが、長年の訓練がものを言ったのだろう。

ウェイトリーはドアを閉めながら、ふと耳元で妻の陽気なかわいい声が聞こえたような気がした。「いますぐ教えて、テッド！　知ってるでしょ、私、待たされるのは我慢できないの」

「マローニー先生の見解をお伝えしに来たのです」彼は厳粛な声でさっそく口を切った。「あいにくですが、痛みが今日明日に引くようなことはないだろうと」

イザベルはすっと背筋を伸ばし、ほっそりした肩を反らせて話の続きを待っている。

「手術を受けることになりそう？」しばらくしてやっと口を開いた。

「いや」ウェイトリーは答えた。「手術してもいいことはありませんから」

テーブル越しに娘の様子を窺う。マローニー医師との面談に先立ち、テーブルの上の本や縫物はきれいに片づけてあった。娘はどうやらこちらの言葉を勘違いしたようだ。目に感極まったような光が浮かんでいる。なんのかのと言ってもあの母親の娘、ありもせぬ希望にしがみつこうと必死なのだろう。安堵のせいか、イザベル・ダウデンはずいぶん若々しく見えた。年は三十二、知り合って七年が経つが、その姿を見て若いと感じたのはこれが初めてだった。彼はおのれの不器用さと娘の洞察のなさを呪った。きっと次の質問は「すっかりよくなるのはいつ？」となるはずだし、それを見越して心中では、医師が騙されていたい患者用に使う目隠しの類――「来月かな」、「クリスマスまでには」、「春になれば」――の準備にかかっていた。

何もかもうんざりだった。イザベルには現実を見据えるだけの気骨があるものと思いこんでいたのだ。この娘はきっと、へたにごまかしたりしなければ健全な日常にすぎぬはずの物事をせっせと覆い隠そうとする、あの世間の不潔な作りごとの類に嫌気がさしているのだろう。だったら不治の病が快方に向かっているふりをするなどという惨めな茶番には付き合わせたくない、そんな思いに駆られていたのだ。

ところが、質問は思わぬかたちで返ってきた。

「私に残された時間は？」とイザベルは言った。

彼は一瞬言葉を失い、怒りと戸惑いの混じった思いで娘を見つめた。

「そう訊くものじゃないの？　エチケットとして？」そこできらりと素早い笑みを浮かべる。初めて見る顔つきだ。「でも私、本当に知りたいんです、他の人は誰も教えてくれないし。先生はごまかしたりしないと思ったんだけど」

ということは、やはりわかっていたのか。

「三か月か、もしかしたらもう少し」彼は率直に答えた。

「それで、痛みはひどいものになりそう？」

「ええ。でも、あなたみたいにご自分を鍛えてきた女性には、耐えられないほどではありません」

「どのみちそれで死ぬんだし、たいしたことじゃないわね」半ば独り言のように言う。それからテーブルの上の手を伸ばし、医師の腕にそっとのせた。

「教えてくれてありがとう」と小声で言う。「こんな話、先生はしたくなかったでしょうし。でも私はわかってよかった。先生とマローニー先生がこの部屋を出たあと、考えていたんです、覚悟しなきゃって。手術して大変な痛みに耐えて、済んだらまた一からやり直しなんだって。そういうの、先生はよくご存じでしょう。でもいまは、三か月だけお行儀よく自分を抑えていられたら、それですっかり終わる」

「わかります！」ウェイトリーは言った。「やっと残り一周まで来て、まだ息はいくらか残っている、そういう気分でしょう」

彼もぐっと背筋を伸ばし、深く息を吸いこんだ。微風が窓から吹きこみ、どこか遠くで聞こえる集合らっぱか何かの音が、低くくぐもった街のさざめきを切り裂いた。

「あの人たちには残り一周だって教えないほうがいいわ」イザベルがそう言うのを聞いて、医師は皮肉交じりに、あれだけはっきり告げられながら、その知らせをさっさと置き去りにした両親のことを思い出した。

「痛みはそれほど苦にならないはずですよ。私が保証します、十分耐えられる程度のものだと」彼は手短に告げた。「ありがとう！　私が何に感謝してるかわかりますか？　あなたみたいに勇気ある人を見ると、我々は敬礼せずにいられないんですよ！」そう言って握手を交わす彼の顔に、幻灯機の一コマよろしく微笑みが浮かんだ。そこにダウデン夫人がドアを開けた。

「うちの子を元気づけてくださったのね、先生！」と言う。「早速よくなった顔だもの。希望を持つことの効き目にはびっくりね、ほんとびっくり！」

「希望！」医師はぎょっとして訊き返した。「ああ――ええ――まあね！」

「あれはあれで希望だな、たしかに」階段を下りながら一人つぶやく。「かわいそうな娘だが、運がよければ三か月も待たずに済むかもしれない。不思議なもんだ、なんであんなにあっさり受け止められるんだろう！　ぼくだったら、知った時点で誰かの首を絞めてやりたくなるかもな。残り一周なら危険もないし！」

刈取り機

The Reaper

ドロシー・イーストン
Dorothy Easton

柴田元幸訳

ドロシー・イーストンは1889年ロンドン生まれ，没年は不詳．結婚後，都会での生活を捨て，イングランド南部のカントリーサイドに腰を落ち着けた．小説二冊，スケッチ風物語集一冊，園芸書一冊，自叙伝一冊の，少なくとも五冊の著作を発表している．デビュー作であるスケッチ風物語集 *The Golden Bird and Other Sketches*(1920)には，ノーベル文学賞作家ジョン・ゴールズワージーの序文が寄せられている．素描的掌篇のなかで，稀に見る繊細なタッチかつ客観的な視点を持ちつつ，のどかな暮らしの中の重大な場面を切り取るドロシーの手腕をゴールズワージーは絶賛している．(余談だが，ジョン・ゴールズワージーはドロシー・イーストンの叔父にあたり，名付け親でもあったようだ．)

日本での紹介は，新潮社の雑誌『文章倶楽部』(1922年5月号)に同掌篇集から訳出された「媾曳《あいびき》」(酒井眞人訳)が最初と思われる．芥川は，ステイシー・オーモニエ『ウィチ通りはどこにあった』などと同様に，*The Best British Short Stories of 1922* の中から本作を見出だした．最新の農業用刈取り機「ウォルター・ウッド」を巡るある日の農場のエピソードが，冷徹ともいえるほど精緻に描出されている．「何よりも簡勁《かんけい》を旨とする」のが「近代の短篇の特色」だと芥川が言うように，無駄のない，それでいて予断を許さない筆致が読者の視線を釘付けにする．

ミルゲイトは裕福な農場主である。農耕機械もみな所有している。隣人に金を払って発動機を借りる貧乏人たちとはわけが違う。自動刈取り機も持っていて、赤と黄の、〝ウォルター・ウッド〟・クリーブランドなる機種である。毎朝、夜露の乾いた九時頃にこの機械が動き出し、母屋にいても、重たい、眠たげな音が聞こえてくる。機械に乗っている者たちにとって、その音はもっと苛酷である。人間の立てる音で唯一負けずに届くのは、カンバス部分が引っかかったり、雑草のかたまりにぶつかったりしたときに、指揮をとる老人が運転係に向けて発する、「待てい！」という声のみである。その声を聞くと、前に座った運転係の若者は発動機の回転を遅くして、手で額を拭う。この刈取り作業が夜九時まで続く。

刈取り機を指揮するのは、よそものの労働者などではない。ミルゲイトの雇用人のなかでも指折りの働き者、誰からも信頼され、誰よりも忠実な馭者《ぎょしゃ》である。六十をとうに過ぎ、頬ひげも立派、灰色の目に細長い鼻、額とあごは御影石《みかげいし》から彫り出したがごとく。平べったいつば広の中折れ帽を頭にかぶり、曲がった背中には白い上着。しゃべるとき、口はまず横に動き、唇には乾いた血がつねに一点ついていて、笑うと、折れた歯の根っこが、古代の化石のように現われる。しゃべり方はゆっくりで、ときおり言葉を切っては、ぺっと唾を吐く。毎日必ず午前三時半に寝床を出る。そうして今、高い鉄の座席(鞍《くら》がわりにしわくちゃの布袋が置いてある)に乗った老人は、さながら古《いにしえ》の戦車の馭者のようである。広々とした背がいまや曲がったヘラクレスが、頭を突き出しあごをぴんと張っているという風情。顔には険しい、雨風に耐えてきた表情が浮かび、心の中には嫌悪の念がある——なぜなら今年から、この農場では、刈取り機を引き回すのに馬を使わず、発動機などというしろものを使っているからだ。老人は馬たちのために生きている。なにせ馭者なのである。馬こそ彼の仕事なのだ。どれかの馬が病気になれば、一緒に寝る。老人は馬の値打ちを信じている。だが発動機については、「ま、いいときはいいかな!」と言うだけで、あとは言葉でなく、顔つきで締めくくる! 若い頃はなにしろ、大鎌で刈取りをやったものだ。

この「ウォルター・ウッド」が、なかなかの出来であることは否定できない。ある部分は分別機として機能する一方、大きな木製の、軽量風車ともいうべき部分はつねに回転していて、これによって穀物の粒が平皿に送りこまれる。それがカンバス地のシュートで昇り坂を運ばれてから、向こう側へと飛ばされるのである。すべては黄色い茣蓙《ござ》のごとくに、切れ目ない平べったい流れのなかでおこなわれる。次に、針が顔を出す。針《ニードル》と糸《スレッド》が合わさっているということで、老人は「スレッドドル」と呼んでいるこの部分が、穀物の平べったいかたまりを、こぎれいに丸まった束に次々まとめ、それが三つ又の鉄製フォークによって、定期的に、完璧な正確さでもって投げ出される。真ん中にある大きな重たい車輪の上で、馭者は九時から九時まで上下に揺られ左右に揺られる。前方、箱形の発動機のかたわらにあるもう一つの鉄の座席には、運転係が陣取っている。逆に後ろでは、赤い顔をした作男《さくおとこ》が、角《かど》を片づけて回る。発動機が向きを変えるには、歯車のついた鉄の車輪をまる一回りさせないといけないから、その際に、最後に落とされた束がじゃまになる。そこで角に行き当たるたび、束をどかさないといけないのである。作男はそれを片づけて、もうすでに畑半分くらい先へ行ってしまった機械を追って走る。そうして次の角でまた止まり、再び身をかがめて束三つどかして、今いちど走っていく。

この下働きの作男は、歳は四十だが、顔は十五の若者のあどけなさである。頭は禿げかけていても、目は若い。口はだらんと開《あ》いて子供のように締まりがない。いわゆるうつけの者で、いまだ大人になっていないのである。屋根裏で眠り、厨房で食べ、仕事はするが責任は持たされない。鳥おどし運び、草むしり、豚小屋掃除、そしてこの「角片づけ」といった軽い仕事をいつも与えられる。いちばんの仲良しは十二歳の少年で、日曜日はいつも、可笑《おか》しいことなど何もないのに一時間ばかり二人でげらげら笑っている。去年はじめて海に行ったが、海辺でやっていた「パンチ・アンド・ジュディ」の人形劇にすっかり夢中になり、海をまったく見ずに帰ってきた。この男の笑顔ほど、ばかげた、おめでたいものはまたとない。キスしているところを見つかった男の子みたいに、年中頰を赤らめ、ぜいぜい喘ぎ、にたにた笑い、いつも申し訳なさげな顔をしている。稲妻が光れば頭を隠し、発動機をこわがる。その規則正しさが、彼を落ち着かなくさせるのだ。だからこの刈取り機の後ろを走るのは――迅速に動く、油の臭いがする、じゃらじゃら動く鎖でできたこの機械の後ろを走るのは――この男としては、いやでたまらなかったのである。車輪が斜めに五つも付いていて、いつもずっと、油で濡れた、真っ黒な、平べったい鎖の帯がその上を回っている！　その下、真ん中では、重たい輪がぐるぐる回る！　この知恵足らずの男から見れば、馭者の勇気は、ほとんど人間の域を超えていた。

本来なら、もう一人使って二つの角を請け負わせるのだが、あいにく今日は、みんな出払っていたため、作男は一日中駆けずりまわるはめになった。暑い日で、風もなく日蔭もない。しばし顔をあげれば、山並みや遠くの楡《にれ》の木が明るい青に見える。広い畑自体も、色に燃えていた。茶色く焦げた琥珀のような小麦、芥子《けし》、ちいさな白いヒナギク、アザミ。発動機が止まると唯一残る音は、畑の真ん中あたりから聞こえる、鳥たちの哀調を帯びた不安げな呼び声のみである。ときおり兎が顔を出しては、またさっと引っ込む。あるとき、五羽の、優雅な、つややかな茶色い雉《きじ》が、生け垣のほうに駆け出したはいいが、じき怖じ気づいて、大急ぎで引き返していった。陽《ひ》はゆるぎなく照っていた。穀物の束を拾うせいで、作男の手には油の臭いがしみつき、ひもで手が擦《す》れて、人差し指に水ぶくれができていた。イラクサやぎざぎざのアザミなどを始終つかんでしまうため、手の甲は腫れあがり、棘がびっしり刺さっていた。顔の前を青い蝶たちがひらひら舞い、白っぽい蛾が飛び出してきた。作男は帽子を落としても、拾う暇すらなかった。卵形の額に汗が流れ落ちて、細長く角張った毛深いあごまで垂れた。日曜ごとにひげは剃っていたが、男の見かけはどこか猿を思わせた。

刈取り機が何かに引っかかるたび、馭者はいつもの鈍《のろ》い、平板な声で「動かんのか?」と訊いた。

「はまっちまいましたよ!」と運転係の若者は答えた。

あるときなど、刈取り機が穴に落ちて、運転係の体はふわっと、三十センチばかり投げ上げられた。「刈取り機ってよく、人が死ぬんですよね」と若者はわめいた。知恵足らずの男は、動物園で蛇を見た子供みたいな、ぎょっとした表情を浮かべた。刈取り機がつっかえてギーンと唸るたび、あるいは、馭者が「待てい！」と叫ぶたび、汗がどっと作男の背筋を流れていった。頭の中で血がずきずき疼いた。青白い、禿げかけのてっぺんを、陽が容赦なく照らした。何度もかがむせいで、血走った目の前で、畑が跳ねだした。蔓草《つるくさ》が何メートルも機械にからまると、馭者はただ首を回す。これが作男に向けての合図なのだ。ほら、走れ、長い緑の鎖にからみついたちいさなピンクの花をむしり取れ。

四時頃にはもう、作男が次へ進むより前に、刈取り機が後ろから彼に追いついてしまっていた。運転係は、いつもより鋭くカーブを切らねばならず、カンバスが引っかかってしまった。

「今度やったらただじゃすまんぞ！」と、老いた馭者は怖い目つきで叱った。「お前のせいで、わしらみんなひっくり返っちまうぞ！」

もう一度始動させようとしたが、発動機は引っかかったままだった。若い運転係は、箱から出した道具で三十分ばかり奮闘し、小さな油まみれの「ナット」をはずし、「ワイヤー」をためし、「レバー」をさぐり、絶望した顔で、黒い、汗だらけの手を、髪の毛でぬぐった。「始動ハンドル」を二十回まわしたが、それでも「動かん！」のだった。

と、突然、ピストルを撃ったみたいな音とともに、発動機が「点火」して、刈取り機は後ろに走り出し、作男はひっくり返り、彼がよける間もなく、真ん中の大きな車輪が、その両足首の上を通っていった。

　知恵足らずの男が目を覚ますと、そこはまだいぜん角で、男の両足は上着でくるまれ、ものすごく痛かったが、痛みがどこから出ているのかはよく分からなかった。だが、赤と黄の刈取り機が、頭のすぐ横に停まっているのを見て記憶がよみがえり、男の顔に汗が満ち、彼はもう一度気を失った。

　ブランデーが届けられた。再び意識を取り戻した男を、皆は編み垣の上にのせた。彼らはいまだ角にいる。農場主も来ていて、たくましい身体に、グレーのフェルト帽、黒っぽい上着にズボン、身なりは立派だが、顔は心配そうだった。運転係も、老いた馭者も、そこに立っている。麦が、いまだ畑の真ん中に刈られず残っていた。作男は、目の前に空が広がっているのを見て驚いた様子だった。いつもなら目を開《ひら》けば畑が見えるのに。彼は顔を動かしてみた。と、皆が見守るなか、何か赤い、濡れた、べたべたしたものが(羊を屠《ほふ》ったときのぐじゃぐじゃみたいに)切り株の上に飛び散っているのを見て、男の丸い、子供っぽい目が飛び出した。びりびりに裂けた、左右の長靴がかたわらに転がっていて、中から同じものがじくじく染み出て、水たまりのように広がっている。作男の視線を、老いた馭者はたどって、ゆっくりと言った。

「そうだよ。その靴、お前のだ……」涙が馭者の、こわばった、かさかさの頰を流れ落ちた。

「気分はどうだ？」と農場主が訊いた。作男は頰を赤らめて、それから馭者に向かってささやいた。

「何があったんですか、ミスタ・コラード？」

「うん、お前のな、足がなくなったんだよ」

さらに一分ばかり、知恵足らずは横になったまませいぜい喘ぎ、主人に見つめられて恥ずかしそうにしていたが、やがて、ふっと何か思いついたのか、もう一度馭者にささやいた。

「立たせてくださいよ、ウィル。おれ、うち帰ります」

「お前は、歩けないよ」と老人はあっさり言った。「お前は、もう歩けないんだよ」

白痴の男のあごで、突如、黒い毛がぴんと立った。血の流れ出る、ぐじゃぐじゃに裂けた長靴の中に、自分の足が入っていることを男は理解したのだ。男は泣き出した。だがそのとき、主人の姿を目に留めて、男は、謝ろうとするかのようににっこり笑った。

特別人員

Extra Men

ハリソン・ローズ

Harrison Rhodes

西崎 憲訳

ハリソン・ローズ(1871–1929)による本作は，*The Best Short Stories of 1918* から採られた一篇．初邦訳．

芥川は，本作「特別人員 “Extra Men”」について，序文で次のように筆をさいている．「それから H. Rhodes の “Extra Men” は欧羅巴の大戦の生んだ，新らしい亜米利加の伝説である．或《あるい》は Irving の “Rip Van Winkle” や Hawthorne の “The Gray Champion” 等と並称するのに堪えるかも知れない」と，アーヴィングやホーソーンの作品になぞらえて惜しみない賛辞を送っている．随筆「近頃の幽霊」でも「戦争に関係した幽霊の話」として本作を紹介している．

作品は，アメリカが第1次世界大戦への協力を表明し，ヨーロッパでの戦役に参加しはじめた頃の話．舞台となる「ワシントンクロッシング」には，アメリカ独立戦争における，ある印象的な「伝説」が残っている．クリスマスの夜，のちに初代アメリカ大統領となるジョージ・ワシントン率いる独立軍が，氷のように冷たいデラウェア川を命を賭して渡り，油断していたドイツ軍を見事に打ち破った．その勝利に鼓舞され，独立軍の士気は高まり，アメリカは独立を勝ち取ることになる．いわば，独立戦争の勝利の契機となった場所だ．「新らしい亜米利加の伝説」と呼ばれた本作は，そんな歴史の上に成り立っている．

ジャージーの美しく穏やかな牧草地は、デラウェア川の岸辺から緩やかな傾斜を描き、丘を目指す。小さなその丘はプリンストンの町の冠といった趣を呈している。そのあたり一帯はほんとうに話題の少ない地域である。鉄道は通っていないし、自動車が行きかう街道もない。町と呼べるほどのものは川沿いにはひとつもなかったが、あるいは地図を眺めているとワシントンクロッシングという古風な響きの地名に目が留まるかもしれない。そこは数軒の住まいが集まった小さな村落である。おそらく村の名はあなたに偉大な日々を思いださせるだろう。眠気を催すようなこの野面《のづら》を舞台に偉大な歴史が作られた日々。けれど野はいま陽光のなかにひっそりと横たわっている。かれこれ一世紀以上もそうしている。その間、これらの田舎道を舞台とした独立戦争の日々の伝説の大部分は忘れ去られた。

現代の伝説なるものにかんして言うと、そもそもそう呼ばれることが信憑性の乏しさの証拠である。そして壮大で名高い過去にかかわらず、ニュージャージーの名は今日では伝説やロマンスではなく、企業や蚊や海水浴やポップコーンを連想させるものになった。しかしである。大戦の勃発とともに見慣れないものが世界で動きだしている。そしてこの国の僻地のそこここで、軍靴の音があらたに地を響《とよ》もしている。空には昼と言わず夜と言わず徴《しるし》が見える。そういった折であればこそ、起きるはずがないと誰もが思うことが起きているのかもしれない。ここニュージャージーでさえも。

バリッジ街道で起こったささやかな出来事、いま記そうとしている一件の真偽は立証できない。川沿いの人々は夕方、単独で村を通り抜ける騎行の人物を見たと言う。けれどその人がどの道を通ってきたか言える者はいない。ワシントンクロッシングに渡し船はないし、ランバートヴィルの橋はその日の午後三時以降は補修工事のために通れなかった。ここに見える事実――かろうじて事実に見えるもの――は、とあるお抱え運転手からもたらされた。自動車が道をそれ、エンストを起こしたということである。ここに記す話――話とまではいえない話――はその日の午後と夜にあったことの断片をつなげたものである。そしてこの記録は漠然としているかもしれないが、時期こそ去年であるものの、すでに一切は伝説さながらに不確定で不明瞭になっているのだ。一応そのことは言っておきたい。

しかしながら明白な事実からはじめよう。孫が志願して戦争に行ったとき、ミセス・バカンは生活面で全面的に農園に依拠することになった。バリッジ街道に面した、植民地時代の典雅な屋敷を囲む小さな農園である（牧草地や馬、それに干し草の質と売値はこの話に関係がある――田舎を舞台とする出来事の記録にまことにふさわしいことに）。農園はかつては大きかった。そしてその時分の屋敷の歓待振りはいまよりよほど気前のいいものだった。屋敷の歴史上の主たる逸話は、かのワシントンが立ち寄ったというものである。軍隊に合流するためにニューヨークに向かう途上、食事をして休息をとったのだ。老ミセス・バカンは穏やかな性格の人だったが、その事実に度し難いほどの誇りを抱いていた。ことに強調していたのは、偉大な人物がその夜の休息に際して宿屋を選ばなかったことであり――もし宿屋に泊まっていたとしたら、二十世紀においてかれの名声はやや通俗化されただろう。道端の看板に謳《うた》われ、自動車に乗った人々に向けて宣伝されたはずだ――つまりはワシントンはジェントルマンの屋敷に泊まったということである。そしてジェントルマンの屋敷という点ではいまも変わらない。バカン一族はジェントルマンの一族としての体裁をどうにか保ってきた。けれどバカン家の最後のひとり、快活で人好きのするジョージもそう見えるとしたら、それは祖母が胸が痛むほどの倹約に努めてきたからだ。彼女が用いた手段や方便は村の語り草になっている。ジョージが屋敷に戻ったときには――ニューヨークの株式仲買人の事務所では平《ひら》の勤め人だった――陽気さと豊かさがあった。かれは自分がニューヨークから送るわずかな金が祖母の必要を満たすと思わせられたのかもしれない。しかしジョージがニューヨークに戻ると、祖母は食うや食わずの、いや、それ以下の暮らしを再開した。村人たちの話では、正餐の際は正装して、黒絹と古びたレースの服を着たとのことである。ローストフトの磁器とバカン家代々の銀の食器を卓に並べたけれど、食べたものは碾《ひ》き割り玉蜀黍《とうもろこし》を潰したものを一皿、でなければもっと安価なものがあればそれだったという。

ジョージ・バカンの入隊——空軍配属——は時期が早かった。そしてただちにフランスで訓練をすませることを命じられた。フランスに向かう船が出港する二日前に、ジョージは数時間の休暇を貰った。そして祖母に別れの挨拶をするためにバリッジ街道にやってきた。

どういうことが話されたかは想像するしかない。孫のジョージは老婦人に残されたこの世のすべてだった。けれど誰も疑わないだろう。彼女がキスをして行ってきなさいと言ったこと、そしてアメリカ人らしく、バカン家のひとりらしく見えるように胸を張れと言ったことは。ウォール街でのジョージの経歴はおそらくはかばかしいものではなかったが、よい兵士になることを疑う者はいなかった。共和国の軍隊にはつねにバカン家の者がいた。祖母はジョージにそのことを思いださせたに違いない。そしてありそうなことだが、ジョージのほうもキスをしながら、祖母に思いださせただろう。いつも屋敷にはバカン家の女がいて男たちが行進をして去るとき無事を願っていたことを。そして祖母に胸を張るよう言ったに違いない。

金銭の話をしたはずである。これからはもうお金がないのだ。ジョージが毎週送ってきていた少額の小切手がなくなれば、ミセス・バカンはほとんど文無しになってしまう。実際ありそうなことだった。屋敷を売ることを検討したのは、そしてそれを取りやめたことは。ジョージの給料の一部はもちろん祖母のもとに届く。しかし、祖母は説明した。その金を必要とする戦争関係の慈善事業がたくさんあるし、それに編み物の毛糸代も要る——祖母は農園をよすがとするしかない。いつだって菜園はあるし、何羽かの鶏、それに緑の牧草地、それはひょっとして干し草を大量にもたらすかもしれない。

想像してもいいだろう。ふたり——老婦人と若者——がバカン家に残されたわずかな地所を眺めるためにしばし月明かりのなかに立ったと。デラウェア川を渡ってくる微風の下で、草は大きく波打つ。フランスを目指すジョージが渡る夏の海のように。それを眺めたとき、百年つづく土地の肥沃さに感じいり、バカン家のふたりは不思議の感に打たれたかもしれない。独立戦争の日々、ワシントンの馬がある一夜、そこの草を食《は》んだ。それから一八一二年戦争、そして諸州のあいだの大きな戦いのときも草は緑に育ち、干し草の匂いは漂った。そして肥えたジャージーの土はその奥底から何かを地上に押しやり、戦時の国家を助けた。古めいた白い屋敷のかたわらに広がるこの土地はおよそ野生のもの、原始のものではありえない。ジャージーの土地は人間の手の下であまりに長く生きてきた。これはバカン家の土地だ。ジョージの草地だ。月の光の下で草地はかれにさようならと手を振っているように見えた。

「おばあちゃんはぼくに頼る必要はないな、これだったら」ジョージは言ったかもしれない。祖母の体に腕を回しながら。「ぼくはおばあちゃんを小さな庭と鶏と草地に預けるだけだ」

「心配はいらないよ。ここにあるものがわたしの面倒をみてくれるから」祖母はそう答えただろう。

そんなふうにジョージは出発した。そしてつぎの夜、船出の前夜に、男と男が率いる部隊が馬に乗ってやってきた。

夕暮れだった。銀色の軽い霧がデラウェア川から這いあがってきた。男は門の近くに馬をつないだ。乗馬用ズボンにゲートル、ひどく昔風の乗馬用上着という出で立ちだった。帽子の帯には小さなアメリカの国旗が付いていて、妙なことにそれは花形帽章《コケイド》のように見えた。新たに取りつけた電気の呼び鈴を完全に無視して、かれはノックした。呼び鈴は暇な日曜日の朝にジョージが取りつけたもので、孫は教会に行くべきなのにと祖母はそのとき思った。男がやってきたとき、ミセス・バカンは窓辺に立っていた。霧の訪れ、黄昏の訪れを眺め、ジョージがまもなく海に出ることを考えていた。馬でやってきた男が玄関のドアをノックしたとき、いささかの躊躇も見せず、まったく習慣に反して、彼女はみずから玄関に向かった。

手がただちに帽子に掛かり、帽子は優雅な円を描いた。現代風のお辞儀が要求するよりも入念な仕草だった。そして年齢にふさわしい懇《ねんご》ろな丁重さで喋った。大股で歩くようすは活力に満ちていたが、もう若くはなかったのだ。顔の造作は厳格で労が偲ばれ、いかめしい、厳しいといえるほどの高潔さが表情からうかがわれた。しかし笑みは、浮かんだ笑みは人を惹きつけ、老いたミセス・バカンは、笑みを返しながら内心で呟いていた。いくらいかめしくとも南部人はけっしてこの種の優雅で明るい面を失うことはないと。男の質問はヴァージニア州か、あるいはさらに南の、より柔らかいアクセントで発されたのだ。

「道に迷いました」かれはそう切りだした。ごく微かな、低い、けれど楽しげな笑い声とともに。しかしすぐに真面目な顔になった。「何年も経っています。何年も。わたしがこの前ここにきたときから」

ミセス・バカンは道を指さした。

「あれがプリンストンにつづく道です」

「プリンストン。もちろんそうだ。イギリス軍と戦って打ち負かしたところだ。妙な気がする。そうじゃないですか、アメリカがいまイギリスと一緒に戦っているなんて」

「わたしたちは独立戦争を忘れないといけません、そうでしょう?」ミセス・バカンは答えた。

「独立戦争を忘れる」夫人に向けた眼光が鋭くなった。怒っているとすら見えた。それから表情が和らぎ、言った。「たぶんそれでいいのでしょう。もし自由を忘れないなら」一瞬、プリンストンの丘への道を見あげ、それからつづけた。「マダム、かれらはあのときよく戦いました。ひとりの兵士として、わたしはこれほど素晴らしい盟友を得たことを喜びたい。しかし忘れるところだった。向こうにプリンストンが広がっている。そしてそこから駅馬車街道がニューヨークまでつづいている。そうですね? 朝にはわたしはニューヨークにいなくてはならない」

ミセス・バカンは古風な人間だった。けれどもなかば呆れて思わず呟いていた。汽車がある、自動車がある、と。けれど男は彼女の言葉を聞いているようには見えなかった。

「そうなんです」かれはつづけた。「朝にはニューヨークにいなくてはいけないのです。最初の部隊輸送船がフランスに向けて出航する」

「知っています。わたしの孫のジョージ・バカンがフランスに渡ります」ミセス・バカンは誇らしげな口調で言った。

「ジョージ・バカン？　プリンストンで戦った者のなかにジョージ・バカンという男がいた。憶えている」

「いました。そしてべつのジョージ・バカンが一八一二年の米英戦争のときにいました。それからジョン・バカンがメキシコ戦争に。それにウィリアムが一八六三年のときに。スペイン戦争には誰もいませんでした――わたしの息子は死んでいて、孫はまだ幼かったのです。けれどもうその孫も準備ができています」

「すべてのアメリカ人は準備ができている」訪問者は言った。「わたしもだ」

「あなたも？」声が高くなった。彼女は男の髪が白いことにそのときになって気づいた。「あなたも行くのですか？」

「これまでアメリカのために戦ってきた者がすべて行く。部隊をなして後ろにいる。聞こえませんか？」

道の先から無数の蹄《ひづめ》の音がかすかに聞こえてきた。

「一部はヴァージニアで合流した。一部はアーリントン郡でポトマック川を渡っているときに加わった。わたしの身内の家があるところだ。それからほかにもいる。古い友人たち、われわれがペンシルヴェニアのヴァレーフォージを通っているときに合流した。ヴァレーフォージはご存知ないでしょうね」男はなかば独り言のように言い終えた。

川霧はさらに野の奥を目指し、いまでは少し濃くなっていた。月はすでに空に架かり、霧はその光を受けて瞬き、みずからの光で輝いているようにも見えた。世界は夢の物質でできていた。道を叩く蹄の音は近づき、老いたミセス・バカンは驚異に打たれ、口を噤《つぐ》んで立っていた。姿が現れた。けれどもそのときでさえ影さながらで、朧《おぼろ》で、デラウエア川から静かに立ちのぼる薄い銀色のヴェールに覆われた揺らめく輪郭でしかなかった。月光の悪戯だったのだろうか、馬は痩せていたし疲れているように見えた。しかし馬たちは首を下げ、道端の短く埃だらけの草を勢いよく食《は》みはじめた。月光は馬の背に乗る者たちにも悪戯を仕掛けているようだった。というのも霧に浮かんだいくつかの人影はグロテスクとも言える旧式の服を着ていたのだ。どれも軍服のように見えた。なかには端然として現代的なものもあった。けれど大部分の者は、ミセス・バカンにそう見えただけかもしれないが、ぼろぼろの青か灰色の服を着ていた。予期していなかったその組合せは彼女の心を打った。ミセス・バカンは齢を重ねていて、その上《かみ》の不幸な日々を憶えていた。青と灰色が兄弟同士の戦いを表していたころを〔青は南北戦争の北軍の色、灰色は南軍の色〕。目に涙が溢れた。けれど、涙が流れているにもかかわらず、つづいて笑みも浮かんだ――ごく若いふたりが柵に向かってぶらぶらやってきた。そしてそこでくつろいだようすで立ちどまった。青い服を着た若者の腕が親愛の情とともに、まるで少年同士のように、一方の灰色の服の肩に回された。

「あの人たちがあなたと一緒に行くのですか」老いたミセス・バカンは尋ねた。記憶にまだ捕らわれていたが。

「そうです。すべての種類の、すべての年代の者がいます。一部はつねに友人同士というわけではなかった、しかし見てください――」男は笑みを浮かべ、柵の若者たちを指さした。「ひとりはヴァージニアからきた。もうひとりはオハイオからだ。ヴァージニアとオハイオはかつて戦った。けれどわたしに言えるのは、オハイオがはるか昔ヴァージニアの一部だったということだけだ。自分の記憶を信じるなら。そしていままたヴァージニアはオハイオの一部に、オハイオはヴァージニアの一部になっているのではないだろうか。けれどもいまは急ぐべきときだ、話すのではなく。疲れているのは馬だ。乗り手ではない」

「それに飢えている?」ミセス・バカンが仄めかした。

「馬たちはそうだ。あわれな獣」男は答えた。「人にかんしては問題はない。しかしわれわれは朝までにニューヨークに到着しなければならない。五十五マイルの距離の問題がある」

「三十分お休みになって、馬たちに草を食べさせてください。陽が昇るまでに着けます」

ミセス・バカンは屋敷の前の小道に進みでた。小道は薄紅と白色のカーネーションに縁取られ、薫りが夜気に滲んでいた。

「みなさん、そこの左の門を開けてください」彼女は叫んだ。声は高らかに鳴りひびき、自分の耳にも意外なほど力強く、明瞭に聞こえた。「うちの牧草地の草を馬に食べさせてください、食べそうだったら」

霧のなかから歓声があがった。ミセス・バカンは牧草地の門が開き、痩せた馬たちが入っていくのを見た。果てしなく長い列を作って。

「しかし、それだと干し草が穫れなくなってしまう」男は異議を申したてた。「干し草はそれなりのお金になるはずだ」

ミセス・バカンは胸を張った。「それは大したことではありません」彼女は答えた。

男はまたお辞儀した。

「でも、どうもわからないのですが」彼女は懇願の調子で尋ねた。ふたたびかれの白くなった髪に目をやり、ついで帽子の帯の小さな国旗に視線を転じると、それはやはり妙に花形帽章《コケイド》めいて見えた。「孫と一緒に船出するのですか?」

「あなたは理解なさっています。誰もが理解しているように」

「理解している?」彼女は小声で言った。夜が不意に冷たくなり、彼女はシェトランドウールのショールを胸元で掻きあわせた。怖いとは思わなかった。

客は屈《かが》んだ。そして身を起こし、甘い薫りを放つカーネーションの茎を折り、ボタンの穴に挿した。

「お許し願えるなら、わたしはあなたのお孫さんのためにこれをフランスまで運びます。われわれは特別人員なのです。船荷を監督するのが仕事です。われわれは若者たちを乗せてフランスに向かう船すべてとともに海を渡る――われわれはかつて戦った、いまかれらが戦わなければならないように。しかしお世辞に過ぎると思うのだが、みんなはわたしがまず平和の人間だと言いました。いまはまず戦争の人間にならなければならない、いま一度。わたしは最初に出航する輸送船に乗らなければならない。そしてフランスで友人たちにまみえるはずだ。フランスにはつねにわれわれの友人がいた。たぶんあの最初の日々からずっと。マダム、もちろん、あなたは若すぎてラファイエット侯爵を憶えてはいないでしょう?」

「はい、わたしは若すぎます」老いたミセス・バカンはそう答えた。そして涙を流しながらも微笑んだ。閲《けみ》した八十年という歳月を一瞥《いちべつ》して。

「あなたは小さな女の子だった、もちろん」かれは声をあげて笑った——いかめしさがゆるんだ稀な瞬間のひとつだった。「あなたのお孫さんだと気がつくでしょうか？」それから彼女の返事を待たずにつづけた。「プリンストンの戦いに参加したジョージ・バカンは二十二歳で、痩せていて、背筋は真っ直ぐで、瞳は青く、髪は茶色だった。態度には正直さと雄々しさがあり、笑みは見る者の心に残った」

「あなたはわたしの孫に気づくでしょう」ミセス・バカンは男に言った。「そして孫もあなたが誰かわかると思います、将軍」

いまになっても、彼女は自分の言った言葉の意味が、理解できないと述べている。六月の夜の魔法はそのときすべてのことを可能にした。けれど馬に乗ってきた男が誰だったか、それについてどう考えているか、ミセス・バカンは今日になっても言わないはずだ。ジョージだけは気がつくだろう。祖母が気づいたように。

「わたしもいることをその場の全員に知ってもらいたい」男は応じた。「みんな知るはずだ。みんな自分たちの国の歴史を思いだすだろう。われわれが思いだすように。そして砲弾がフランスの空で唸るとき思いだすだろう。アメリカが何度も自由のために戦ったことを。思いだすはずだ、国が若かった頃の兵士たちを。それにグラントやリーやリンカーンを。マダム、アメリカの鷲《わし》の声はとても鋭い。ドイツの砲弾が風を切る音を越えて耳に届くでしょう」

男は行く前にシェリーを一杯飲んだ。そして焼き菓子を一切れ口に入れた。たぶん遅れた時間は十五分に満たなかったはずだ。痩せた馬たちは果てしなく長い列を作って牧草地から戻りはじめていた。そして月と川霧のせいで光景はまだ驚異の国のそれのように見えた。はじめ考えていたより大きい一団は、蹄の音を響かせてプリンストンの街道を進んでいった。ニューヨークを目指し、塩辛い水と一群の船を目指して。

霧はつかのま晴れ、緑の牧草地の広がりが見えた。草はあるいは折れ、あるいはたわみ、千頭もの馬が一帯を踏みにじったように見えた。アル・フェントン、敬意とともに、ミセス・バカンによって「農夫」と呼ばれるかれは、ようやく目をさまし、身支度をととのえた。かれは老婦人の横に立ち、そして干し草の収穫が絶望的になったと考え、落胆した。かれはこの出来事の真面目で朴訥《ぼくとつ》で重要な立会人ということになる。そしてその事実は重要である。それから起こったことは以下のごとくだったからである。太陽が昇り、ミセス・バカンは窓を開けた。川からの微風が緑の草の海に嫋《たお》やかな波を作った。草の先はまだ空を指していた。踏まれてはいず、乱れてもいなかった。バカン家の草地はジョージが信じたように、やはり祖母を支えようとしていた。

これが一部始終である。ここに信憑性があるかないか、判断は自由である。ジャージーではそれぞれが自由に判断している。けれど老ミセス・バカンは信じている。アメリカのどの輸送船も、船荷を護る者、特別人員とともに航海するだろうと。そして彼女は信じる。それらの特別人員たちとともにあるわれわれは、この戦いにおいて敗北することはないと。ジョージもまた国の祖母に呈した手紙に記す。われわれは勝利するだろうと。

ささやかな忠義の行い

A Simple Act of Piety

アクメッド・アブダラー
Achmed Abdullah

森 慎一郎訳

最後を飾るのは，*The Best Short Stories of 1918* から採られた一篇(初邦訳)．同書巻末の紹介によると，作者アクメッド・アブダラー(1881-1945)は，アフガニスタンの首都カブールの生まれ．アラブ人，タタール人の血を引き，インドやイギリス，フランス，ドイツで教育を受け，旧パリ第4大学を卒業ののち，旧イギリス領インド軍とオスマン帝国軍に従事したという異色の経歴の持ち主．1912年頃から作品を発表しはじめ，その当時はニューヨークに住んでいた．さらに，のちに発表した自伝によれば，生まれはウクライナ，ロシアの皇室とアフガニスタンの王侯の血を引いているというが，すべて自称であり，真偽のほどは定かでない．いずれにせよ，東洋にルーツを持つアメリカの作家とは言えるだろう．

本作には，今日の人権意識に照らせば不当・不適切と思われる語句や表現が散見されるが，作品が発表された当時の時代背景と文学的価値とにかんがみ，本書にも採録することとした．救いのない暴力や犯罪を描いたロマン・ノワールの先駆け的作品だが，ノワールが評価されるのは1940年代に入ってからだ．本書の原シリーズを編んだ際も，本作を最後に配した芥川は，時代の潮流を先読みしていたとも言える．舞台はニューヨーク．徹底して細部まで描くリアリスティックな筆致が，思いもよらない大きな流れをたぐりよせる——

その晩の一件はなんとも地味なものだった。角を曲がった先、バワリー地区に店を構えるスペイン人老女を、彼は殺害するつもりだった。老女とは長年の知り合いで、顔を合わせればいつも丁重に挨拶を交わす間柄、別に好きでも嫌いでもなかった。

目論みどおり、彼は老女を殺した。殺す気なのは、むっと悪臭が鼻をつくその店に彼が入ってきた瞬間、老女にもわかった。戸口に雑然と積まれた中古品の山の陰から長身がぬっと現れ、のっぺりと温和で浮世離れした中国人の黄色い顔が覗いた。こんばんは、と告げた声は耳に心地よく響いたが、それでいて何か不自然なものがにじんでいた。その何かの正体が彼女には掴めず、掴めないからこそ余計にぞっとした。冷たい風に吹かれたように頭の毛が逆立つのがわかった。

最後の最後になって、男の切れ長の瞼《まぶた》の下、紫黒色《しこくしょく》の目の中に真実が揺らめくのが見えた。が、もう手遅れだった。

細身の刃の反ったナイフを握った手が、痩せて骨ばった喉元を横切った――ごぼごぼと声にならぬ声がもれ、深紅の筋が深紅のしみへと広がり、どさりと倒れる音――こと老女に関するかぎり、これが一件の終わりだった。

一分後、ナグ・ホン・ファはペル街の向こう端まで歩いていき、チン・ソー社所有の、「甘き欲望と極上のもてなしの店」の名で知られる酒屋に入った。そこはナグ一家の中国生まれの面々の溜まり場で、中でも彼は、裕福にして慈悲深い廉直の士として集まりの上座を占めるのが常だった。

半時間ばかり、ジャスミンの花を混ぜた香り高き日干し台湾茶をすすりながら一族の面々と話し合った末に、彼は完璧なアリバイを仕立て上げた。

アリバイは崩れなかった。

彼はいまも自由の身である。折につけて残念そうに——うわべだけでなく心底残念そうに——セニョーラ・ガルシア殺害の件を、角を曲がった先で商売をしていたあのスペイン人老女のことを語っているのを耳にする。老女の甥のカルロスが継いだ店は、いまもひいきにしてやっている。取引をやめないのは、おのれの血染めの罪業をいくらかでも償いたいからではなく、たんに品物が安いからだ。

彼は何一つ悔いてはいない。悔いるには心に罪を認める必要があるが、セニョーラ・ガルシア殺害は彼にとって罪などではなかった。なすべきことをしただけのこと、なんら恥じるところのない、立派とさえ言える行為だった。

なぜなら彼は中国人であり、すべてはチョコレート色のハドソン川と、くすみ濁った灰色のノースリヴァーのあいだで起こった出来事であるにせよ、これは東洋の物語なのだ。そこには緑青を帯びた青銅の気配がたちこめている。一等級の阿片と香しき沈丁花《ジンチョウゲ》、孔子の若き日にインドから持ち出された金塗りの彫像、過ぎ去りし幾世紀の匂《かぐわ》いの染みた色あせた刺繍の気配がたちこめている。とても甘くとてもやさしく――およそ人間味のない気配が。

頭上で高架鉄道の轟音《ごうおん》が響く。地上では制服姿の巡査がべとつくアスファルトの上で扁平足を引きずっている。それでもなお、これは中国の物語だ――そして話の山場も、中国人の物語にあっては、中国人のかすかに歪んだ視角からすれば、アメリカ人のそれとは違う。

ナグ・ホン・ファにとって、この山場はセニョーラ・ガルシア殺害ではなく、ファニー・メイ・ハイの笑い声だった。きらきらのブレスレットを彼が手に取り、その値打ちを査定してみせたとき、彼女があげたあの笑い声だった。

ファニーは彼の妻だった。それは誉れある正式な結婚で、細身の金の指輪、牧師、ギリシャ人の行商から格安で買った針金入りのバラの花束、手に手に掴んだ米を投げる酔っておどけた黄白両人種の親族と、すべてが揃っていた。

むろん結婚した際には、ペル街界隈の少なからぬ住民があれこれと噂した。渦巻く黒煙がどうとか、奴隷がどうとか、他にも華やかでロマンチックな悪事の数々を囁《ささや》いた。救貧調査員のイーディス・ラター嬢は警察のことを口にし——事実、通報した。対して、威厳に加えてユーモアのセンスも持ち合わせたナグ・ホン・ファは、彼ら全員を我が家に招待した。あれこれ噂する連中、イーディス・ラター嬢、第二分署のビル・デヴォイ巡査まで、心ゆくまでごらんあれと家に招き入れた。すると中には阿片もなく、隠し戸もなく、秘密の戸棚も、戦慄すべき蒙古の謎もなく、ただの清潔でこぢんまりしたスチーム暖房のアパートで、十四丁目の店で仕入れたグランドラピッズ製の家具、ドイツ産の磁器、ミルウォーキー産の白ビール一箱、ケンタッキー産の黄麻布色の刻み煙草を収めた容量五ポンドの煙草ケース、蓄音機、そして背と縁に真鍮《しんちゅう》をあしらった立派な大判聖書はギュスターヴ・ドレの挿絵入り。

「またどうぞ」狭い階段をぞろぞろ下りていく客たちの背に彼は声をかけた。「気が向いたらいつでもどうぞ。歓迎しますよ——そうだろう、おまえ?」そう言って妻のあごをくすぐる。

「当ったり前でしょ、太っちょの黄色いダーリン！」とファニーもうなずく。それから――撤退していくラター嬢の背を目がけてとっておきの毒矢を発射――「ねえちょっと！　あたしの結婚証明書を拝みたくなったらね――大統領とビッグ・ボスのお写真のあいだに掛かってるから――どれも素敵な額に入れてね！」

二人の出会いはある晩、バワリー地区の酒場でのことで、ファニーを紹介してくれたのは酒場の主、ブライアン・ニール氏なるアーマー県から渡ってきた紳士だったが、世に言うアイルランド的純潔もいまやバワリーのどぶ水の泥はねまみれのこの人物、本人の弁ではファニーの叔父なのだという。

が、この主張は眉唾ものだった。ファニー・メイ・ハイはアイルランド人ではなかったからだ。なるほど髪は金色、目は青い。でもそれ以外はどう見ても中国人だった。十分の九はそうだと見て間違いない。むろん彼女自身は断じて認めなかった。が、それはそれだけのこと。

彼女はレディではなかった。レディなわけがない――誰だってわかることだ――混血の生まれで、ブライアン・ニール氏が叔父役を務め、イーストサイドの悪徳の淀んだ水たまりの只中で生きていた。

ところがナグ・ホン・ファは〝大上海チャプスイ宮殿〟の経営者であるのみならず、詩人、哲学者でもあったから、この娘はまるで七つの罪すべてを知り尽くした金髪の悪の女神だと言った。さらに付け加えて――これは一族の占い師、ナグ・ホップ・ファットを相手に――いわく、彼女が罪を七箱、いや十七箱、いやいっそ七かける十七箱抱えていようと、それをナグ一家の神聖不可侵なる胸のうちに収めておくかぎりはどうでもよい。

「そうとも」と占い師は言うと、一摑みの彩色した象牙の棒を放り上げ、その落ち方から吉凶を見定めようとした。「純潔を宝とするのは愚かな若者だ。かたやあなたは若くはない、従兄弟《いとこ》殿――」

「そのとおり」ナグ・ホン・ファも相槌を打つ。「私は年寄りでデブでのろまだが、知恵はたっぷりあるからな。純潔にどれほどの価値があろうと、それは立派な市民が膝もとでそっと戯れる男児らを眺めるときの満ち足りた幸福にはてんで及ばぬ」

弟で阿片商人のナグ・セン・ヤットがユン・クワイなる名を口にすると、彼はただ笑みを浮かべた。

「ユン・クワイは美しい」と阿片商人は言うのだった。「そして若い――そして家柄もいい――そして――」

「そして子が産めぬ！　そしてサンフランシスコにいる！　そしてすでに離縁した女

だ！」

「でも兄のユン・ロンはどうする、ユン一族の頭の。あの男には権力も富もある――ペル街一の金持ちだ！　あなたのこの再婚に面目をつぶされたと思いかねぬ。何より相手の女が外人であることに！」

「それは違う。あれは髪と目が外人風なだけだ」

「髪と目の行くところ、血の呼び声があとに続く」とナグ・セン・ヤットはやり返し、再びユン・ロンについての警告を口にした。

しかし兄は首を振った。

「心配に翼を与えてはいかん。ただでさえ素早く飛ぶのだから」と金言を口にする。「それに、占い師が色つき棒を読んだところでは、ファニー・メイ・ハイは息子を産んでくれるという。一人――うまくすれば二人。そのあとは、蛮人の血の一滴があれの中国魂の澄んだ鏡を曇らせているという、その話が仮に真実なら、折を見てあの美しく誉れ高きユン・クワイを再び我が家に迎えればよい。子を産めぬがゆえに離縁しカリフォルニアへやったあの女をな。そして、こっちの女が産んでくれるはずの息子らをあれに養子に取らせれば――そうなれば何もかも実に申し分ない」

そこで彼はアメリカ風の一張羅を着こみ、ファニーのもとを訪ねて、威厳たっぷりのもったいぶった言葉遣いで結婚を申しこんだ。

「もちろんお受けするわ」とファニーは言った。「もちろんよ！　このニューヨークでいちばん太った、いちばん黄色いシナ人のお嫁さんだろうと、いまのこの暮らしに比べりゃましだもんね――でしょ、吊り目のおデブちゃん？」

「吊り目のおデブちゃん」は微笑んだ。女の姿をじろじろと満足げに眺めている。内心で、色つき棒の予言はきっと当たる、これは男児を産んでくれそうだと考えていたのだ。彼自身の母親は河の娘で、日照りの折に一握りの干からびた穀物と引き換えに買われたのだった。そして有徳の誉れを残して死んでいった。その漆塗りの派手な棺には十九人の仏僧が付き随い、剃り上げた頭を厳かに振りながら、金剛経《チン・コン・チン》の縁起のよさそうなくだりをぶつぶつ唱えていた。

一方のファニーは、自分は純血の白人だなどとあくどい嘘に固執しながらも、中国男は寛容で気前がよく、亭主にするにはもってこいで、似たような社会階層の白人と比べたら妻を殴ることも少なめだと知っていた。

むろん貧民街育ちだったから、おのれの権利には猛然と固執した。

「吊り目のおデブちゃん」そう切り出したのは結婚前日のこと、目の光から本気の言葉なのがわかった。「あたし真っ当な女なの――おわかり？　で、この先も真っ当にやってくつもり。これまでずっと文句なしのレディだったとは言わない、でもあんたを騙したりする気はないの、わかる？　ただね――」そこで顔を上げる。と、突然、ナグ・ホン・ファにそれとわかったかどうかは定かではないが、混血の生まれ特有の傲慢さ、喧《かまびす》しさ、痛ましさが窺える台詞《せりふ》を口にした。「あたしにはちょいと自由が必要なの。アメリカ人なんだから――白人なんだから――こら！」――というのは彼が太った手で素早く口元を隠したのを見て――「笑わないでよ。ほんとに白人、厚化粧の中国人形とはわけが違うの。だから太っちょの黄色いご亭主様のお帰りを、せまーい、くさーい、ちんけなボロアパートでしくしく寝ずに待ってるなんていや！　要するにね、この金髪ちゃんはアスファルトと電灯の自由をぜったい譲れないってこと、いいわね？　真っ当な妻でいてあげる――あんたも真っ当な夫でいてくれるうちはね」そう小声で言い添えた。「もちろん」彼は言った。「おまえは自由だ。当たり前だろう。私はアメリカ人なんだよ。さ、一杯どうだ？」そうして二人は酒を酌み交わし、契約を固めたのだった。タンブラーには中国産米焼酎のバーボン割り、アニスと粉ショウガで香りがつけてあった。

結婚式の晩、新婚夫婦はハネムーンに出かける代わりに、塗り立てのニスでぴかぴかのペル街のアパートで思い切り飲み騒いだ。十二月の刺すような寒さをものともせず、開け放った窓から並んで身を乗り出し、高架鉄道に酔いどれの賛歌を捧げた。星々を指さす鉄柱はまるで逆さに立てた巨大な氷柱《つらら》、ガタンガタンとやむことのない騒音をよそに、凍てついたような、厳しくも物淋しい姿で佇み、あたりには鎧戸《よろいど》や半地下の窓格子からむっと立ち昇る温かな中国の臭気が満ちていた。ナグ・ホン・ファは道を渡ってくるユン・ロンの姿を認め、酔いの感傷に任せてユン・ロンの妹のことを、子を産まなかったがゆえに離縁した女のことを思い浮かべて、部屋に上がって来るよう大声で呼びかけた。

「さあさあ！　一杯どうだ！」しゃっくり混じりに叫ぶ。

ユン・ロンは足を止め、顔を上げ、丁重に断ったが、その前にじっと値踏みするような視線を向けた先には、肥満した亭主の隣で同じく声を張り上げている金髪のメイ・ハイがいた。ユン・ロンはなかなかの男前だった。そうして街灯のちらつく光の中に立っていると、薄黄色の、絹のような光沢のある細面ながら逞《たくま》しい顔が、まるでナイフで切ったようにくっきりと黒い影の中に浮かび上がった。

「いい男ね、あのシナ人！」立ち去るユン・ロンを目で追いながらファニー・メイ・ハイが感想をもらす。すると夫も、酒に温まって気が大きくなっているのか同意した。

「もちろん！　いい男さ！　大金持ちだしな！　もう一杯いこう！」

六杯目に至る頃には、ナグ・ホン・ファの魂に潜む詩人が解き放たれて、夫は顔を赤らめる妻を膝にのせ、即興で広東風の気の利いた恋歌を口ずさんだりした。が、翌朝いちばんにファニー・メイが酔い醒めの頭で勘ぐったこと、つまり自分は飲んだくれと生涯の契りを交わしてしまったのではないかという疑念は、すぐに杞憂だとわかった。

このウィスキーのどんちゃん騒ぎは、ナグ・ホン・ファ念願の男児誕生を見越した相応の前祝いにすぎなかった。そしてこのまだ見ぬ息子のため、まだ見ぬ息子の将来のためにこそ、夫はくしゃくしゃに乱れた寝椅子から起き出し、温和な顔に太った体で、頭痛も心痛もなくアパートをあとにし、一時間ほどユン・ロンと商談を持ったのだった。ユン・ロンは食料品の卸売りを手掛けており、広東、マニラ、ニューヨーク、サンフランシスコ、シアトル、ブリティッシュコロンビア州ヴァンクーヴァーにまで倉庫を抱えていた。

ユン・クワイのこともファニーのことも、ひと言も口にされなかった。話はもっぱら筍の缶詰、蛭《ひる》の干物、五斂子《ごれんし》のピクルス、アーモンドの豆板に関するものだった。価格の折り合いがつき、お決まりの文句と掌《てのひら》に掌を合わせる仕草で取引成立と相成ったところで――書面はいっさい交わされずとも、以後は双方、契約から手を引けば面目を失うことになる――ユン・ロンが実に何げない口調でこう述べた。

「ところで、支払いは現金でお願いしますよ――即金で」そして笑みを浮かべた。

というのも、相手の飯店主が大胆な商売人で、長期信用貸しやら収益見込みやらに頼りがちなのをよく心得ていたからだ。これまでは常に文句も言わず、特に合意がなくとも九十日の余裕を与えてやっていたのである。

ナグ・ホン・ファも笑みを返した。とろんとした、謎めいた薄ら笑いを。

「現金は持参しましたよ」そう彼は答え、ポケットからドル札の束を引っ張り出した。たがいに見つめ合う両紳士の目には、相手への畏敬の念がたっぷりと見て取れた。

「新婚生活最初の取引で四十七ドル三十三セントの節約だ」ナグ・ホン・ファはその晩、〝甘き欲望と極上のもてなしの店〟に集まった一族を前にして言った。「ああ、きっと立派な大事業を譲ってやれるだろう、妻が産んでくれるはずの男児にな！」

そして男児が誕生した――金髪の、青い目の、黄色い肌の子で、ブライアンという名はあのバワリーの酒場の主人、真偽不明のファニーの叔父とやらにちなんだものだった。命名式を行うにあたり、ナグ・ホン・ファは特製の招待状を送った。ピンク色のカードに毒々しい赤紫の文字、緑のワスレナグサと紫のバラの縁取り、裏面には〝大上海チャプスイ宮殿〟の広告。また、妻にもご祝儀として、曇りのある白翡翠《しろひすい》の高価なブレスレット、精巧に青い羽根が埋めこまれた緑翡翠のイヤリング、彫刻を施したチベット産石鹼石のチェスト、フランス製香水一瓶、卸値で十七ドルした一ポンド入りの蜜柑花茶、中国クロテンの赤い毛皮のセット、それに蓄音機用にカルーソの新しいレコードを贈った。

ファニーは最後の二つが特にお気に入りだった。とりわけ毛皮については、寝椅子を離れるだけの元気を回復するや、八月某日の熱風渦巻く暑さの中、さっそく着用して生まれ育った舗装路街区に繰り出した。というのも彼女は宣言どおり、おのれの権利たる自由に断固こだわったのである。アスファルトと電灯の自由——そこには当然、叔父の酒場の奥の間も含まれる。薄汚れたかび臭い壁に所狭しと貼られたケンタッキーの有名蒸留所の広告、隙間には幾世代もの蠅が残した消しがたき痕跡、脚の壊死したテーブル、傷だらけの痰壺、渾然と漂う貧困と怠惰のにおい、埃と気の抜けたビールのにおい、チーズサンドイッチと湿った煙草と冷たくなった葉巻のにおい。

「とっとと出ていきな！」媚薬《レッド・パウダー》でも塗ったか、奥の間の敷居をふらふらまたいで一つお相手をと腰に抱きついてきた煉瓦職人をファニーが一喝する。「あたしは堅気の人妻なんだよ――いいね？」それから放埒をきわめた独身時代の相棒、ライアン嬢に顔を向ける。隅のテーブルでかわいらしい上向きの鼻を大ジョッキの泡に突っこんでいるご婦人だ。「悪いこと言わないからさ、メイミー、シナ人と結婚しなって！　これがいちばん、嘘じゃないよ」

メイミーは肩をすくめた。

「あんたはそれでいいだろうけどね、ファン」と答える。「あたしはお断りだね。だってほら――あんたの場合、自分もほとんどシナ人――」

「違う！　違うわ！　あたしは白人――それをシナ人ってあんた、何よ、どういうつもり？」そこで友の顔に悔恨の色を見て取って、「ま、いいわ。吊り目のおデブちゃんであたしは十分。ちゃんと白人らしく扱ってくれるし、そうよ、そうですとも！」

実際、これは誇張ではなく事実だった。

ナグ・ホン・ファは彼女をきちんと扱った。父親になる夢が叶って幸せだったし、そのことを世に知らしめるみたいに、毎晩、元気いっぱいの泣き声がペル街の手狭なぼろ家に響き渡り、道を渡った先ではそのこだまのように、チン・ソー社の酒屋に集まった一族がやんやと父子の輝かしい未来を予言した。

商売は大繁盛だった。父親になった責任感のせいか、もとより商売に抜け目のなかった蒙古脳がさらにピリッと鋭さを増した。これまで一ドルの利益にこだわっていたところで、いまは一セントにまでこだわっていた。茶や米などの必需品の価格をめぐって金持ちのユン・ロンと厳しくやり合った。どちらもユン・クワイの名はただの一度も口にせず、そのユン・クワイから飯店主の愛妻の座を奪った女の名もやはり口にしなかった。

ファニーは真っ当に暮らしていた。本人の言葉を借りるなら、狭く正しき道を歩んでいた。「だからって足が疲れるわけでもないし」と彼女はライアン嬢に打ち明けた。幸せで、満ち足りていたのだ。なんだかんだで人生は彼女にやさしく、奇っ怪で歪んだ不潔な青春時代の果てに、太った中国男の手を介して豊かさと満足を与えてくれたのだ。いまでは折につけ、心ならずも、血筋の十分の九を占める蒙古民族の怒濤に引きこまれそうになることもあった。以前は中国人などと言われれば猛然と否定したものだったが。

そうして幸せいっぱいの顔で、ファニーはチャイナタウンのスパイス香る暖かな迷路を笑い歩いた。初子をひしと胸に抱き、道行くすべての人と友だちになれそうな気分で。

ペル街を歩いていくそんな彼女の姿を、ユン・ロンは何度も見かけた。店の窓辺の彫刻を施した椅子に座り、深紅の房のついた煙管《きせる》をふかしながら。一条のはぐれた陽光が窓から踊るように差しこみ、プリズムのごとく虹色に弾けて、その色白の穏やかな顔を朦々としたオパールの光彩で包んだ。

彼女が通るたびに彼は手を振り、丁重な挨拶を送ってきた。

そのたびに彼女も挨拶を返した。

なかなかいい男ね、あのシナ人。でも――だめだめ！――あたしは真っ当な女、そうよ、そうですとも！


一年後、ナグ・ホン・ファは慶事を見越して、アップタウン方面にある一軒の飯店の買取権を手に入れた。次男の将来を軽んじたのでは、〝大上海チャプスイ宮殿〟を継がせる予定のブライアンをえこ贔屓《ひいき》することになるからである。やがてファニーはまた一人の混血児をペル街界隈の臭気漂う喧騒の中へ送り出した。が、その晩帰宅したナグ・ホン・ファは、子守女に第二子は女の子だと知らされた――一家の帳簿の貸方でなく借方に記入すべき事項である。

ナグ・ホン・ファ夫妻の結婚生活に変化が生じたのはこのときだった。

といっても夫たる氏が、母親にちなんでファニーと名づけた幼い娘を嫌っていたわけではない。それどころか娘のことは、一種不器用で受け身な愛し方にせよ愛していたし、午後にはよく、太い腕に抱いたちっちゃなお包《くる》みを揺すりながら、広東風のお伽の歌をあれこれ甘く囁いている姿も見られた。いずれも幼児たちの神を歌った歌で、顔が砂糖がけのスモモでできているものだから、赤子らはその顔に抱きつき唇を寄せては、むろん小さなピンク色の舌で舐めまわすのである。

ところが今回は命名式もなければ、選ばれし者だけに送られる派手な赤紫の文字の招待状も、幸ある未来を寿ぐ予言もなかった。

今回は、緑翡翠や白翡翠の高価な贈り物が若き母親の枕もとに積まれることもなかった。

妻はそれに気づいた。が、文句は言わなかった。夫は新たな事業に持ち金をすべて注ぎこんでいるのだ、そう自分に言い聞かせた。そしてある晩、新しい飯店の件の進み具合を夫に尋ねてみた。

「新しい飯店？」夫は穏やかに訊き返した。

「そう、おデブちゃん、アップタウンのほうの――生まれたあの子のために――」

ナグ・ホン・ファはけらけらと笑った。

「ああ、あの買取権は手放した。たいして損もせずにすんだよ」

ファニーは身を起こし、幼いファニーをぎゅっと抱き締めた。

「手放した？」と訊き返す。「どういう意味よ――手放したって？」

と、そのとき、疑念の耳打ちを受けて突如ひらめいたかのように、ファニーの声に常ならぬ力が漲《みなぎ》った。

「手放したのはつまり――この子が――ファニーが――女の子だから？」

彼は笑顔でうなずいた。

「いかにも！　女子はせいぜい子を産み、鍋釜をきれいにしていればよいのだからな」

そう言う彼の口調には冷酷さも、ことさら男の優位を意識しているふしもなかった。たんに事実を述べただけだった。なるほど悲しい事実ではある。が、不変不動の事実であることに変わりはない。

「でも――でも――」ファニーの言葉がどぶ水のようにあふれ、驚きに、傷ついた誇りと虚栄心につっかえて渦を巻いた。「このあたしだって女よ――あたしは――」

「もちろん、おまえは女だし、その義務をちゃんと果たしてきた。息子を産んでくれたからな。あるいは星回りがよければ、もう一人産んでくれるかもしれん。だがそれは――その子は――」そこでえくぼのある丸々とした手を一振りし、幼いファニーを悔やまれる事故として退けたうえで、なだめるように言葉を継いだ。「きちんと片づけてやるつもりだよ。実はもう、サンフランシスコにいる一族の友らに手紙を書いて、この子がしかるべき年になったときの適当な片づき先を手配してある」そう説明する彼の英語は実にこなれていて正確だった。身につけたのは夜学校でのこと、クラスきっての優等生だったのである。

ファニーは立ち上がっていた。寝椅子を離れていく。毛糸のベッドスリッパをさらさら鳴らし、部屋の真ん中に吊られた石油ランプが放つ淡い光の輪の中にぬっと立つ。夫に近づいていく。左手で赤子を心臓にひしと抱き寄せ、右手はナグ・ホン・ファの分厚い胸にピストルのように向けて。深くくぼんだ、菫色《すみれ》がかった青い目は、男を刺し貫かんばかりだった。

が、身のうちに流れる中国の血が——抜け目のない、辛抱強い血が——アメリカ的激情を抑えこみ、権利、正義、公平を声高に求めるアメリカ的感覚の沸騰を鎮めた。自制したのである。詰《なじ》るように指さす手の力が緩み、男の肩の上にそっと落ちた。娘のため、身のうちの一滴の白い血のために戦っていたのだ。ここで癇癪《かんしゃく》を起こしてはいけない。

「いいこと、吊り目のおデブちゃん」と彼女は言った。「あんたキリスト教徒を名乗ってるんでしょ？　キリスト教徒のアメリカ人を。だったらやさしくならなきゃ。それに賢くね！　ここは中国じゃないのよ、おデブちゃん。かわいいファニーをそこいらの金持ち中華兄弟に目方売りするなんて絶対にだめ。一ポンドあたり種《たね》何袋とか、それもたいした量じゃなく！　この子はちゃんとキョーイクを受けるの。チャンスを与えてあげるのよ、ね？ 獣みたいな男に頼らずに、そういう男が女にさせたがるような生き方とは関係なく生きていくの。ねえいい、おデブちゃん、あたし適当なこと言ってるんじゃないのよ！」

だが夫は頑固に首を振った。「もう決まったことだ」と答えた。「これ以上ない好条件でね！」

そう言って立ち去りかけた。が、妻は追いすがった。夫の袖を摑む。

「あんた――あんた本気じゃないわよね？ まさかそんな！」しどろもどろに言う。

「本気さ、バカだな！」そして訳のわからない物事を払いのけるような、小さなうんざりした仕草を見せた。「おまえは女だ――女にはわからん――」

「わからないって、冗談でしょ！」

彼女は歯を食いしばって絞り出すように言った。氷柱《つらら》が落ちるように言葉がぽきりと折れた。激情がさっと石に変わり、またさっと戻って、唾まじりの罵詈雑言となってほとばしり出た。

「この忌々しい、黄色いくっさいシナ人が！ あんた――あんた――どういうつもりよ――あたしに子供を――あんた自身の子を産ませといて――それなのに――」そこで幼いファニーが元気いっぱい泣き出したので、その顔中にキスの雨を降らせた。「ねえねえ、あんたひどいパパを引き当てちゃったわね！　ひどいパパを！　見てごらんよ、そこに突っ立ってる！　ぎとぎとして黄色くて――ねえ――パパはあんたを奴隷みたいに売り飛ばす気よ、どこかの獣みたいなシナ人に！　ねえ――」

「そう言うおまえだって――その――シナ人だろうが、バカめ！」

「違うわ！　あたしは白人――それに真っ当な女だし――品もあるし――それに――」

「いやはや！」

煙草に火をつけ、のほほんとした笑みを浮かべる夫を見て、彼女は突如悟った。この男には言い返しても頼みこんでも無駄なのだと。聞く耳を持たぬ、巨大な冷笑の塊を相手にしているようなものだ。神経も、心もない。そう思うと、女によくある話で、大きな不正が小さな不正に飲みこまれてしまった。

「あんたの言うとおり。あたしもシナ人の血が混じってる――考えただけで気が滅入ってくるけどさ！　だからファニーが生まれたとき、あんたがご祝儀をくれなかった理由もお見通しよ。女の子だからでしょ！　それがあたしのせいだって言うわけ、このデブの、すかしたぶよぶよ男！　そうよ！　だからくれなかったんでしょ――お見通しよ！　シナ人が子供産んだ女房に贈り物もなし、それがどういうことかぐらいわかるわよ！　この女の顔に泥を塗ってやれ――そういうことなんでしょ、ええ？　それをあたしときたら、しばらくはこう信じてたわけよ、きっといまは節約してるんだ、ファニーを世に出してやるためなんだって！

ふん、冗談じゃないわよ！　あんたはあたしの言うとおりにするの、いい？　あのアップタウンの新しい飯店を開けて、このあたしに贈り物をよこすの！　ブレスレット、ブレスレットがいいわ！　それもあのちんけな中華翡翠じゃだめ。本物じゃなきゃだめ、わかった？　金とダイヤの、いいわね？」なおも喋り続ける彼女を尻目に、夫は平然と無言で笑みを浮かべて部屋を出ていき、ギシギシきしむ階段を下りて、スパイス香る茶碗に慰めを見出すべく〝甘き欲望と極上のもてなしの宮殿〟に向かった。

彼女は窓辺に走り、窓を開け放った。ぐっと身を乗り出す。金髪が輝かしくも乱れ乱れた後光のように顔を縁どり、はだけたローブはほのかに光る肩からずり落ちかけ、菫色の目はめらめら炎と憎しみを放っていた。

去りゆく夫の太った後ろ姿に怒鳴りかける。

「ブレスレットよ、ブレスレットをちょうだい！　ブレスレットをもらうわ、わかった？　金とダイヤの！　金とダイヤよ、この黄色いブタ男！」

ユン・ロンが家の前を通りかかったのはそのときだった。彼女の声を聞いて顔を上げ、いつものように丁重な挨拶を送った。が、今回はそのまま先を急ぎはしなかった。数秒間じっと彼女に目を向け、その首から肩にかけてのやわらかな線、色白で卵形の小さな顔、たっぷりと広がった深紅の唇、白くきらめく小さな並びのよい歯、そして憂いを帯びた青い瞳をじっくり眺めた。後ろからランプの光に照らされ、前からそよ風が吹きつけているせいで、化粧着のゆったりした袖が巨大なバラ色の蝶の羽のようにはためいた。本能的に彼女もじっと見つめ返した。本能的に、怒りと心痛を一直線に突き抜けて、以前も感じたあの思いが心に浮かんだ。

いい男ね、あのシナ人！

そして自分でも何をしているかわからないうちに、唇がその思いを声にしていた。

「いい男ね！」

それは激しく熱のこもった囁き声で、ペル街の渦巻く臭気の中をそっと漂い下りていった——鋭く、密やかに、言づてのように。

ユン・ロンは微笑み、洒落た山高帽の縁を軽く持ち上げ、その場を歩き去った。

毎晩毎夜、ファニーは攻撃を続けた。おだてたりなだめたり、脅したり罵ったり。

「ねえいい、吊り目のおデブちゃん——」

が、いっそスフィンクス相手に掛け合ったほうがましなぐらいで、絶えず笑みを浮かべた亭主にはなんの爪痕も残せなかった。ぶよぶよした体を快適な揺り椅子に沈め、フェルトのスリッパを履いた足先で前後に揺らしながら、下品な垂れ下がった唇の右端に煙草をだらりとくわえ、温《ぬる》い米焼酎の盃を肘先すぐのところに置いて、羽を焼き切られた珍種の甲虫がぐるぐる旋回するさまを観察するみたいにじっと彼女を眺めている。おもしろそうに。が、しばらくすると、延々同じことの繰り返しに飽きてきて、中国人らしく型にこだわる夫は、ブライアン・ニールに正式に苦情を申し立てることにした。妻の叔父だと名乗っている、あのバワリーの酒場の主人である。

このアイルランドの放蕩息子にとって、人生とはすなわち、ささやかな安楽とささやかな悪癖の悦びを寄せ集めたまずまずうららかな場所のことにほかならなかった。喉の奥でくっくと笑いながら、おまえはどこまでおセンチなバカなんだと「甥」を諭した。

「ぶちのめしてやれ！」というのが彼の冷静沈着な助言だった。「たっぷりひっぱたいてやれ、そうすりゃおまえに懐《なつ》くから、な、若いの！」

「それは——その——正式な許可ですか、一家の主としての」

「もちろん。ちょっと待て。俺の折檻棒を貸してやるよ、こいつの味はあれもよく知ってるはずだからな」

ナグ・ホン・ファは助言と折檻棒をともに持ち帰った。そしてその晩はファニーを厳しく折檻し、おとなしくなるまで一週間それを続けた。

すると彼女は再び理想の妻になり、夫の分厚い胸に幸せが戻った。救貧調査員のラター嬢ですらこんな感想をつぶやいた。「真の愛に守られた平和は難攻不落なのです」ナグ・ホン・ファ一家がペル街を歩いていく姿を目にしたときのことである。幼いブライアンがとことこと先を行き、赤ん坊は母親の腕に抱かれていた。

寛大にもナグ・ホン・ファは、妻のちまちました女らしい虚栄心を大目に見てやっていた。ある日の夕方のこと、妻は顔を火照らせ興奮を隠せぬ様子で帰宅すると、手首にあしらったきらきらのブレスレットを見せて、「金もダイヤも模造品の安物よ、吊り目のおデブちゃん！」と説明した。「貯めたお金で買ったの――これくらい、別に叱られないと思ったんだけど？　あんたにとっても損はないでしょ、このへんのシナ人連中なら、これ見て本物だって勘違いするかもしれないし、あんたがプレゼントしたんだって思うわよ」――この説明に夫は笑みを浮かべ、昔のように彼女を膝の上にのせてやった。

「うむ、うむ」とうなずき、金色にまぶしく光る妻の髪を丸々とした手でもてあそぶ。

「かまわんよ。いずれは――おまえがもう一人息子を産んでくれた日には――本物のブレスレットを買ってやってもいい、本物の金、本物のダイヤのな。それまではこの安ピ

「力物をつけておくといい」

相変わらず彼女は注意怠りなくアスファルトと電灯の自由とやらを堅持していた。彼のほうも文句一つ言わなかった。結婚の時点で同意したことだったし、廉直の士として、穏やかに几帳面にその約束を守り続けた。

ある日の午後、たまたまセニョーラ・ガルシアの中古品百貨店で出くわしたブライアン・ニールも、何も問題はないと請け合ってくれた。「前にぶちのめしてやったのが効いたのさ、親愛なる甥殿」と言う。「至極真っ当にやってるよ。あいつに甘言の一つも囁こうとする野郎は神のご加護を祈ったほうがいい」

そこでくすくす笑い出したのは、奥の間からほうほうの体で酒場に逃げ戻ってきたフィンランド人水夫のことを思い出したからだ。顔に真っ赤なぎざぎざの引っ掻き傷を浮き上がらせ、畜生、女ってやつはなどと毒づきながら。「いやほんと、真っ当な女さ！　あそこに座って、古なじみのメイミー・ライアンを相手に小グラスでジンをちびちびやって――何時間も二人でお喋りしてさ――ありゃお洒落だのおめかしだのの話だな、きっと――」

もちろん、たまには少々酒に飲まれた風情で帰宅することもあった。だが中国男児たるナグ・ホン・ファは、そんな些細な落ち度など、そのゆったりとした人となりの醸す広やかな慈愛で包みこんでしまうのである。

「たとえ酒飲みでも料理の腕がよく、子供をちゃんと風呂に入れて、余計な口を利かない妻のほうが、素面で美徳たっぷりだが鍋釜を壊すような妻よりずっとよい」と占い師のナグ・ホップ・ファットに打ち明けた。「バラの香るひび割れた瓶より、誉れ高き豚のほうがな」

「よくぞ言われた！　健脚のラバのほうが脚の悪い馬よりずっとよいからな」そう占い師は答えて愉快な東洋的譬えの応酬を締めくくり、さらに自説を補強すべく『仏所行讃《フォー・ショー・ヒン・ツァン・キン》』からとっておきの名句を引用してみせたのだった。

その冬のある晩遅く、北風がごうごうと吹きすさび、粉雪をかぶったペル街の家々を身を切る寒さで洗う中、ファニーは酩酊に加えて寒気と空咳まで我が家に持ち帰り、その七時間後には肺炎で病床についた。ナグ・ホン・ファは心から悲しんだ。飯店の経営を弟のナグ・セン・ヤットに任せ、妻の枕もとに付ききりで、励ましの言葉をかけ、熱い額を濡らしてやり、シーツを替え、薬を飲ませ、女のようにやわらかい器用な指で何から何までしてやった。

三日後の晩、医師の口から、容態は絶望的でファニーは助からないだろうと知らされたあとも――もっとも、そこは現実的で常に前向きな彼のこと、即座に数分席を外し、奥の部屋に下がって机につくと、サンフランシスコにいる別れた妻、ユン・クワイ宛てに一筆したため、準備を整えておくようにと汽車賃百ドルを同封したのだったが――彼は無上のやさしさと忍耐をもってファニー・メイ・ハイに尽くし続けた。

熱い枕の上でうなされる彼女の耳にも、夜を徹して病床に付き添う夫のかすかな息遣いや、眠りを妨げぬようそっと抑えた咳払いが聞こえた。そして月曜の朝――やせ衰えた病身を震わす恐ろしい空咳をこらえる助けになればと、妻の体を支え起こして抱き寄せながら――彼は幼いファニーの件を考え直したと告げた。

「おまえはじき死んでしまうだろう」彼は穏やかな、ややうしろめたそうな声で言った。「だからおまえの娘には、おまえの旅立った魂にしかるべき敬意を表させねばならん。子供の信心を刺激するには、感謝の念を持たせるのがいちばんだ。そして幼いファニーはおまえに感謝することになるぞ。あの子は立派なアメリカの学校に通わせてやるし、その学費を工面するにあたり、世を去ったおまえの所持品を売ることにしようと思う。白翡翠のブレスレット、緑翡翠のイヤリング、クロテンの赤毛皮――これで四千ドル以上になるだろう。このちっぽけな安ピカ物だって」――妻の細い手首から輝くブレスレットをするりと外す――「これだって何ドルかにはなるだろう。十ドル、うまくすれば十二ドル。モット街でこの手の安物を扱っている仲間がいるから——」

「ちょっと!」

かすれた、挑むような声がさえぎった。妻は身をよじって腕の中から抜け出していた。菫色がかった青い目にはどんよりと膜がかかっている。全身ががたがた震えている。それでも、すさまじい苦闘の末に両肘をついて体を起こし、すかさず支えようとする彼の手を拒んだ。

「ちょっと! そのブレスレット、いまいくらだって言った?」

彼はやさしい笑みを浮かべた。妻の女らしい虚栄心を傷つけたくはなかった。そこで当初の見積もりに上乗せすることにした。

「二十ドル」と言ってみた。「うまくすれば二十一ドル。心配するな。できるだけ高値で売ってやろう——おまえのかわいい娘のために——」

と、そこで藪から棒に、ファニーがどっと笑い出したのだった——笑いはごぼごぼと音をたてて全身を震わせ、喉を詰まらせ、病苦に冒された肺から血流となってほとばしった。

「二十ドル!」彼女は叫んだ。「二十一ドル! ねえいい、哀れなチーズちゃん、そのブレスレットだけでもファニーのキョーイク費ぐらい賄えるっての。三千ドルにはなるわよ！　だって本物、本物の——金とダイヤなんだから！　ユン・ロンがくれたのよ、哀れなおバカさん！」そしてばったり仰向けに倒れ、絶命した。顔に残った笑みのせいで、眠っている子供みたいに、切々と夢見る意固地な子供みたいに見えた。

妻の葬儀の翌日、ナグ・ホン・ファは丁重な手紙を送ったうえで、ユン・ロンをその店に訪ねた。まだらで歪んだペル街の歴史の中でも、この対面は時を経るにつれ、一種叙事詩的、ホメロス的、宗教的とも言える趣を帯びるに至っている。ナグ一族もユン一族も、この一件を誇らしげに口にする。話は風の噂で太平洋岸まで伝わった。そしてはるか彼方の中国でも、桃の花の季節になると、色とりどりの屋形船でゆったり河を下りながら、敬意に満ちた静けさの中、賢人たちがこの出来事を語る。

ユン・ロンは開け放った店の戸口で客人を迎えた。

「恐れながら、どうかお先に中へ」そう言って彼は頭を下げた。

ナグ・ホン・ファはさらに低く頭を下げた。

「そのような恐れ多いことがどうしてできましょう？」とやり返し、『礼記』をひとくだり、作法とは心中の思いそのもののなりと論じた箇所を引用した。

「恐れながら、どうかどうかどうかお先に」ユン・ロンがそう言い方を強めると、相手も再び正しい答えを返す。「そのような恐れ多いことをまさか？」しかるのちに最後の要請を受けて、なおも遠慮を口にしながら、客人は言われたとおり先に入った。食品店主があとに続き、中国の礼の求めるとおり、店の東側へと進み、客人に西を指し示した。

「恐れながら、どうかござをお選びください」そう主人が続けると、幾度かの慎み深い拒絶ののち、ナグ・ホン・ファはまたも言われたとおりにし、腰をおろして主人に穏やかな笑みを向けた。

「煙管でも？」主人が尋ねた。

「かたじけない！　素朴な竹の煙管をいただきます、質素な竹の吸い口のついた、装飾のないものを！」

「いやいや！」ユン・ロンが抗議する。「高価な翡翠の煙管を吸っていただきます、琥珀を彫りこんだ吸い口と、深紅の房のついた！」

そう言ってぱんぱんと手を叩くと、若い従兄弟の一人が真珠をあしらった盆を手に入ってきた。盆の上には阿片吸引用ランプ、煙管と針と火皿、それに角と象牙の箱がきっちり並んでいる。一分後、褐色の四角い阿片が直火でしゅるしゅると焼け、中身を詰めた翡翠の煙管がナグ・ホン・ファに手渡された。灰色のつんとくる煙を肺いっぱいに吸いこんでから、煙管を少年に返す。再び中身が詰められ、今度はユン・ロンに手渡される。

しばしのあいだ、男二人は無言で吸い続けた――ペル街の男たち、卑しい商いで身を立てた男たち、けれどもその背後には三千年にわたり脈々と続く民族の歴史、民族の誇り、民族の達成、民族の落ち着きが荘重な列をなして控えている――ゆえに威厳のある男たち。

ユン・ロンは右手で頬を撫でている。暮れかけの真っ赤な西日が磨きこまれた爪に当たって跳ね、きらめく。

主人がついに沈黙を破った。

「奥様が亡くなられましたね」言葉尻にかすかな哀調をこめて言う。

「ええ」ナグ・ホン・ファは悲しげに首を傾けた。少し間を置いてから、「友よ、これはものの道理というやつですが、若い男というのはとかく愚かで、情熱の靄《もや》に見当をなくし、頭の中が赤々と燃えたぎる始末、知恵と落ち着きというこのすばらしき特性は、年のいった男にしかない――」

「つまり――あなたや私のような？」

「そのとおり！」ときっぱり。

ユン・ロンは両肘をついて体を起こした。その狡猾な目が探るような光を放つのを見て、相手の男はゆっくりと目配せをし、何気ない口調でこう述べた。賢き年長者というのはまず物事の本質に目を凝らし、それからおのれの知見を広げ、次いで意志を固め、心の衝動を抑え、そうしておのれの誤りを完全に正してから――一家のうちに良好な秩序を打ち立てる。

「まさにしかり」とユン・ロンもうなずく。「まさにしかりです、賢兄！　一家だ！　一家には力ある男とやさしく付き随う女が欠かせません」

「うちのは亡くなってしまった」ナグ・ホン・ファがため息をつく。「我が家は混乱の極みです。我が子らは泣いている」

ユン・ロンは幅広の絹の袖からするりと小さな扇子を取り出し、ゆっくりと広げた。

「私には妹がいます」と静かに切り出す。「ユン・クワイという、かつてあなたの妻だった、子のない女ですよ、賢兄」

「実に誉れ高き女性だ！」ナグ・ホン・ファは目を閉じて先を続けた。「実は五日前に妹御に手紙を書きまして、ニューヨークまでの汽車賃として金を送ったところです」

「ああ！」食品店主はそっと囁いた。そこでまたしばし沈黙。

ユン・ロンの若き従兄弟が煙管に黒ずんだ阿片の四角い塊を練りつけ、それが炎に焼かれて少しずつ黄金と琥珀の色に変わっていく。

「どうかお吸いください」食品店主が勧めた。

ナグ・ホン・ファはすっかり目を閉じており、その古い羊皮紙のように黄色い太った顔は、気のない、鈍い、ほとんど眠そうな表情を帯びたように見えた。

まもなく彼は口を開いた。

「あなたの誉れ高き妹御、あのユン・クワイは、いまは亡き我が妻の子らにとって、実にすばらしい母親になるでしょう」

「ええ、まったく」

そこでまたも沈黙が続き、沈黙はまたもナグ・ホン・ファに破られた。その声には大いなる落ち着きと読経のような静けさ、そしてどこか青銅を思わせる響きがあった。揺れ続けてきた幾世紀もの歳月の緑青を帯びた寺の古鐘をそっとこするかのような。

「友よ」と彼は言った。「亡き妻にあなたが贈ってくださったきらきらのブレスレットの件なのですが――」

ユン・ロンがさっと目を上げた。が、相手ののっぺりと温和な顔に安らかな表情が浮かんでいるのを見て、また目を落とし、話の続きに耳を傾けた。

「しばしのあいだ、私は勘違いをしていた。我が心がくらんで見当をなくしていたのです。我が魂が怒りに焼かれていたのです。私は——恥ずかしながら白状しますが——あなたに対してとげとげしい思いを抱いていた。それからこう思い至った。あなたはユン・クワイの兄上であり、実に誉れ高き人物だ。我が妻にブレスレットを贈ることで、あなたの友であり、あれの夫である私に敬意を示すおつもりだったに違いないと。そうでしょう?」

ユン・ロンはさらに一服、火皿に詰めた阿片の煙で肺を満たした。両肩がござにつくほどのけぞっているのは、そうすることでいっそう胸が広がり、それだけ長く肺の中に情け深くも思索的な麻薬の煙を留めておけるからである。

「ええ」一、二分ののちに彼は答えた。「あなたのその寛大な唇からいま聞こえてきたお言葉は、まさに調和と道理に満ちています。ただ——一つ些末な問題が残っているのですが」

「おっしゃってください。誉れ高く解決してみせましょう」

ユン・ロンは身を起こしてゆっくりと顔を扇いだ。

「おたくのお子様たちの母上にお目にかかる手はずを整えたときのことです」と彼は言った。「むろんそれは、あなたへの敬意と友情のことをお話しし、その証拠にきらきらのブレスレットをお贈りするためだったのですが、ペル街の口の軽い連中のことが心配になりましてね。醜聞や噂を恐れたわけです。ゆえに、バワリー地区のセニョーラ・ガルシアの店の奥の間でおたくの奥様にお目にかかることにしました。ただその後、これは愚かな行動だったかもしれぬと思い至りました。というのも、あの外人女は私の動機を誤解したかもしれない。しかもぺらぺら喋るかもしれず、そうなれば私だけでなくあなたの面目までつぶれかねませんし、奥様の旅立たれた魂にも泥を塗ることになる。『礼記』にもあるでしょう？『私室で囁かれる言葉を表で叫ぶべからず』と。どう思われます、この際あの外人女は――その――」

ナグ・ホン・ファは相手に愛情のこもった笑みを向けた。

「まことの言葉を口にされましたな、賢兄」そう言って立ち上がる。「あなたと私の名誉のため、そして妻の旅立った魂の名誉のためにも、あの外人女にぺらぺら喋らせてはなりません。今夜のうちに処理しておきましょう」造作もないことだと言うように太った手をひと振りする。「うむ――うむ。処理しておきますよ。ささやかな忠義の行い、一家のためなら当然のね――それだけのこと、たいした意味はありません」

そうして頭を下げ、店を出て、細身のナイフを取りに家に戻った。

芥川龍之介作品より

II

春の心臓

—W. B. Yeats—

The Heart of the Spring

ウィリアム・バトラー・イェーツ

William Butler Yeats

芥川龍之介訳

あまり知られていないが，芥川の文筆家としてのキャリアは翻訳から始まっている．本作は，そんな最初期の発表作の一つ．

原作者はアイルランド文芸復興運動の中心人物，W・B・イェーツ(1865-1939)．本作が収められたイェーツの散文集 *The Secret Rose*(1897)について，芥川は友人に宛てた手紙で「今日 YEATS の SECRET ROSE を買ってまいり一日を CELTIC LEGEND〔ケルトの伝説〕のうす明りに費し候」と，初読の感慨を漏らしている．芥川はイェーツが紡ぐケルト民族の伝説や神話に心惹かれていたらしく，のちに「春の心臓」の翻訳が再掲された際にも「W. B. Yeats には詩や論文以外にも，こう云う愛すべき小品がある」，「五年以前の旧訳なれども，この種の小品を愛する事，今も昔に変らざれば，再録して同好の士の一読を請わんとす」と綴り，この小品への変わらぬ愛を告白している．

本邦訳には，生前，芥川自身が何度か手を加えているが，ここでは初めて本作が発表された際の本文を底本として用いた(ただし旧字は新字に，旧仮名遣いは新仮名遣いに改め，誤植と思われるものは修正したほか，ルビは適宜追加した)．若かりし芥川が腐心したとあって，アイルランドの詩人が描いた「CELTIC LEGEND」が，豊饒な日本語で見事に写しとられている．芥川龍之介，24 歳の訳業．

一人の老人が瞑想に耽《ふけ》りながら、岩の多い岸に坐《すわ》っている。顔には鳥の脚のように肉がない。処《ところ》はギル湖の大部を占める、榛《はしばみ》の林に掩《おお》われた、平《たいら》な島の岸である。其傍《そのそば》には、顔の赭《あか》い十七歳の少年が、蠅を追って静《しずか》な水の面をかすめる燕《つばくら》の群を見守りながら、坐っている。老人は古びた青天鵞絨《ビロード》を、少年は青い帽子に粗羅紗《フリイズ》の上衣をきて、頸《くび》には青い珠の珠数《じゅず》をかけている。

二人のうしろには、半《なかば》、木の間にかくれた、小さな修道院がある。女王に党《くみ》した瀆神《とくしん》な人たちが、此《この》僧院を一炬《いっきょ》に附した〔焼き払った〕のは、遠い昔の事である。今は此少年が、再《ふたたび》、燈心草《とうしんそう》の屋根を葺《ふ》いて、老人の残年を安らかにすごすべきたよりとした。僧院の周囲にある庭園には少年の鋤《すき》の入らなかった為であろう。僧人の植えのこした百合と薔薇とが、一面にひろがって、今では四方から此廃園を侵して来る羊歯《しだ》と一つになりながら、百合も薔薇も入り交ってうつくしく咲いているのである。百合と薔薇との彼方には、爪立って歩む子供の姿さえ隠さんばかりに、羊歯が深く茂っている。羊歯を越えると、榛と小さな槲《かしわ》の木の林になる。

少年が云う。「御師匠様、此長い間の断食と、日が暮れてから、其山秦皮樹《やまとねりこ》の杖で、山の中や榛と槲との中に住む物を御招きになる戒行とは、あなたの御力には及ばない事でございます。暫《しばらく》、そのような勤行はおやめになさいまし。何故と申しますと、あなたの御手は何時《いつ》もよりも重く、私の肩にかかって居りますし。あなたのおみ足は、何時もより確《たしか》でないようでございます。人の話すのをききますと、あなたは鷲《わし》よりも年をとっていらっしゃると申すではございませんか。それでもあなたは、老年にはつきものになって居ります休息と云うものを御求めなさらないのでございます。」

少年は熱心に、情に激したように云う。恰《あたかも》、其心を此瞬刻の言《ことば》と思《おもい》とにこめたように云うのである。老人は遅々として迫らぬ如く答える。恰、其心を遠き日と遠き行《おこない》とに奪われた如く答えるのである。

「己《おれ》はお前に己の休息する事の出来ない訳を話して聞かせよう。何も隠す必要はない。お前は此五年有余の年月を、忠実に時には愛情を以て己に仕えてくれた。己は其おかげで、何時の世にも賢哲を苦《くるし》める落莫《らくばく》の情を僅《わずか》なりとも慰める事が出来たのだ。其上己の戒行の完《おわ》りと心願の成就も今は眼の前に迫っている。それ故お前は一層此訳を知る必要があるのだ。」

「御師匠様、私があなたに御たずね申したように思召《おぼしめ》して下さいますな。火をおこして置きますのも、雨の洩らぬように茅葺《かやぶ》きを緊《かた》くして置きますのも、遠い林の中へ風に吹飛ばされませぬように茅葺きを丈夫にして置きますのも、皆私の勤《つとめ》でございます。重い本を棚から卸《おろ》しますのも、妖精《シー》の名を連ねた大きな画巻《えまき》を其隅から擡《もた》げますのも、其間は純一な敬虔な心になって居ますのも、亦《また》皆私の勤でございます。それは神様が其無量の知慧《ちえ》をありとあらゆる生き物にお分ちなさいましたのを私はよく存じて居るからでございます。そしてそのような事を致しますのが私の知慧なのでございます。」

「お前は恐れているな。」老人の眼は一時の怒《いかり》にかがやくのであった。

「時によりますと夜、あなたが山秦皮樹の杖を持って本をよんで御出《おいで》になりますと、私は戸の外に不思議な物を見ることがございます。灰色の巨人《おおびと》が榛の間に豕《いのこ》を駆って行くかと思いますと、大ぜいの矮人《こびと》が紅い帽子をかぶって小さな白い牝牛を其前に追って参ります。私は灰色の人ほど、矮人を怖くは思いませぬ。それは矮人が此家に近づきますと、牛の乳を搾って其泡立った乳をのみ、それから踊りをはじめるからでございます。私は踊の好きな者の心には邪《よこしま》のないのをよく知って居ります。けれども私は矢張《やはり》矮人が怖いのでございます。それから私は、あの空から出てまいりまして、静に其処此処《そこここ》をさまよいます、丈の高い、腕の白い、女子《おなご》たちも怖うございます。あの女子たちは百合や薔薇をつんで、花冠《はなかむり》に致します。そしてあのたましいのある髪の毛を左右に振っているのでございます。其女子たちの互《たがい》に話すのをききますと、その髪は女子たちの心が動きますままに、或《あるい》は四方に乱れたり、或は頭に集ったりするのだと申します。あの女子たちはやさしい、美しい顔をして居りますが、エンガスよ、フォビスの子よ、私はすべてあのような物が怖いのでございます。私は妖精《シー》の国の人が怖いのでございます。私は、あのような物をひきよせる術が怖いのでございます。」

「お前は古の神々を恐れるのか。あの神々が戦のある毎《ごと》に、お前の祖先の槍を強くしてくれたのだぞ。お前はあの矮人たちを恐れるのか。あの矮人たちも昔は夜になると湖の底から出て来て、お前の祖先の炉の上で、蟋蟀《こおろぎ》と共に唄ったのだぞ。此末世になっても、猶《なお》、彼等は地上の美しさを守っているのだ。が、己は先《ま》ず他人が老年の眠《ねむり》に沈む時に己一人断食もすれば戒行もつとめて来た其訳をお前に話して聞かさなければならぬ。夫《それ》は今一度お前の扶《たすけ》を待たなくては、己の断食も戒行も成就する事が出来ないからだ。お前が己の為に此最後の事を為遂《なしと》げたなら、お前は此処を去って、お前の小屋を作り、お前の畑を耕し、誰なりとも妻を迎えてあの神々を忘れてしまうがよい。己は伯爵や騎士や扈従《こしょう》から贈られた金貨と銀貨とを悉《ことごとく》貯えて置いた。夫は己が彼等を、蠱眼《イヴィルアイ》や恋に誘おうとする魔女共の呪咀から守ってやったから贈られたのだ。己は又伯爵や騎士や扈従の妻から贈られた金貨と銀貨とを悉貯えて置いた。それは己が妖精《シー》の国の人たちが彼等の飼っている家畜の乳房を干上らしてしまわぬように、彼等の攪乳器《チャアン》の中から牛酪〔バター〕を盗んでしまわぬように守っていてやったら贈られたのだ。己は又之《これ》を己の仕事の完《おわ》る日の為に貯えた。其完りも間近くなったからはお前の家の棟木《むなぎ》を強くする為にも、お前の窖《あなぐら》や火食房《ラアダア》を充《み》たす為にも、お前は金貨や銀貨に不足する事はない。己は、己の全生涯を通じて、生命の秘密を見出そうとしたのだ。己は己の若い日を幸福に暮さなかった。それは己が老年の来ると云う事を知っていたからであった。この様にして己は青年と壮年と老年とを通じて此の大いなる秘密を求むる為に一身を捧げたのだ。己は数世紀に亘《わた》るべき悠久なる生命にあくがれて、八十春秋に完る人生を侮蔑したのだ。己は此国の古の神々の如くになろうと思った。——いや己は今もなろうと思っている。己は若い時に己が西班牙《スペイン》の修道院で発見した希伯来《ヘブライ》の文書を読んで、こう云う事を知った。太陽が白羊宮に入った後、獅子宮を過ぎる前に、不死の力の歌を以て震動する一瞬間がある。そして誰でも此瞬間を見出して、其歌に耳を傾けた者は必《かならず》、不死の力とひとしくなる事が出来る。己は愛蘭土《アイルランド》にかえってから多くの妖精使いと牛医とに此瞬刻が何時であるかと云う事を尋ねた。彼等は皆之を聞いていた。けれども砂時計の上に其瞬刻を見出し得る者も一人もなかった。其故に己は一身を魔術に捧げて、神々と妖精《フェアリイ》との扶《たす》けを得んが為に生涯を断食と戒行とに費した。そして今や、妖精《フェアリイ》の一人は遂に其瞬刻の来らんとしている事を己に告げてくれた。それは紅い帽子を冠って、新しい乳の泡で唇を白くしている妖精が己の耳に囁《ささや》いてくれたのである。明日、黎明後《れいめい》の第一時間が完る少し前に己は其の瞬間を見出すのだ。それから、己は南の国へ行って、橙の樹《だいだい》の間に大理石の宮殿を築き、勇士と麗人とに囲まれて、其処にわが永遠なる青春の王国に入ろうと思う。けれど己が其歌を悉、聞くために、お前は多くの青葉の枝を運んで来て、それを己の室の戸口と窓とにつみ上げなければならぬ。――これは唇に新しい乳の泡をつけている矮人が己に話してくれたのだ。――お前は又、新しい緑の燈心草を床に敷き、更に卓と燈心草とを、僧人たちの薔薇と百合とで掩わなければならぬ。お前は之を今夜の中にしなければならぬ。そして夜が明けたら、黎明後の第一時間の完りに此処へ来て己に逢わなければならぬ。」

「其時にはすっかり若くなってお出《いで》になりましょうか。」

「己は其時になればお前のように若くなっているつもりだ。けれども今は、まだ年もとっていれば、疲れてもいる。お前は己を己の椅子と本の所へつれて行ってくれなければならぬ。」

少年はフォビスの子エンガスを其室にのこして、其魔法師の工夫した、異花の馨《かおり》のようなにおいを放つともしびに火を点じると、直《すぐ》に森に行って、榛からは青葉の枝を切り、小さな岩がなだらかな砂と粘土とに移っている島の西岸からは燈心草の大きな束《たば》を刈り始めた。要《い》るほどのものを切った時にはもう日が暮れていた。そして、最後の束を家の中に運んで、再《ふたたび》薔薇と百合とをとりに返って来た時には、既に夜半に近かった。それはすべての物が宝石を刻《きざ》んだように見える、温《あたたか》な、美しい夜の一つであった。スルースの森は遠く南に至るまで、緑柱石を刻んだ如くに見え、それを映す水は亦青ざめた蛋白石《オパール》の如くかがやいていた。少年の集めている薔薇はかがやく紅宝石《ルビー》の如く、百合はさながら真珠の鈍い光りを帯びていた。あらゆるものが其上に不死なる何物かの姿を止めているのである。ただかすかなほのおを影の中にたえず、ともしている螢のみが、生きているように思われる。人間の望みの如く何時かは死する如く思われる。

少年は薔薇と百合とを両腕に抱えきれぬほど集めた。そして螢をも其真珠と紅宝石との中に推し入れて、それを老人のまどろんでいる室の中へ運んで来た。少年は一抱えずつ薔薇と百合とを床の上と卓の上とに置いた。それから静に戸を閉じて、燈心草の床の上に横になった。彼は此床の上に、傍に其選んだ妻をもち、耳にその小供たちの笑い声をきく平和な壮年の時代を夢みようとするのである。

黎明に少年は起きて砂時計を携えながら湖の岸に下りた。彼は小舟の中へパンと一瓶《ひとびん》の葡萄酒とを入れた。それは彼の主人が、悠久の途に上るのに際して、食物に不足しない為であった。それから彼は坐って、其第一時間が黎明を去るのを待っていた。次第に鳥が唄いはじめた。かくて砂時計の最後の砂が落ちていた時に、忽《たちまち》、すべてのものは其音楽を以て溢るるように見えた。これは其年の中の最《もっとも》、美しい、最、生命にみちた朝であった。そして今や何人も其中に鼓動する春の心《ハアト》に耳をかたむけることが出来たのである。少年は立って、其主人を見に行った。青葉の枝が戸口を塞いでいる。彼はそれを押しのけてはいらなければならなかった。彼が室に入った時に日の光は環《わ》をなしてゆらめきながら、床の上に、壁の上に、落ちていた。あらゆる物が柔《やわらか》な緑の影にみたされているのである。

けれ共《ども》、老人は薔薇と百合との朶《たば》をかたく抱きながら、坐っていた。頭は胸の上に低《た》れている。左手の卓の上に、金貨と銀貨とにみちた皮袋ののっているのは、旅に上る為であろう。右手には長い杖があった。少年は老人にさわってみた。けれ共彼は動かなかった。又その手をあげて見た。けれ共それは冷《つめた》かった。そして又力なく垂れてしまった。

「御師匠様は外《ほか》の人のように。珠数の珠を算《かぞ》えたり、祈禱を唱えたりしていらっしゃればよかったのだ。そうする御心さえあれば、御自分の御行状や御一生の中に見出す事の出来たものを不死の力などの中に尋ねようとなすって徒《いたずら》な日を御費しにならなければよかったのだ。そうだ。祈禱をなすったり、珠数に接吻をしていらっしゃればよかったのだ。」

少年は老人の古びた青天鵞絨を見た。そしてそれが薔薇と百合の花粉に掩《おお》われているのを見た。彼がそれを見ているうちに、窓につみ上げてある青葉の枝に止っていた鶇《つぐみ》がうたいはじめた。

馬の脚

芥川龍之介作

最後に芥川の創作から一篇．芥川の小説といえば王朝ものや歴史ものの印象が強いが，ここでは従来の芥川像とは大きくかけ離れた作品を選ぶことにした．

作品冒頭に「「馬の脚」は小説ではない．「大人に読ませるお伽噺《とぎばなし》」である」と宣言されているように，現実への皮肉が鏤《ちりば》められた寓話である．話の運びやタイトルの由来など，随所にユーモアが仕込まれた一作で，例えば病院長の山井博士は「病」，「順天時報」主筆の牟田口《むたくち》氏は「無駄口」，そして主人公の忍野《おしの》は「啞《おし》」にかけたネーミングになっている．芥川が本作を書いたのはちょうど本書のもととなったアンソロジーを編纂した時期とも重なる．

「馬の脚」は近年，英語訳やフランス語訳が相次いで発表され，フランス語版では短篇集の表題作に選ばれるなど，海外では芥川の新しい代表作として見なされるようになってきた．日本でもぜひ多くの読者に芥川の(意外な？)一面を知って頂きたく，他書との重複を厭わず，編者の愛するものを選んだ次第である．また収録にあたり，岩波全集(1996)を底本とし，旧仮名遣いは新仮名遣いに改め，適宜ルビを追加したほか，江戸東京博物館所蔵の自筆原稿に基づき，誤植箇所を修正した．

このお伽噺《とぎばなし》の主人公は――「馬の脚」は小説ではない。「大人に読ませるお伽噺」である。「大人に読ませるお伽噺」などは認めない人もあるかも知れない。が、認めないのは誤りである。堀川保吉君は或《ある》論文の中に夙《つと》にこの妄を排斥した。(篇末に掲げたのはこの論文、――即ち「お伽噺並びに玩具に関する論文」の一節である。)

このお伽噺の主人公は忍野《おしの》半三郎と言う男である。生憎《あいにく》これは王子ではない。北京の三菱に勤めている三十前後の会社員である。半三郎は商科大学を卒業した後、二月目に北京へ来ることになった。同僚や上役の評判は格別善いと言うほどではない。しかし又悪いと言うほどでもない。まず平々凡々たることは半三郎の風采の通りである。もう一つ次手《ついで》につけ加えれば、半三郎の家庭生活の通りである。

半三郎は二年前に或令嬢と結婚した。令嬢の名前は常子である。これも生憎恋愛結婚ではない。或親戚の老人夫婦に仲人を頼んだ媒妁結婚である。常子は美人と言うほどではない。尤《もっと》も又醜婦《しゅうふ》と言うほどでもない。只《ただ》まるまる肥《ふと》った頬にいつも微笑を浮かべている。奉天から北京へ来る途中、寝台車の南京虫に螫《さ》された時の外《ほか》はいつも微笑を浮かべている。しかももう今は南京虫に二度と螫される心配はない。それは××胡同《フートン》〔横町、古い町の通り〕の社宅の居間に蝙蝠《こうもり》印の除虫菊が二缶、ちゃんと具《そな》えつけてあるからである。

わたしは半三郎の家庭生活は平々凡々を極めていると言った。実際その通りに違いない。彼は只常子と一しょに飯を食ったり、蓄音機をかけたり、活動写真を見に行ったり、——あらゆる北京中の会社員と変りのない生活を営んでいる。しかし彼等の生活も運命の支配に漏れる訳には行かない。運命は或真昼の午後、この平々凡々たる家庭生活の単調を一撃のもとにうち砕いた。三菱会社員忍野半三郎は脳溢血の為に頓死したのである。

半三郎はやはりその午後にも東単牌楼《トンタヌピイロオ》の社の机にせっせと書類を調べていた。机を向かい合わせた同僚にも格別異状などは見えなかったそうである。が、一段落ついたと見え、巻煙草を口へ啣《くわ》えたまま、マッチをすろうとする拍子に突然俯伏《うつぶ》しになって死んでしまった。如何《いか》にもあっけない死にかたである。しかし世間は幸いにも死にかたには余り批評をしない。批評をするのは生きかただけである。半三郎もその為に格別非難を招かずにすんだ。いや、非難所ではない。上役や同僚は未亡人常子にいずれも深い同情を表した。

同仁病院長山井博士の診断に従えば、半三郎の死因は脳溢血である。が、半三郎自身は不幸にも脳溢血とは思っていない。第一死んだとも思っていない。只いつか見たことのない事務室へ来たのに驚いている。

事務室の窓かけは日の光の中にゆっくりと風に吹かれている。尤も窓の外は何も見えない。事務室のまん中の大机には白い大掛児《タアクワル》を着た支那人が二人、差し向かいに帳簿を検《し》らべている。一人はまだ二十前後であろう。もう一人はやや黄ばみかけた、長い口髭をはやしている。

そのうちに二十前後の支那人は帳簿へペンを走らせながら、目も挙げずに彼へ話しかけた。

「アアル・ユウ・ミスタア・ヘンリイ・バレット・アアント・ユウ?」

半三郎はびっくりした。が、出来るだけ悠然と北京官話(当時の北京公用標準語)の返事をした。「我は是日本三菱公司の忍野半三郎」と答えたのである。

「おや、君は日本人ですか?」

やっと目を挙げた支那人はやはり驚いたようにこう言った。年とったもう一人の支那人も帳簿へ何か書きかけたまま、茫然と半三郎を眺めている。

「どうしましょう? 人違いですが。」

「困る。実に困る。第一革命以来一度もないことだ。」

年とった支那人は怒ったと見え、ぶるぶる手のペンを震わせている。

「兎《と》に角《かく》早く返してやり給え。」

「君は——ええ、忍野君ですね。ちょっと待って下さいよ。」

二十前後の支那人は新らたに厚い帳簿をひろげ、何か口の中に読みはじめた。が、その帳簿をとざしたと思うと、前よりも一層驚いたように年とった支那人へ話しかけた。

「駄目です。忍野半三郎君は三日前に死んでいます。」

「三日前に死んでいる?」

「しかも脚は腐っています。両脚とも腿から腐っています。」

半三郎はもう一度びっくりした。彼等の問答に従えば、第一に彼は死んでいる。第二に死後三日を経ている。第三に脚は腐っている。そんな莫迦《ばか》げたことのある筈《はず》はない。現に彼の脚はこの通り、——彼は脚を眺めるが早いか、思わずあっと大声を出した。大声を出したのも不思議ではない。折り目の正しい白ズボンに白靴をはいた彼の脚は窓からはいる風の為めに二つとも斜めに靡《なび》いている! 彼はこう言う光景を見た時、殆《ほとん》ど彼の目を信じなかった。が、両手にさわって見ると、実際両脚とも腿から下は空気を摑むのと同じことである。半三郎はとうとう尻もちをついた。同時に又脚は——と言うよりもズボンは丁度ゴム風船のしなびたようにへなへなと床の上へ下りた。

「よろしい。よろしい。どうにかして上げますから。」

年とった支那人はこう言った後、まだ余憤の消えないように若い下役へ話しかけた。

「これは君の責任だ。好いかね。君の責任だ。早速上申書を出さなければならん。そこでだ。そこでヘンリイ・バレットは現在どこに行っているかね？」

「今調べた所によると、急に漢口へ出かけたようです。」

「では漢口へ電報を打ってヘンリイ・バレットの脚を取り寄せよう。」

「いや、それは駄目でしょう。漢口から脚の来るうちには忍野君の胴が腐ってしまいます。」

「困る。実に困る。」

年とった支那人は歎息した。何だか急に口髭さえ一層だらりと下ったようである。

「これは君の責任だ。早速上申書を出さなければならん。生憎乗客は残っていまいね？」

「ええ、一時間ばかり前に立ってしまいました。尤も馬ならば一匹いますが。」

「何処の馬かね？」

「徳勝門外の馬市の馬です。今しがた死んだばかりですから。」

「じゃその馬の脚をつけよう。馬の脚でもないよりは好い。ちょっと脚だけ持って来給え。」

二十前後の支那人は大机の前を離れると、すうっと何処かへ出て行ってしまった。半三郎は三度びっくりした。何でも今の話によると、馬の脚をつけられるらしい。馬の脚などになった日には大変である。彼は尻もちをついたまま、年とった支那人に歎願した。

「もしもし、馬の脚だけは堪忍して下さい。わたしは馬は大嫌いなのです。どうか後生一生のお願いですから、人間の脚をつけて下さい。ヘンリイ何とかの脚でもかまいません。少々位毛脛《けずね》でも人間の脚ならば我慢しますから。」

年とった支那人は気の毒そうに半三郎を見下しながら、何度も点頭《てんとう》を繰り返した。

「それはあるならばつけて上げます。しかし人間の脚はないのですから。――まあ、災難とお諦めなさい。しかし馬の脚は丈夫ですよ。時々蹄鉄を打ちかえれば、どんな山道でも平気ですよ。……」

するともう若い下役は馬の脚を二本ぶら下げたなり、すうっと又どこかからはいって来た。丁度ホテルの給仕などの長靴を持って来るのと同じことである。半三郎は逃げようとした。しかし両脚のない悲しさには容易に腰を上げることも出来ない。そのうちに下役は彼の側へ来ると、白靴や靴下を外し出した。

「それはいけない。馬の脚だけはよしてくれ給え。第一僕の承諾を経ずに僕の脚を修繕する法はない。……」

半三郎のこう喚いているうちに下役はズボンの右の穴へ馬の脚を一本さしこんだ。馬の脚は歯でもあるように右の腿へ食らいついた。それから今度は左の穴へもう一本の脚をさしこんだ。これも亦かぷりと食らいついた。

「さあ、それでよろしい。」

二十前後の支那人は満足の微笑を浮かべながら、爪の長い両手をすり合せている。半三郎はぼんやり彼の脚を眺めた。するといつか白ズボンの先には太い栗毛の馬の脚が二本、ちゃんともう蹄《ひづめ》を並べている。――

半三郎は此処《ここ》まで覚えている。少くともその先は此処までのようにはっきりと記憶には残っていない。何だか二人の支那人と喧嘩したようにも覚えている。又嶮《けわ》しい梯子段《はしごだん》を転げ落ちたようにも覚えている。が、どちらも確かではない。兎に角彼はえたいの知れない幻の中を彷徨した後、やっと正気を恢復《かいふく》した時には××胡同の社宅に据えた寝棺の中に横たわっていた。のみならず丁度寝棺の前には若い本願寺派の布教師が一人、引導か何かを渡していた。

こう言う半三郎の復活の評判になったのは勿論《もちろん》である。「順天時報」はその為に大きい彼の写真を出したり、三段抜きの記事を掲げたりした。何でもこの記事に従えば、喪服を着た常子はふだんよりも一層ににこしていたそうである。或上役や同僚は無駄になった香奠《こうでん》を会費に復活祝賀会を開いたそうである。尤も山井博士の信用だけは危険に瀕したのに違いない。が、博士は悠然と葉巻の煙を輪に吹きながら、巧みに信用を恢復した。それは医学を超越する自然の神秘を力説したのである。つまり博士自身の信用の代りに医学の信用を抛棄《ほうき》したのである。

けれども当人の半三郎だけは復活祝賀会へ出席した時さえ、少しも浮いた顔を見せなかった。見せなかったのも勿論、不思議ではない。彼の脚は復活以来いつの間にか馬の脚に変っていたのである。指の代りに蹄のついた栗毛の馬の脚に変っていたのである。彼はこの脚を眺める度に何とも言われぬ情なさを感じた。万一この脚の見つかった日には会社も必ず半三郎を馘首《かくしゅ》してしまうのに違いない。同僚も今後の交際は御免を蒙《こうむ》るのにきまっている。常子も――おお、「弱きものよ汝の名は女なり」！ 常子も恐らくはこの例に洩れず、馬の脚などになった男を御亭主に持ってはいないであろう。――半三郎はこう考える度に、どうしても彼の脚だけは隠さなければならぬと決心した。和服を廃したのもその為である。長靴をはいたのもその為である。浴室の窓や戸じまりを厳重にしたのもその為である。しかし彼はそれでもなお絶えず不安を感じていた。又不安を感じたのも無理ではなかったのに違いない。なぜと言えば、――

半三郎のまず警戒したのは同僚の疑惑を避けることである。これは彼の苦心の中でも比較的楽な方だったかも知れない。が、彼の日記によれば、やはりいつも多少の危険と闘わなければならなかったようである。

「七月×日　どうもあの若い支那人のやつは怪《け》しからぬ脚をくっつけたものである。俺の脚は両方とも蚤《のみ》の巣窟と言っても好い。俺は今日も事務を執りながら、気違いになる位痒《かゆ》い思いをした。兎に角当分は全力を挙げて蚤退治の工夫をしなければならぬ。……

「八月×日　俺は今日マネエジャアの所へ商売のことを話しに行った。するとマネエジャアは話の中にも絶えず鼻を鳴らせている。どうも俺の脚の臭いは長靴の外にも発散するらしい。……

「九月×日　馬の脚を自由に制御することは確かに馬術よりも困難である。俺は今日午《ひる》休み前に急ぎの用を言いつけられたから、小走りに梯子段を走り下りた。誰でもこう言う瞬間には用のことしか思わぬものである。俺もその為にいつの間にか馬の脚を忘れていたのであろう。あっと言う間に俺の脚は梯子段の七段目を踏み抜いてしまった。……

「十月×日　俺はだんだん馬の脚を自由に制御することを覚え出した。これもやっと体得して見ると、畢竟《ひっきょう》腰の吊り合一つである。が、今日は失敗した。尤も今日の失敗は必しも俺の罪ばかりではない。俺は今朝九時前後に人力車に乗って会社へ行った。すると車夫は十二銭の賃銭をどうしても二十銭よこせと言う。おまけに俺をつかまえたなり、会社の門内へはいらせまいとする。俺は大いに腹が立ったから、いきなり車夫を蹴飛ばしてやった。車夫の空中へ飛び上ったことはフット・ボオルかと思う位である。俺は勿論後悔した。同時に又思はず噴飯した。兎に角脚を動かす時には一層細心に注意しなければならぬ。……」

しかし同僚を瞞着《まんちゃく》するよりも常子の疑惑を避けることは遥かに困難に富んでいたらしい。半三郎は彼の日記の中に絶えずこの困難を痛嘆している。

「七月×日　俺の大敵は常子である。俺は文化生活の必要を楯に、たった一つの日本間をもとうとう西洋間にしてしまった。こうすれば常子の目の前でも靴を脱がずにいられるからである。常子は畳のなくなったことを大いに不平に思っているらしい。が、靴足袋をはいているにもせよ、この脚で日本間を歩かせられるのは到底俺には不可能である。……

「九月×日　俺は今日道具屋にダブル・ベッドを売り払った。このベッドを買ったのは或亜米利加《アメリカ》人のオオクションである。俺はあのオオクションへ行った帰りに租界〈外国人の居留地区）の並み木の下を歩いて行った。並み木の槐《えんじゅ》は花盛りだった。運河の水明りも美しかった。しかし――今はそんなことに恋々としている場合ではない。俺は昨夜もう少しで常子の横腹を蹴る所だった。……

「十一月×日　俺は今日洗濯物を俺自身洗濯屋へ持って行った。尤も出入りの洗濯屋ではない。東安《とうあん》市場の側の洗濯屋である。これだけは今後も実行しなければならぬ。猿股やズボン下や靴下にはいつも馬の毛がくっついているから。……

「十二月×日　靴下の切れることは非常なものである。実は常子に知られぬように靴下代を工面するだけでも並み大抵の苦労ではない。……

「二月×日　俺は勿論寝る時でも靴下やズボン下を脱いだことはない。その上常子に見られぬように脚の先を毛布に隠してしまうのはいつも容易ならぬ冒険である。常子は昨夜寝る前に『あなたはほんとうに寒がりね。腰へも毛皮を巻いていらっしゃるの？』と言った。ことによると俺の馬の脚も露見する時が来たのかも知れない。……」

半三郎はこの外にも幾多の危険に遭遇した。それを一一枚挙するのは到底わたしの堪える所ではない。が、半三郎の日記の中でも最もわたしを驚かせたのは下に掲げる出来事である。

「二月×日　俺は今日午休みに隆福寺の古本屋を覗きに行った。古本屋の前の日だまりには馬車が一台止まっている。尤も西洋の馬車ではない。藍色の幌《ほろ》を張った支那馬車である。駅者《ぎょしゃ》も勿論馬車の上に休んでいたのに違いない。が、俺は格別気にも止めずに古本屋の店へはいろうとした。するとその途端である。駅者は鞭《むち》を鳴らせながら、「スオ、スオ」と声をかけた。「スオ」は馬を後にやる時に支那人の使う言葉である。馬車はこの言葉の終らぬうちにがたがた後へ下り出した。と同時に驚くまいことか！　俺も古本屋を前に見たまま、一足ずつ後へ下り出した。この時の俺の心もちは恐怖と言うか、驚愕と言うか、到底筆舌に尽すことは出来ない。俺は徒《いたず》らに一足でも前へ出ようと努力しながら、しかも恐しい不可抗力のもとにやはり後へ下って行った。そのうちに駅者の「スオ」と言ったのはまだしも俺の為には幸福である。俺は馬車の止まる拍子にやっと後ずさりをやめることが出来た。しかし不思議はそれだけではない。俺はほっと一息しながら、思わず馬車の方へ目を転じた。すると馬は——馬車を牽《ひ》いていた葦毛の馬は何とも言われぬ嘶《いなな》きかたをした。何とも言われぬ？——いや、何とも言われぬではない。俺はその疳走《かんばし》った声の中に確かに馬の笑ったのを感じた。馬のみならず俺の喉もとにも嘶きに似たものをこみ上げるのを感じた。この声を出しては大変である。俺は両耳へ手をやるが早いか、一散に其処《そこ》を逃げ出してしまった。……」

けれども運命は半三郎の為に最後の打撃を用意していた。と言うのは外でもない。三月の末の或午頃、彼は突然彼の脚の躍ったり跳ねたりするのを発見したのである。なぜ彼の馬の脚はこの時急に騒ぎ出したか？　その疑問に答える為には半三郎の日記を調べなければならぬ。が、不幸にも彼の日記は丁度最後の打撃を受ける一日前に終っている。只前後の事情により、大体の推測は下せぬこともない。わたしは馬政紀、馬記、元亨《げんきょう》療牛馬駝集《りょうぎゅうばだしゅう》、伯楽相馬経《はくらくそうばきょう》等の諸書に従い、彼の脚の興奮したのはこう言う為だったと確信している。――

当日は烈しい黄塵《こうじん》だった。黄塵とは蒙古の春風の北京へ運んで来る砂埃《すなぼこ》りである。「順天時報」の記事によれば、当日の黄塵は十数年来未だ嘗《かつ》て見ない所であり、「五歩の外に正陽門を仰ぐも、既に門楼を見る可《べ》からず」と言うのであるから、余程烈しかったのに違いない。半三郎の馬の脚は徳勝門外の馬市の斃馬《へいば》についていた脚であり、その又斃馬は明らかに張家口《ちょうかこう》、錦州《きんしゅう》を通って来た蒙古産の庫倫《クーロン》馬である。すると彼の馬の脚の蒙古の空気を感ずるが早いか、忽《たちま》ち躍ったり跳ねたりし出したのは寧《むし》ろ当然ではないであろうか？　且《かつ》又当時は塞外《さいがい》の馬の必死に交尾を求めながら、縦横に駈けまわる時期である。して見れば彼の馬の脚がじっとしているのに忍びなかったのも同情に価すると言わなければならぬ。……

この解釈の是非は兎も角、半三郎は当日会社にいた時も、舞踏か何かするように絶えず跳ねまわっていたそうである。又社宅へ帰る途中も、たった三町ばかりの間に人力車を七台踏みつぶしたそうである。最後に社宅へ帰った後も、——何でも常子の話によれば、彼は犬のように喘ぎながら、よろよろ茶の間へはいって来た。それからやっと長椅子にかけると、あっけにとられた細君に細引《ほそびき》を持って来いと命令した。常子は勿論夫の容子《ようす》に大事件の起ったことを想像した。第一顔色も非常に悪い。のみならず苛立《いらだ》たしさに堪えないように長靴の脚を動かしている。彼女はその為めにいつものように微笑することも忘れたなり、一体細引を何にするつもりか、聞かしてくれと歎願した。しかし夫は苦しそうに額の汗を拭いながら、こう繰り返すばかりである。

「早くしてくれ。早く。——早くしないと、大変だから。」

常子はやむを得ず荷造りに使う細引を一束夫へ渡した。すると彼はその細引に長靴の両脚を縛りはじめた。彼女の心に発狂と言う恐怖のきざしたのはこの時である。常子は夫を見つめたまま、震える声に山井博士の来診を請うことを勧め出した。しかし彼は熱心に細引を脚へからげながら、どうしてもその勧めに従わない。

「あんな藪医者に何がわかるか？　あいつは泥棒だ！　大詐偽師だ！　それよりもお前、此処へ来て俺の体を抑えていてくれ。」

彼等は互に抱き合ったなり、じっと長椅子に坐っていた。北京を蔽《おお》った黄塵は愈《いよいよ》烈しさを加えるのであろう。今は入り日さえ窓の外に全然光と言う感じのしない、濁った朱の色を漂わせている。半三郎の脚はその間も勿論静かにしている訳ではない。細引にぐるぐる括《くく》られたまま、目に見えぬペダルを踏むようにやはり絶えず動いている。常子は夫を劬《いた》わるように、又夫を励ますようにいろいろのことを話しかけた。

「あなた、あなた、どうしてそんなに震えていらっしゃるんです？」

「何でもない。何でもないよ。」

「だってこんなに汗をかいて、――この夏は内地へ帰りましょうよ。ねえ、あなた、久しぶりに内地へ帰りましょうよ。」

「うん、内地へ帰ることにしよう。内地へ帰って暮らすことにしよう。」

五分、十分、二十分、――時はこう言う二人の上に遅い歩みを運んで行った。常子は「順天時報」の女記者にこの時の彼女の心もちは丁度鎖に繋がれた囚人のようだったと話している。が、彼是《かれこれ》三十分の後、畢《つい》に鎖の断たれる時は来た。尤もそれは常子の所謂《いわゆる》鎖の断たれる時ではない。半三郎を家庭へ縛りつけた人間の鎖の断たれる時である。濁った朱の色を透かせた窓は流れの風にでも煽られたのか、突然がたがたと鳴り渡った。と同時に半三郎は何か大声を出すが早いか、三尺ばかり宙へ飛び上った。常子はその時細引のばらりと切れるのを見たそうである。半三郎は、――これは常子の話ではない。

彼女は夫の飛び上るのを見たぎり、長椅子の上に失神してしまった。しかし社宅の支那人のボオイはこう同じ記者に話している。——半三郎は何かに追われるように社宅の玄関へ躍り出した。それからほんの一瞬間、玄関の先に佇んでいた。が、身震いを一つすると、丁度馬の嘶きに似た、気味の悪い声を残しながら、往来を罩《こ》めた黄塵の中へまっしぐらに走って行ってしまった。……

その後の半三郎はどうなったか？　それは今日でも疑問である。尤も「順天時報」の記者は当日の午後八時前後、黄塵に煙った月明りの中に帽子をかぶらぬ男が一人、万里の長城を見るのに名高い八達嶺《はったつれいか》下の鉄道線路を走って行ったことを報じている。が、この記事は必しも確実な報道ではなかったらしい。現に又同じ新聞の記者はやはり午後八時前後、黄塵を沾《ぬら》した雨の中に帽子をかぶらぬ男が一人、石人石馬《せきじんせきば》の列をなした十三陵《じゅうさんりょう》の大道を走って行ったことを報じている。すると半三郎は××胡同の社宅の玄関を飛び出した後、全然何処へどうしたか、判然しないと言わなければならぬ。

半三郎の失踪も彼の復活と同じように評判になったのは勿論である。しかし常子、マネエジャア、同僚、山井博士、「順天時報」の主筆等はいずれも彼の失踪を発狂の為と解釈した。尤も発狂の為と解釈するのは馬の脚の為と解釈するのよりも容易だったのに違いない。難を去って易に就くのは常に天下の公道である。この公道を代表する「順天時報」の主筆牟多口氏は半三郎の失踪した翌日、その椽大《てんだい》の筆を揮《ふる》って下の社説を公にした。——

「三菱社員忍野半三郎氏は昨夕五時十五分、突然発狂したるが如く、常子夫人の止むるを聴かず、単身いずこか失踪したり。同仁病院長山井博士の説によれば、忍野氏は昨夏脳溢血を患い、三日間人事不省なりしより、爾来《じらい》多少精神に異状を呈せるものならんと言う。又常子夫人の発見したる忍野氏の日記に徴《ちょう》するも、氏は常に奇怪なる強迫観念を有したるが如し。然れども吾人《ごじん》の問わんと欲するは忍野氏の病名如何にあらず。常子夫人の夫たる忍野氏の責任如何にあり。

「夫《そ》れわが金甌無《きんおうむ》欠《けつ》の国体は家族主義の上に立つものなり。家族主義の上に立つものとせば、一家の主人たる責任の如何に重大なるかは問うを待たず。この一家の主人にして妄《みだり》に発狂する権利ありや否や？　吾人は斯《かか》る疑問の前に断乎《だんこ》として否と答うものなり。試みに天下の夫にして発狂する権利を得たりとせよ。彼等は悉《ことごとく》家族を後に、或は道途《どうと》に行吟《こうぎん》し、或は山沢に逍遥し、或は又精神病院裡に飽食暖衣するの幸福を得べし。然れども世界に誇るべき二千年来の家族主義は土崩瓦解するを免れざるなり。語《かた》に曰《いわく》、其罪を悪《にく》んで其人を悪まずと。吾人は素より忍野氏に酷ならんとするものにあらざるなり。然れども軽忽《けいこつ》に発狂したる罪は鼓を鳴らして責めざるべからず。否、忍野氏の罪のみならんや。発狂禁止令を等閑《とうかん》に附せる歴代政府の失政をも天に替って責めざるべからず。「常子夫人の談によれば、夫人は少くとも一ヶ年間、××胡同の社宅に止《とど》まり、忍野氏の帰るを待たんとするよし。吾人は貞淑なる夫人の為に満腔《まんこう》の同情を表すると共に、賢明なる三菱当事者の為に夫人の便宜を考慮するに吝《やぶさ》かならざらんことを切望するものなり。………」

しかし少くとも常子だけは半年ばかりたった後、この誤解に安んずることの出来ぬ或新事実に遭遇した。それは北京の柳や槐《えんじゅ》も黄ばんだ葉を落としはじめる十月の或薄暮である。常子は茶の間の長椅子にぼんやり追憶に沈んでいた。彼女の唇はもう今では永遠の微笑を浮かべていない。彼女の頬もいつの間にかすっかり肉を失っている。彼女は失踪した夫のことだの、売り払ってしまったダブル・ベッドのことだの、南京虫のことだのを考えつづけた。すると誰かためらい勝ちに社宅の玄関のベルを押した。彼女はそれでも気にもとめずにボオイの取り次ぎに任《ま》かせて措《お》いた。が、ボオイはどこへ行ったか、容易に姿を現さない。ベルはその内にもう一度鳴った。常子はやっと長椅子を離れ、静かに玄関へ歩いて行った。

落ち葉の散らばった玄関には帽子をかぶらぬ男が一人、薄明りの中に佇んでいる。帽子を、――いや、帽子をかぶらぬばかりではない。男は確かに砂埃りにまみれたぼろぼろの上衣を着用している。常子はこの男の姿に殆ど恐怖に近いものを感じた。

「何か御用でございますか?」

男は何とも返事をせずに髪の長い頭を垂れている。常子はその姿を透かして見ながら、もう一度恐る恐る繰り返した。

「何か、……何か御用でございますか?」

男はやっと頭を擡《もた》げた。

「常子、……」

それはたった一ことだった。しかし丁度月光のようにこの男を、——この男の正体を見る見る明らかにする一ことだった。常子は息を呑んだまま、少時は声を失ったように男の顔を見つめつづけた。男は髭を伸ばした上、別人のように窶《やつ》れている。が、彼女を見ている瞳は確かに待ちに待った瞳だった。

「あなた!」

常子はこう叫びながら、夫の胸へ縋《すが》ろうとした。けれども一足出すが早いか、熱鉄か何かを踏んだように忽ち又後ろへ飛びすさった。夫は破れたズボンの下に毛だらけの馬の脚を露《あら》わしている。薄明りの中にも毛色の見える栗毛の馬の脚を露わしている。

「あなた!」

常子はこの馬の脚に名状の出来ぬ嫌悪を感じた。しかし今を逸したが最後、二度と夫に会われぬことを感じた。夫はやはり悲しそうに彼女の顔を眺めている。常子はもう一度夫の胸へ彼女の体を投げかけようとした。が、嫌悪はもう一度彼女の勇気を圧倒した。

「あなた!」

彼女の三度目にこう言った時、夫はくるりと背を向けたと思うと、静かに玄関をおりて行った。常子は最後の勇気を振い、必死に夫へ追い縋《すが》ろうとした。が、まだ一足も出さぬうちに彼女の耳にはいったのは戞々《かつかつ》と蹄の鳴る音である。常子は青い顔をしたまま、呼びとめる気力も失ったようにじっと夫の後ろ姿を見つめた。それから、——玄関の落ち葉の中に昏々《こんこん》と正気を失ってしまった。……

常子はこの事件以来、夫の日記を信ずるようになった。しかしマネエジャア、同僚、山井博士、牟多口氏等の人びとは未だに忍野半三郎の馬の脚になったことを信じていない。のみならず常子の馬の脚を見たのも幻覚に陥ったことと信じている。わたしは北京に滞在中、山井博士や牟多口氏に会い、度《たび》たびその妄を破ろうとした。が、いつも反対に嘲笑を受けるばかりだった。その後も、——いや、最近には小説家岡田三郎氏も誰かからこの話を聞いたと見え、どうも馬の脚になったことは信ぜられぬと言う手紙をよこした。岡田氏は若《も》し事実とすれば、「多分馬の前脚をとってつけたものと思いますが、スペイン速歩とか言う妙技を演じ得る逸足ならば、前脚で物を蹴る位の変り芸もするか知れず、それとても湯浅少佐あたりが乗るのでなければ、果して馬自身でやり了《おお》せるかどうか、疑問に思われます」と言うのである。わたしも勿論その点には多少の疑惑を抱かざるを得ない。けれどもそれだけの理由の為に半三郎の日記ばかりか、常子の話をも否定するのは聊《いささ》か早計に過ぎないであろうか？　現にわたしの調べた所によれば、彼の復活を報じた「順天時報」は同じ面の二三段下にこう言う記事をも掲げている。——

「美華禁酒会長ヘンリイ・バレット氏は京漢鉄道の汽車中に頓死したり。同氏は薬罎《くすりびん》を手に死しいたるより、自殺の疑いを生ぜしが、罎中の水薬は分析の結果、アルコオル類と判明したるよし。」

(畢)

おわりに

澤西祐典

芥川龍之介は学生時代、英文学者を志していた。大学の専攻は英文学科で、大学院に進学した後は海軍機関学校で英語教員をつとめ、慶應義塾大学に就職する話もあったが、作家業に専念するため、芥川はその話を断った。

芥川龍之介は「羅生門」や「藪の中」といった、いわゆる王朝ものの印象が強いためか、日本や中国の古典文学のイメージを持たれやすいが、実は西洋の文学にも造詣が深く、いわば和漢洋の教養を身につけた知識人だった。その知の源泉となったのは、芥川のたぐいまれな読書力で、人と喋りながら膝の上でぱらぱらとめくるだけで本を読むことができたという。周囲に証言したところでは、洋書であっても一日に千二、三百ページは読めたらしい。学生時代には、芥川が借りた洋書を翌朝にはかならず返すので、友人が本当に読んでいるのか疑問を抱き、内容について問い詰めたところ、芥川からすらすらと的確な答えが返ってきて恐れ入ったというエピソードが残っている。他にも菊池寛と一緒に関西に出かけた際には、車内で読むために分厚い洋書を五、六冊持ち込んだが、一晩で読み切ってしまい、滞在先では谷崎潤一郎から本を借りてまで読んだという逸話がある。読むスピードが桁外れに速いだけでなく、いつでも本を手放さず、旅先や移動中はもちろんのこと、食事中もずっと読書をしていた(その多くは洋書だった)という。

熱心な読書家だった芥川が、後進のために英米の名短篇を選りすぐったのが本書の元になった *The Modern Series of English Literature* (以下『モダン・シリーズ』)全八巻である。『モダン・シリーズ』は、「はじめに」でも柴田元幸氏が触れているが、旧制高等学校の学生向けに英語教科書の副読本として編まれたものだ。本文はすべて英文のみで、現代の我々からすれば難解に感じるが、当時は高校生が英米の作品を原文で読むのが当たり前の時代であった。「新らしい文芸に対する語学的訓練」を謳い、最新の英米文学に学生が触れられるように編纂された叢書だったが、経験の浅い小さな出版社から出たためか不備も多く、この英語副読本は残念ながら教材としては評判を呼ばなかった。

しかし、一つのアンソロジーとして『モダン・シリーズ』を読んでみると、非常に面白い読み物であることに驚かされる。数多ある文学作品のなかから読書家の芥川龍之介が選んだとあって、思いがけない名アンソロジーとなっている。

芥川が「新らしい文芸」にこだわって作品を選んでいる点も、このアンソロジーに唯一無二の魅力をくわえている。各巻のタイトルに Modern Fairy Tales, Modern Short Stories, More Modern Short Stories, Modern Short Stories, Modern Magazine Stories と、かならず"Modern"の一語が入っていることからも、芥川が〝新しさ〟にこだわっていたことは明らかだ。その理由について、芥川は序文で「学生は新を愛するものである」、「尤《もっと》も教科書となったが最後、如何《いか》なる斬新の名文にもせよ、忽《たちま》ち退屈を与えるのは僕自身も経験した悲劇である。が、退屈を与えるとは云え、兎《と》に角《かく》新は旧よりも幾分か興味を生じ易いであろう」と述べている。実際、ステイシー・オーモニエやベンジャミン・ローゼンブラット、アクメッド・アブダラーなどは、ほとんどの読者にとって(「新らしい」というより)未知の作家だったはずだ。すでに評価が定まった作家だけでなく、芥川が読んでこれは、と思った作品を選んでいるのは注目に値する。

芥川研究者としては、『モダン・シリーズ』に芥川の人生経験、読書体験が透けて見える点も興味深い。たとえば『モダン・シリーズ』の表紙と中表紙には、芥川が愛好していた『イエロー・ブック *The Yellow Book*』創刊号からビアズリーの挿画が使われている。『イエロー・ブック』といえば、十九世紀末に一世を風靡した伝説的雑誌であり、大御所から新鋭の文筆家の作品までが幅広く掲載され、美術編集者であったビアズリーのデザイン画も評判を呼び文芸シーンに新たな風を吹き込んだ。その名の通り、『イエロー・ブック』の表紙は黄色い紙に黒の一色刷で、芥川の『モダン・シリーズ』も黄色い上質紙に黒のモノトーン印刷と表紙が再現されている。世紀末の芸術的雰囲気のなかで育った芥川にとって『イエロー・ブック』は憧れの雑誌だったようだ(本書表紙カバーと第Ⅰ部の扉イラストでも、芥川のこだわりにあやかって、ビアズリーのイラスト画を拝借している。これはもともと『イエロー・ブック』創刊号の内容見本の表紙に使われたもので、古本屋で掘り出しものをあさる客と、それを見張る店主、という構図になっている。おそらくビアズリー本人と思われる線の細い客が、どことなく芥川に似て見えるのが偶然ながら面白い。芥川の『モダン・シリーズ』の表紙に使われたものは本書第Ⅱ部の扉イラストとして、『モダン・シリーズ』中表紙は本書目次の扉イラストとして使用している)。芥川は死の間際にも、佐藤春夫に『イエロー・ブック』第二巻を贈っていて、「我々九十年代の文学者にはとかく懐かしい本だから君なら喜んでくれるだろうと思って」と〝黄色の時代〟を懐かしんでいる。

また本書の前半部分(『モダン・シリーズ』第五巻まで)には、アイルランドにゆかりのある作品が多く収録されている。これは芥川自身が旧制高等学校時代に、アイルランド文芸の研究会に出入りしていたことに由来しているのだろう。それから『モダン・シリーズ』までには十年の空白があるが、このアンソロジーを編纂した時期、芥川はアイルランド文芸翻訳家の片山広子と親交を結んでいる。片山広子(筆名・松村みね子)は、芥川が「越し人」と呼び、「才力の上にも」自分に比肩する女史として認めた相手だ。彼女との文学談義が芥川をアイルランド文学に立ち返らせたと同時に、『モダン・シリーズ』が自身のアイルランド文学への関心を示す、片山広子へのラブコールになっていたことは想像に難くない。

『モダン・シリーズ』は芥川の創作とも深い結びつきがある。堀辰雄に「彼は遂に彼固有の傑作をもたなかった」と指摘されたように、芥川は本から着想を得て、自身の創作に活かすことが多かった。『モダン・シリーズ』では、アンブローズ・ビアス「月明かりの道」、セント・ジョン・G・アーヴィン「劇評家たち」、オスカー・ワイルドの「身勝手な巨人」など、芥川の創作の材源となった作品が惜しげもなく(?)収録されている(くわしくは各作品扉裏の解説をご参照ください)。どこか芥川の楽屋裏に迷い込んで、手品の種を覗き見ているようでもある。

個別の作品との影響関係にくわえて、今回、編者として『モダン・シリーズ』を通読して改めて感じたのは、芥川の選んだ英米作品、特にイギリス人作家の短篇に、芥川の文芸作品と似通った色《カラー》がある、ということだった。H・G・ウェルズ「林檎」やビアボーム「A・V・レイダー」、E・M・グッドマン「残り一周」などを筆頭に、『モダン・シリーズ』の短篇には皮肉とユーモアに富んだものが多い。芥川は出世作（そして今では代表作）である「羅生門」と「鼻」について、「なる可く現状と懸け離れた、なる可く愉快な小説を書きた」くて、執筆したものであると述懐している（随筆「あの頃の自分の事（削除分）」）。この「なる可く現状と懸け離れた」は舞台を昔にとったという意味で理解しやすいのだが、「なる可く愉快な小説」の部分は研究者の頭を悩ませてきた。しかし、芥川が選んだ英米の文芸を傍《べ》らにおいて眺めたとき、「羅生門」と「鼻」に通底する「愉快」さが潜んでいるように思うのだが、どうだろうか。

ここまで『モダン・シリーズ』と芥川の関わりについて触れてきたが、その短い生涯にあって、芥川は実はもう一つアンソロジーを編んでいる。同じ興文社から出た『近代日本文芸読本』である。『近代日本文芸読本』は、旧制中学校の国語教科書の副読本用に編まれたが、文部省の検定を受けたところ、有島武郎と武者小路実篤の作品を除くことを求められた。芥川は両氏の作品を除けば、題名が示す本でなくなるという熱い思いから申請を見合わせ、そのままの形でアンソロジーとして発売することにした。全五巻になんと百四十八篇の作品が掲載されている。収録作家は百名を超え、明治・大正の作家をほぼ網羅的に収録した、その名に恥じないアンソロジーだった。収録されている作品の数だけ見ても、芥川がこの大仕事にかけた時間と労力、そして情熱が窺える。ところがこの『近代日本文芸読本』は思わぬ方面から非難を浴びた。掲載作家への許諾手続きが不十分で、編者の芥川に批判が集まり、あげくに他人の作品で金儲けをしたという(謂われのない)批判まで芥川はかぶることとなる。火消しに奔走した芥川は神経をすり減らし、のちの自殺の一因になったとも言われている。『モダン・シリーズ』の発売が一九二四年七月から二五年五月、『近代日本文芸読本』の発売が一九二五年十一月(その後半年近く後始末に追われる)、芥川の自決が一九二七年七月二十四日のことである。『モダン・シリーズ』には芥川に近づいてくる死の足音が聞こえ始めている。

だが、周辺の事情はどうあれ、少なくとも『モダン・シリーズ』を編んでいた最中には、芥川は文学への情熱に燃え、この仕事を楽しんでいたのであろう。二つのアンソロジーの依頼が届く直前、軽井沢からの書簡に芥川は「(近ごろ)無暗に本を読んでいるしかしもう一度二十五才になったように興奮している」と綴っている。読書の喜びに浸る〝文学青年〟芥川の鼓動が『モダン・シリーズ』には響いている。

「英米の文芸の大通りをちょっと振り返って見ることは同時に又世紀末の風に吹かれた世界の文芸の大通りを髣髴《ほうふつ》することになるかも知れない」というのは、芥川の序文の弁だが、現代の我々が『モダン・シリーズ』を眺めてこそ見えてくる「世界の文芸の大通り」がある。それはアルゼンチンの作家ホルへ・ルイス・ボルヘスの『バベルの図書館』シリーズ(国書刊行会より邦訳が出ている)に関係する。芥川と同じく古今東西の書物に通じ、博覧強記で知られるボルヘスが編んだ世界文学アンソロジーで、叢書の名前の由来はボルヘスの同名の短篇からだ。この『バベルの図書館』シリーズに収められている顔ぶれと芥川の『モダン・シリーズ』のラインナップが似通っているのである。作家名をあげると、オスカー・ワイルド、ロード・ダンセイニ、E・A・ポー、スティーヴンソン、H・G・ウェルズ、キップリングなどで、ほとんどの場合、選ばれている短篇も一致している。

少し種明かしをすれば、芥川龍之介が一八九二年の生まれ、ボルヘスが一八九九年生まれで、二人はほとんど同時代に生まれ育ち、同じ世紀末の空気を吸った作家だった。しかし、それだけでは二つのアンソロジーの合致は説明がつかない。『バベルの図書館』シリーズに、芥川が愛した中国の奇譚集『聊斎志異《りょうさいしい》』まで含まれているところを見ると、おそらく両者の趣味嗜好が酷似していたのだろう。もちろんボルヘスと芥川の両者が顔を合わせたことはないが、もしも芥川が長生きをして、ボルヘスと相対する場面があったら……とついつい妄想を逞しくしてしまう。

芥川とボルヘスのアンソロジーの符合は示唆に富む。片や英米文学のアンソロジー、片や世界文学のアンソロジーだが、翻せば、芥川の『モダン・シリーズ』が「世界の文芸の大通り」をたくみに捉えたものであったことを、ボルヘスの『バベルの図書館』シリーズが証明してくれている。日本近代文学を代表する作家として理解されがちだが、芥川は当時の世界文学の潮流を摑み、その大きな流れの中で創作に挑んでいた。ボルヘスもまた、スペイン語訳『歯車・河童』序文で、「東洋と西洋の奇跡的な融合」と述べ、世界文学として芥川作品を高く評価している。地球半周分の距離を隔てた芥川とボルヘスの奇縁に思いを馳せるとき、私の胸のうちには「世界の文芸の大通り」にのぞむ芥川の姿がありありと浮かんでくる。

さて最後に、『モダン・シリーズ』の精選版といえる本書では、原書にない魅力が加わっている。それは翻訳である。これまで『モダン・シリーズ』に収められた五十一篇のうち、約半数にあたる二十五篇(そのうち小説・戯曲は十五篇)には邦訳がなかったが、今回十二篇が初めて邦訳された。そして文庫化に際して、新たに二篇が訳しおろされた。これまで原文でしか読むことができなかった芥川のおすすめ作品を、広く日本の読者にお読みいただけるようになった。また既訳がある作品も、すべて新訳で揃えることにした。しかも、訳者は当代随一の、今をときめく翻訳陣である。語学の教材として『モダン・シリーズ』を編んだ芥川の主旨とは大きく異なるが、知られざる名アンソロジーが、素晴らしい翻訳者を得て現代に蘇ったことを心から祝したい。

本書の編者をともに引き受けてくださった柴田元幸先生、的確な助け舟を何度も出してくださった岩波書店の古川義子さん、企画段階から相談にのってくださった都甲幸治先生、柴田先生とのご縁をつないでくださったジェイ・ルービン先生、折にふれて相談にのってくださった山野敬士先生、まだ研究者の卵に過ぎなかった大学院生時代に希少な『モダン・シリーズ』を貸与してくださり、『モダン・シリーズ』の研究を勧めてくださった清水康次先生に心より御礼を申し上げます。翻訳を快くお引き受けくださった畔柳和代さん、岸本佐知子さん、藤井光さん、西崎憲さん、大森望さん、若島正先生、谷崎由依さん、森慎一郎先生、小山太一さんにも改めて御礼申し上げます。その他、本書に関わってくださったすべての方、そして手に取ってくださった読者の皆さまにこの場を借りて感謝申し上げます。

岩波文庫の最新刊

サン＝テグジュペリ作／野崎 歓訳
夜間飛行・人間の大地

「愛するとは、ともに同じ方向を見つめること」――長距離飛行の先駆者＝作家が、天空と地上での生の意味を問う代表作二作。原文の硬質な輝きを伝える新訳。
〔赤N五一六-二〕 **定価一二二一円**

久保田淳校注
百人一首

藤原定家撰とされてきた王朝和歌の詞華集《アンソロジー》。代表的な古典文学として愛誦されてきた。近世までの諸注釈に目配りをして、歌の味わいを楽しむ。
〔黄一二七-四〕 **定価一七一六円**

ショーペンハウアー著／藤野 寛訳
自殺について 他四篇

名著『余録と補遺』から、生と死をめぐる五篇を収録。人生とは欲望が満たされぬ苦しみの連続であるが、自殺は偽りの解決策として斥ける。新訳。
〔青六三二-一〕 **定価七七〇円**

ゲルツェン著／金子幸彦・長縄光男訳
過去と思索(七)

一八六三年のポーランド蜂起を支持したゲルツェンは、ロシアの世論から孤立し、新聞《コロコル》も終刊、時代の変化を痛感する。（全七冊完結）
〔青N六一〇-八〕 **定価一七一六円**

今月の重版再開

中 勘助作
鳥の物語
定価一〇一二円
〔緑五一-二〕

中 勘助作
提婆達多
定価八五八円
〔緑五一-五〕

定価は消費税10％込です　2025.5

岩波文庫の最新刊

E・H・カー著／中村研一訳
平和の条件

第二次世界大戦下に出版された戦後構想。破局をもたらした根本原因をさぐり、政治・経済・国際関係の変革を、実現可能なユートピアとして示す。
〔白二二－二〕　定価一七一六円

澤西祐典・柴田元幸編訳
芥川龍之介選
英米怪異・幻想譚

芥川が選んだ「新らしい英米の文芸」は、当時の〈世界文学〉最前線であった。芥川自身の作品にもつながる〈怪異・幻想〉の世界が、十二名の豪華訳者陣により蘇る。
〔赤N二〇八－一〕　定価一五七三円

正岡子規著
俳諧大要

正岡子規(一八六七－一九〇二)による最良の俳句入門書。初学者へ向けて要諦を簡潔に説く本書には、俳句革新を志す子規の気概があふれている。
〔緑一三－七〕　定価五七二円

レッシング作／笠原賢介訳
賢者ナータン

十字軍時代のエルサレムを舞台に、ユダヤ人商人ナータンが宗教的対立を超えた和合の道を示す。寛容とは何かを問うたレッシングの代表作。
〔赤四〇四－二〕　定価一〇〇一円

……今月の重版再開……

曲亭馬琴著／徳田 武校注
近世物之本江戸作者部類
〔黄二二五－七〕　定価一二七六円

実吉捷郎訳
トオマス・マン短篇集
〔赤四三三－四〕　定価一一五五円

定価は消費税10％込です　　2025.4

読書子に寄す

——岩波文庫発刊に際して——

岩波茂雄

真理は万人によって求められることを自ら欲し、芸術は万人によって愛されることを自ら望む。かつては民を愚昧ならしめるために学芸が最も狭き堂宇に閉鎖されたことがあった。今や知識と美とを特権階級の独占より奪い返すことはつねに進取的なる民衆の切実なる要求である。岩波文庫はこの要求に応じそれに励まされて生まれた。それは生命ある不朽の書を少数者の書斎と研究室とより解放して街頭にくまなく立たしめ民衆に伍せしめるであろう。近時大量生産予約出版の流行を見る。その広告宣伝の狂態はしばらくおくも、後代にのこすと誇称する全集がその編集に万全の用意をなしたるか。千古の典籍の翻訳企図に敬虔の態度を欠かざりしか。さらに分売を許さず読者を繋縛して数十冊を強うるがごとき、はたしてその揚言する学芸解放のゆえんなりや。吾人は天下の名士の声に和してこれを推挙するに躊躇するものである。このときにあたって、岩波書店は自己の責務のいよいよ重大なるを思い、従来の方針の徹底を期するため、すでに十数年以前より志して来た計画を慎重審議この際断然実行することにした。吾人は範をかのレクラム文庫にとり、古今東西にわたって文芸・哲学・社会科学・自然科学等種類のいかんを問わず、いやしくも万人の必読すべき真に古典的価値ある書をきわめて簡易なる形式において逐次刊行し、あらゆる人間に須要なる生活向上の資料、生活批判の原理を提供せんと欲する。この文庫は予約出版の方法を排したるがゆえに、読者は自己の欲する時に自己の欲する書物を各個に自由に選択することができる。携帯に便にして価格の低きを最主とするがゆえに、外観を顧みざるも内容に至っては厳選最も力を尽くし、従来の岩波出版物の特色をますます発揮せしめようとする。この計画たるや世間の一時の投機的なるものと異なり、永遠の事業として吾人は微力を傾倒し、あらゆる犠牲を忍んで今後永久に継続発展せしめ、もって文庫の使命を遺憾なく果たさしめることを期する。芸術を愛し知識を求むる士の自ら進んでこの挙に参加し、希望と忠言とを寄せられることは吾人の熱望するところである。その性質上経済的には最も困難多きこの事業にあえて当たらんとする吾人の志を諒として、その達成のため世の読書子とのうるわしき共同を期待する。

昭和二年七月

芥川龍《あくたがわりゅう》之《の》介選《すけせん》 英米怪異《えいべいかいい》・幻想譚《げんそうたん》

2025 年 4 月 15 日　第 1 刷発行
2025 年 6 月 5 日　第 3 刷発行

編訳者　澤西祐典《さわにしゆうてん》　柴田元幸《しばたもとゆき》

発行者　坂本政謙

発行所　株式会社 岩波書店
〒101-8002 東京都千代田区一ツ橋 2-5-5
案内 03-5210-4000　営業部 03-5210-4111
文庫編集部 03-5210-4051
https://www.iwanami.co.jp/

印刷・三陽社　カバー・精興社　製本・中永製本

ISBN 978-4-00-372517-7　Printed in Japan

附　芥川龍之介による全巻の 序文と収録作品一覧

THE MODERN SERIES OF ENGLISH LITERATURE

For Higher Schools (with Introduction)
Edited by R. AKUTAGAWA

〈序〉

学生は新を愛するものである．新を愛する学生に Macaulay や Huxley を読めと云うのは残酷と評しても差支えない．尤《もっと》も教科書となったが最後，如何《いか》なる斬新の名文にもせよ，忽《たちま》ち退屈を与えるのは僕自身も経験した悲劇である．が，退屈を与えるとは云え，兎《と》に角《かく》新は旧よりも幾分か興味を生じ易いであろう．且《かつ》又新*らしい英米の文芸は大陸の作品の英語訳のように容易に読破出来るものではない．それを容易に読破する為には，特に新らしい文芸に対する語学的訓練を受けなければならぬ．教科書の中作品に多少の新を加えるのは其《そ》の為にも確かに必要であろう．かたがた編者は此《こ》の叢書も幾分か学生諸君の為に役立ちはしないかと思っている．

大正十三年七月　　　　編者記

〔*　田端文士村記念館に保管されている芥川の自筆原稿の削除部分を見ると，コンラッドとO・ヘンリーの名前が記されており，芥川は両名を「新らしい英米の文芸」として意識していたようだ．(澤西)〕

Vol. 1 MODERN FAIRY TALES

〈第一巻の序〉

この巻を Modern Fairy Tales と称するのは或《あるい》は妥当ではないかも知れない．編者はこの巻を編するに当り，Wilde や Lady Greg-

ory の外に Barrie を加えるつもりであった．が，頁数の都合その他の理由により，やむを得ず “Peter Pan” の数篇を “The Jungle Book” の数篇に取り換えたのである．

是等《これら》の作品の大半は所謂《いわゆる》少年文学である．しかし是等の作品をその為に等閑に附するならば，それは本末を顚倒した譏《そしり》を招かずには措かないであろう．この巻に集めた Kipling や Wilde は啻《ただ》に少年文学の白眉と呼ばれているばかりではない．又実に彼等の散文の中でも，最も彼等の特色に富んだ傑作と言う定評を受けているからである．

大正十四年

1. [The] Selfish Giant — Oscar Wilde / 2. [The] Happy Prince — Oscar Wilde / 3. The Highwaymen — Lord Dunsany / 4. The True History of the Hare and the Tortoise — Lord Dunsany / 5. Beswarragal — Lady Gregory / 6. Shawneen — Lady Gregory / 7. The White Seal — Rudyard Kipling / 8. “Rikki-Tikki-Tavi” — Rudyard Kipling

Vol. 2 MODERN SHORT STORIES

〈第二巻の序〉

この巻に集めた作品に就《つ》いては格別何も言いたいことはない．が，若《も》し強《し》いてつけ加えるとすれば，是等《これら》の作品を読過することは Victoria 朝以後の日光の当った英米の文芸の大通りをちょっと振り返って見ることである．英米の文芸も世界の文芸と全然交渉を絶っているのではない．Baudelaire の作品に与えた Poe の影響は言うを待たず，Stevenson の作品は——この巻に収めた Markheim は殺人を敢《あえ》てする主人公に Dostoevsky の面目を止どめている．すると英米の文芸の大通りをちょっと振り返って見ることは同時に又世紀末の風に吹かれた世界の文芸の大通りを髣髴《ほうふつ》することになるかも知

れない.

大正十四年

1. The Imp of the Perverse — Edgar Allan Poe / 2. Markheim — R. L. Stevenson / 3. The Phantom 'Rickshaw — Rudyard Kipling / 4. A Poor Gentleman — George Gissing / 5. To Please His Wife — Thomas Hardy

Vol. 3 MODERN GHOST STORIES

〈第三巻の序〉

(闕*)

〔* 第三巻の序文は欠けており，現在まで見つかっていない．(澤西)〕

1. The Moonlit Road — Ambrose Bierce / 2. The Terror of the Twins — A. Blackwood / 3. The Ash-Tree — Rhodes James [M. R. James] / 4. The Flowering of the Strange Orchid — H. G. Wells / 5. The Rival Ghosts — Brander Matthews

Vol. 4 MODERN SHORT PLAYS

〈第四巻の序〉

Shaw, Galsworthy, Lord Dunsany の三者は既に誰にも知られている．Ervine も或《あるい》は学生諸君の耳に熟している名前の一つかも知れない．が，念の為につけ加えれば，彼は一八八三年愛蘭土《アイルランド》の Belfast に生まれた戯曲家兼小説家である．一九一五年愛蘭土文芸運動と共に名高い The Abbey Theatre の manager となり，更に又一九一七年欧羅巴《ヨーロッパ》の大戦に出征した．"The Critics" の一篇は彼の全豹を伝えるものではない．しかし兎《と》に角《かく》好謔を極めた諷刺劇の佳作たることは事実である．

なお又 Shaw の "The Dark Lady of the Sonnets" を書いたのは

Shakespeare を紀念する A National Theatre 建立の資金を求める為である．この一幕物の中の Shakespeare は在来の文芸史家の Shakespeare ではない．徹頭徹尾 Shaw らしい Shakespeare である．この点は “Cæsar and Cleopatra” の Cæsar と共に The Shavian type of the great men を示しているものとも言われるであろう．

大正十四年三月

1. The Dark Lady of the Sonnets — Bernard Shaw / 2. The Lost Silk Hat — Lord Dunsany / 3. The First and the Last — John Galsworthy / 4. The Critics — John G. Ervine

Vol. 5 MODERN ESSAYS

〈第五巻の序〉

Beerbohm, Walkley の両批評家はいずれも批評上の impressionist である．が，Shaw は誰でも知っているように “brilliance” のみに安ずる批評家ではない．所謂 Life-force の哲学を高唱して止まない批評家である．もし前二者を art for art's sake の批評家と称するならば，Shaw は当然 art for life's sake の批評家と称せられるであろう．一八九〇年代の英吉利《イギリス》文芸は大体 art for art's sake の精神から art for life's sake の精神に推移したと言っても好《よ》い．即ち三者の essays を併《あわ》せ読むことは同時代の英吉利文芸の推移に一瞥《いちべつ》を与えることにもなる訳である．尤《もっと》も Shaw の一篇に Beerbohm, Walkley の数篇を配するのは軽重を失しているかも知れない．しかし後二者の essays は従来余りに閑却されていた看のある為，特にこの巻には多きを嫌わず，編者の愛するものを加えたのである．

更に又 翻《ひるがえ》って Butler を見れば，これは Darwin の進化論を駁するに Neo-Lamarckism の進化論を以てした，戛々《かつかつ》たる独造底《どくぞうてい》の思想家である．Shaw は彼の進化論を――この巻に収めた “Darwinism and Vitalism” の思想を Butler の進化論の中に発見した．即ち

併せて "Darwin Among the Machines" の小論文を加えた所以《ゆえん》である．なお次手に附言すれば，Butler は "Life and Habit" 等進化論に関する諸著の外にも Odyssey の作者を Homer ならざる女詩人にありとした "The Authoress of the Odyssey," それから Swift の "Gulliver's Travels" の外に新機軸を出した諷刺小説 "Erewhon," 最後に当代の社会の機微を穿《うが》った小説 "The Way of All Flesh" 等の逸什を残した．しかも彼はその生前殆《ほとん》ど英吉利文壇の一顧さえ得ずにしまったのである．

他の二篇の essays を収めたのは格別深意のある訳ではない．只《ただ》両者とも犀利《さいり》の筆に富んだ近代の essayist の面目を窺《うかが》うのに足りると思ったからである．

大正十三年十月

1. Christmas — G. K. Chesterton / 2. Mr. Shakespeare Disorderly — A. B. Walkley / 3. The Movies — A. B. Walkley / 4. Coterie Criticism — A. B. Walkley / 5. Darwin Among the Machines — Samuel Butler / 6. 'How Shall I Word It?' — Max Beerbohm / 7. William & Mary — Max Beerbohm / 8. The Barber — Arnold Bennett / 9. Darwinism & Vitalism — Bernard Shaw / 10. Some Privations of the Coming Man — Ambrose Bierce

Vol. 6 MORE MODERN SHORT STORIES

〈第六巻の序〉

第八巻に集めた短篇の realistic 傾向に富んでいるように，この巻に集めた短篇は大抵又 romantic 趣味を漂わせている．しかしこの巻に名を列した作家は必しも romantic 趣味に終始するものではない．たとえば Arnold Bennett の如きは仏蘭西《フランス》風の realism を多量に具《そな》えている作家である．けれども短篇作家たる彼等の力量は略《ほぼ》是等《これら》の作品にも髣髴《ほうふつ》出来ることと信じている．殊《こと》に構想に奇才を誇

った O. Henry の面目は “Roads of Destiny” の一篇に尽きていると言っても好《よ》い．なお又 O. Henry と号した亜米利加《アメリカ》の作家 William Sidney Porter を除けば，他の四人は悉《ことごと》く現存する英吉利《イギリス》の作家である．

Wells, Herbert George; b. 1866 —
Porter, William Sidney; b. 1862 — d. 1910
Bennett, Enoch Arnold; b. 1867 —
Chesterton, Gilbert Keith; b. 1874 —
Beerbohm, Max; b. 1872 —
大正十三年十月

1. The Apple — H. G. Wells / 2. Roads of Destiny — O. Henry / 3. The Elixir of Youth — Arnold Bennett / 4. The Invisible Man — G. K. Chesterton / 5. A. V. Laider — Max Beerbohm

Vol. 7 MORE MODERN GHOST STORIES

〈第七巻の序〉

M. Crawford の名は屢《しばしば》我国にも伝えられている．A. Bierce と A. Blackwood との両作家は既に「第三巻の序」に紹介して置いた．が，他の三人の作家に就《つ》いては多少の紹介を要するかも知れない．

1. E. Benson(1867-)は英吉利《イギリス》の作家である．考古学者をも兼ねていることは R. James(「第三巻の序」参照)に近いかも知れない．“The Man Who Went Too Far” の中に異教の神 Pan の現れるのも必しも偶然ではないのであろう．

2. V. O'Sullivan(1872-)は亜米利加《アメリカ》の作家である．短篇作家としては相当の名声を博しているらしい．“The Interval” の末段の手法は Bierce の辣手段に近いものである．

3. F. Wood は亜米利加の女流作家である．「略《ほぼ》半世紀前に生まれ

た」と云う以外に今は生年を詳《つまびらか》にしない．“The White Battalion” はその世間に発表した最初の作品だと云うことである．欧羅巴《ヨーロッパ》の大戦は Ghost Story の分野にも少からぬ作品を残した．これも亦其等《またそれら》の作品中，興味のあるものの一つである．

大正十三年七月

1. The Upper Berth — F. Marion Crawford / 2. A Diagnosis of Death — Ambrose Bierce / 3. The Man Who Went Too Far — E. F. Benson / 4. Miss Slumbubble—and Claustrophobia — Algernon Blackwood / 5. The Interval — Vincent O'Sullivan / 6. The White Battalion — Frances Gilchrist Wood

Vol. 8 MODERN MAGAZINE STORIES

〈第八巻の序〉

この巻に集めた英米の作家はいずれも現存する人のみである．S. Aumonier, D. Easton, P. Truscott の三人は英吉利《イギリス》，他は亜米利加《アメリカ》の作家である．尤《もっと》も A. Abdullah だけは名前の示すように欧羅巴《ヨーロッパ》人ではない．Afghanistan の Kabul に生まれた亜剌比亜《アラビア》—土耳古《トルコ》系の東洋人である．

何よりも簡勁を旨とする近代の短篇の特色は是等《これら》の作品に漲《みなぎ》っている．殊《こと》に露西亜《ロシア》に生まれ，亜米利加に人となった B. Rosenblatt の “In the Metropolis” はその尤《ゆう》なるものであろう．それから H. Rhodes の “Extra Men” は欧羅巴の大戦の生んだ，新らしい亜米利加の伝説である．或《あるい》は Irving の “Rip Van Winkle” や Hawthorne の “The Gray Champion” 等と並称するのに堪えるかも知れない．

大正十三年七月

1. Where was Wych Street? — Stacy Aumonier / 2. In the Metropolis — Benjamin Rosenblatt / 3. The Last Lap — E. M.

Goodman / 4. The Reaper — Dorothy Easton / 5. The Price of the Head — John Russell / 6. Extra Men — Harrison Rhodes / 7. The Woman Who Sat Still — Parry Truscott / 8. A Simple Act of Piety — Achmed Abdullah